中国古代诗学范畴考辨

张蓉 著

Research on System of Ancient Chinese Poetry

中国社会科学出版社

图书在版编目（CIP）数据

中国古代诗学范畴考辨/张蓉著．—北京：中国社会科学出版社，2015.11
ISBN 978-7-5161-5885-2

Ⅰ.①中…　Ⅱ.①张…　Ⅲ.①古典诗歌—诗歌研究—中国
Ⅳ.①I207.22

中国版本图书馆 CIP 数据核字（2015）第 069661 号

出 版 人	赵剑英
责任编辑	侯苗苗
责任校对	郝阳洋
责任印制	戴　宽

出　　版	中国社会科学出版社
社　　址	北京鼓楼西大街甲 158 号
邮　　编	100720
网　　址	http://www.csspw.cn
发 行 部	010-84083685
门 市 部	010-84029450
经　　销	新华书店及其他书店

印　　刷	北京君升印刷有限公司
装　　订	廊坊市广阳区广增装订厂
版　　次	2015 年 11 月第 1 版
印　　次	2015 年 11 月第 1 次印刷

开　　本	710×1000　1/16
印　　张	16.25
插　　页	2
字　　数	273 千字
定　　价	59.00 元

凡购买中国社会科学出版社图书，如有质量问题请与本社营销中心联系调换
电话：010-84083683

目　录

前　　言

中国古代诗学，自陈良运先生发表《中国古代诗歌理论的一个轮廓》① 以来，作为一门新兴学科，引起古典文学研究者和文学理论家的学术兴趣，已有《诗学体系论》《中国诗学通论》《中国诗学批评史》《中国诗学史》等专著相继出版，成为一门显学。

何谓"诗学"？一般有两种理解，广义的与西方的含义一致，指文艺理论或文学理论。它源于古希腊哲学家、诗学家亚里士多德的文艺理论专著《诗学》。亚氏在这部著作里，以史诗、悲剧和喜剧作为研究的对象，讨论了"关于诗的艺术本身、它的种类、各种类的特殊功能，各种类有多少成分，这些成分是什么性质，诗要写得好，情节应如何安排，以及这个研究所有的其他问题"。② 当然，这里的诗，主要指以叙事为主的史诗和戏剧。所谓诗学，也就是关于叙事文学的理论与评论，这已为世人所共识。狭义的诗学，在中国则专指诗歌理论。这个理解，除了特殊指称（如"诗经学"，简称"诗学"；或古代将诗歌创作也称为"诗学"）外，已延续了千余年之久。《汉书·翼奉传》曰："诗之为学，性情而已"③，大概是中国最早的诗学概念。以"诗学"来命名的诗话类著作有元代范梈的《诗学禁脔》，明代周叙的《诗学梯航》，清代顾龙镇的《诗学指南》等，这些所谓的"诗学"，多是指诗歌的创作技法，与前朝的那些"诗格""诗法"应是一类的。现代语境中的中国古代诗学，主要指狭义的诗学。如陈伯海、蒋哲伦主编的《中国诗学史》"导言"说："在我们自己的传统里，惯常的做法是将'诗学'限制在与诗歌这一特定文类有关的范围之内，不包含散文、小说、戏剧等文类的研究，因而'诗学'便成了'文艺学'……"明确表示其所编的《中国诗学史》之"诗学"

---

① 陈良运：《中国古代诗歌理论的一个轮廓》，《文学遗产》1985 年第 1 期。
② ［古希腊］亚里士多德：《诗学》，罗念生译，人民文学出版社 1982 年版，第 3 页。
③ （汉）班固：《汉书》卷七十五，中华书局 1975 年版，第 3170 页。

"仅限于跟'诗'有关的领域"①。蒋寅从比较诗学视野出发,认为中国诗学"核心在一个'学'字,这个'学'不仅包括历来人们对诗歌本身及其创作方法的认识,还应包括古今人对诗歌史的认识及对认识过程的反思。"他认为中国诗学应该包含五个方面的内容:(1)诗学文献学,(2)诗歌原理,(3)诗歌史,(4)诗学史,(5)中外诗学比较。② 当然,泛化的诗学概念在中西古典文论和文学批评史上都曾出现过。本书所谓"诗学",并非指亚里士多德所说的包括一切文艺理论在内的广义"诗学",而是现代通常所说的狭义的"诗学",即有关诗歌这一特定文体的理论。

在中国,诗的概念始终没有像西方那样广泛。"诗"在先秦专指《诗三百》(即《诗经》),后来逐渐成为一种文体的名称,包括五言、七言和杂言的古近体诗,也包括后来的词和曲。中国是一个诗歌的国度,特别是在古代,诗歌作为各种文体之首,被推到了"经国之大业,不朽之盛事"③ 的至高地位,上至帝王朝臣,下到贩夫走卒,人人皆能歌诗。诗的普及度、诗的地位如此之高,没有哪个国家能够比得上古代中国。在小说、戏剧文体出现之前,只有诗,才谈得上是一种纯文学样式,也只有诗的理论与品评才谈得上是纯文学理论。所以,中国古代的文学理论,实质上是建立在诗歌理论基础上的,可谓真正的诗学。

中国人在观照世界、把握世界时,一开始就采取了一种直观性的、整体性的思维方式。对理性思维的结果,采用一种非逻辑性的语言,借助感性形式来表述理论内涵,这是中国古代诗学的主要言说方式。中国古代学者对诗学义理的阐述,不是枯燥缜密的理性阐释,而多为精到的直观把握和感性的描述,言约意丰,耐人寻味。比如说某诗好,是"初如食橄榄";不好,则是"初如食小鱼,所得不偿劳"。在评论风格时,这种表述便成为一种标准的方式,如"魏武帝如幽燕老将,气韵沉雄。曹子建如三河少年,风流自赏。鲍明远如饥鹰独出,奇矫无前……"④ 陆机的《文赋》,用"赋"这一文学体裁来论文,而司空图的《诗品》,纯粹是

---

① 陈伯海、蒋哲伦主编:《中国诗学史》,鹭江出版社 2002 年版,第 1 页。

② 蒋寅:《中国诗学的思路与实践》,广西师范大学出版社 2001 年版,第 2 页。

③ (东汉)曹丕:《典论·论文》,郭绍虞主编:《中国历代文论选》,上海古籍出版社 1979 年版,第 61 页。

④ (宋)敖陶孙:《诗评》,中华书局 1985 年版,第 1 页。

二十四首诗。这种借助感性形式来表现理性思维、形象化，或用诗的言语来表达文学见解的言说方式，一方面，利用或叙或议的诗境，扩大了读者想象空间的形式，蕴含着丰富的理论信息；另一方面，也正因为这种表述方式，造成了中国古代诗学的理论缺陷。一是因为讲的是总体印象，不作全面细致的分析，因而往往有以偏概全的弊病；二是因为作家感情介入，往往会带来一定的主观片面性；三是因为习惯上用高度诗化的语言表达感性直觉的印象而不是理性概念，而这种感性直觉的印象在本质上无法界定其含义，往往使人看不明白，难以理解；四是概念、范畴含义模糊，同一术语表示不同含义，以及不同的术语表示同一含义等，造成同一概念、命题的多义性和使用上的随意性，不像西方的理论那样概念清晰，富有逻辑性。这使得中国古代诗学理论从表面上看，缺少科学性、系统性。

从中国古代诗学的表现形态看，经验型、感兴式的片言只语，往往不容易使人将其与具有严密逻辑性的理论体系挂起钩来。其实这里有一个外在表现与内在本质的关系问题。中国古代诗学是否有体系？关于这个问题，回观其建构的历史因素，一是思想文化背景复杂，儒、道、佛诸家都有不同的特点或系统，在不同的思想指导下有不同的诗学思想和著作；二是大部头的著作很少，史学理论多散见于诗话、词话、序跋、书信中，比较松散杂乱零碎，而不像西方那样有众多体系完备的理论著作；三是许多诗论家，本身就是著名的诗人、词人，他们的理论表述，或许是其不经意间的创作经验交流，诗歌鉴赏感悟的升华，具有鲜活的经验性质，难有完整的理论体系。但中国古代诗学理论大都建立在或对前辈师长的承继中，或对经典文献的阐释中，或对某一理论范畴的批评中。从表面看，只是列举前人若干诗论，无非老生常谈，但集合在一起，就表达了其新的看法，寄寓了自己的意旨。弟子与师长、后人与前人之间，潜藏着种种内在的精神传承。正是在这样的一种传承与变革中，逐渐形成了中国古代诗学体系。这个体系不以个人的形式出现，而是以范畴作为核心，历经千百年而不衰。如"形神""风骨""意境"等都是如此。它是流动的，而非固定的。

神龙见首不见尾，东露一鳞，西露一爪，但不等于其首尾的不存在。研究者的目的就是要拨开云雾，把其首、尾、爪、须，乃至片片鳞甲完整地描绘出来，显现一个整体。马克思在《资本论》中说："研究必须充分地占有资料，分析它的各种发展形式，探寻这些形式的内在联系。只有这项工作完成以后，现实的运动才能适当地叙述出来。这点一旦做到，材料的生命一旦在观念地反映出来，呈现在我们面前的就好像是一个先验的结构了。"① 这段话给我们研究者指出了一条思路，研究古代诗学，当先从古代诗学理论特定的范畴、命题和论证方法入手，逐步上升到一些理论专题，以至总体结构。为什么要这样做呢？因为一种理论形态就其整个体系而言，好比是一张网络，体系所赖以建构的各个命题、范畴好比网络上的点眼，点眼的纵横交错扭结成网络。所以研究古代诗学，当从最典型意义的范畴、命题和批评方法入手，从个别到一般，从局部到全局，最终就能建构起整个古代诗学的体系。

范畴，本为哲学名词。辩证唯物主义认为，范畴是反映客观事物的本质联系的思维形式，是人的思维对事物的本质特性方面和关系的概括反映。所谓诗学理论范畴，就是诗人、批评家对诗歌的本质、特性及其内在关系的概括和反映。中国古代诗学在其演变和发展过程中，形成了一系列独具特色的基本命题和范畴，这些命题和范畴对我们正确认识古代诗学理论体系有着重要意义。

本书选择了中国古代诗学部分命题、范畴——诗言志、言意象、风骨、虚静、意象、意境、滋味、妙悟、神韵、性灵等，以历史资料为依据，以检索、考据、梳理为主要方法，从其缘起的历史文化语境、诗歌创作状态以及诗学理论自身的生态环境等入手，探求该范畴、命题的历史生成及其原始意义；从历史发展的角度，梳理其衍变、发展的流程，探求其衍生之新义。以历时性和共时性为结构线索，从其哲学社会思潮、道家禅宗悟性、文学传播接受、诗学内在结构等方面探求其命题、范畴的发生、衍变、发展的规律及其现代意义的转换。

---

① 　马克思：《资本论》第一卷，人民出版社 2004 年版，第 21—22 页。

第一章

中国诗学的第一块基石

——"诗言志"辨

"诗言志"是中国古典诗学理论的奠基石，朱自清先生称之为"开山的纲领"①（《诗言志辨》）。从它诞生以来，历代学者对其进行阐释、分析、解说，已成为中国传统诗学领域中"说不尽的诗学命题"。

一　"诗言志"产生的历史语境

历来的言诗者都将记载"言志"观念的发生上溯到传说中的五帝时代。《尚书·舜典》云：

> 帝曰："夔，命汝典乐，教胄子，直而温，宽而栗，刚而无虐，简而无傲。诗言志，歌永言，声依永，律和声，八音克谐，无相夺伦，神人以和。"②

这是《尚书·舜典》中记载的舜帝与其乐官夔的一段谈话，《舜典》原是合于《尧典》中的。《尚书》是中国上古时期历史文件和部分追述上古事迹著作的汇编，据古今学者们考证，最早作于西周时期，而涉及西周以前的历史各篇，如《虞书》《夏书》《商书》，都是战国时候的拟作或著述（陈梦家先生的《尚书通论》即作如此推断），至于《尧典》出现就更晚，大约是战国时写成的。所以，对"诗言志"出自于大舜之口，一直以来就有人不断提出质疑。最早是罗根泽先生，他提出：

---

① 朱自清：《诗言志辨·序》，华东师范大学出版社1996年版，第4页。
② 李学勤主编：《十三经注疏·尚书正义》，北京大学出版社1999年版，第79页。

声律的起源很晚，自然不能认为是尧舜时代之说，即："诗言志，歌永言"，也不能信其出于大舜，因为虞书编辑，已被古史大家顾颉刚先生推定在西汉时期了。但"诗言志"，我们可以断定是较早的说法，大约周代已经有了。①

陈良运先生对"诗言志"产生的时代也提出了怀疑：

实际上，尧舜时代绝对不可能出现如此明断的诗论，因为连"诗"字也是西周时候才出现。据陈梦家《尚书通论》的推断，《虞书》之《尧典》《舜典》均为战国时代的著作；近人蒋善国综合古今各家学者的考证成果，并将《尧典》中所涉及的历史文物和语义特征，与先秦诸子著作及其他有关典籍作了详细的比较，勘定《尧典》出现于公元前372—前289年之间，即墨子之后、孟子之前所生活的时代。……这就是说，《尧典》中历来被认为中国最早的诗论这段话，是战国中期某位无名氏整理史书时的拟作，《诗》已流传甚久，算是晚进的诗论了。②

他还从文字学、文献学、先秦诸子论诗的情况加以考察和辨析，认为"'诗言志'出自舜之说应予彻底否定。"否定了此说，我们便可以实事求是地确定中国诗学到底发端于何时，便可对其具有诗学意义的理论观念作出科学的界定。陈良运先生推断"诗言志"这一观念的出现，当在秦汉之际。③

王运熙、顾易生认为：

"诗言志"的说法却是很早就出现的。《今文尚书·尧典》说："诗言志，歌永言，声依永，律和声。"这自然不能想念是上古时代的文献，但是可以肯定在春秋战国期间，这种认识却是相当普遍的。④

---

① 罗根泽：《中国文学批评史》（第一册），上海古籍出版社1957年版，第36页。
② 陈良运：《中国诗学批评史》，江西人民出版社1995年版，第31—34页。
③ 陈良运：《中国诗学体系论》，中国社会科学出版社1992年版，第34页。
④ 王运熙、顾易生：《中国文学批评史》上册，上海古籍出版社1985年版，第10页。

又说：

这段话自然不可能是上古所谓尧舜时代的原始文献。……即使这一说法正式提出较晚，也还是可以视为西周、春秋之际人们对于诗歌性质、功能的认识的一种概括性表述。①

廖群先生认为：

《尚书》中的《虞书》乃后人根据传说所补充不能作为尧舜史料，已是定论，但《虞书》的出现至迟不会晚于春秋中期，《左传·文公十八年》已经提到"虞书"之名。这样，"诗言志"之说作为春秋时代的产物，正与《诗经》的艺术实践相符。②

张少康先生说：

因为《尚书·尧典》晚出，大约是战国时写成的，所记舜的话自然是不可靠的……战国时代"诗言志"的说法就普遍存在了。③

笔者认为，《尚书》及其《尧典》篇不宜轻易否定。这无须作烦琐考证，仅从战国前的文献征引《尚书》的情况略作统计即可说明问题。据陈梦家先生的《尚书通论》④ 和刘起釪先生的《尚书学史》⑤ 统计，《论语》的《为政》《宪问》篇引"《书》云"两次。《国语》的《周语》《楚语》引"《书》曰""《书》有之曰"两次。《左传》引"《书》曰"七次。《墨子》引"先王之书"某某篇多为《尚书》中的篇名，次数多达三十二次。再进而核对各文献所引《尚书》文句，虽有些为佚文，然多数与我们今天见到的《尚书》内容一致。即便《尧典》也在《左传·

---

① 王运熙、顾易生：《中国文学批评史新编》，复旦大学出版社 2001 年版，第 11 页。
② 廖群：《中国审美文化史》（先秦卷），山东画报出版社 2000 年版，第 26 页。
③ 张少康、刘三富：《中国文学理论批评发展史》（上），北京大学出版社 1995 年版，第 12 页。
④ 陈梦家：《尚书通论》，商务印书馆 1957 年版，第 18 页。
⑤ 刘起釪：《尚书学史》，中华书局 1989 年版，第 511—512 页。

文公十八年》被征引过一次，以《夏书》为名引尧舜时事迹的则更有庄公八年、僖公二十四年和二十七年、襄公二十六年、昭公十四年五次。所以，我们虽不敢说《尧典》中那段话真的出自舜之口，但说其最迟出于春秋时期、《左传》之前大抵是不会错的。

如果我们将《尚书》成书的时代推至战国时代，那么，"言志"之说就并非《尚书》最早提出，之前的典籍中已经出现，《左传·襄公二十七年》曾记载赵文子对叔向说"诗以言志。"战国时的典籍《庄子》和《荀子》也曾说到"诗"和"志"。《庄子·天下篇》说，古之道术有存在于《诗》《书》《礼》《乐》者，"《诗》以道志，《书》以道事，《礼》以道行，《乐》以道和，《易》以道阴阳，《春秋》以道名分"。①《荀子·儒效》说《诗》《书》《礼》《乐》是圣人之道的体现，"《诗》言是其志也，《书》言是其事也，《礼》言是其行也，《乐》言是其和也，《春秋》言是其微也"。② 显然《庄子》《荀子》所说的"诗"都是专指《诗三百》而不是一般的诗歌，所说的"志"也并非泛指。但它们的这种说法，也从侧面反映出，在战国时代，《诗》言志是一种普遍的观念。《尚书·尧典》也许正是在总结了当时的有关论述之后，提出了"诗言志"这一诗学命题。

问题是，在诗与礼乐密不可分、文学远不是作为文学而存在的历史语境中，"诗言志"这个颇与现代文学观念相合的提法究竟是如何被提出来的？诗又是在怎样的范围内生成与传播的？促使它产生与传播的动因又是什么？

"诗"是由古代宗教性、政治性祭祀之礼而产生的，已为众多学者所证明。刘师培先生推断："文学出于巫祝之官"，他说"盖古代文词，恒施祈祀，故巫祝之职，文词特工。今即《周礼》祝官职掌考之，若六祝六词之属，文章各体，多出于斯，又颂以成功告神明，铭以功烈扬先祖，亦与祠祀相联，是则韵语之文，虽匪一体，综其大要，恒由祀礼而生。"③诗，在其初生阶段，不是作为一种文学样式，而是与歌、舞结合在一起，作为祭祀的一种仪式。"当时所谓的'诗'，是在宗教性、政治性的祭祀

---

① 陈鼓应：《庄子今注今译》，商务印书馆2007年版，第983页。
② 王先谦：《荀子集解》，沈啸寰、王星贤点校，中华书局1988年版，第133页。
③ 陈引驰编校：《刘师培中古文学论集》，中国社会科学出版社1997年版，第217页。

和庆功的仪式中祷告上天、颂扬祖先，记述重大历史事件和功绩的唱词"。①《吕氏春秋·古乐》"昔葛天氏之民，三人操牛尾，投足歌八阕"的记载，即在传说中的远古时代，人们手持牛尾，脚踏节拍，载歌载舞。尽管记述不免有揣测之意，但原始歌谣与音乐、舞蹈不可分割应属可信。原始诗歌的样子，因年代久远湮灭，今人已难明其原貌。在一些古籍中，载有所谓神农、黄帝、尧、舜时代的歌谣，如《击壤歌》（见《艺文类聚》卷十一引《帝王世纪》）、《康衢歌》（见《列子·仲尼》）、《尧戒》（见《淮南子·人间训》）、《赓歌》（见《史记·夏本纪》）等，实际上多系后人伪托，或经改篡之作，大都不足凭信。不过少数质朴的歌谣，比较接近原始的形态，从中也可看出祭祀仪式的特征。如《吴越春秋》记载的黄帝时代的《弹歌》：

> 断竹，续竹，飞土，逐肉。②

一直以来被认为是一首记录劳动过程的诗歌，反映的是原始人制造弹弓和狩猎的过程，表现了人们劳动的喜悦，具有记事的功能。但也可认为是一首向神灵祷告的诗，用于祭祀仪式上娱神的歌舞。再如《礼记·郊特牲》所载相传为伊耆氏（一说即神农，一说为帝尧）时代的《蜡辞》：

> 土，反其宅！水，归其壑！昆虫，毋作！草木，归其泽！③

"蜡祭"是古代年终合祭万物之神与宗庙的仪式，这首祝祷诗，仿佛是对自然界发出的"咒语"，意命令土、水、草、木各还其所，昆虫不要为害，表达了征服水患、虫灾、草木荒以夺取农业丰收的强烈愿望，是一首节奏鲜明、用词简单的短歌，明显带有原始宗教意识色彩。此外，像甲骨文卜辞中的韵文，《易》卦爻辞，钟鼎铭文中的韵语，等等，都是一种宗教颂赞祷祝之辞。就是《诗经》中的《颂》，大多也是用于朝廷、宗庙祭神祀祖。如《大雅·文王》：

---

① 李泽厚、刘纲纪：《中国美学史》（第一卷），中国社会科学出版社1990年版，第111—112页。

② 袁行霈主编：《中国文学史》（第一卷），高等教育出版社2005年版，第21页。

③ 同上。

> 文王在上，於昭于天！周虽旧邦，其命维新。有周不显，帝命不
> 时。文王陟降，在帝左右。①

礼赞文王勤勉兴邦，祝其在天之灵保佑国运永昌。上古祭祀活动盛
行，许多民族都产生了赞颂生灵、祖先，以及祈福禳灾的祭歌。中国古人
特别重视祭祀，认为"国之大事，在祀与戎"（《左传·成公十三年》），
《礼记·表记》云："殷人尊神，率民以事神，先鬼而后礼。"这类诗从文
学角度看，其价值远不如《风》《雅》，但在当时却是最受尊崇的。上述
说明，诗歌最初是作为宗教意识上的颂赞祷祝之辞，与原始宗教仪式一起
产生并保存下来的。

《诗经》是迄今为止所见到的保存最完整、最古老的一部诗歌总集，
全书收录了西周初年至春秋中叶五百多年间的诗歌。对于春秋来说，这并
不是一个创造诗歌的时代。孔子之时，原被称为《诗》或《诗三百》的
《诗经》已经定型，孔子有"诗三百"之说，而鲁襄公二十九年（前
544）吴公子季札至鲁观礼，所观周乐与今本《诗经》之序相似，都是证
据。而《诗经》中的诗歌，所概括的地域，约相当于今陕西、山西、河
南、河北、山东及湖北北部一带。作者包括了从贵族到平民的社会各个阶
层人士，绝大部分已不可考。时代如此之长，地域如此之广，作者如此复
杂，显然是经过有目的的搜集整理才成书的。

关于《诗经》的编集工作，在先秦古籍中没有明确记载。历史上有
广泛影响的"献诗""陈诗""采诗"之说，透露了《诗经》作品来源和
编定的一些信息。周代公卿列士献诗、陈诗，以颂美或讽谏，是有史籍可
考的。《国语·周语上》云：

> 故天子听政，使公卿至于列士献诗，瞽献曲，史献书，师箴，瞍
> 赋，矇诵，百工谏，庶人传语，近臣尽规，亲戚补察，瞽、史教诲，
> 耆、艾修之，而后王斟酌焉。②

《国语·晋语》云：

---

① 王云五主编，马特盈注译：《诗经今注今译》，台湾商务印书馆 1957 年版，第 397 页。
② 《国语》，尚学锋、夏德靠注译，中华书局 2007 年版，第 10 页。

吾闻古之王者，政德既成，又听于民，于是乎使工诵谏于朝，在列者献诗使勿兜，听风胪言于市，辨袄祥于谣，考百事于朝，问谤誉于路。①

与献诗性质相近的是陈诗。据《礼记·王制》载："天子五年一巡狩，命太师陈诗以观民风。"郑玄注云："陈诗，谓采其诗而视之。"意思就是说采集诗歌给天子观赏，以从中了解民风。《诗经》中当不乏这类作品。汉代人认为周代设采诗之官到民间采诗，献予朝廷以了解民情。这种说法是否确切，颇有争论。公卿列士所献之诗，既有自己的创作，也有采集来的作品。周王朝是否实行过采诗制度，虽不能确定，但如无周王朝有意识地进行诗歌搜集工作，产生于不同地区的民间之诗是很难汇集于王廷的。因此，可以说《诗经》包括了公卿列士所献之诗，采集于各地的民间之诗，以及周王朝乐官保存下来的宗教和宴飨中的乐歌等。

采诗、陈诗和献诗，并非诗歌创作活动，而是一种政治应用性的接受行为。它们和祭祀、礼仪中的用乐所不同的是，在祭祀礼仪中，乐歌被当作古代文献，《孟子·离娄》曰："王者之迹熄而《诗》亡。《诗》亡，然后《春秋》作。"②《诗》是记述"王者之迹"的历史文献，是某种政治和道德理念的载体，起到沟通感情、陶冶道德情操的作用；而在采诗献诗等行为中，乐歌被看作现实生活的反映，是某些群体和个人的思想情绪的载体。所谓"勤而不怨""思而不贰，怨而不言"，都是指作品所表现的思想情绪而言的。通过考察作品的思想情绪，进一步了解当时的社会情势，是这种接受行为的基本方式。儒家的审音知政的思想正是在此基础上产生的。

从上述文献及有关资料来看，在先秦，"诗"的含义具有文献诗和文体诗两种体式。从《诗经》产生的过程来看，诗在春秋时代，主要被当作一种特殊的历史文献的专用名词，而不是作为一种文体符号。人们所考虑的不是如何利用这种文体进行新的创作，而是如何对这一历史文献做有效的接受和应用。所以，那些来自民间的乡野之诗，经过王廷乐官的编排修订，被纳入了周代礼乐文化的范围，经过王廷典礼的示范、学校的传习

---

① 《国语》，尚学锋、夏德靠注译，中华书局 2007 年版，第 256 页。
② 王云五主编，史次耘注译：《孟子今注今译》，台湾商务印书馆 1956 年版，第 223 页。

和不同场合的应用，诗不断地被赋予新的意义，终于被儒家确立为经典。可以说，先秦诗学理论的建立是围绕着《诗经》学的，所以"诗言志"首先是"《诗》言志"。

陈良运在《中国诗学体系论》中指出，"诗言志"观念发端于接受理论中。① 这为我们提供了一个研究角度。

《汉书·艺文志》曰："古者诸侯卿大夫交接邻国，以微言相感，当揖让之时，必称《诗》以喻其志，盖以别贤不肖而观盛衰焉。"② 回顾《诗经》传播与接受的历史，最广泛的应用莫过于赋诗和引诗了。

赋诗是指在交际场合，以诗来表达自己的思想、意志和情意。它源于西周燕礼中的用诗。《仪礼·燕礼》贾公彦疏说："燕有四等：《目录》云诸侯无事而燕，一也；卿大夫有王事之劳，二也；卿大夫又有聘而来，还与之燕，三也；四方聘客与之燕，四也。"③ 这里除第一项外，其余都是政治外交场合的宴饮之礼。在这些场合，需要使用诗乐。诗乐相当于宴享上的礼仪，因而有着严格的等级规定。例如《左传·文公四年》载：卫国宁武子去鲁国行聘礼，鲁文公为他赋《湛露》，他表示不敢接受，说："昔诸侯朝正于王，王宴乐之，于是乎赋《湛露》，则天子当阳，诸侯用命也"④。可知《诗经·小雅·湛露》是天子享诸侯的诗，不得用于诸侯享大夫。在某些交际场合，也有当事者自作诗篇以表达情意的情况，如《诗经·大雅》中的《崧高》和《民劳》就是尹吉甫分别送给申伯和仲山甫的；又如《左传·隐公元年》载，郑庄公与母亲姜氏在大隧中相见，"公入而赋：'大隧之中，其乐也融融。'姜出而赋：'大隧之外，其乐也洩洩。'"⑤ 双方即兴作诗颂美母子和好。但由于自作诗篇比较困难，赋诗者多用现成的作品来表达情意。春秋以降，礼坏乐崩，原来在宴饮场合用诗的严格规定被打破了，人们开始根据自己的需要自由赋诗。例如《左传·僖公二十三年》载，秦穆公享晋公子重耳，重耳赋《沔水》以流水朝宗于海表示自己返国后当朝事于秦；秦穆公赋《六月》，用赞美尹吉甫佐宣王征伐的诗，预言重耳为君定能称霸诸侯，匡佐天子。在这种场合，

---

① 陈良运：《中国诗学体系论》，中国社会科学出版社 1992 年版，第 34—35 页。
② （汉）班固：《汉书》，中华书局 1962 年版，第 1755—1756 页。
③ 李学勤主编：《十三经注疏·仪礼注疏》，北京大学出版社 1999 年版，第 248 页。
④ 杨伯峻编译：《春秋左传注》，中华书局 1981 年版，第 535 页。
⑤ 同上书，第 15 页。

赋诗者把诗当作外交辞令，用来委婉地表达情志，赋诗得当与否，会收到不同的效果。

春秋时期，赋诗被广泛地应用于各种交际场合，人们不仅用来传达己意，还用来考察赋诗者的志意、修养乃至前途。此即赋诗言志和赋诗观志。《左传·襄公二十七年》记载了一次较大的赋诗活动：

> 郑伯享赵孟于垂陇，子展、伯有、子西、子产、子大叔、二子石从。赵孟曰："七子从君，以宠武也。请皆赋，以卒君贶，武亦以观七子之志。"子展赋《草虫》。赵孟曰："善哉，民之主也。抑武也，不足以当之。"伯有赋《鹑之贲贲》，赵孟曰："床笫之言不逾阈，况在野乎？非使人之所得闻也。"子西赋《黍苗》之四章，赵孟曰："寡君在，武何能焉？"子产赋《隰桑》，赵孟曰："武请受其卒章。"子大叔赋《野有蔓草》，赵孟曰："吾子之惠也。"印段赋《蟋蟀》，赵孟曰："善哉，保家之主也，吾有望矣。"公孙段赋《桑扈》，赵孟曰："'匪交匪敖'，福将焉往？若保是言也，欲辞福禄，得乎？"
>
> 卒享，文子告叔向曰："伯有将为戮矣。诗以言志，志诬其上而公怨之，以为宾荣，其能久乎？幸而后亡。"叔向曰："然，已侈，所谓不及五稔者，夫子之谓矣。"文子曰："其余皆数世之主也。子展其后亡者也，在上不忘降。印氏其次也，乐而不荒。乐以安民，不淫以使之，后亡，不亦可乎？"[①]

这次赋诗出自赵孟的请求，带有酬酢和娱乐的性质，与出于功利目的用诗作外交辞令有所不同。子展等人赋诗的用意，大都是表达对赵孟的赞美，非常符合当时的场合，因此赵孟或表示辞谢，或给予称美。唯独伯有所赋的《鹑之贲贲》是刺卫宣姜淫乱而作，诗中有"人之无良，我以为君"两句，伯有用来表达对郑伯的不满，所以赵孟当面给予批评，事后又说他："志诬其上，而公怨之，以为宾荣。"在此基础上，赵孟又对赋诗者的前途命运作出判断，这些预测是《左传》叙事的惯用手段，本不足为据。值得注意的是赵孟所说的"诗以言志""亦以观七子之志"，这里的言志和观志都不同于文学创作和欣赏中表达、探求作者情志的活动，

---

① 杨伯峻编译：《春秋左传注》，中华书局 1981 年版，第 1134—1135 页。

而是通过赋他人之诗，暗示或隐喻赋诗者的思想感情，听者则在正确把握对方所表达的情意的基础上，进一步探求其赋诗行为背后所隐藏的深层动机。所谓志，即孔子说的"盍各言尔志"之志，有"志向""怀抱"之义。言志本身即是一种特殊的文学传播与行为，而观志则构成对传播行为的分析考察，是更高层次上的接受行为。

　　无论是以诗作外交辞令，还是赋诗言志，赋诗者都可以任意选择所赋之诗，这就与西周宴享礼仪上的用诗有了很大不同，而构成一种自主性的接受行为。赋诗的依据是诗的文字意义，人们对诗义的共同理解是赋诗的基础，双方通过所赋之诗的文字来传递和接收信息。在这一过程中，人们关注的既不是作品本身的丰富内涵，也不是其审美特征，只是借用诗歌文字的表面意义去进行交流。因此，正确处理和理解赋诗者的志意与诗的文字之间的关系，就是赋诗中关键性的技巧。而且，赋诗者对诗义的使用又是非常灵活的，往往仅取其中某章或某句之义作隐喻、暗示和象征。例如上面所引的这个例子中，子大叔赋《野有蔓草》，即取其中"邂逅相遇，适我愿兮"两句，以表达对赵孟的悦慕，赵孟也心领神会，故而表示感谢。至于原诗所表现的男女野合的内容，双方均搁置不顾。这种用诗方法，人们称之为断章取义。据《左传·襄公二十八年》载，齐国卢蒲癸因有求于庆舍，不避同宗，娶庆舍之女为妻，"庆舍之士谓卢蒲癸曰：'男女辨姓，子不辟宗，何也？'曰：'宗不余辟，余独焉辟之？赋诗断章，余取所求焉，恶识宗？'"① 卢蒲癸用"赋诗断章，余取所求"为他的行为辩解，可见断章取义已成为赋诗中的通行原则。在当时人的心目中，诗并不是业已固定下来的独立的文学文本，而是可以任意择取、运用的语言材料。赋诗就是运用这些材料代替个人的创作。周代学校中向国子教授"乐语"，使他们能够"兴、道、讽、诵、言、语"，即在这一意义上对诗的运用。清代劳孝舆在《春秋诗话》中论及这一现象时说："盖当时只有诗，无诗人。古人所作，今人可援为己诗；彼人之诗，此人可赓为自作，期于言志而已。人无定诗，诗无定指。"② 在这种情况下，诗的创作和应用之间，作者和接受者之间，诗的本义和赋诗者的主观意旨之间，都没有确定的不可移易的界限。我们看到，《诗经》的不同作品中有很多

---

① 杨伯峻编译：《春秋左传注》，中华书局 1981 年版，第 1145 页。
② （清）劳孝舆：《春秋诗话》，商务印书馆 1936 年版，第 2 页。

雷同的诗句，有的甚至整章诗句都与其他作品相似，这种现象正是出于劳氏所说的诗人间互相借用诗句的情况。赋诗言志及其断章取义的原则，也是这种情况的反映，它说明诗在当时是作为社会通行的交际语言，可以被人们自由广泛地运用。

与赋诗相近的用诗方式是引诗。春秋时，君臣相对、士大夫交接邻国，常常引诗以表达己意。仅《左传》《国语》记载，引诗就多达 250 余条，可见当时引诗话之盛行。孔子所谓"诵诗三百，授之以政，不达；使于四方，不能专对。虽多，亦奚以为？"也当包括此种作风。这种风气一直延续到战国时期。引诗和赋诗有所不同。赋诗一般是应用于宴享的场合，仍保留着某种礼仪的性质。赋诗者整篇整章地运用作品表达己意，一般不再直接发表见解，只有当用意过于深曲时，才另加说明。而引诗总是用于正面表达某种见解时，论者只是根据临时需要引用诗中的几句话，将其纳入自己所表达的内容之中，以加强说理的力量。诗在这种情况不被当作古训或史实，而被用作说理的论据或比喻的手段。因此，人们在引诗时也就更为自由地离开原义而引申发挥，使之切合自己要表达的意思，断章取义同样成为引诗的原则。例如《左传·成公八年》载：

> 晋侯使韩穿来言汶阳之田，归之于齐。季文子饯之，私焉，曰："大国制义，以为盟主，是以诸侯怀德畏讨，无有贰心。谓汶阳之田，敝邑之旧也，而用师于齐，使归诸敝邑。今有二命，曰'归诸齐'。信以行义，义以成命，小国所望而怀也。信不可知，义无所立，四方诸侯，其谁不解体？《诗》曰：'女也不爽，士贰其行。士也罔极，二三其德。'七年之中，一与一夺，二三孰甚焉？士之二三，犹丧妃耦，而况霸主？霸主将德是以，而二三之，其何以长有诸侯乎？……"①

鲁齐两国为争夺汉阳之田，矛盾由来已久。晋国作为霸主，曾主张齐国归还鲁国的汶阳之田，现在又出于本国利益，让鲁国把汶阳之田送给齐国。因此季文子批评晋国失信，又引《诗经·卫风·氓》中的句子表达己意。所引诗句本来是弃妇怨恨丈夫用心不专，而季文子只取其"二三

---

① 杨伯峻编译：《春秋左传注》，中华书局 1981 年版，第 837 页。

其德"之义，至于后面所说的"士之二三，犹丧妃耦"，更非诗之原旨，不过是季文子根据需要加以引申，以说明晋国作为霸主而不讲信义，无以长有诸侯。这里的引诗，不同于一般情况下的引经据典。一般的引经据典是在不违背原义的前提下用经典做论据，如果对经典的理解有误，就失去了立论的依据，造成理论的破绽。这是稍有常识的论者所尽力避免的。而引诗却不顾及经典的本义，引诗者以为我所用的态度对经典重新加以阐释，引申出符合自己需要的意义。这种随意解释的做法导致同样的诗句在不同的语境中被赋予不同的含义。例如《左传·僖公二十八年》的这段评论："君子谓文公：'其能刑矣，三罪而民服。'《诗》云：'惠此中国，以绥四方。'不失赏、刑之谓也。"① 论者引《大雅·民劳》中的诗句，赞扬晋文公"不失赏刑"，意即能正确运用刑罚，因而使下民服从。而在《昭公二十年》的"仲尼曰：'善哉！政宽则民慢，慢则纠之以猛。猛则民残，残则施之以宽。宽以济猛，猛以济宽，政是以和。'《诗》曰：'民亦劳止，汔可小康；惠此中国，以绥四方。'施之以宽也……"② 同样的诗句，却被孔子用来说明为政以宽的道理。由此不难看出，引诗也是把诗当作现成的语言材料，随心所欲地拿来为引诗者所用。对经典的运用和重新解释是同时发生的，诗句一旦被引用，就在新的语境中获得作者赋予的新义，变成其论说的有机组成部分。朱自清先生指出："在这种外交酬酢里言一国之志，自然颂多而讽少……不过就是酬酢的赋诗，一面言一国之志，一面也流露着赋诗人之志"③。

朱自清先生在《诗言志辨·兴义溯源》中曾做过统计：《左传》所记载赋诗，见于今本《诗经》的，共53篇；引诗共84篇。将两项合计，再去其重复的，一共有123篇，占全诗的1/3强，足见当时"称诗"之盛。春秋以后，赋诗言志的情况不复存在，但在言辞和论著中断章取义地引用"诗三百"，却一直延续到战国和汉代，赋诗言志是一种普遍的观念。

上述所引文献，凡在赋者，是"言志"；在他者，听后加以判断，是"观志"。无论是"言志"还是"观志"，都有一个共同点，那就是都根据自己对于《诗》中某些篇章的理解、接受的程度，赋《诗》者将其作

---

① 杨伯峻编译：《春秋左传注》，中华书局1981年版，第472页。
② 同上书，第1421页。
③ 朱自清：《朱自清古典文学论文集》，上海古籍出版社1981年版，第206页。

为与自己心意、志向寄托相对应的言词而表白出来，听《诗》者则作出相应的判断。在赋诗的活动中，《诗》成了一套隐语或特殊的外交语言，在大多数情况下，彼此都能心照不宣。"断章取义，余取所求"，这本是对历史文献使用的态度，与创作的态度是截然不同的。我们知道，"诗三百"中的每一首诗，都是作者们因事因情而发，并没有明确"言志"的动机，但既然从"心"而出，情意便有所向。当这些即兴创作用文字记录下来并流传之后，接受者，特别是有一定知识的接受者，便会根据自己的生活经验，或者产生共鸣而认同，或使这些作品"进入具有延续性的、不断变更的经验视野"，以与自己此时此刻的情意交融契合。意识达到可以用《诗》言己之志，用现代的接受美学理论来说，是接受者审美意识的觉醒，先人们"从简单的接受进入到批判的理解，从消极接受转化为积极接受"。①

陈良运对这一接受诗学评价说：

> 这种积极的接受意识的觉醒和应用，使已经作为文献的《诗》中一些隐蔽的特征，被接受者揭示出来并逐渐明朗化了。孔子说《诗》可以兴、观、群、怨，也是从接受的角度提出来的，揭示"《诗》三百"有抒情、反映社会生活、交流思想感情和婉言怨讽等本体特征。但他们是将这些本体特征与功用看成完全一致的，即使在有的诗里很难达到一致，他们就采取引申义而求得一致，……这颇像现代接受美学所说："一切解释，只要在文本中找到相应的理由，便或多或少是合理的。""志"，虽然在《诗》中没有明确表述过，接受者从《诗》中表现处于各种情感状态的"心"（"我心""中心""劳心""心伤""心悲"等等）——心情心意的篇章中抽象出了这一新的观念，这是对《诗》的作者们不自觉"言志"而作出自觉的、具有理论意义的界定。这个新观念因为可以在《诗》的各个"文本"找到"相应的理由"而得以成立，于是"言志"说在中国诗学理论中便成为一个合理的存在。②

---

① ［德］汉斯·罗伯特·尧斯：《作为向文学科学挑战的文学史》，《外国文学导报》1987年第1期。

② 陈良运：《中国诗学体系论》，中国社会科学出版社1998年版，第38页。

以上赋诗、引诗、教诗的各项活动，便是先秦诗学发生的背景。先秦有关诗的论述，大都可以依据这些活动得到解释。"诗言志"说的形成，也正与"用诗"之风密切相关。这种情况在很大程度上决定了先秦诗学（尤其儒家诗学）的性格，即偏重于读者而不是作者，偏重于接受而不重创作，偏重于实用而不重审美，在根本上是不合于诗的美学的、艺术的特质的。

二 "志"之考辨

对"志"的含义的不同理解，便会产生对"言志"说的不同阐释。"志"的解说是"言志"说的核心。所以，后世对"诗言志"命题的讨论，首先集中在对"志"的含义的考辨上。

从训诂学的角度考察，"志"的最一般的含义，与"诗"是相通的。在汉代，人们即多训"诗"为"志"，如：许慎《说文解字·言部》："诗，志也。志发于言，从言，寺声。"郑玄注《尚书·洪范·五行传》："诗之言，志也。"高诱注《吕氏春秋·慎大览》："诗，志也。"王逸注《楚辞·九章·悲回风》亦云："诗，志也。"《诗谱序》孔颖达疏引《春秋说题辞》："诗之为言志也。"杨树达《释诗》说："志字从心，止声寺字亦从止声。止志寺古音无二。……其以止为志，或以寺为志，音同假借耳。"他还根据《左传·昭公十六年》韩宣子"赋不出郑志"之语，认为此处"郑志"即"郑诗"，故"古诗志二文同用，故许（慎）径以志释诗"①。日本学者青木正儿也说："'志'字，乃合'之''心'成，即'心'之所'之'为'志'②。"闻一多在《歌与诗》中也同样得出"'诗'与'志'原来是一个字"的结论，并说："'志'字从'止'。卜辞'止'作'屮'，从止下一，象人足停止在地上，所以，'止'本训停止。"又："'志'从'止'从'心'，本义是停止在心上。停止在心上亦可说藏在

① 以上所引杨树达语均见《积微居小学金石论丛》卷一，科学出版社 1955 年版，第 25—26 页。

② ［日］青木正儿著：《中国文学思想史》，郑樑生、张仁青译，台湾开明书店 1977 年版，第 22 页。

心里。"①《荀子·解蔽》："志也者，臧（藏）也。"注："在心为志。"正谓"藏在心里"。故《诗序疏》所谓"蕴藏在心谓之志"最为确诂。《毛诗序》说得更为明确："诗者，在心为志，发言为诗。"简言之便是"诗言志"。

既然"志"的本义是停在心上或藏在心中，因而在秦汉典籍中训"志"为"情"、为"意"者亦非鲜见。《左传·昭公二十五年》太叔答赵简子问礼，说："民有好、恶、喜、怒、哀、乐，生于六气。是故审则宜类，以制六气。"孔颖达《正义》云："此六志《礼记》谓之六情。在己为情，情动为志，情，志一也。"②汉人又以"意"为"志"，《礼记·学记》："一年视离经辨志"，郑玄注："辨志，谓别其心意所趋向也。"《尧典》："诗言志，歌永言"，郑玄注："诗所以言人之志意也；永，长也，歌又所以长言诗之意。"《广雅·释言》曰："诗，意也。"《汉书·司马迁传》引董仲舒语曰："诗以达意。"在这些诠释与理解中，"志"的内涵就是"情""意"，也就是诗人内心的情感与意志。所以。"言志"的本义，无非就是言情、言意。关于这一点，唐代孔颖达在《毛诗正义》中说得较为明确：

> 诗者，人志意之所适也。虽有所适，犹未发口，蕴藏在心，谓之为志。发见于言，乃名为诗。言作诗者，所以舒心志愤懑，而卒成于歌咏。故《虞书》谓之"诗言志"也。包管万虑，其名曰心；感物而动，乃呼为志。志之所适，外物感焉。言悦豫之志则和乐兴而颂声作，忧愁之志则哀伤起而怨刺生。《艺文志》云："哀乐之情感，歌咏之声发。"此之谓也。③

"志"与"情""意"是完全等同的，诗所要表达的就是诗人内心的情或意。换言之，诗既是诗人内心志意的抒发，也是诗人内心情感的流露，"情动于中"，这就是诗歌产生的本源。

闻一多在《歌与诗》中，从诗的发展过程来分析，对"志"的含义作了更为深入系统的论述，他说："志有三个意义：一、记忆，二、记

---

① 《闻一多全集》第一集，生活·读书·新知三联书店1982年版，第185页。
② 李学勤主编：《十三经注疏·春秋左传正义》，北京大学出版社1999年版，第1455页。
③ 李学勤主编：《十三经注疏·毛诗正义》，北京大学出版社1999年版，第6页。

录，三、怀抱。这三个意义正代表诗的发展途径上三个主要阶段。"首先，既然"诗"为"志"，"志"又是"藏在心中"，那么，"诗"或"志"也就是记忆，也就是指诗的最初的记诵。"一个人如果不具备可以从中取得含义的适当的记忆功能，就不可能引发一个运用标准语言符号的传播活动"①。所以，"诗之产生，本在有文字以前，当时专凭记忆，以口耳相传。诗之有韵及整齐的句法，不都是为着便于记诵吗？所以诗有时称'诵'。这样说来，最古的诗实相当于后世的歌诀，如《百家姓》、《四言杂字》之类。"② 因而"记忆"便是诗或志的第一个意义，也就是诗歌发展的第一个阶段。其次，文字产生之后，文字便代替了记忆，"记忆谓之志，记载亦谓之志。古时一切文字记载皆曰志"③。如《管子·山权数》："诗所以记物也。"贾谊《新书·道德说》："诗者，志德之理而明其指，令人缘之以出成也。故曰：诗者，此之志者也。""志物"也好，"志理"也好，"志"总不外乎记载、记录之意。在先秦的典籍中，引到"志云"的不下十几处，皆指"记载"之书，而且又都是韵语（即诗）。再从中国古代诗歌发展史来看，商、周时期的诗本与外交、战争、祭祖等重大宗教政治活动联系在一起，包括了对重大宗教政治活动的布告、记述和评论，有政治历史文献（史）的性质。因而"记载"便是诗或志的第二个意义，也就是诗歌发展的第二个主要阶段。再次，与此同时，人们为了适应日趋复杂的社会环境，使用文字力求经济简便，于是散文应运而生，逐渐倾向于用散文体记录事物和道理，而诗（韵文）则更多地用来抒写"怀抱"，使得诗的"事"的成分渐少，"记"的作用渐微。到了"诗言志"和"诗以言志"这两句话成为人们公认的定义时，便已经开始用"志"来专指"怀抱"即"情""意"了，这便是诗或志的第三个意义，也就是诗歌发展的第三个主要阶段。我们只要细心体察一下《论语》中所记载的孔子令学生"盍各言尔志"，就可以发现，春秋时期所谓的"志"，的确含有"怀抱"这一含义。朱自清先生在深入探讨"诗言志"学说时部分接受了闻一多先生的"怀抱"之解，但他认为"到了'诗言志'和'诗

---

① ［美］梅尔文·德弗勒、埃弗雷特·丹尼斯：《大众传播学通论》，华夏出版社 1989 年版，第 14 页。

② 《闻一多全集》第一集，生活·读书·新知三联书店 1982 年版，第 185 页。

③ 同上。

以言志'这两句话，'诗'已经指'怀抱'了。"①而"怀抱"的含义比较宽泛，既包括了理性的思想，也包括了非理性的情感。但问题在于，将这个被解释为"怀抱"的"志"纳入到最初的"诗言志"学说中，它还包括不包括那些非理性的情感呢？闻一多先生认为"怀抱"泛指各诗人内心蕴藏的各种情意，言志即言情；朱自清先生则认为这种"怀抱"特指与古代社会政教、人伦紧密相关的特定情意指向，即"礼"。这两种解说实质上是有差别的。

从"诗言志"说产生的年代以及对诗的解说看，春秋时期，谈诗最多的莫过于《左传》和《论语》了。

先看《左传》，据有学者统计，"志"字在《左传》中出现60余次。杨伯峻先生按词义分为6类，其中两类属于书名；有两类动词分别释作"表明、记住"；"修明、表识"；另一类名词，释作"斗志、勇气"。而大量的意思仍是名词"志向，抱负"，如僖公十五年、二十二年、十八年，襄公四年，昭公十五年等近40处。如僖公十五年载：

> 三败，及韩，晋侯谓庆郑曰："寇深矣，若之何？"对曰："君实深之，可若何！"公曰："不孙！"卜右，庆郑吉。弗使，步扬御戎，家仆徒为右。乘小驷，郑入也。庆郑曰："古者大事，必乘其产，生其水土而知其人心，安其教训而服习其道；唯所纳之，无不如志。"②

这是关于秦晋之战的一段记述。晋军三败，晋侯则另选从郑国进口的小驷马驾战车，庆郑就以古代重大战争为例，劝说晋侯用国产的战马。其"无不如志"的"志"，从字面意看，似是指国产战马善解主人心意，听从主人使唤，实质上是指能满足国君取得战争胜利的政治抱负。

再看《论语》。"志"字在《论语》中共出现16次，依杨伯峻先生的注释，做名词"志向"讲的有12次；做动词"有志于"讲的有4次，都与感情无关。如：

> 子曰：父在，观其志；父没，观其行；三年无改于父之道，可谓

---

① 朱自清：《古典文学论文集》，上海古籍出版社1981年版，第194页。
② 李学勤主编：《十三经注疏·春秋左传正义》，北京大学出版社1999年版，第374—375页。

孝矣。(《学而》)①

　　颜渊、子路侍。子曰：盍（何不）各言尔志？子路曰：愿车马衣裘与朋友共，敝之而无憾。颜渊曰：愿无伐善，无施劳。子路曰：愿陈子之志。子曰：老者安之，少者怀之，朋友信之。（《公冶长》)②

　　前一段中"观其志"的"志"，明显是指"志向"。因父在，做儿子的无权独立行动，所以观察的只能是他的"志向"。从"三年无改于父之道"句，可知这个"志向"应为父亲人格修养中好的东西（道）；后一段师徒三人所言之"志"，无疑是"志向"了。两个弟子的"志向"是关于修身，孔子则是讲述其治国的政治抱负。

　　再从接受角度看，作诗往往是个人性的行为，故总以"吟咏情性"居多，这有十五《国风》和《小雅》中许多诗篇为证。然而，从献诗、赋诗这种当时特殊的用诗之学来看，因献诗、赋诗者身份、地位及赋诗场合、目的的特殊性，所赋之诗章、诗篇都已被纳入政教礼乐的轨道，诗人的瞬间情绪和个人感受已然被改造、提升、泛化为公众的意志，诗的意义也已被重新确认，因而，"虽然所唱只是些当时流行、人人习熟的某一首旧诗，但在唱诗人心中则别有所指，借他所唱来作讽谕。"③ 这"别有所指"是什么呢？瞽矇和公卿列士献诗的目的是长君之善正君之过，太师教诗的目的是培养行人，使之能专对能达政，二者之志自然多属家国之志而牵涉政治。这往往与作者之志、文本之义不能同一，因此，"断章取义，予取所求"成为用诗之学的方法论指导。在这个语境中，钱穆先生的下述结论可以得到恰当的安顿："可见'诗言志'，古人多运用在政治场合中，所言之志都牵涉到政治。"④（同前）都是事关政治教化、国家利益的"公志"，而非赋诗者个人的"私志"。也只有在这样的语境中，才能比较容易理解《诗大序》的以下一段话："是以一国之事系一人之本，谓之风。言天下之事，形四方之风，谓之雅。""一人"系谁，献诗者也、赋诗者也，若谓凡作诗者皆有此担当，未免过甚其词。其中之"风"乃

---

①　李学勤主编：《十三经注疏·论语正义》，北京大学出版社 1999 年版，第 11 页。

②　同上书，第 75 页。

③　钱穆：《中国文学讲演集》，巴蜀书社 1987 年版，第 97 页。

④　同上书，第 98 页。

讽喻、规劝之意，"雅者，正也"，皆非体裁义。

因此，可以认为，"战国以前人们既没有文学观念，也没有从理论上认识到诗歌的抒情特征，人们只是把《诗三百》篇作为政治历史道德修养的文献来看待的。因此，不论提出作'诗言志'还是赋'诗以言志'的学说，其'志'都主要是指作诗人或赋诗人的政治抱负、道德修养、或政治生活中具体愿望，还没有包含抒情诗中的喜怒哀乐的情感，尤其是个人的私情"。①

三　儒家诗学观的确立

"《诗》言志"是先秦诸子百家对诗歌本质的一种广泛的共识，也是诸子百家共同的诗学观念。在对《诗》的解说中，儒家建立起了其政教诗学理论体系。

最早对《诗》进行理论总结的是孔子。孔子是一位杰出的思想家和教育家，是儒家学派的代表人物。他自称"述而不作，信而好古"（《论语·述而》），这是他对古典文献的态度。他期望从古代典籍中来寻找社会改良的思想源泉和理论原则，在整理、解释古代典籍中建立自己的思想体系。孔子非常重视《诗》，《论语》中论及《诗》有18次。孔子诗论有三大部分：一是《诗》的作用："兴、观、群、怨"（《论语·阳货》）；二是《诗》的品格："怨而不怒，哀而不伤"（《论语·八佾》）；三是《诗》的本质："诗无离志，乐无离情"②，情志并举的"无邪"（《论语·为政》）说。

应当看到，孔子并不是把《诗》看作文学的一种，而是把它视为培养合格的人才的教科书。他看到了诗歌对人具有潜移默化的教育作用，因此，在给学生解诗的过程中，孔子不断地将"淫诗"作了伦理化的阐释。例如：

子夏问曰："'巧笑倩兮，美目盼兮，素以为绚兮'。何谓也"子

① 徐正英：《"诗言志"复议》，《中州学刊》1999年第6期。
② 见《战国楚简·孔子诗论》，上海博物馆藏。

曰："绘事后素。"曰："礼后乎?"子曰："起予者商也,始可与言《诗》已矣。"(《八佾》)①

　　子贡曰："贫而无谄,富而无骄,何如?"子曰："可也,未若贫而乐,富而好礼者也。"子贡乐:"《诗》云:'如切如磋,如琢如磨。'其斯之谓与?"子曰："赐也,始可与言《诗》已矣,告诸往而知来者。"(《学而》)②

　　这两则都是孔子与学生的对话,前一则,子夏所问之诗见于《诗经·魏风·硕人》,这首诗本是描写女子美貌的,但孔子却从"绘事后素"中引申出了先仁后礼的道理。而子夏从老师的解释中,领悟出以仁义为质地,以礼仪为文采的道理,深受孔子的称赞;后一则原是赞美一位风流倜傥的美男子的,但子贡从老师的话中受到启发,于是引出品德修养犹如琢磨玉石当不断提高。

　　孔子一再强调《诗》在培养人的思想道德品质中的重要作用。

　　子曰:兴于诗,立于礼,成于乐。(《泰伯》)③
　　子曰:小子何莫学夫诗?诗可以兴,可以观,可以群,可以怨;迩之事父,远之事君;多识鸟兽草木识名。(《阳货》)④

　　孔子认为诗、礼、乐是人们进行道德修养的几个必经阶段。"兴于诗"据何晏《论语集解》引包咸注云:"兴,起也,言修身必先学诗。"为什么修身要从学诗开始呢?因为人的道德修养总是从具体、感性的榜样学起,诗歌正是以生动具体的形象和强烈的感情来激动人心,而《诗》在孔子看来,以其"无邪"的内容和生动形象的表现形式提供了许多这样的典范,使人们的言谈立身行事有了可靠的合乎礼义的依据。这从上引孔子与学生对《诗经》中有关诗句的讨论,就可看出。之后,再通过学习礼节仪式、用音乐陶冶性情,来完成对个体的道德修养的培养。

　　孔子注重"诗"的功能是与他的政治伦理观紧密联系在一起的,"兴

---

① 李学勤主编:《十三经注疏·论语注疏》,北京大学出版社 1999 年版,第 32—33 页。
② 同上书,第 12 页。
③ 同上书,第 104 页。
④ 同上书,第 237 页。

观群怨"论，则是他对《诗经》的社会传播功能的强调，可以说是中国诗学道德教化论的滥觞。孔子以诗的思维方式和伦理情感为基础，通过教化达到向仁向善的政教意义，这对中国诗学思想影响极其深远。

孟子时代，对于《诗》的理解已出现许多问题，所以孟子提出理解《诗》要"知人论世"（《孟子·万章下》），"以意逆志"（《孟子·尽心下》）。这的确是全面、深刻理解《诗》的正方法。但孟子说诗仍是断章取义的方式。在孟子看来，要是符合善的，就一定是美的。养浩然之气是向善臻美努力，由此把《诗》与作诗人的意志联系在一起，从对赋人的"志"的关注转向了对作诗人的"志"的关注。

如果说孔孟之论还未明确论及诗中情与志的关系，那么荀子首先把"情"和"志"分而论之。孔孟把人的情志归于仁，归于善，认为这是天赋予人的本性，人的情志就应当体现人的这一天性。但荀子的性恶论，先肯定了人的情志的个体性，但他认为这种个人的情志需要社会伦理的教化和制约。《荀子·乐论》云："夫乐者乐也，人情之所必不免也，故人不能无乐。乐则必发于声音，形于动静。"[①] 荀子所说的情感，并非人的天然情感，更不是审美情感，而是他所倡导的以"礼义"为核心的伦理情感。音乐所表现的情感性质，不能越出礼义之道的范围，因而必须"以道制欲"，才有真正的愉悦和快乐："乐者乐也，君子乐得其道，小人乐得其欲。以道制欲，则乐而不乱；以欲忘道，则惑而不乐。"[②] 要以礼义制约感情，把情感纳入伦理之轨。荀子明确提出"诗言志"，强调诗要"明道"，明"圣王之道"。《荀子·儒效》这样说：

> 圣人也者，道之管也。天下之道管是也。百王之道一是矣，故《诗》《书》《礼》《乐》之归是矣。《诗》言是其志也，《书》言是其事也，《礼》言是其行也，《乐》言是其微也。[③]

这里的"志"，不仅包含"思想"，还包含"情感"的意思。而且，这个"志"不再指说诗者的志，而是指作诗人的志，"圣人之志"。这就把儒家规限的要典，与"志"和"道"联系了起来，与"百王之道"结

---

① （清）王先谦撰：《荀子集解》，沈啸寰、王星贤点校，中华书局1988年版，第379页。
② 同上书，第382页。
③ 同上书，第133页。

合在一起，使之都带上了政治伦理教化的意味，指明诗的使命，开了"原道""明道"甚至"载道"的先河。这是诗体的自觉，也是诗的本质的自觉。

荀子的诗学思想对汉儒的诗经学思想有很大的影响。《礼记·乐记》与《毛诗序》对音乐与诗歌中情感因素的认识，都继承着荀子《乐论》的传统，强调情感的伦理道德属性。

《毛诗序》对"诗言志"在先秦的意义上作了新的解释，第一次从理论上明确地将"志"与"情"联系起来，揭示了诗歌抒情与言志相统一的艺术本质。

> 诗者，志之所之也，在心为志，发言为诗。情动于中而形于言，言之不足故嗟叹之，嗟叹之不足故永歌之，永歌之不足，不知手之舞之，足之蹈之也。①

《毛诗序》首先阐明了诗歌创作的本源在于"志"，"志"构成诗的内容，这与先秦时代就已产生的"诗言志"的观点一脉相承。其次，进一步提出"情动于中而形于言"的观点，也就是说，诗是发动于内心的"情"外化于"言"的产物，是通过"吟咏情性"来"言志"的，所谓"言志"即是表情。虽然，在这里"志"与"情"的关系与内涵还没有得到明确的说明，但可以看出，作者是企图将言志功能与言情功能作一个理论上的折中。既肯定"诗者，志之所之也，"同时又指出诗是"吟咏情性"的，"情动于中而形于言"，实际上是从理论上把"情""志"统一了起来。

抒情之说，早先主要用在乐论之中。《荀子·乐论》和《礼记·乐记》有大量的有关论述。

在原始氏族社会中，音乐配合氏族祭祖上帝祖先和庆功典礼的活动，（参见《吕氏春秋·古乐》）对全社会的生存发展具有极其重大的意义，因而音乐的教育就受到了高度的重视。《尚书·尧典》中"教胄子"就是教育贵族子弟，它说明了在当时以音乐相诗歌为基本教育内容，重在陶冶与培养贵族子弟高尚的思想品质与道德情操，即所谓"直而温，宽而栗，

---

① 李学勤主编：《十三经注疏·毛诗正义》，北京大学出版社 1999 年版，第 6 页。

刚而无虐，简而无傲"。

音乐与社会政治的关系尤为密切，古人甚至视乐教为治国之本。如《荀子·乐论》云：

> 乐者，圣人之所乐也，而可以善民心，其感人深，其移风易俗易。故先生导之以礼乐，而民和睦。夫民有好恶之情，而无喜怒之应，则乱；先王恶其乱也，故修其行、正其乐，而天下顺焉。……故乐行而志清，礼修而行成，耳目聪明，血气和平，移风易俗，天下皆宁，美善相乐。①

《礼记·乐记》云：

> 乐者，音之所由生也，其本在人心之感于物也。……是故先王慎所以感之者。故礼以道其志，乐以和其声，政以一其行，刑以防其奸。礼乐刑政，其极一也，所以同民心而出治道也。凡音者，生人心者也。情动于中，故形于声；声成文，谓之音。是故治世之音安以乐，其政和；乱世之音怨以怒，其政乖；亡国之音哀以思，其民困。声音之道，与政通矣。……凡音者，生于人心者也；乐者，通伦理者也。……唯君子为能知乐。是故审声以知音，审音以知乐，审乐以知政，而治道备矣。是故不知声者，不可与言音；不知音者，不可与言乐，知乐则几于礼矣。礼乐皆得，谓之有德，德者，得也。……是故先王之制礼乐也，非以极口腹耳目之欲也，将以教民平好恶，而反人道之正也。②

从这些论述中不难看出，当时人们是何等地重视音乐和乐教。音乐不仅与伦理、政治相通，而且又是同"礼、刑、政"并列为治国之根本。由于音乐具有一种特殊的感化力量，它对人们的思想、道德和情感能够产生潜移默化而又强有力的影响，故能达到移风俗、善民心、天下皆宁、美

---

① （清）王先谦撰：《荀子集解》，沈啸寰、王星贤点校，中华书局 1988 年版，第 381—382 页。

② 李学勤主编：《十三经注疏·礼记正义》，北京大学出版社 1999 年版，第 1253—1260 页。

善相乐的政治功效。从另一个方面看，通过音乐，可以观风俗、知盛衰，而后治道备。相反，如果一个人不知乐，那么他就没有资格参政。所以，对于贵族子弟来说，接受音乐教育，决非等闲之事。在《周礼·大司乐》中，还记载了对"国子"进行乐教的基本内容：

> 以乐德教国子：中、和、祇、庸、孝、友。以乐语教国子：兴、道、讽、诵、言、语。以乐舞教国子：舞《云门》《大卷》《大咸》《大磬》《大夏》《大濩》《大武》。以六律、六同、五声、八音、六舞、大合乐，以致鬼神祇，以和邦国，以谐万民，以安宾客，以说远人，以作动物。①

从"乐德""乐语""乐舞"的内容上看，乐教实际上是包括了音乐、诗歌和舞蹈这三位一体的综合教育。

其次，我们再从先秦社会文化思想来看，中国古代诗学一直就存在着如何处理好艺术社会化与个性化问题，即艺术活动究竟是要抒发审美个体的情感、意趣，满足个体身心感性需求（个性化），还是强调社会整体伦理道德的理性内容（社会化）。

先秦的文化思想领域呈现出百家争鸣之势，但由于政治统治和社会发展的需要，儒家思想一直处于主导地位。儒学的核心内容是仁。什么是仁？克己复礼即为仁，而克己复礼说白了就是要克制私己，取消个性，使个体回复到符合社会规范的礼中来。李泽厚先生认为，儒家理想中的社会是一个按照严格等级制度组织起来的社会，但又是人际彼此关爱的社会，在这里个体与社会是能够且应该统一的。一方面个体通过社会与他人和谐相处得以发展；同时社会又因个体之间的亲和无间得以发展，而达成这一理想社会的关键是使每一个社会成员具有社会发展所需要的良好的伦理道德情感。② 儒家认为只有通过审美活动这一手段和途径来影响、形成个体的社会化情感。

要构建以"仁"为核心的理想社会，关键是以礼乐制度规范、约束个体的行为，并使这一规范内化成个体心理内容，这样才能真正维护巩固

---

① 李学勤主编：《十三经注疏·周礼注疏》，北京大学出版社 1999 年版，第 574—575 页。
② 李泽厚、刘纲纪：《中国美学史》（第 1 卷），中国社会科学出版社 1990 年版，第 71 页。

社会秩序的稳定和谐。所谓"制礼作乐"，可见礼乐本是可分开的，《乐论》说："乐者，天地之和也；礼者，天地之序也。""礼"是祭祀、军事、政治乃至日常生活所规定的礼仪之总称。在这一系列的活动中，它对个体做出强制性的要求、限定，有意识地培养训练个体的集体性、秩序性的行为、观念，从而达到个体情感观念社会化的目的。

"乐"则不同，《乐论》中说："乐由中出，礼自外作。"① 可见，与外部强制活动的"礼"不同，"乐"是一种内部情感的表现形式，通过它可使群体的情感得以交流，引导其中的个体和谐一体。苏珊·朗格说："音乐能够通过自己动态结构的特长，来表现生命经验的形式，而这点是极难用语言来传达的。情感、生命、运动和情绪，组成了音乐的意义。"② 可见音乐具有一种普遍性情感。"是故，志微、噍杀之音作，而民思忧；嘽谐、慢易、繁文、简节之音作，而民康乐；粗厉、猛起、奋末、广贲之音作，而民刚毅；廉直、劲正、庄诚之音作，而民肃敬。宽裕、肉好、顺成、和动之音作，而民慈爱"。③ 此处正是通过音乐来陶冶性情，塑造情感，以获得个体规范化的情感，这正是先秦美学的特征。

那么怎样的情感才具有普遍性、社会性而不仅是个人的独白呢？那就是"乐而不淫，哀而不伤，怨而不怒"，即所谓"温柔敦厚"。喜怒哀乐之情不可过度，否则既有损个体身心，又不利于社会和谐。因此"和"既可满足个人情感需要，又可作为一种标准规范塑就个人情感。那些过分强烈的欢愉、忧伤、情欲均被排斥。总之，先秦诗学主张任何情感及一切艺术均要符合社会整体之和谐。

既然歌曲、舞蹈、音乐本是三位一体、彼此相通的，因而诗（歌）也就很自然地承续了"乐"之服从伦理政教的特征，这一特征就集中体现在"诗言志"中。

《毛诗序》关于抒情观点的表述可以说袭自荀子的《乐论》和《礼记·乐记》两文，连文字都大致相同。不过上述两文是论乐，《毛诗序》用以论诗罢了。《毛诗序》中还保留有许多乐论的因素，是因为它基于诗与乐的紧密相关性来认识诗的本质的。正因为如此，它才汲取了乐论中的

---

① 李学勤主编：《十三经注疏·礼记正义》，北京大学出版社1999年版，第1086页。

② ［美］苏珊·朗格：《情感与形式》，刘大基、傅志强译，中国社会科学出版社1987年版，第42页。

③ 李学勤主编：《十三经注疏·礼记正义》，北京大学出版社1999年版，第1104页。

抒情说作为先秦以来言志说的必要补充。"如果联系中国古代文学观念的整个发展史，我们就会意识到这一补充是多么有意义。"① 但是也应看到，首先，《毛诗序》所强调的情，不是个人之情，而是"一国之事，系一人之本""言天下之事，形四方之风"的世情，如治世之情、乱世之情、亡国之情等。这种世情，主要是群体之情。其次，《毛诗序》在肯定诗歌表情特点的同时，也给诗歌提出了"发乎情，止乎礼义"的要求。这一要求，实则是接受了儒家诗教的产物。孔子就强调诗"无邪"，力倡"温柔敦厚"的诗教，《礼记·孔子闲居》又载孔子言："志之所至，诗亦至焉；诗之所至，礼亦至焉。"② 上述孔子论述的精神实质均集中在"诗言志"的"志"必须符合儒家伦理政治规范这一点上。《毛诗序》只是用十分明确的语言表达了这层意思罢了。

自汉以来，人们对诗的言志功能有了新的理解，如汉元帝时的今文学家翼奉，好用阴阳律历说经，当然他并不是从文学的角度来解经，但他却看重"见人性，知人情"，提出"诗之为学，情性而已"的论断，道出了文学的情感本质。③《诗纬》中说："诗者，持也。"这个"持"就是要"持人情性"。刘向在《说苑》中说诗歌是"思积于中，满而后发"的结果，所谓"抒其胸而发其情"。《春秋纬·说题辞》中在解释"诗言志"时说，诗是"天之精，星辰之度，人心之操"，则揭示了诗在早期文明中的重要地位，以及其情志两维蕴含于心的本质。

儒学，就其实质而言，是以伦理学为核心的政治哲学。儒学所提倡的"仁"，就是要求个人嵌于君臣与父子这个社会与家庭的正常的秩序之中，个人服从于社会，形成儒家的理想的和谐王国。这样的学说，自然要限制和制约个人的性情，强调合于秩序的理性，而不提倡可能会造成社会秩序混乱的情感。尤其是汉代儒学，是一个杂糅谶纬神学思想的儒学，神授的君权，更对士人的思想和人性形成双重的沉重压迫。所以，汉儒们在论述诗歌是人的感情之表现时，还是着意于通过人的自然情感来唤起人的伦理情志，人的情志必须"止乎礼义"。《毛诗序》还特别强调了诗的教化功能，风、雅、颂、赋、比、兴——被赋予了政教使命，特别是《毛诗序》将三百零五篇，篇篇赋予了圣道王功的神奇力量。在儒家经学语境下的

① 韩湖初、陈良运主编：《古代文论名篇选读》，中国书籍出版社1998年版，第68页。
② 李学勤主编：《十三经注疏·礼记正义》，北京大学出版社1999年版，第1392页。
③ 张少康、卢永：《先秦两汉文论选》，人民文学出版社1996年版，第424页。

《诗》，不是文学作品，而是被铸造成一部道德经典、王道政治的教科书，"志"被就解释为"圣道之志"，具有理性内涵和教化作用。汉儒的阐释显然偏离了"诗言志"之说的原始感性取向而将之强行规整到道德理性取向之上。特别是经过汉儒们独尊儒术的思想禁锢，"言志"说遂成为诗歌创作中不可逾越的鸿沟。

总之，儒家的诗学理论是直接与德治、仁政联系在一起的。儒家把伦理情感视为整个社会的稳定统治的基础，所以也要求诗把伦理情感作为全部内容的基础。儒家的功利主义的艺术观，正是为了以诗中的伦理情感去规范社会全体成员的自然情感，从而达到"经夫妇，成孝敬，厚人伦，美教化，移风俗"的道德政治效应，以巩固社会礼制的稳定结构。他们的诗学理论批评核心，是强调诗可以影响人心（情志）善恶而决定政治的良窳。"诗—情志—治道"这个模式，就是"诗言志"的内涵。

四 "诗缘情"的提出

"情"是人类一种与生俱来的基本心理活动，人们对"情"的认识由来已久。从文字构成来看，"情"属于心的系列，与"性""志""意"等相联系。不过从词源来看，"情"字晚出于"心"字。据考察，"情"字最早出自《尚书·康诰》"民情大可见"。① 不过，这里的"情"与后来"感情"的"情"还是有差异的，它主要是指"情况""实情"之"情"。最早"情"作为"感情"之"情"来应用的是《诗经》。《诗经·陈风·宛丘》说："洵有情兮，而无望兮。"朱熹将之解释为"情感""爱慕之情"。不过，"情"字在《诗经》里也就出现过一次，而且也只是指一种具体的情，而没有上升到一般意义上的情感或情绪。屈原的《楚辞》则已将内心郁结的种种情感明确地用一个"情"字来概括，并指出作诗就是"抒情"的思想。

在汉代经学的大背景下，诗并没有在"言志"的经学上停滞不前。经学作为官方的哲学占统治地位，但诗不可避免地随着社会历史潮流向前发展。首先，汉代出现了专门的文章之士。汉代的文人已经有了"文学

---

① 李学勤主编：《十三经注疏·尚书正义》，北京大学出版社1999年版，第362页。

之士"与"文章之士"之分，① 文学之士主要是研究儒学的儒生。文章之士并非专指子书及史书的作者，同时也包括擅长一般辞章的文人。有汉一代，是中国历史上第一个大一统的帝国，在其完善的官僚体制下，作为帝王之师的巫者和乐官以及儒者，分别被纳入了更为精细的官吏体系之中，于是就出现了专以文学为职业的文人。他们既算不上是政客，也不是哲学家，也不是巫者和术士，他们成了游于艺的御用文人。如果说贾谊、陆贾等还不明显的话，那么，到枚乘、司马相如、东方朔等，就非常清楚地是以文章显赫而成名了。扬雄、蔡邕以及汉代的一大批辞赋家大都不是儒学经学研究家，亦非以官为主，这支作家队伍的出现，正是文学的独立和自觉的最好证明。

其次，诗体成为一个独立的门类。诗乐礼分离以后，到了汉代，诗赋已作为专门的一类被人们充分注意，并且已经从学术文化中分离出来了。在西汉时期，刘向的《别录》专列"诗赋"；刘歆的《七略》专列《诗赋略》；东汉班固的《汉书》也别有《艺文志》；在《后汉书》中专列《文苑》，记载以创作文章为主的作家情况。华丽而铺张的大赋，可以使司马相如、枚乘、东方朔等以文入朝，但他们的大赋虽力求"曲终奏雅"，但实则"劝百讽一"，只能以"润色宏业"为主，成为统治者膨胀欲望的"膨胀的文学"，② 其政治道德的教化力量再也不能与《诗三百》同日而语。因为，毕竟诗与礼乐的分离已许久了，《诗》作为制度的礼乐之仪，早已被一套精密的封建制度所取代。从这个意义上说，文学的诗可以是与政教相对疏离而独立存在的一种精神产品，而诗里所表达的情志也似乎可以与政教功用产生相对的张力。在汉代，作为诗的主流是汉代的乐府诗。是"感于哀乐，缘事而发，亦可以观风俗，知薄厚"而作。乐府诗虽也可观政教得失，但不再像《诗三百》那样，来自宫廷，以政治教化为使命，而多是来自民间感于哀乐、缘事而发、歌食歌事的歌谣。这些都给诗的下移、诗与政教功能的疏离、诗学观念的转变奠定了基础。

再次，出现了一批诗学批评著作。从《毛诗序》《离骚传叙》开始，以诗经、楚辞、汉赋为中心，诗学理论是比较繁荣的。《淮南子》《史记》《春秋繁露》等学术著作都有有关文学的论述，虽然尚未摆脱经学的背

---

① 郭绍虞：《中国文学批评史》，上海新文艺出版社 1955 年版，第 22—23 页。
② 章培恒、骆玉明：《中国文学史》（上），复旦大学出版社 1996 年版，第 191 页。

景，但也力求从文章的角度来看待诗赋了。如儒学大师董仲舒在《春秋繁露》中从艺术起源于情性的角度，指出"《诗》《书》序其志，《礼》《乐》纯其美，《易》《春秋》明其知，六学皆大，而各有所长，《诗》道志，故长于质；《礼》制节，故长于文，《乐》咏德，故长于风。"① 这里所谓"《诗》道志"，"长于质"是指诗歌艺术的特点，在于表达思想感情的质朴和真诚；所谓"《乐》咏德"，"长于风"是指音乐艺术的特点在于能以美德以情动人，所以能产生广泛的社会影响。同时董仲舒将人的情感与自然之物在天人合一的前提下，建立了一种客观对应系统，将两者相通为一，从而使审美理论进入了新的发展阶段。"天乃有喜怒哀乐之行，人亦有春秋冬夏之气者，合类之谓也。"② 又如"人生有喜怒哀乐之答，春秋冬夏之类也。喜，春之答也；怒，秋之答也；乐，夏之答也；哀，冬之答也。"③ 这种自然之天与人在情感上的客观对应说，有力地促进了写景抒情的创作和情景交融的理论的发展。而在对自然的描述中，总是体现着春喜秋怒的心理定式这种艺术上的异质同构，业已形成一种集体无意识，对后世诗学理论影响甚深。陆机《文赋》就很明显受益于《春秋繁露》。东汉以后，专门的文学理论批评就更多了。

汉末的动乱瓦解了大汉帝国，在儒学衰微的背景下兴起的魏晋玄学，以老庄哲学为其哲学基础，老子、庄子反对礼乐对人的情志的制约，提倡自然人道，直接启发了魏晋玄学的诗学观与美学观，成为政教功利的诗学向审美的诗学过渡的中介。五言诗的出现和完善，特别是《古诗》中所表达的个体生命体验引起了广泛的共鸣，它所反映的是个体对自身生存状态和生命价值的关注，标志着个体意识的觉醒。汉代的人物清议、魏晋的人物品藻，相继使人发现了自身的品格、气质、才情、风貌的美，对这些的充分肯定，就是对人的个体情志的充分肯定。正因为个体意识觉醒了，个体的情志才被高度重视和充分肯定。个体意识的自觉是审美自觉的内在决定因素。从汉代开始的对诗赋文体的批评，终于以魏晋南北朝时期的"诗缘情而绮靡"之说开启了一个诗的审美的世界。

"诗缘情"是西晋陆机在《文赋》中提出的理论观点。

首先，陆机从文体上指出了诗歌的抒情本质特征。《文赋》在言及文

---

① （汉）董仲舒：《春秋繁露义证》，苏舆撰，钟哲点校，中华书局1992年版，第35—36页。

② 同上书，第336页。

③ 同上书，第318—319页。

体特点时写道：

> 体有万殊，物无一量……诗缘情而绮靡，赋体物而浏亮。碑披文以相质，诔缠绵而凄怆。铭博约以温润，箴顿挫而清壮。颂优游以彬蔚，论精微而朗畅，奏平彻以闲雅，说炜晔而谲诳。①

从行文来看，陆机并非有意在"言志"之外另立一个"缘情"的理论，他最初的意思只是要区分诗与其他文体的不同特点，尤其诗与赋。在陆机看来，诗与赋的主要区别在于"缘情"和"体物"。也就是说，诗的特点是抒发情感，赋的特点是描写事物。由于表现对象的不同，决定了文辞的特点，诗是抒发诗人内心感情的，感情的深微纤曲，决定了诗的文辞要绮丽精细。赋是描写外在事物的，外物的广博，决定了赋的文辞要清明朗畅。因此，"诗缘情而绮靡"，"实际上不过是一个有关文体的说法而已"。② 虽然，陆机也多次谈到"志"："昔崔篆作诗，以明道述志。而冯衍又作《显志赋》，班固作《幽通赋》，皆相依仿焉。"③ 所谓"明道述志"，就是缘情。陆机又说："崔氏简而有情"。对于冯衍的《显志赋》，评说它"抑扬顿挫，怨之徒也。"从上述所引看，"志"的内涵，基本上被情的内涵所代替了，所谓"明道述志"实即抒情。

不管陆机主观上是否意识到，他提出"诗缘情而绮靡"的主张，具有开一代风气的重大意义。他只讲缘情而不讲言志，实际上是起到了使诗歌的抒情不受"止乎礼义"束缚的巨大作用。后来清人对此有许多论述。沈德潜《说诗晬语》中就说他提出这个主张使"言志章教，惟资途泽，先失诗人之旨"。纪昀《云林诗钞序》说："知'发乎情'而不必'止乎礼义'，自陆平原'缘情'一语，引入歧途。"汪师韩《学诗纂问》也记载道："以'绮丽'说诗，后之君子所斥为不知义理之归也。"清人站在传统儒家立场上，对陆机的种种指责，正可以使我们从反面了解到《文赋》的"缘情"论在突破经学对诗歌的控制方面所作的积极贡献。

与《毛诗序》和汉儒不同，陆机《文赋》中的情，更多的是指物感之情。"喜柔条于芳春，悲落叶于劲秋"的物感之情，更多地带有个人感

---

① 《陆机集》，金涛声点校，中华书局1992年版，第2页。
② 詹福瑞、侯贵满：《"诗缘情"辨义》，《河北大学学报》（哲学社会科学版）1998年第2期。
③ 《陆机集》，金涛声点校，中华书局1992年版，第15页。

受的性质。

　　检读陆机的诗赋之作，虽然题材并不广泛，也少有反映社会政治的内容，但他能将一己之情真实自然、毫不掩饰地抒发出来。他的作品大都以哀伤悲秋为感情基调，或思念故土与亲友；或伤时叹逝，恐功名之不立；或抒写羁旅行役之苦。他反复强调自己是"感于物"而"慷慨"悲歌的。其《感时赋》云："悲夫冬之为气，亦何惨懔以萧索。……猿长啸于林杪，鸟高鸣于云端。矧余情之含瘁，恒睹物而增酸。历四时之迭感，悲此岁之已寒。抚伤怀以呜咽，望永路而泛澜。"① 冬天万物萧索之景与诗人"含瘁"之情相接，故使诗人更曾酸楚之情，伤怀而呜咽了。《怀土赋》："余去家渐久，怀土弥笃。方思之殷，何物不感？曲街委巷，冈不兴咏；水泉草木，咸是悲焉。"② 离家日久，心中十分怀念故土，因此曲街委巷，水泉草木，都感人至深。《春咏》："节运同可悲，莫若春气甚。"③《赋洛二首》："载离多悲心，感物情凄恻。"④《赠尚书郎顾彦先二首》："感物百忧生，缠绵自相寻。"⑤ 感物之情，时时可见于诗赋之中。"诗缘情"可以说也是陆机诗赋创作实践的理论总结。陆机现存作品中，"缘情"一词共出现过三次。除《文赋》外，一是《叹逝赋》："乐心其如忘，哀缘情而来宅"⑥；另一是《思归赋》："悲缘情以自诱，忧触物而生端。尽辍食以发愤，宵假寝而兴言"⑦。

　　朱自清先生在《文学的标准与尺度》一文中曾指出："即如诗本是'言志'的，陆机却说'诗缘情而绮靡'。'言志'其实就是'载道'，与'缘情'大不相同。陆机实在是用了新的尺度。"⑧"言志"与"缘情"的根本区别在于："言志"是要求"发乎情，止乎礼义"，使人的情感必须合乎儒家的道德规范；"缘情"则"发乎情"而不必"止乎礼义"，完全依据诗人的穷通出处、喜怒哀乐而在诗中自由地抒发性情。可见"缘情"这一"新的尺度"，在根本上就是否定了传统的儒家"言志"的道德

---

①　《陆机集》，金涛声点校，中华书局1992年版，第7页。

②　同上书，第16页。

③　同上书，第38页。

④　同上书，第40页。

⑤　同上书，第49页。

⑥　同上书，第25页。

⑦　同上书，第19页。

⑧　《朱自清古典文学论文集》，上海古籍出版社2009年版，第6页。

内涵。

从"诗言志"到"诗缘情",诗学观念的本质经过了如下转变：第一，从本质上看，诗从礼乐制度的一部分，下降为个体抒情言志的艺术样式。"缘情说"打破了情感要遵循于"理""道"的传统，确立情感在诗中独立的本体地位。第二，从功能上看，诗从政教功利的教化工具转为个体的生命歌唱。"缘情"说改变了"言志"说以伦理情感"劝善惩恶"的狭隘功利性，强调怡情悦志，把诗的情感建立在主体对客体的审美观照之上，使之变成一种意味无穷的审美情趣。第三，对赋、比、兴的认识，从美刺讽喻的教化手段转为对诗的审美本质的把握。刘勰在《文心雕龙·比兴》篇中提出："兴者，起也。""兴"的作用在引发、唤起人们的某种情感，敏锐地认识到了兴与情密切的关系，意识到了艺术是通过个别、有限的事物去表现比任何个别、有限的事物都要更为广阔、无限的思想感情。但是，刘勰"兴"起的情仍然是归于政教伦理的情："比则蓄愤以斥言，兴则环譬以托讽"。是钟嵘突破了萦绕在刘勰文论中政教因素的羁绊，他认为，"兴者，文已尽而意有余"。钟嵘还独到地改变了历来相传的赋、比、兴这个次序，把个体对人生感受的抒发的"兴"放在首要的位置。钟嵘对"兴"的解释，实际上已不只是对作为一种艺术手法的"兴"的解释，而是触及了艺术的根本特征，指出了一切成功的艺术作品，都能引起人们对作品的语言的述说更为广泛的联想和体验。①

从"诗言志"到"诗缘情"，既是"言志"说发展演进的历史之必然，又是人们的诗学观念不断发展成熟的必然趋势，充分说明魏晋时代人们的诗学观念和价值趋向出现新的飞跃。从秦汉的以志为主、情志并举，到魏晋的以情为主、情志并举，中国古代诗学理论对诗歌基本特征的认识逐步加深，在以后的演进中，越来越朝着"情"与"志"的融合之路发展了。

五　"诗言志"的阐释、演进

明确地把情、志统一起来的是唐代的孔颖达。孔颖达是以经学家的身份而闻名历史的。他对"诗言志"的重新解释，对唐代和后代的影响都

---

① 李泽厚、刘纲纪：《中国美学史》，安徽文艺出版社 1999 年版，第 751 页。

相当大。他说：

> 在己为情，情动为志，情、志一也。①

按照这种解释，"志"并不是人心中固有的、静止的东西，而是"情动"的产物。因此它是具体的。孔颖达又说：

> 诗者，人志意之所之适也。虽有所适，犹未发口，蕴藏在心，谓之为志，发见于言，乃名为诗。言作诗者，所以舒心志愤懑，而卒成于歌咏。故《虞书》谓之"诗言志"也。包管万虑，其名曰"心"。感物而动，乃呼为"志"。"志"之所适，外物感焉。言悦豫之志，则和乐兴而颂声作，忧愁之志，则哀伤起而怨刺生。《艺文志》云，哀乐之情感，歌咏之声发，此之谓也。正经与变同名曰"诗"，以其俱是"志"之所之故也。②

这就是说，由于外物的感动，人心中产生哀乐的情感，就叫"志"。把这种情感抒发出来，就叫"诗"。"诗"产生于情感的抒发，情感产生于人心对外物的感动。

孔颖达的解说，一方面强调了诗歌的抒情特性，另一方面强调了外物对人心的感动。在刘勰、钟嵘等人关于诗歌生产的理论基础上，孔氏将"诗言志"的命题向前推进了一步。将两个先前相互对立之说融合在了一起。孔颖达凸显个体的（"己"）"情"，明显与唐代整个重情的审美思潮有一定内在关系，有开始偏离《毛诗序》之迹象。孔氏的这一新动向，对朱熹的《诗》以"感物道情"，突出"情"的价值，应该说是有一定影响的。

白居易既是一位著名的诗人，又是著名的诗学理论家。他继承并发挥了汉代《毛诗序》的阐释，强调诗歌在社会生活中应该发挥"补察时政""泄导人情"的积极作用。而诗歌之所能发挥这样的作用，是由诗歌的本质决定的。他说：

---

① （唐）孔颖达：《春秋左传正义》卷五十一，《十三经注疏》，上海古籍出版社 1990 年版，第 885 页。

② 李学勤主编：《十三经注疏·毛诗正义》，北京大学出版社 1999 年版，第 6 页。

感人心者，莫先乎情，莫始乎言，莫切乎声，莫深乎义。诗者：根情、苗言、华声、实义。上自圣贤，下至愚駶，微及豚鱼，幽及鬼神，群分而气同，形异而情一，未有声入而不应，情交而不感者。①

大凡人之感于事，则必动于情，然后兴于嗟叹，发于吟咏，而形于歌诗矣。故闻《蓼萧》之篇，则知泽及四海也。闻《禾黍》之咏，则知时和岁丰也。闻《北风》之言，则知威虐及人也。闻《硕鼠》之刺，则知重敛于下也。闻"广袖高髻"之谣，则知风俗之奢荡也。闻"谁其获者妇与姑"之言，则知征役之废业也。故国风之盛衰，由斯而见也；王政之得失，由斯而闻也；人情之哀乐，由斯而知也。然后君臣亲览而斟酌焉；政之废者修之，阙者补之；人之忧者乐之，劳者逸之……②

这两段话，第一段论述诗歌何以感动人心。第二段论述，诗歌在社会生活中何以能起到"补察时政""泄导人情"的作用。两段话都归结到"诗言志"这个命题上。白居易认为正是诗歌这种抒情言志的本质，决定了它可以普遍地感动人心，同时也决定了通过它可以见国风之盛衰，闻王政之得失，知人情之哀乐，从而受到补察时政，泄导人情，上下交和，内外胥悦的社会效果。

白居易的诗学理论核心，显然是以《毛诗序》为代表的儒家传统观点。但生活时代不同，加之魏晋南北朝以来诗学理论中新思想，新观念的冲击，使得他在论证诗歌"补察时政""泄导人情"的政教作用时，和孔颖达一样突出强调了诗歌抒情的特性。

到了宋代，尽管理学家从宣扬理学立场出发，倡导重视理性的"言志"说，曾经风行一时，但仍有许多论者重视"情""志"统一说。作为理学大师的朱熹，所提出的"感物道情"实际上是对"情志"并重思想的新发展。这一发展对后来中国诗学重"情"思潮的兴起是有一定影响的。

"感物道情"之"情"有着极为丰富的内涵，与"性"相对，统一

---

① （唐）白居易：《与元九书》，《白居易集笺校》，朱金城笺校，上海古籍出版社 1988 年版，第 2790 页。
② （唐）白居易：《策林》，《白居易集笺校》，朱金城笺校，上海古籍出版社 1988 年版，第 3551 页。

于"心"即"心统性情"。同时"情"又与"意""志""爱""欲"等概念有一定关系。朱熹这里的"情"既具有审美本体的意蕴，又具有审美心理情感活动的性质。

我们先来看看朱熹对"诗言志"这个古老命题的阐述：

> 盖所以荡涤邪秽，斟酌饱满，动荡血脉，流通精神，养其中和之德而救其气质之偏者也。心之所之谓之志，心有所之必形于言，故曰诗言志。既形于言，则必有长短之皆，故曰歌永言。既有长短，则必有高下清浊之殊，故曰声依永。……圣人作乐以养情性，育人材，事神祇，和上下，其体用功效广大深切如此。①

这里，朱熹对"志"的解释是比较合理的，"心之所之"是指人的心理活动所向往（所追求）的目标。现代心理学认为，目标（亦即目的）是意志活动的一个重要组成因素，没有自觉的目的，就不可能有真正的意志。由此看来，朱熹以"心之所之"来释"志"，是抓住了意志心理的本质的。当然从美学的角度看，朱熹对"志"的诠释并未超出前贤，真正超出前辈、富于创新的是对"志"在心理结构中的定位及其与"情"的比较。朱熹十分注重对基本概念的辨析和比较，这是他学术的基本特色。对于"情"与"志"的辨析，也是如此。

> 性者，即天理也，万物禀而受之，无一理之不具。心者，一身之主宰；意者，心之所发；情者，心之所动；志者，心之所之，比于情、意尤重；气者，即吾之血气而充乎体者也，比于他，则有形器而较粗者也。

> 舍心无以见性，舍性无以见心。志是心之所之，一直去底。意又是志之经营往来底，是那志底脚。凡营为、谋度、往来，皆意也。所以横渠云："志公而意私。"问：情比意如何？曰：情又是意底骨子。志与意都属情，"情"字较大，"性、情"字皆从"心"，所以说"心统性情"。心兼体用而言。性是心之理，情是心之用。②

---

① （宋）朱熹：《舜典》，《朱熹集》，四川教育出版社1996年版，第32页。
② （宋）黎靖德编：《朱子语类》（卷五）第1册，王星贤点校，中华书局1986年版，第96页。

首先，根据朱熹的心理结构理论，"心""性""情"虽然三分，但都统一于"心"。朱熹认为"性"是"天理"，万事万物之存在的根本原因，但要借助于"情"来显发。"心"是"一身之主宰"，"性""情"存在的方所。"情"是"性"的运动状态及表现方式。以"体用"关系来说，朱熹认为，"性"是"心之理"，"情"是"心之用"，而"心兼体用"，"心统性情"。但他又说，"舍心无以见性，舍性无以见心"，"心"与"性""情"与"性"不可分离，互生互助。

其次，朱熹认为，无论是"情"还是"意""志"都属于"心"，不是"性"。"性"只是"心之理""心之体""心之未发"，即是"心"的纯逻辑结构，是真善美的本真状态或者是一种原始未分的混沌状态。真正显示的"心"即"心之用""心之已发"状态是"情"。无论是"性"还是"心"只有真正的"情"化，才具有其真正的现实价值。

再次，朱熹认为，"意""志"都属于"情"。他说："志是心之所之，一直去底。意又是志之经营往来底，是那志底脚。"这就是说，"志"就像一个人一样，心里想着去一个地方，但真正能够成全这"志"的"脚"，则是"意"。就"意"与"情"而论，则"情又是意第骨子"。没有情，就没有意，并且，"志与意都属于情诗"。同时，朱子又指出："意是心之所发，与情相近。志也与情相近。"① 这样，在朱熹看来，"情"也就包含"志"，即为情志交融。

正因为朱熹以"情"来统辖"志"，来包容"志"，因而大大地提高了"情"的地位，同时也赋予《诗经》更多的审美价值和意蕴。"感物道情"不仅包容而且发展了"诗言志"，因而成为中国古典诗学走向近代化的坚实基础。

明清之交的一些学者，对"诗言志"这个命题进行过阐释。其中王夫之的"诗无达志"说值得注意。他说：

> 以言起意，则言在而意无穷，以意求言，斯意长而言乃短。言已短关，不如无言。故曰"诗言志，歌永言"，非志即为诗，言即为歌也。或可以兴，或可以不兴，其枢机在此。②

---

① （宋）黎靖德编：《朱子语类·性理》（卷五）第 1 册，王星贤点校，中华书局 1986 年版，第 2514 页。

② （明）王夫之：《唐诗评选》（卷1），《船山全书》第 14 册，岳麓书社 1996 年版，第 897 页。

也就是说，并非一切志都可以成为诗，入诗的"志"应该具有"可以兴"的感人的审美特征，具有含蓄、寓情等特点，而不是教条的说教。"只平叙去，可以广通诸情，故曰：诗无达志。"这实际上是对"诗言志"说在理论上的一个重大突破。他跳出传统的言志、缘情的理论框架，站在他的理学系统中来谈言志、缘情。在王夫之的诗学体系中，情是最高范畴，在他的理学体系中，性是最高范畴。站在诗学的审美立场上，他反对性直接进入诗歌的表现范围；站在理学的伦理立场上，他认为情要受到性的严格规范。他一方面反对以言志代言情，以理性代感性；另一方面，又主张在性的约束限定之下，使情纯之又纯。他说：

> 诗言志也，非言意也。诗达情也，非达欲也。心之所为期者，志也；念之所觊得者，意也；发乎其不自已者，情也；动焉而不自持者，欲也。意有公，欲有大，大欲通乎志，公意准乎情。但言意，则私而已；但言欲，则小而已。①

在这里意与志相对，情与欲相对。情志与意欲的区别就在于公私大小之不同。王夫之诗学中的"情"的含义有广义与狭义之分，狭义的情是指符合天理的情感，在这个层面上，情与志相当，而与欲有区别。广义的情包括欲，因而有贞淫的不同，贞者合天理，淫者是人欲。王夫之认为，欲经过升华可以上升为符合天理的情，诗歌中所表现的应该就是这种情。情和志都属于天理层面，意和欲都属于私欲层面，情志与意欲之别实质上乃是天理与私欲之别。这样，他就将"情志"放在了同一层面上，并强调到了至高无上的程度。王夫之对"情志"分离而合的见解，体现出人的内在自觉和对外的积极认识的统一。

清初诗坛盟主，钱谦益把他的诗学推原到中国诗学最古老的命题——言志。他说：

> 《书》不云乎："诗言志，歌永言。"诗不本于言志，非诗也。歌不足以永言，非歌也。②

----

① （明）王夫之：《诗广传》卷一，《船山全书》第3册，岳麓书社1996年版，第325页。
② （清）钱谦益：《徐元叹诗序》，钱仲联标校：《牧斋初学集》，上海古籍出版社1985年版，第924页。

钱氏主要是针对明代七子及清初云间派的倡导格调的弊端而确立其诗歌的本质的。他认为七子派及云间派的倡导格调乃是迷失了诗歌的本原，他要建立其性情优先的诗学，就必须从对诗歌本原问题的追问开始。他从"诗言志"的命题推论出"诗不本于言志，非诗也。"言志才是诗，不言志不是诗，诗歌的本质就是言志。关于志的内涵，他说：

> 夫诗者，言其志之所之。志之所之，盈于情，奋于气，而击发于境。风识浪奔，昏交凑之时世，于是乎朝庙亦诗，房中亦诗，古人亦诗，辣人亦诗，燕好亦诗，穷苦亦诗，春衷亦诗，积悲亦诗，吴咏亦诗，越吟亦诗，劳歌亦诗，相舂亦诗。①

又说：

> 诗者，志之所之也，陶冶性灵，流连景物，各言其所欲言者而已。如人之有眉目焉，或清而扬，或深而秀，分寸之间而标致各异，岂可以此而同之也哉。②

其一，"志"不是一个孤立的观念，而是挣脱了儒家思想束缚后显示自由之态的"志"。情志因人而异，诗亦如此。不论是表现政治、爱情、欢悦、悲痛，不论是士人之所歌咏还是民间的劳动号子，都是言志抒情；其二，"志""情""气"并提，情、志、气萌动而诗生。"志盈于情，奋于气"，"志足而情生"，三者作为创作主体的内在精神，在创作过程中互相激发、互相作用而推动诗歌的产生。当然，在志、气、情三者的整合中，他还是以"志"为内核的。他说：

> 古之为诗者有本焉：《国风》之好色，《小雅》之怨诽，《离骚》之疾痛叫呼，结蟾于君臣夫妇朋友之间，而发作于身世逼侧，时命连蹇之会，梦而噩，病而吟，春歌而溺笑，皆是物也，故曰有本。③

---

① （清）钱谦益：《爱琴馆评选诗慰序》，钱仲联标校：《牧斋有学集》，上海古籍出版社1996年版，第713页。
② （清）钱谦益：《范玺卿诗集序》，钱仲联标校：《牧斋初学集》，第910页。
③ （清）钱谦益：《周元亮赖古堂合刻序》，钱仲联标校：《牧斋有学集》，第767页。

　　什么是诗歌的根本，就是关于君臣夫妇友朋，与自己的身世遭遇、时代命运相关联的性情。他一方面强调性情为诗之本。要求诗人要真实地宣露自己的感情，表现真实的心灵和面貌，诗人就是"诗其人"。另一方面，他又要求诗人所表现的感情应当符合传统的善的道德规范，"好色不比于淫，怨诽不比于乱"，强调不越"义理"才是"真好色，真怨诽"，这是对"发乎情，止乎礼义"传统诗学自觉的回归，同时也再一次标举"情志说"，既给"性情"论披上了一件"言志"的外衣，又使"诗言志"说免于成为一种僵化的理念。

　　纪昀主持了《四库全书》的编纂，并纂定《四库全书总目》。此前，诗文评著作或是附在总集之内，或是放在集部之末，没有一个独立的位置。而纪昀主编的《四库总目》在集部中专立了"诗文评类"，标志着诗学理论已被作为一个独立的领域来看待。

　　纪昀论诗，其理论的基点是"诗言志"的传统命题。他说：

　　　　诗之名始见《虞书》，"诗言志"之旨亦即见《虞书》。孔子删诗，传诸子夏，子夏之小序，诚不免汉儒之附益，其大序一篇，出自圣门之接受，反复申明，仍不出"言志"之意，则诗之本义可知矣。①

　　纪昀对"诗言志"之"志"是从情与理统一的角度来把握的，他以《诗大序》中的"发乎情，止乎礼义"来规定"志"的内涵。他说：

　　　　余谓西河卜子传《诗》于尼山者也。《大序》一篇，确有授受，不比诸篇小序，为经师递有加增，其中"发乎情，止乎礼义"二语，实探《风》《雅》之大原。后人各明一义，渐失其宗。一则知"止乎礼义"而不必其"发乎情"，流而为金仁山《廉洛风雅》一派，使严沧浪辈激而为"不涉理路，不落言论"之论；一则知"发乎情"而不必其"止乎礼义"，自陆平原"缘情"一语引入歧途，其究乃至于绘画横陈，不诚已甚与！夫陶渊明诗时有庄论，然不至如明人道学诗

　　　　————————

　　① （清）纪昀：《诗教堂诗集序》，《纪文达公遗集》卷九，上海古籍出版社2002年版，第70—71页。

之迂拙也。李、杜、韩、苏诸集岂无艳体，然不至如晚唐人诗之纤且褻也。酌乎其中，知必有道焉。①

《诗大序》称诗歌"发乎情，止乎礼义"，发乎情是个体性、感性的一面，礼义是社会性的、理性的一面。诗歌要抒情，但又要用理性来规范，使情感具有道德意义。这样个性与社会性、感性与理性达到统一。这二者的统一是儒家诗学的重要特征之一。

纪昀站在这种情、理统一的立场对后来的诗歌发展作了透视，认为陆机"诗缘情"说只强调"发乎情"，而忽略了"止乎礼义"，忽略了对情感的理性道德规范；而道学家论诗则只强调"止乎礼义"的一面，而忽略了"发乎情"，忽略了个体性和感情，这样诗学流为道学。以上两者各执言志说的一端，都陷入偏颇之境。前者在诗歌创作上的体现是齐梁及晚唐诗，后者则是道学家的性气说。他指出，齐梁及晚唐诗只知诗歌"发乎情"，而不知"止乎礼义"，结果流入艳情，背离了诗教；宋代道学家只知"止乎礼义"，而不知"发乎情"，结果陷入以道学为诗，两派各陷入一偏。纪昀要求这二者应该统一。他认为陶渊明、李白、杜甫、韩愈、苏轼等诗人体现了这两者之间的统一。

强调情与理的统一，这在儒家诗学范围内不失为一个比较折中的观点。这种观点其实也体现了中国诗歌的基本品格，代表了传统诗学的基本价值观念。纪昀的诗学观点应该是代表了官方立场的，也是对从汉代以来的言志、缘情论的一个总结。

---

① （清）纪昀：《云林诗钞序》，《纪文公遗集》卷九，上海古籍出版社2002年版，第46—47页。

第二章

语言与意义

——言意之辨

中国古代诗学对语言的关注起源于魏晋时期盛极一时的"言意之辨"。作为一种历史现象，"言意之辨"的实质远远超出了它的字面意义。

一 "言意之辨"的历史渊源与现实动因

在中国哲学史上，"言意之辨"的萌芽可以在《周易》《老子》《庄子》中找到，特别是老庄哲学深深地影响了魏晋言意之辨。

语言究竟能不能把人思维过程中的一切内容都充分地表达出来呢？先秦诸子中对这个问题的回答是有分歧的，主要表现在对经典文本的态度上。对经典文本的解释一直是中国古代学者们理论研习的方法之一。儒家是重视言教的，他们认为语言是能够将人思维过程的一切意思完全表达出来，故十分推崇圣人之书，奉之为经典。他们在执求于功利性的入世中表现为对经典文本的建构性阐释，即对经学的崇尚。《周易·系辞上》中说："子曰：'书不尽言，言不尽意。'然则圣人之意其不可见乎？子曰：'圣人立象以尽意，设卦以尽情伪，系辞焉以尽其言①。'"《系辞》所引是不是孔子的话，已不可考。但《系辞》作者讲得很清楚，有的精深微妙的意思是难以用一般的语言表达的，而圣人通过设立卦象，再在卦下加以文辞说明，最终还是可以做到委曲详尽的表达。因此，孔子才认为由语言构成的经典文本能"立言"和"达意"，"言以足志，文以足言。不言，谁知其志？言之无文，行而不远"。②

---

① 南怀瑾、徐芹庭注译：《周易今注今译》，台湾商务印书馆1961年版，第387—388页。
② 杨伯峻编著：《春秋左传注》，中华书局1981年版，第1106页。

　　以老庄为代表的道家则与儒家相反。他们出于对经学的拒斥，主张行"不言之教"。老庄哲学是"闻道"的哲学，"道"是宇宙万物的本源，无形无名，无生无死，变化无常，是"无状之状"，"无物之象"，是无限之物。因此，"道"是不可能用任何有限的概念、语言来界定的，一落言筌，便成了有限。老子说："知者不言，言者不知"，"圣人处无为之事，行不言之教"①。庄子进一步发展了这种观点。庄子说："道不可闻，闻而非也；道不可见，见而非也；道不可言，言而非也"②。人的听觉、视觉和言语都不能获得"道"。因为，"道隐于小成，言隐于荣华"③。庄子认为言不能尽意，圣人之意是无法言传的，所以用语言文字所写的圣人之书不能真正体现圣人之道，不过是一堆糟粕而已。《庄子·天道篇》虚构了一个故事，轮扁以自己斫轮的技巧只能意会不能言传的经验为例，说明桓公所读之书不过是古人的糟粕而已。

　　　　世之所以贵道者书也，书不过语，语有贵也。语之所以贵者意也，意有所随。意之所随者，不可以言传也。（《庄子·天道》）④

　　庄子认为，语言的可贵在于它的意义，意义有它指涉的对象（所随），而对象是不能用语言来传达的。因为"可以言论者，物之粗也；可以意致者，物之精也"⑤。在这里，庄子强调语言文字的局限性，指出它不可能把人的复杂的思维内容充分体现出来。这种对言意关系的看法，是与他整个哲学思想体系联系着的。

　　既然"言不尽意"，而书籍不过是"圣人之糟粕"，那么，是不是可以完全废弃语言文字呢？实际上庄子也不是不要语言文字，在他看来，语言文字不过是表达人们思维内容的象征性符号而已，是暗示人们去领会"意"的一种工具罢了。《庄子·外物》篇云："筌者所以在鱼，得鱼而忘筌。蹄者所以在兔，得兔而忘蹄。言者所以在意，得意而忘言。"⑥ 《外

---

① 陈鼓应注译：《老子今注今译》，台湾商务印书馆1956年版，第52页。
② 陈鼓应注译：《庄子今注今译》，商务印书馆2007年版，第668页。
③ 同上书，第62页。
④ 同上书，第413页。
⑤ 同上书，第485页。
⑥ 同上书，第832—833页。

物》篇不一定是庄子本人的著作，但这种观点是符合他的思想的。他认为"言"的目的在"得意"，但"言"本身并非"意"，然而它可以像筌蹄之帮助人们获得鱼兔一样，帮助人们"得意"。如果拘泥于"言"，认为"意"即在此反而不能"得意"，所以，必须"忘言"而后方能"得意"。"得意忘言"这是庄子解决言不尽意而又要运用语言文字的矛盾的基本方法。后来魏晋玄学兴起，王弼正是用这种方法来解释言、意、象、三者之间的关系的。

　　"经"作为一种文化的终极本体，其与诗学理论的文体形式一样，两者都是以语言转化为文字而凝固下来的文本表达。儒家和道家对经典文本的建构（可以立言）和解构（不可以立言）实际上就是两诗学理论思潮的冲突和碰撞。

　　魏晋之际，在儒教衰落的同时，一种新的哲学形态和社会思潮出现了，这就是玄学。作为一种新的哲学形态，它以其《老子》《庄子》《周易》三部经典称为"三玄"而得名（注：《颜氏家训·勉学》云："《庄》《老》《周易》，总谓三玄"）。作为一种新的社会思潮，它发言玄远，崇尚清谈，以虚无为特征，具有很强的理性思辨色彩，故称为"清谈之学"或"思辨之学"。

　　本体论，是哲学中研究世界之本源或本性的一门学问，玄学本体论以无为本。无，也正是玄学家们从汉儒转入老子的一个主要关键。从"无"这个观念来谈道，则"道"就自可抽离具体的事物，能抽离具体的事物，则也即能使"道"的意义更深奥、更抽象。能深奥，能抽象，也才能真正符合子贡说的"夫子之性与天道，不可得而闻也"（《论语·公冶长》）。不可得而闻，必须是抽象的原则原理问题，才能说是不可得而闻，如非抽象原理，哪有不可得而闻的道理呢？可是要解释这个不可得而闻的抽象原理，在儒家，除了子贡有那么一句原语外，就不再见有其他人作进一步的阐述。究竟何以不可得而闻，以汉儒所谈的天道，神神怪怪，哪有不可得而闻的理呢？因此，为了把这个不可得而闻的"道"，推进一新的阶段，说出一个真正不可得而闻的理由，于是就不得不转入道家，借用"无"的观念来说明了。这就是正始的玄学家们之所以不得不假借老子以注易释论（语）的缘故。老子尚言虚无，以老子之"无"，阐释儒家的天道之"道"，正是一恰切的办法。此所以说，道是不可体的，道既不可体，而欲思追求，则除了志慕之以外，还有何方法可言。

　　先秦老庄关于"道"的学说在魏晋玄学中演化为宇宙本体论哲学思想。玄学家们用老庄哲学突破汉代哲学对感性经验现象的关注，对具体科学问题的探讨，而通过宇宙万有现象，探求世界万物的内在本性。正如汤用彤先生所说："夫玄学者，谓玄远之学。学贵玄远，则略于具体事物而究心抽象原理。论天下道则不拘于构成质料（Cosmology），而进探本体存在（Ontology）。论人事则轻忽有形之粗迹，而专期神理之妙用。"①以王弼为代表的贵无论玄学家认为宇宙的本体是"无"，形形色色的万事万物都是"无"的外在表现，要探究宇宙本体，则要通过外在的具体物象。玄学认识宇宙本体和自然万物，正是以老庄之学为依据，"夫具体之迹象，可道者也，有言有名者也。抽象之本体，无名绝言而以意会者也。迹象本体之分，由于言意之辨。依言意之辨，普遍推之，而使之为一切论理之准量"。②

　　此外，老庄哲学认识到了有限与无限、具体和抽象的对立统一，要求最终摆脱有限，具象的羁绊，归于无限，也就是"道"的境界。特别是庄子学说，要求摆脱一切"物役"，而进入等生死、齐物我、一寿夭的境界。这种文化思想影响玄学注重于讲神祇，重超脱，轻具象，忘形骸。言意之辨中，玄学家主张"得意忘言""忘言忘象"就是这种文化思想的认同。从思维认识来看，这是强调思维从具体上升到抽象的质的飞跃。玄学家否定语言的本体论意义，始终把语言当成工具，当成有形之物就不足为怪了。

　　"言意之辨"的另一现实动因是名理之学。言意之辨起于汉魏间的名理之学，而名理之学又源于品评人物。东汉末年，社会上出现的清谈之风，从指陈朝政向臧否人物的清议转变，识鉴人物的容貌和才性。魏晋名士以老庄的自然人性论为理论，认为人的本性是自然的，与生俱有的。一方面，要从人物的言谈举止观测其神理，充分重视人物的情性；另一方面，又不能拘泥于人物的容貌，以貌取人，否则以"形貌取人必失于皮相"，要"视之而会于无形，听之闻于无音，然而评量人物，百无一失"。据欧阳建《言尽意论》记载，当时，识鉴人物均引"言不尽意"为效证。名理之学亦是如此。汤用彤说："名家原理，在乎辨名形。然形名之检，

----

①　汤用彤：《魏晋玄学论稿》，上海古籍出版社 2001 年版，第 23—24 页。
②　同上。

以形为本，名由于形，而形不待名，言起于理，而理不俟言。然则识鉴人物，圣人自以意会，而无需于言。魏晋名家之用，本为品评人物，然辨名实之理，则引起言不尽意之说，而归宗于无名无形。"① 这种品鉴人物，形名之学，正与言意之辨有着骨肉的表里关联。品鉴人物，虽旨在论评名实与欣赏才性，而此才性之欣赏品鉴，却导引出具体且微的名理之学。名理之学即含有了言意之辨的类同倾向，原因是谈名理，就须重意会，品鉴人物，亦即全凭意取心断，决非取言语即可裁择。此所以稽名实辨言意，正是一时代之风向，非一二人之独唱。

言意之辨，作为玄学的方法论，代表着秦汉以来中国学术思想的变迁和思辨水平的提高。

二 "言意之辨"的主要观点

关于言意的关系，魏晋时期大致有三种不同的观点：言不尽意论，得意忘言论和言尽意论。

1. 言不尽意论

荀粲是玄学家中最早提出"言不尽意"的人。他针对孔子的"书不尽言，言不尽意"，提出了反论。《周易·系辞》说："圣人立象以尽意，设卦以尽情伪，系辞焉以尽其言。"意思是虽然语言不能表达"意"，但是通过所设定的卦象却能表达出圣人的"意"。荀粲反驳这样的主张。

《三国志·魏志·荀彧传》注引何劭《荀粲传》中一段记载：

> 粲诸兄并以儒术论议，而粲独好言道，常以为子贡称夫子之言性与天道，不可得闻，然则六籍虽存，固圣人之糠秕。粲兄侯难曰："《易》亦云圣人立象以尽意，系辞焉以尽言，则微言胡为不可得而闻见哉？"粲答曰："盖理之微者，非物象之所举也。今称立象以尽意，此非通于意外者也；系辞焉以尽言，此非言乎系表者也。斯则象外之意，系表之言，固蕴而不出。"②

---

① 汤用彤：《魏晋玄学论稿》，上海古籍出版社2001年版，第25页。
② 陈寿撰，裴松之注：《三国志》，陈乃乾校点，中华书局1959年版，第319页。

荀粲不像他的兄长完全沿袭汉人解经的传统而标新立异，他机智地援引了《论语·公冶长》中子贡的片言只语，把它放大为一种消解的力量，从儒家的内部否定了儒家经典的权威。

荀粲并不否定语言的基本认识功能，他认为语言能够表达意义，但不能表达出最深奥的意义。他创造性地提供了一个十分精巧而又独具方法论意义的见解，他把"意"分解成两个不同的层次：一个是反映在"象内"的显性的"意"，一个是存在于"象外"的隐性的"意"。翻译成现代术语，大致可以表述为：一个符号（象）是由符号形式和符号内容组合而成的，而符号内容又可分解成两个项——指示物和意义。指示物即适用于符号形式的特定的个体或事例，意义则可理解为适用于同一符号形式的一系列的指示物所应满足的条件。一个具体的符号形式在它的初期阶段总是对应于特殊的指示物的。当符号的数量严重地超出人类记忆容量的限度时，人们不得不把所考察的对象或事例从特定的空间和时间的制约中解放出来，于是就产生了"意义"。所以，"意义"是从具体的"指示物"的类别中抽象、概括、缩减而成的。两者既有联系又有区别，荀粲清楚地认识到这一点，才把"意"分成象内象外两种，提出"意外""象外""系表"之说，认为意内、象内、系内可言之，而意外、象外、系表不可尽言之，甚至根本就无从言之。《周易·系辞》"系辞焉以尽其言"，意思是语言只能表达系辞里的"意"，而系辞以外的"意"则不能表达，所以，圣人的微言是不可认识的。

荀粲以"言不尽意"为基础，再进一步提出"象言不尽意"论。这样，就否定了以往所有的典籍的价值。因为，按照他的逻辑，任何人都不能准确、全面地把握圣人的旨意。因此，六籍里面记载的东西，只不过是圣人留下来的无用之物罢了。荀粲提出"言不尽意"以后，言意之辨成了玄学家们津津乐道的论题。玄学产生的重要原因之一，就是当时官方儒学的名教体系已经失去了领导社会理念的功能，由此需要新的思潮和哲学的方法论来矫正混乱的社会。而要提出新的思想，首先应该反驳以往的思想体系。荀粲的"言不尽意""象言不尽意"等论述，提供了这样的逻辑根据。因此，玄学初期，几乎全部玄学家都支持"言不尽意"，并且以之立论。

从总体上看，言不尽意论并不否认言辞达意的功能，它只是指出了言辞和意念之间的差距，认识到言辞并不能把意念完全表达出来这样一个特殊规律。但是，如果用语言文字不能表达"意"，那么应该用什么方法来表达呢？对于这个问题荀粲没有回答清楚。"言不尽意"的矛盾性到王弼"得意忘言"才从新的角度给予解决。

2. 得意忘言论

得意忘言论的代表人物是王弼。他是在探讨《周易》的卦象和言意的关系过程中，提出认识"道"的方法论。《周易略例·明象》曰：

> 夫象者，出意者也；言者，明象者也。尽意莫若象，尽象莫若言。言生于象，故可寻言以观象；象生于意，故可寻象以观意。意以象尽，象以言著。故言者所以明象，得象而忘言；象者所以存意，得意而忘象。犹蹄者所以在兔，得兔而忘蹄；筌者所以在鱼，得鱼而忘筌也。然则，言者，象之蹄也，象者，意之筌也。是故，存言者，非得象者也，存象者，非得意者也。象生于意而存象焉，则所存者乃非其象；言生于象而存言焉，则所存者乃非其言也。然则，忘象者，乃得意者也，忘言者，乃得象者也。①

这是魏晋论述言意关系问题最重要的一段文字。王弼原本是用老庄解易的方法，来阐明如何阅读理解《周易》，其目的是反对汉儒以烦琐的章句之学解《易》的方法。《周易》的言，指的是用以解释卦象、爻象的卦辞、爻辞，象指的是八卦、六十四别卦象及阴阳两爻象，总称为卦象，用来象征某种事物；意指爻辞和卦象中表明的义理、宗旨。王弼注释《周易》，抓住言、象、意三个环节，环环相扣，层层深入。使得这段话远远超出了如何阅读理解《周易》的方法论而具有更广泛的哲学意义。②

首先，王弼的"得意忘象""得象忘言"论，是建立在"言不尽意"得基础之上的。它在原则上判明了明言与意理的关系。王弼先承认言可以明象，象可以尽意。因为"象生于意"，"言生于象"，所以，意、象、言是完全对等的。按照此逻辑推理，存言便是得象，存象便是得意。然而，王弼的结论却恰恰相反，"存言者非得象者也，存象者非得意者也"，说明意、象、言三者之间的关系是有间距的。前后似乎是矛盾的。但循其思

---

① （魏）王弼：《周易略例·明象》，楼宇烈：《王弼集校释》，中华书局1980年版，第609页。

② 参见许航生等《魏晋玄学》，陕西师范大学出版社1989年版，第98页。

路，从两个"莫若"来看，所谓"尽意""尽象"是建立在与其他手段的比较上的。对王弼来说，这是一个无法回避的事实：明明知道语言的局限性，又不得不承认语言绝对的优先地位。王弼这里的"象""言"都指的是具体的卦象、卦辞。这一点上似乎与荀粲没什么不同。但作为一种方法，荀粲的目的主要是指出儒经的局限，打破滞于章句的陋习，提醒人们透过语言去把握性与天道或者说"理之微者"。而王弼却想以此建立其一个完整的哲学体系。这一目的的差异性对后来诗学的建立产生了积极的意义。

其次，王弼的"得意忘象""得象忘言"论是建立在贵无的本体论哲学基础上的。同其他玄学家一样，王弼认为，形形色色的万有现象是"末"，宇宙的本体是"无"，万有是宇宙本体"无"的外在表现。这种贵无的本体论哲学是他对语言本体论意义认识的基础。在言、象、意的关系中，王弼认为言象是"末"，意是"无"，即本体，因此，否定了语言的本体论意义。作为宇宙本体的"道"是"无名""无形"的，是包含着无限的，因而不能以有限事物的名称去指谓它。如果强用语言"言之""名之"，那么它就会"失其常"而"离其真"。"道"（"无"）不是一个独立存在的实体，它体现在"有"中。"有"虽为现象，终是本体的表现，所以我们可以通过"有"来了解自身存在的依据。这就是说，"无"虽然不能拥有直接显示自己的手段，人们仍然可以借助间接的方法曲折地逼近这个冥然无迹的本体，并赋予这个本体以语言的形式。实际上，这正是保证人类经验连续性的一个基本机制。在历史文化发展的过程中，人类会不断遇到在本质上不同于以往的新经验、新事物，一般往往会借用以往的经验和知识的相似点，去认知它，在此基础上不断调整、修正，向前延伸，并且最终过渡到全新的解构。当人们在借用旧语词表达新概念时，不可避免地发生了指称的错位。

再次，既然"言不尽意"，那么，如何来把握宇宙本体的"道"呢？王弼提出了一个变通之法——"得意忘象""得象忘言"。这里的"象""意"，已经不是指具体的象和意，而是指具有普遍意义的象和意。王弼举《说卦》"乾，健也；坤，顺也。乾为马，坤为牛"为例，乾卦的性质是刚健，故以健行之马来象征。坤卦性质是柔顺，牛性也柔顺，所以用牛来象征。但是，无论马还是牛，只是一个具体的象征物，我们也可以用其他具有刚健性质的物来象征乾，以其他具有柔顺性质的物来象征坤。这就是说，当义理被抽象之后，具体的物象与语言都可以舍弃。这就是"得象忘言""得意忘象"。如果执着于具体的言和象，就不可能得到具有更普遍意义的象和意。所以他说："存言者，非得象者也；存象者，非得意者也。象生于意而存象，则所存者乃非其象；言生于象而存言者，则所存者乃非其言也"。为什么，因为所存之"象"和"言"，已不是原本"尽意""尽象"之"象"之"言"，而是某一固定的、有形的、有限的"象""言"。要想真正得到原本的"意""象"，就必须"忘象者，乃得意者也；忘言者，乃得象者也"。忘言忘象的目的是打破"象"与"言"的有限性，以便把握更具普遍意义的象和意。所以，"言、象仅为得意之工具，而非意本身，因此，得到意，工具即可丢掉；如同得到兔可以丢掉蹄（套索），得到鱼可以丢掉筌（竹篓）一样"。① 汤用彤先生也说："王氏谓言象为工具，只用以得意，而非意之本身。故不能以工具为目的，若滞于言象则反失本意。"② 现实世界的万有事物，纵使千变万化，都是本体"无"的外部表现，要尽意、知本，就需要通过可见的具体物象。言与象都是观意、得意必经的途径，是寻意的工具，若滞于言象，即拘泥于文字、物象，自然会失其真意。

王弼提出"得意忘言"是在肯定"言不尽意"的基础上，再进一步从新的高度上解决其矛盾性。语言是现象，是工具。言和意的区别是现象和本体，有限和无限的区别。王弼的新解释，魏晋人士用之极广，当时所谓"忘言忘象"，"忘言寻其所况""善会其意""假言"等都是承袭《周易略例·明象》所言。即使崇有论玄学家郭象，也同王弼一样，认为语言是表达思想的工具，如果拘泥于"言"，则不能从中得到义理，他提出"寄言出意"并以此方法来注释《庄子》，目的在于摆脱字面的束缚而发挥自己的思想，从认识论上说，寄言出意就是把语言看成表达思想的工具。"得意忘言"成了正始时期玄学最有代表性的新方法论。

但是"得意忘言"的方法论又含有忘却"语言"的重要性的倾向。因此，欧阳建提出反驳"言不尽意""得意忘言"的"言尽意"论。

3. 言尽意论

言尽意论的代表人物是西晋的欧阳建，他出身豪门士族，"雅有理

---

① 孔繁：《魏晋玄学和文学》，中国社会科学出版社1987年版，第46页。
② 汤用彤：《魏晋玄学论稿》，上海古籍出版社2001年版，第26页。

想，才藻美赡，擅名此册"，名气不小，流传下来的《言尽意论》，全文只有 271 字。

> 有雷同君子问于违众先生曰："世之论者，以为言不尽意，由来尚矣。至乎通才达识，咸以为然。若夫蒋公之论眸子，钟傅之言才性，莫不引此以为谈证。而先生以为不然，何哉？"先生曰："夫天不言而四时行焉，圣人不言而鉴识存焉。形不待名而方圆已著，色不俟称而黑白以彰。然则，名之于物，无施者也；言之于理，无为者也。而古今务于正名，圣贤不能去言，其故何也？诚以理得于心，非言不畅，物定于彼，非言不辨。言不畅志，则无以相接，名不辨物，则鉴识不显。鉴识显而名品殊，言称接而情志畅。原其所以，本其原由，非物有自然之名，理有必定之称也。欲辨其实，则殊其名，欲宣其志，则立其称。名逐物而迁，言因理而变。此犹声发响应，形存影附，不得相与为二。苟其不二，则言无不尽，吾故以为尽矣。"①

欧阳建继承了先秦名家、法家，包括儒家，尤其是汉魏之际"名理之学"的名实思想。他认为，首先，人类的认识活动是离不开语言的，所谓"物定与彼""非名不辨""欲辨其实，则殊其名"。虽然客观事物本身并不等于"言"和"名称"，但"言"对认识客观世界有重大作用。其次，名与物、言与理是不可分割的。也就是说，在认识过程中，思想对外物的认识必须通过语言和伴随着语言进行。所以，"苟其不二，则言无不尽矣"。语言具有指称事物的功能，"名"与"物"，"言"与"理"之间的关系，是"名逐物而迁，言因理而变"，不同的"物"即辨之以不同的"名"，不同的"理"即畅之以不同的"言"，二者犹如"声发响应，形存影附"，是不可区分为二的，既没有不可言尽的"理"，也没有不可尽理的"言"，所以，人们可以借"言"畅志辨物，达到交际的目的，这就是"言无不尽"。应当说欧阳建看到了语言和认识活动的统一性，看到了语言与思想就其产生、深化过程，都是以互为依存为条件的。这是难能可贵的。

然而欧阳建没有看到言意之间毕竟还是有区别的，言意的统一是在对立运动中实现的。他过分相信了语言与语言所指称的对象之间的同一关

---

① （唐）欧阳询撰：《艺文类聚》，汪绍楹校，上海古籍出版社 1985 年版，第 348 页。

系。事实上，这种关系是有限度的。索尔·克里普克在《命名与必然性》一书中对康德"黄金是黄色的金属"这一陈述作过如下的剖析：许多对化学了解甚少或者与黄金未曾谋面的人也能使用"黄金"这个词，可是"黄色的金属"这个用于识别的标志对黄金来说实际上可能不是真的，按照这个标志得到的也许是一块与黄金相像的黄金矿或假金。人们也许会批评康德的定义不够科学，可是几千年来，即使在今天科学昌盛的时代，人们的日常生活世界并不依赖严格的科学定义。在一般的情况下，语言的指称能力是由一条历史的因果传递链条决定的。康德的陈述不管怎么说都完全符合通常的语言习惯。它的潜在错误导向，只能说明语言指称事物能力的局限：语言作为符号只能提示事物，而不能等同事物，甚或替代事物。① 正是这一点决定了语言随时都有偏离指称对象的可能，也决定了语言的能力永远不可能像欧阳建所想象的那么乐观。

当我们这样思考的时候，我们已经从语言实用的层面转向了思辨的层面。而魏晋玄学探讨的理论命题，往往重思辨而轻"物""言"。荀粲、王弼所说的"意"，并不是一般的"物"或"理"的"意"，而是"无形""无名"的"道""玄"，这些是不可以用"逐物而迁""因理而变"的那些优先而固定执一的"名""言"去加以指谓和把握的。因此就对日常事物的表达来说，"言尽意"之说庶几近之，但就那些无限的本体的"意"的表述来说，欧阳建的观点则是难以成立的。

欧阳建"言尽意论"有两个方面的理论价值。第一，名和言是人们进行认识、交流认识的必须不可缺的工具；第二，名和实、言和志是不可分解的，是互相符合的。欧阳建的"言尽意论"是对玄学渐次走进神秘的、理想的方向越来越乖离现实的倾向的一种反动。在《世说新语·文学》第21条记载："旧云，王丞相过江左，止道声无哀乐，养生，言尽意三理而已，然宛转关生，无所不入。"② 这说明当时欧阳建提出的"言尽意"论是相当流行的。

以上，就是魏晋"言意之辨"的主要观点和内容，那么"言意之辨"究竟给诗学带来了什么特别意义呢？

从总体上看，言不尽意并不否认言辞达意的功能，它只是指出言辞和

---

① ［美］索尔·克里普克：《命名与必然性》，梅文译，上海译文出版社1988年版，第118—120页。

② （南朝·宋）刘义庆撰：《世说新语》，徐震堮注，中华书局1984年版，第114页。

意念之间的差距，认识到言辞并不能把意念完全表达出来这样一个特殊规律，并试图通过"忘言""忘象"的具体办法，希望由有限的"言""象"去领悟无限的"意"。正是在这点上，玄学和诗学贯通了起来。玄学上的"忘言""忘象"，主要是从认识论、方法论的角度引导人们形而上地看问题，不要囿于文字而忘了义理。玄学上的这场争辩的一个重要方面，在于它恰恰启示了文学家对"言"的重视。从诗歌审美规律来讲，固然可以"得意忘言"，而在审美创作方面，却无法忘却言的存在。在王弼的逻辑框架中，在言—象—意的认识链条中，"意"固然是目的，而迈向目的的第一步却是"言"。美虽有无限的可能性，但其表现总是具体可感的，又脱离不了有限，成功的作品即在于通过有限表现无限。正因为"言不尽意"极其深刻地揭示了审美创造的特殊规律，这才使得它对当时及后世的诗学创作理论产生了广泛而深刻的影响。

三　创作论的"言意之辨"

"言意之辨"的出现，在诗学上的一个重要意义，就是对人类思维活动的认识，尤其是对形象思维有着重要的启示。

我们知道，思维活动不能离开语言，这是就一般思维而言的。现代科学的研究证明，人类思维可以不凭借语言。据近年的神经语言学研究，人类的语言活动与大脑的左半球的某些部位相联系，控制语言活动的大脑左半球掌管着抽象的概括的思维，右半球掌管着非语言的感性直观思维。左半球的语言中枢被破坏后，思维活动仍然可以进行。这一研究说明，思维与语言从生理机制上来说是有区别的。特别以感性、个别为基础的直观形象思维，语言相对来说，是存在局限的。艺术思维是一种直觉思维或形象思维，不一定依赖语言手段。而要将思维传达出来，则必须借助语言等。无论哲学和文学，讲超越语言将"去言""忘言"，从原生意义上讲，都是站不住脚的。因为任何思想感情的交流，都需通过语言。何况，文学作为一门语言艺术，在其创作思维的运行中不可能没有语言因素的介入。诗人之所以被称作语言大师，正是由于他们对语言的艺术加工。诗人所要表达的情感不管有多么深邃、奇妙，没有语言这一载体，文学本体就无从生存。对文学创作而言，就是要把审美意象化为语言文字。所以作家们总是致力于传达技巧的磨练，总是追求语言能够充分达意，能够将审美意象通过语言文字纤毫毕露地显现出来，达到"语不惊人死不休"。

另一方面，变动不居而又错综复杂的审美感受，很难用语言文字表达出来的。所谓"言不尽意"是指人们在理性思维时不能用语言文字把头脑中的概念完全准确地表达出来。这是因为当思想借助语言进行时，往往呈现为一种内部语言状态，它是压缩的、跳跃的、模糊的，当它需要表达时，又要转化为明确的、概括的、连续展开的外部语言。内部语言和外部语言的不同性质和需要，决定了两者具有不同的状态。这种差异的认识和解决，既是一个实践的问题，又是一个理论的问题。特别是形象思维的文学创作，其创作活动中内在意象的产生，以及其由内部语言向外部语言的转化，都更具特殊的规定，不同于一般的抽象思维。对于诗学创作来讲，这个"意"不仅仅是理性思维、抽象概念，同时也包含情感、联想、想象等形象思维，这种以情感为枢纽的审美感受，具有比概念更复杂的特性，更难于用语言文字表达出来。据《世说新语·文学篇》记载："虞子嵩作《意赋》成，从子文康见问曰：'若有意邪，非赋之所尽，若无意邪，复何所赋。'答曰：'正在有意无意之间。'"① 这后一句话，精彩地说明了审美感受非概念所能穷尽，非语言所能全述的特点。

对这一问题，古人是早有认识的。汉代扬雄就有过"言不能达于心，书不能传其言，难矣哉"（《法言·问神》）的感叹。陶渊明的诗句"此中有真意，欲辨已忘言"（《饮酒》之五），说明作者捕捉、感受到了审美对象的意蕴，形成了一种主体情思，但这种情思又苦于用语言来表达，只可意会难以言传。所以，在创作时间中，"言不达意"的苦恼，时时折磨着每一个作者。西晋卢湛《答刘琨诗书》提出："是以仰惟先情，俯揽今遇，感念存亡，触物眷恋。《易》曰：'书不尽言，言不尽意。'然则书非尽言之器言非尽意之具。况言又不得至于尽言邪，不胜猥懑，谨贡诗一首。"卢湛在这里指出，自己"感念存亡，触物眷恋"的复杂感情，难以用语言完全表达出来。南朝江淹在《别赋》中，用生动的笔触，描绘了人们各种各样的离别之情，最后仍不得不感叹道："虽渊云之墨妙，严乐之笔精……谁能摹暂离之状，写永诀之情者乎！"玄学家、诗人嵇康送兄长嵇喜入军，表达自己面对离别的内心感情，其诗云："目送归鸿，手挥

_____

① （南朝·宋）刘义庆撰：《世说新语》，徐震堮注，中华书局 1984 年版，第 140 页。

五弦，俯仰自得，游心太玄。嘉彼钓叟，得鱼忘筌。郢人逝矣，谁与尽言"（《赠兄秀才入军》其十四）。这首诗表明自己胸中的离情别恨，"谁可尽言"呢？

从物到意，由意到言，是历代文人费尽踌躇的问题。所以，魏晋诗学中"意不称物""言不逮意"的苦闷，是一个带有普遍哲学意义的诗学问题。魏晋文人接受玄学"言意之辨"的理论成果，进而研求"言不尽意"的苦闷和解脱，也就是极为正常的。

（一）陆机：恒患意不称物，文不逮意

陆机是首位自觉地意识到文学创作中"言不尽意"的苦闷，进而产生了解脱这种苦闷的自觉的人。他在《文赋·序》中言：

> 余每观才士之所作，窃有以得其用心。夫其放言遣辞，良多变矣。妍蚩好恶，可得而言。每自属文，尤见其情，恒患意不称物，文不逮意。盖非知之难，能之难也。故作《文赋》，以述先士之盛藻，因论作文之利害所由，他日殆可谓曲尽其妙。至于操斧伐柯，虽取则不远；若夫随手之变，良难以辞逮。盖所能言者，具于此云。①

陆机的感慨来自两个方面的启示：一是前人和同辈作家的作品；二是自己的创作体验。文人创作的最大苦闷是"恒患意不称物，文不逮意"，陆机写《文赋》的目的，是要通过总结前人经验来解决这个问题。《文赋》前后用了七个"意"字。七者之中，除最后"或竭情而多悔，或率意而寡尤"的"率意"不是特定的指述语之外，其余六处是，例如：

> 意不称物，文不逮意。
> 辞程才以效伎，意司契而为匠。
> 其会意也尚巧，其遣言也贵妍。
> 心牢落而无偶，意徘徊而不能掭。
> 或文繁理富，而意不指适。

---

① （西晋）陆机：《文赋并序》，《陆机集》卷一，金涛声点校，中华书局1982年版，第1页。以下《文赋并序》引文均出自该书。

以上几句中的"意"都具有明确的含义，即指通过构思所形成的
"意"，是作家创作活动中的内在意象，而不是指文章中已经表达出来的
意。"物"指人的思维活动对象，"文"诗指用语言文字写成的文章。"意
不称物"指构思内容不能正确反映思维活动对象，"文不逮意"指文章不
能充分表达思维过程中所构成的具体内容。陆机认为，"意不称物"和
"文不逮意"是创作活动中司空见惯的苦恼，这种物、意、言三者关系的
谐调和统一，"非知之难，能之难也"。作为作家，陆机更多地从创作经
验的层面上讨论问题。因此，与"意不称物"相比，解决"文不逮意"
的问题，更是现实而迫切的。从全赋来看，陆机的笔墨大多放在言意关系
上。例如，"馨澄心以凝思，渺众虑而为言"，"言恢之而弥广，思按之而
逾深"，"思风发于胸臆，言泉流于唇齿"，"然后选义按部，考辞就班"，
"要辞达而理举"等文。陆机对言意关系的重视，虽然带有修辞主义的倾
向，以至于后来被认为是形式主义文风的滥觞，但是明确地从理论上解决
了"文不逮意"的问题，为六朝文学创作论的成熟创造了有利的条件，
却是《文赋》难得的贡献。

（二）刘勰：枢机方通，则物无隐貌

在这期间，文坛上有关言意关系的议论，虽时有所见，如嵇康《声
无哀乐论》有"言意无涉"的主张，葛洪在《抱朴子》里，列有《辞
义》篇，讨论辞与义的关系，范晔也发表了"以意为主，以文传意"的
观点。然而，在诗文创作理论方面，对物、意、言三者关系的认识，还没
有超越《文赋》的水平。所以，"刘勰氏出，本陆机氏说而昌论文心"，①
在陆机《文赋》的基础上，《文心雕龙》进一步以物、意、言三者关系为
核心，彻底超越了文学创作的经验层面，建立了完整的文学创作论。

刘勰直接沿袭了陆机的一些观点，并作了发展。近人已多有论述。值
得注意的是，刘勰与陆机不同，在言意问题上，他似乎更多地受传统的儒
家思想的影响。

> 心生而言立，言立而文明，自然之道也。（《原道》）②
> 枢机方通，则物无隐貌。（《神思》）③

---

① 章学诚著：《文史通义校注》，叶瑛校注，中华书局1985年版，第278页。
② （梁）刘勰著：《文心雕龙注释》，周振甫注，人民文学出版社1981年版，第1页。
③ 同上书，第295页。

灼灼状桃花之鲜，依依尽杨柳之貌。……皎日嘒星，一言穷理，参差沃若，两字穷形。并以少总多，情貌无遗矣。（《物色》）①

谈欢则字与笑并，论戚则声共泣偕。（《夸饰》)②

言辞是表现情感的充足的媒介，言辞不仅可以尽物，而且可以尽情，这是刘勰总的看法。然而，文学创作是一种复杂的行为方式。从表现的对象来看，不仅是物象，而且包含着思想。从表现者本身来说，不仅依赖对事物的认识，而且包含着个人的印象、感觉、情感、情绪。从表现的方式来看，不仅需要文学性的语言，而且要适应文体的特殊形式。这三个环节环环相扣，任何一个环节的脱落，都将带来"言不尽意"的苦闷。"半折心始""疏则千里"的现象是难免的。在这一点上，刘勰采取了比陆机更为精致的方法。非尽儒亦非玄，显示了理论上的成熟。

首先，刘勰指出了言辞在构思中的能动作用。《文赋》曾讲到"辞程才以效伎"，多少接触到了文辞在构思中的作用。刘勰则讲得更加深入：

神居胸臆，而志气统其关键；物沿耳目，而辞令管其枢机。枢机方通，则物无隐貌。关键将塞，则神有遁心……是以意授于思，言授于意，密则无际，疏则千里。（《神思》)③

写气图貌，既随物以宛转；属采附声，亦与心而徘徊。（《物色》)④

一方面，在构思过程中，从意象产生到形成，一直伴随着语言。意象对语言不断地取舍，使之成为意象与情感的落脚之处。另一方面，构思中的意象也在语言的性质和传达方式的作用下发生变化，"辞令管其枢机"，言辞对意象又不断地进行选择，使之适应语言的物化方式。因为，"意翻空而易奇，言征实而难巧也"。这样，整个创作构思的过程，就是意象同言辞之间相互肯定、相互舍弃的过程。言与意的选择如果吻合，即"密则无际""物无隐貌"，反之"疏则千里"。在这里，刘勰一方面认为言可

---

① 同上书，第493页。
② 同上书，第405页。
③ 同上书，第295页。
④ 同上书，第493页。

尽意，但以意为主，辞并不一定能达意；另一方面，又认为"言不尽意"，然一旦适应并掌握了语言及其表现手段，言辞的巧妙运用，又会使意象产生难以预期的达意的效果，"得意"则成为"尽言"。基于这一点，刘勰在吸取陆机的有关文学修养的要求基础上，进而提出了"驯致以怿辞"，即要训练自己的情致，以便适应文辞的表现方式。因为，"情数诡杂，体变迁贸。拙辞或孕于巧义，庸事或萌于新意，视布于麻，虽云未贵，杼轴献功，焕然乃珍"。① 清黄侃《文心雕龙札记》云："杼轴献功，此言文贵修饰润色。拙辞孕巧义，修饰则巧义显。庸事萌新意，润色则新意出。凡言文不加点，文如宿构者，其刊改之功，已用之平日，练术既熟，斯疵累渐除，非生而能然者也"。② 艺术的真实，即意象的忠实的传达，除了想象虚构的作用，语言是最基本的要素，特别是对中国古代的韵文来说，更是如此。

其次，刘勰注意到了诗歌语言与普通语言的差异性。

> 隐也者，事外致重旨也；秀也者，篇中之独拔者也。隐以复义为工，秀义卓绝为巧，斯乃旧章之懿绩，才情之嘉会也。夫隐之为体，义生文外，秘响傍通，伏采潜发，譬爻象之变互体，川渎之韫珠玉也。③

刘勰注意到，与普通语言符号在语境中只有一个意义的透明性相反，诗歌应该追求重旨、复意、秘响、伏采；文字，只是诗歌的第一层次，隐藏在它后面的即"文外""旁通""潜发"的那个层次——纤旨和曲致，才是诗歌真正的意蕴和目标。优秀的诗歌必须具备这样的品性，否则就会一览无余，缺乏意旨遥深、感荡心灵的力量。

再次，为解决物意言三者关系的问题，刘勰还从构意和表达上提出了比陆机更为深入的一系列主张。如在构思上，提出了"博而能一，亦有助乎心力矣"（《神思》）。在表现上，提出了"建言修辞"（《宗经》）、"修辞必甘"（《视盟》）。还从文学的本质规律出发，专列《夸饰》《比兴》《隐秀》《事类》，以成"随物宛转"之法。撰述《丽辞》《练字》

---

① （梁）刘勰著：《文心雕龙注释》，周振甫注，人民文学出版社1981年版，第296页。
② （清）黄侃：《文心雕龙札记》，上海古籍出版社2000年版，第95页。
③ （梁）刘勰著：《文心雕龙注释》，周振甫注，人民文学出版社1981年版，第431页。

《声律》，以全"与心徘徊"之术。对言意问题作出了重要的贡献。

（三）钟嵘：滋味

较比而言，稍后的钟嵘在言意问题上，无论其研究规模和深度都是比不上刘勰的。但是，钟嵘对"言不尽意"苦闷的解脱，却别开了一派。他把"滋味"引入诗的创作理论中，从而将言意问题的讨论纳入一个更广阔的天地。钟嵘把读者的因素（味之者、闻之者）纳入创作的范畴之内，从读者对艺术形象完成的参与作用上，解决"言不尽意"的矛盾。"滋味"，故可求诸于言内，更须求之于言外，即"文已尽而意有余"。当人们对创作中失落的意味而遗憾，感叹"言不尽意"时，锺嵘却从这里发现了"滋味"。语言传达过程中的限制和空白，无意中促成了作品的内在张力。创作中失落了的意味，经过读者自身经验的补充，反而有可能超过作品中的言内之意，获得言外之意的效果。钟嵘的这一观点，对魏晋以来"言不尽意"的苦闷的解决，提供了新的方法，提高了语言的艺术的目的性，开了唐以后主"味外""韵外""景外""象外"之意趣，以及主妙悟、神韵的创作流派。因而，给六朝文学创作论的深入探讨，展示了新的可能。遗憾的是，钟嵘在《诗品》里，并未全面展开他的这一思想，真正对这一现象进行研究，那要到唐以后了。

总之，魏晋的诗学大师们，科学地观察分析了文学创作中的"言不尽意"和"言能尽意"的意见后，从"言不尽意"的矛盾出发，却探求"言能尽意"的境界。他们的贡献在于发现了语言的局限性恰恰可以为文学创作所利用。既然言不能尽意，那么就索性寄情于言外，通过象征、比兴、含蓄等艺术手法，去追求"言外之意""象外之旨"。

四　佛教对"言意之辨"的支持

言不尽意论在传播的过程中，得到佛教的有力支持。佛教与中国诗学结下不解之缘就是从这里开始的。

佛教对语言早已有了成熟而深刻的见解。众所周知，佛教的教义里存在着一个基本的对立：芸芸众生的世俗世界属于痛苦的根源，而寂静常乐、没有物欲的佛性世界才是人类最后的归宿。但什么是佛性呢？佛教遭遇了一个与玄学相类似的共同难题，即作为宇宙的最高本体，佛性完全脱离名相，无法用分析性的语言文字进行具体的描述，一落言荃，便离真实。可是，弘教布道，开悟众生，又非语言无以表达。对此，僧肇在《般若无知论》里有个简明的表述：

> 经云：般若义者，无名无说，非有非无，非实非虚，虚不失照，照不失虚。斯则无名之法，故非言所能言也。言虽不能言，然非言无以传。是以圣人终日言，而未尝言也。①

如何才能"圣人终日言，而未尝言也"呢？佛教采取了一种"方便""随宜"的法门。他们认为，语言并不仅仅是具有指称的功能，它还可以发挥一种桥梁或跳板的作用。早期的《楞严经》作过一个精彩的比喻：

> 如人以手指月示人。彼人因指，当应看月。若复观指以为月体，此人岂唯亡失月轮，亦亡其指。②

在具有象征意义的语言中，能指与所指不是一一对应的关系，常常是靠了感觉的引导才使能指介入所指。语言文字就像指月的手指，只是一种用来显示方向的工具，人们应该顺着手指看到中天的明月，而不能拘泥于手指，误认为它是真正的月亮。

与此相仿，西晋时期的高僧道安在《道地经序》里从事物发展的逻辑关系与人的认识能力上作了一个颇有道家风格的阐述：

> 圣人有以见因华可以成实，睹末可以达本，乃为布不言之教，陈无辙之轨，阐止启观，式成定谛。③

语言虽与佛性无关，但只要洞明语言，不执着语言，仅仅把它看作一

---

① （东晋）僧肇：《般若无知论》，张春波校释：《肇论校释》，中华书局2010年版，第154页。

② 《白话楞严经》，三秦出版社2000年版，第55页。

③ （东晋）道安：《道地经序》，（梁）释僧佑撰：《出三藏记集》，苏晋仁、苏链子点校，中华书局1995年版，第367页。

种工具与手段，我们仍然可以因花成实，睹木达本，领悟佛的最高真理。这一富有辩证色彩的语言观，体现了佛教目的与方法的协同。因此，它在佛教理论中通常占有极其重要的地位。

禅与言的关系，可以说就是经与言的翻版。禅宗是最具中国本土特色的宗教了。在禅宗形成的前期，即通常所称的禅宗前史的魏晋南北朝时期，重在梵文经典的翻译，因此十分重视语言文字的作用。著名翻译家鸠摩罗什有"舌不焦烂"之谶："愿凡所宣译，传流后世，咸共弘通。今于众前发诚实誓：若所传无谬者，当使焚身之后，舌不焦烂。"① 此外，道安、彦琮、罗什、玄奘、窥基等佛经翻译家也都对语言极为重视，认为文字能生起般若。佛典中更有所谓增益谤（增一字）、损减谤（减一字）、戏论谤（紊一字）、相违谤（背一字）。可见，虔诚的佛教徒对于佛经的文字，是多么尊崇、多么审慎。禅宗所传自初祖达摩到五祖弘忍，一直以《楞伽》印心。五祖时，仍在寺庙的影壁上画《楞伽》变相，都是明证。可见，慧能以前的禅宗十分注重经典和语言文字的功用。

在禅宗"教外别传，不立文字。直指人心，见性成佛"的所谓十六字心传中，"不立文字"是重要特色。不立文字，就是不凭借语言文字来解释、传授教义。禅宗认为语言在传递意义的同时又遮蔽了意义，因此，佛学、佛教最精微、最深刻的义理，在佛经的文字以外，在语言以外，"第一义"不可说。禅宗语言作为一种宗教语言，总是试图将信仰者引向对绝对、超越对象的思考，这种性质决定了禅宗语言"不立文字"的必然性，故有离相、离境，无念、无心，超四句、绝百非之说。然而，怀疑乃至否定文字功用的禅师们并不能离开文字，因为毕竟语言文字对于记载、宣说教义具有不可替代的作用，故又有不离文字之说。释迦牟尼本人也是重视语言文字，重视运用语言文字宣说教义的，虽说"释迦四十九年说，未曾说一字"，② 然而四次结集，毕竟留下了汗牛充栋的佛说经典，三藏十二部典籍即是明证；玄奘不顾惜身体性命耗十七年之心力到西天取经，又用十九年之心力进行翻译，当然是为了求取佛经原本，使佛教真义不被歪曲，这在当时关系到佛教兴衰乃至存亡，也充分说明文字的作用。

---

① （梁）释慧皎：《高僧传》卷二《鸠摩罗什传》，汤用彤校注，中华书局 1992 年版，第 54 页。

② 刘泽亮：《宛陵录校释》，《黄檗禅哲学思想研究》，湖北人民出版社 1999 年版，第 343 页。

禅宗自达摩始的历代祖师，或持传《楞伽》，或奉持《般若》，或尊崇《金刚》，而且各有语录文字见世。慧能在黄梅请"解书人"将其偈题西间壁上，"呈自本心"。《坛经》上虽有"不立文字""不合语言"，此经先即语言，后又成文字，既言不立文字，早已立了文字。事实上，主张不立文字的曹溪门下大师多有法语传世，后世禅门语录层出不穷。仅禅宗五灯，总计150卷，数百万言，亦可谓不离文字耳。五代以来，禅宗祖师的语录越积越多，标榜"不立文字"的禅宗已经文字山积，而禅门中更兴起注解阐释古人禅语的风气，真实参禅者渐少。

"不立文字"，是"说不得"；"不离文字"，是"说不得的东西如何去说"，这正是禅宗所要摆脱的悖论，也是哲学所真正要解决的认识机制。事实上，正如萧萐父教授所指出的，佛法主张"第一义"不可说，这本身是一个自语相违的悖论，因为对于不可说的东西已作了"不可说"这种说明。为摆脱这种逻辑矛盾，禅宗主张"绕路说禅"，即认为不可说的东西并非不可说，问题在于如何说，如何运用禅语言的特殊功能，这就是寓言、卮言、重言、无言、玄言的言说方式。后期禅学的诗化，似表明禅境与诗心一脉相通，这只是禅语言艺术的一端，至于禅语言中还有各种机锋、反诘、突急、截断、擒纵等，各有其特定的表达功能。① 禅宗不仅立了文字，而且讲得还很系统，这是"不可说之说"，其中蕴含着"不可说的东西如何说"的机制，这正是禅学研究要阐释清楚的。禅宗运用五"言"说不可说，最终归结为"语即默，默即语"的"语默不二"。寓言也好，重言、卮言也好，都只是指叶为金的权宜之说，犹如化城、宝所皆为"权立接引之教"，故学人须"得鱼忘筌"。一如维特根斯坦《逻辑哲学论》结尾处所说的"抽掉梯子"："我的命题应当是以如下方式来起阐明作用的：任何理解我的人，当他用这些命题为梯级而超越了它们时，就会终于认识到它们是无意义的。（可以说，在登上高处之后他必须把梯子扔掉。）"② 当我们通过这些拳掌之说到达自由无碍的境界时，这些经教、说法都是没有意义的。这就从终极的意义上说明了语言的工具性，是魏晋以来"言意之辨"的进一步深化。

实际上，禅宗"不立文字"也好，"不离文字"也好，只不过是担心

---

① 参见萧萐父《吹沙纪程》，上海文艺出版社1998年版，第162—165页。

② 维特根斯坦：《逻辑哲学论》，贺绍甲译，商务印书馆1996年版，第105页。

人们以文字为目的，迷于字面的指称，而忘记了文字的象征性和权宜性。因而，一再提醒人们脱离名相，切勿死在文字之下。

唐宋以还，经由言意之辨开创的美学理想通过禅宗的融化与张扬业已深入人心，司空图标举"近而不浮，远而不尽"的"味外之旨""韵外之致"，梅圣俞揭橥"必能状难写之景如在目前，含不尽之意见于言外"等，都是人所皆知的老生常谈。倒是严羽，刻意以禅喻诗，挑明诗禅的关系，诗歌的言意问题终于以最醒目的方式推到前台：

> 夫诗有别材，非关书也；诗有别趣，非关理也。……所谓不涉理路，不落言筌者也，上也。诗者，吟咏情性也，盛唐诗人惟在兴趣，羚羊挂角，无迹可求。故其妙处莹彻玲珑，不可凑泊，如空中之音，相中之月，镜中之象，言有尽而意无穷。①

严羽提出了一个"别材""别趣"的表达问题。写诗不能"不读书、不穷理"，但它只能蕴含在"吟咏情性"的诗歌之中，不能指涉理路、落在言筌。也就是说，我们不能把诗歌作为日常实用的交际工具，让诗歌的语言直接指称某一具体的事物，而要把诗歌语言充分地多义化、感觉化。"羚羊挂角"之喻，其意在于避免"寻言逐句"，拘泥于文字。王士禛在《池北偶谈》卷八谈道：

> 世谓王右丞雪里芭蕉，其诗亦然。如"九江枫树几回青，一片扬州五湖白"。下连用兰陵镇、富春郭、石头城诸地名，皆寥远不相属，大抵古人诗画，只取兴会神到，若刻舟缘木求之，失其指矣。②

王维画"雪中芭蕉"，其理论意义就在于它表明了艺术中所描绘的事物不必符合现实世界的真实性。诗人兴会神到，旨在言外之意，读者如果按照现实世界中的现象去解读诗歌，就像缘木刻舟，是无法理解诗中的旨意的。

在中国古代文人看来，所有的语言都是残缺不全的，语言可以说的，

---

① （宋）严羽：《沧浪诗话校释》，郭绍虞校释，人民文学出版社1983年版，第26页。
② （清）王士禛撰，张宗柟纂集：《带经堂诗话》，人民文学出版社1963年版，第68页。

只是言之粗，而那言之精通常是被遗落掉的。因此它要求创作者用言外有意、词外溢旨的手法，尽量保全这份精义，由"不执文字"到"不立文字"。诚如金人王若虚所说："圣人之意，或不尽于言，亦不外于言。不尽于言而执其言以求之，宜其失之不及也。不外于言，而离其言以求之，宜其伤于太过也。"① 因为汉字的形象性，发展思维的整体性、形象性和模糊性特点，经常是凭借长期的经验积累，用带有辩证精神的直觉思维去感知对象，对之作不借助于逻辑中介的综合判断。因此，中国古代的文人们，总是不屑于对作品作一枝一叶的纯客观分析，而好通过直觉对整体作出把握。即使讨论深僻的问题，也不用抽象思辨，而多作具体的感性规范，寥寥数语，既穷其隐微，又尽其毫忽，在刹那间，通过主客体的联通，完成对一个命题和问题的全部探索。尽管有时因内涵含混而蹈于空虚，有时因外延不清而歧义纷呈，但从总体上说，确实最大程度地拥有了对象的全部内容，保全了对象的气足神全。

---

① （金）王若虚：《论语辨惑自序》，《滹南遗老集》，影印《文渊阁四库全书》本。

第三章

怊怅述情，必始乎风；
沉吟铺辞，莫先于骨
——风骨论

"风骨"是中国古典美学中一个极为重要的理论命题，从六朝开始在诗学理论中运用，至唐以后相沿袭用，不胜枚举，风骨论一直成为中国文艺发展的理想之光。

一　"风骨"论形成的文化背景

"风骨"是由"风"与"骨"这两个具有各自含义的概念所合成的。作为一个完整的美学范畴，它不只是"风"与"骨"的内涵的简单相加，而是二者互相融合所表现出的一种整体浑成的意义。但是"风骨"的含义及其对于"风骨"的理解又是离不开"风"与"骨"这两个独立的概念的。在古代的文艺理论中，既有对于"风""骨"的分别论述，也有对于"风骨"的整体研究。下面就从这几个源流开始，看一看它在诗学理论中的发展流变。

（一）先秦经典的论述

"风"源于儒家诗教。这一点，刘勰也讲得很清楚："《诗》总六义，风冠其首，斯乃化感之本源，志气之符契也。"[①] 刘勰以"六义"之"风"作为风骨的开篇，显然是取风诗教化意义而言的。这里的"风"是个比拟词，《毛诗序》："风，风也，教也；风以动之，教以化之"，最早似乎由此而来的。用风作比喻，因为风有普遍而巨大的感动力量，孔颖达《正义》："微动若风，言出而过改，犹风性而草偃，故曰风。"风又有潜

_____

① （梁）刘勰著：《文心雕龙注释》，周振甫注，人民文学出版社 1981 年版，第 320 页。

移默化、滋养万物的特点。《论语·颜渊》：“孔子对曰：子为政，焉用杀？子欲善而民善矣。君子之德风，小人之德草。草上之风必偃。”① 意思是说君子以其美德感化人，使人从善，就好似风吹草动。这种教化力量，就好似风轻轻拂过，移人性情。诗的感染教化作用，同艺术之于人的情感这一特征分不开，诗首先应该满足人的审美需求，而不能直言训诫，它用洋溢着激情的艺术形象供读者欣赏，使读者沉浸在深沉的美感享受中，从而收到潜移默化的效果。《国语》有“乐以风德”的说法；《乐记》谈到“乐”的作用时，指出乐“可以善民心，其感人深，其移风易俗，故先王著其教焉”。儒家在论及诗的教化作用时，都强调其以情动人的特征。

从现有文献看，“骨”的观念最早可能是由老子提出的。《老子》第三章：“是以圣人之治，虚其心，实其腹；弱其志，强其骨。”第五十五章：“骨弱筋柔而握固。”老子从人的自然生命的角度指出了“骨”与生命力的“强”的密切关系，对后世影响很大。《易传》曰：“天行健，君子以自强不息”，十分推崇“刚健”。一方面继承了孟子所赋予“刚”的伦理含义，另一方面又吸取了道家从自然生命的意义上讲“刚”的思想。虽未直接讲到“骨”，但从人体的自然生命来说，刚同骨是分不开的。要有刚健的生命力，就要“强其骨”。《周礼·天官·疡医》提出“以酸养骨”，注说：“酸，木味。木根立地中，似骨。”② 以“骨”为骨干之意。《白虎通·嫁娶篇》说：“男三十筋骨坚”，王符《潜夫论·德化》说：“夫形体骨干为坚疆也。”《仪礼乡射礼注》：“以骨名肉，贵骨也。”“贵骨”的思想由此确立。

（二）相法及人物品藻中的论述

“骨”指人的骨相即骨骼长相，“骨”的观念在古代是同相法直接相连的。南朝陶弘景《相经序》说：“相者，盖性命之著乎形骨，吉凶之表乎气貌。”荀子在《骨相篇》讲到古代的相法认为，人的寿夭、祸福、贵贱是与人的骨体相貌相连的。荀子虽然坚决地反对相术，但是相术一直流传了下来，且在汉代有很大的影响。宋玉《神女赋》中就有“骨法多奇，应君之相”之说。《史记·淮阴侯列传》中提道：“蒯通知天下权在韩信，

---

① 李学勤主编：《十三经注疏》，北京大学出版社 1999 年版，第 166 页。

② 李学勤主编：《十三经注疏·周礼注疏》，北京大学出版社 1999 年版，第 116 页。

欲为奇策而感动之，以相人说韩信曰：'仆偿受相人之术。'韩信曰：'先生相人何如？'对曰：'贵贱在于骨法，忧喜在于容色，成败在于决断'"①。可见当时已将贵贱与人的骨相联系。《后汉书·李固传》有："固貌状有奇表，鼎角匿犀，足履龟文。"《注》曰："鼎角者，顶有骨如鼎足也。匿犀，伏犀也。谓骨当额上入发际隐起也。足履龟文者二千石"②。东汉王充在《论衡·骨相篇》中对骨相作了专门论述，认为："人曰命难知，命甚易知。知之何用？用之骨体。人命禀于天，则有表候于体。察表候以知命，犹察斗斛以知容矣。表候者，骨法之谓也。"③ 意思是说观察人的长相容貌，就可以推算出他的生命和命运，就如同看到斗斛就可以知道它的容量的大小一样。王充将"禀于天"的命与"表候于体"的骨法联系起来，认为"察骨节之法，察皮肤之理，以审人这性命，无不应者"。后来王符在《潜夫论·相列》篇中所说的"《诗》所谓'天生烝民，有物有则'，是故人身体形貌皆有象类；骨法角肉各有分部。以著性命之期，显贵贱之表"，④ 基本上是对王充观点的发挥。王充不仅认为人的"骨相"与人的寿夭、祸福、贵贱密切相关，还与人的操行清浊有关。他说："贵贱贫富，命也。操行清浊，性也。非徒命有骨法，性亦有骨法。惟知命有明相，莫知性有骨法，此见命之表征，不见性之符验也。"⑤ 将"性之骨法"看作是"性之符验"。这与汉末十分重视人物节操的"清议"有重要的关系。"骨相"在此获得了质的飞跃，从相人之法跃居为人品之衡。"骨鲠"一词被普遍用来形容正直不阿的人品。蒋济的《万机论》对"柱石之士，骨鲠之臣"倍加赞扬。"骨"被赋予了一种道德上的肯定意义。

因为对人的外形相貌进行观察分析，包括对气质的高卑、命运的贵贱的鉴别，所以骨法、骨相又自然地被用来品鉴人物。魏晋时期，其人物品

① （汉）司马迁：《史记·淮阴侯列传》，王利器主编：《史记注译》（三），三秦出版社1988年版，第2048页。

② （宋）范晔：《后汉书·李杜传》，中华书局1965年版，第2073页。

③ （东汉）王充：《论衡·骨相》，黄晖：《论衡校释》卷三，中华书局1990年版，第108页。

④ （东汉）王符著，（清）汪继培笺：《潜夫论笺》卷六列相第二十七，彭铎校正，中华书局1985年版，第308页。

⑤ （东汉）王充：《论衡·骨相》，黄晖：《论衡校释》卷三，中华书局1990年版，第120页。

评仍频频使用"骨""风""风骨"这组词。刘劭《人物志》就是一部研究人禀赋气质的理论专著。《九徵》曰："骨直而柔者，谓之弘毅"，"强弱之直在于骨，躁静之决在于气"。① 《八观》曰："骨直气清，则休名生焉；气清力劲，则烈名生焉。"② 骨，骨相，指形体；气，风神气韵，指精神风貌。骨直气清，就是说形体端正而神情清朗。刘劭这里已将儒家道德标准降到了次要的地位，而将人的性格、才能、智慧等问题提到了首位。正始以后，由于玄学的兴起，反名教反传统，魏晋名士群体意识逐步消解，个人主义开始自觉。这对传统儒家所标榜的群体社会和伦理道德观念是一个沉重打击，人们率性而为，慷慨任气，超然物外，卓逸不群。特别是如竹林七贤，为蔑视权贵、笑傲纲常的名士风流之辈，追求一种无拘无束的生活情趣：刘伶恒饮酒放达，或脱衣裸形在屋中。人见讥之，伶曰："我以天地为栋宇，屋室为裈衣，诸君何为我入裈中？"③ 张季鹰辟齐王东曹椽，在洛，见秋风起，因思吴中菰菜羹、鲈鱼脍，曰："人生得适意尔，何能羁宦数千里以要名爵？"遂命驾便归。④ 传统的人物品藻伦理模式一旦为玄学所冲破，留存下来的就是对人自身形貌、生理到内在气质的审美观照，由注意人伦道德善恶而专注于人体神貌、风度的美丑、高下，人的自我意识的觉醒就是所谓"魏晋风度"的灵魂所在。因此魏晋时期以"风"或"骨"或"风骨"来品评人物，正是当时很流行的一种赞语。《世说新语》在这方面有不少的记载，如"王右军目陈玄伯垒块有正骨"（《赏誉》），⑤ 这是赞益陈的骨骼挺拔。《轻诋》："旧目韩康伯将肘无风骨"，注引《说林》曰："范启云：韩康伯似肉鸭"，⑥ 这是说韩氏肥胖臃肿，骨为肉所掩，故曰无"风骨"。又《赏誉》篇载："殷中军道右军清鉴贵要"，⑦ 注引《晋安帝纪》曰："羲之风骨清举也"。除指王羲之风度清俊爽朗外，兼含骨骼挺拔之意。其他书籍也有这方面的记载，如《宋书·武帝纪》云："（刘裕）及长，身长七尺六寸，风骨奇特。家贫，有大志，不治廉隅。"沈约《宋书·武帝纪》载："刘裕风骨不恒，盖人

① （三国）刘劭：《人物志校笺》，李崇智校笺，巴蜀书社2001年版，第34页。
② 同上书，第165页。
③ （南朝）刘义庆撰：《世说新语笺疏》，余嘉锡笺疏，中华书局1983年版，第858页。
④ 同上书，第247页。
⑤ 同上书，第567页。
⑥ 同上书，第994页。
⑦ 同上书，第565页。

杰也。"《识鉴》刘孝标注引《续晋阳秋》论褚爽:"及长,果俊迈有风气。"《方正》刘注引《桓温别传》,谓温"有豪迈风气"。《广雅·释言》云:"风,气也。""风气"连用,指风神气韵。有时也用"风神",如《赏誉》刘注引檀道鸾《续晋阳秋》说王珉"风神秀发,才辞富赡"。《言语》注引《续晋阳秋》论许询,谓其"风神简素"。显然也是指精神气质的。可见人物品鉴中所说的"骨",就是强调由形貌结构表现出来的清俊刚直的内在力量。而"风"则是指人的风度、姿容与神采,其中包含一种精神力量的、生动的、富有韵味的美感。风虚而骨实,人的形体是其精神气质的外在显现,这反映了在玄学流行下,魏晋时期士大夫中间对于忘形重神的人的精神风貌的重视。人物品藻从政治人才学发展而为哲学和审美,"风骨"成为六朝以后一种很有影响的理论。宗白华先生指出:"中国美学竟是出发于'人物品藻'之美学,美的概念、范畴、形容词,发源于人格美的评赏。"①

(三) 书画理论上的论述

曹植在《洛神赋》中形容洛神之美时说"奇股旷世,骨象应图。"第一次把骨象问题同绘画联系起来。到魏晋时期,人物画得到很大发展,人物画不仅要刻画人物的外在形体,即骨体相貌,更要画出人物内在的精神气韵,而"风""骨"既同人的骨体相貌相关,又与人的内在精神气韵的外在表现相关,因此,"风骨"自然成为人物画创作的重要的美学标准之一。顾恺之最早将"风骨"引入绘画理论,用来批评人物画。顾恺之论画比较多地用到了"骨"这一概念。他所作的《魏晋胜流画赞》是一篇不过五六百字的画评,却大量提到了"骨法""奇骨""天骨""骨趣""骨俱""隽骨"等词,如评《周本纪》"重叠弥纶,有骨法,然人形不如《小烈女》也是";评《伏羲神农》"虽不似今世人,有奇骨而兼美好,神属冥芒,居然有得一之想";评孙武"骨趣甚奇"。②从顾氏对当时人物画的评价中可推出,"骨"指画中人物的骨相形体,近似人物品评中的"骨相"。南齐谢赫的《古画品录》,首次用"风骨"这一概念来评论绘画作品,"骨"才从"骨相"的义界演化为一种抽象的美学标准。谢赫在中国绘画史上首先提出了"六法"的标准,其《古画品录序》提出

---

① 宗白华:《美学散步》,上海人民出版社1981年版,第210页。
② （晋）顾恺之:《魏晋胜流画赞》,潘运告:《汉魏六朝书画论》,湖南美术出版社1997年版,第274页。

"六法"，第一是"气韵生动"，第二是"骨法用笔"，而这两者正体现了"风"与"骨"的内涵。前者指人物的神情风貌在画中表现的生动性而言；后者指能否以遒劲的笔力勾勒出人物的骨相形貌。没有遒劲的比例，就难于表现出生动的气韵。如第一品中评曹不兴曰："不兴之迹，殆莫复传，唯秘阁之内一龙而已，观其风骨，名岂虚成。"第二品中评顾骏之是："神韵气力，不逮前贤；精微细谨，有过往哲。"第三品中评夏瞻是："虽气力不足，而精彩有余。"① 这所谓"风骨"已不仅仅指人物的风韵神情和骨相形体，它还包括了画家笔力的强弱及其所产生的艺术效果。因为，"骨法"刻画是人物的身体造型、骨体相貌以及内在的精神气韵综合表现的一个重要方面，是"以形写神"的基本构成因素。顾恺之只是初步提出"骨法"这一概念，但却在绘画艺术领域将"骨"的概念与诗学联系起来。

"风骨"的观念，在书法理论中得到最充分的发展。早在东汉末年，赵壹便在他的《非草书》中提出："凡人各殊气血，异筋骨。心有疏密，手有巧拙。书之好丑，在心与手，可强为哉？"稍后的蔡邕在其《九势》中也提出了书法创作中"力"的要求："藏头护尾，力在其中，下笔用力，肌肤之丽。"书法理论中"风骨"范畴的真正确立是在魏晋。这时，书法得到了空前的发展，隶、楷、行、草各体均已产生。伴随创作上的繁荣，书法理论也得到空前的发展。汪涌豪先生指出"风骨这个美学范畴几乎是与美学理论的萌芽一起，进入书法美学体系的中心，并在历代书家和书论家的阐释、运用中，得到了不断丰富和发展。"②

旧题晋卫夫人在《笔阵图》中说："善笔力者多骨，不善笔力者多肉。多骨微肉者谓之筋书，多肉微骨者谓之墨猪。多力丰筋者圣，无力无筋者病。"③ 显然，卫夫人以"骨力"一词来表示书法用笔的内在力度，同时也表现人物的内在气韵和人格力量。王羲之为卫夫人弟子，承继其师"骨力"的理论，并要求用笔要做到"藏骨抱筋"（《用笔赋》）。所谓"藏骨抱筋"，是指劲健藏于笔墨之中。南齐王僧虔论书也重笔力，评张芝、索靖、韦诞、钟会"唯见其笔力惊绝耳"，孔琳"天然绝逸，极有笔

① （南朝·齐）谢赫：《古画品录》，沈子丞汇编：《历代论画名著汇编》，文物出版社1982年版，第18—19页。

② 汪涌豪：《中国古典美学风骨论》，中国人民大学出版社1994年版，第31页。

③ 潘运告：《汉魏六朝书画论》，湖南美术出版社1997年版，第95页。

力",萧思"全法羊欣,风流趣好,殆当不减,而笔力恨绝"。笔力,即骨力。他认为王献之的书法"骨势不若父,而媚趣过之"。郗超的草书"亚于二王,紧媚过其父,骨力不及也"。媚趣、紧媚,都指柔媚的情趣。由此可知,"骨"在书论中,乃是指意中由运笔所表现出来的刚健之力。中国书法使用的毛笔,笔锋富有弹性,一笔下去,墨在纸上可以呈现出轻重浓淡的种种变化。无论是点还是线,都不是几何学上的点与线,而是有立体感,隐含了面和体,因此会引起"骨"的感觉。同时作为象形文字的汉字,要体现出一定的生命的结构、生命的运动力量,也要构成它的支撑和组织,也同样引起人们对于"骨""筋"的感受。因此,"骨""筋""血""肉"等概念日益发展成为书法理论的重要范畴。

上述书画理论,为诗学理论中"风骨"论的提出奠定了基础。

(四)"风骨"的哲学根源

风骨的哲学根源主要来自"气"。中国古代哲学中的"气",是蕴含极为丰富的一个概念,主要用以解释宇宙万物的生成和发展变化。追踪其源头,它最初是自然哲学的核心范畴,《易传》中说:"元气未分,浑沌为一",何休《公羊解诂》指出:"元者,气也。无形以起,有形以分,造起天地,天地之始也"[1](《公羊解诂·隐公元年》)。古人视气为宇宙形成最基本的元素,认为四方上下、往来古今都充满了气,"气"是世界的本源,是产生和构成天地万物的原始物质,也是生命的本体。

人身是一个小天地,"人之生,气之聚也;聚则为生,散则为死"[2]。这里的"气",指的是构成生命内体的物质材料,它客观存在活动于有机体中。在人体的小天地之中,自然天地中的阴阳二气不断地升降出入运行,如此便产生了天人合一思想的物质基础。人体之气与哲学之气便有了统一的基础。中国以天地人本为一体,所以从以"气"释天到以"气"释人就是自然而然的事情了。在西方文化中,创世伊始,上帝在塑造了人的骨架之后,往人的鼻孔里吹进生命的气息,人便成了活脱脱的生灵。中西方文化都不约而同地意识到了"气"与人之生命的关系。

战国时期孟子将气引入了人的精神领域,"夫志,气之帅也;气,体之冲也。夫志,至焉;气,次焉,故曰:持其志,无暴其气"。"吾善养

---

① 李学勤主编:《十三经注疏·春秋公羊传注疏》,北京大学出版社 1999 年版,第 6 页。

② (清)郭庆藩撰:《庄子集释》,王孝鱼点校,中华书局 1961 年版,第 733 页。

吾浩然之气……其为气也，至大至刚，以直养而无害，则塞于天地之间，其为气也，配义与道，无是馁也。是集义所生者，非义袭而取也"①。这种"气"是个体生命独特的精神气质，表现在艺术领域里，可以构成艺术作品的生命所在。汉末曹丕终于提出了"文以气为主"的命题，开始涉及文学创作的诸多方面。南朝刘勰援气论诗，进一步增进了诗与气之间的紧密关系。以后这一理论代有申发，不断扩展其内含，涉及领域包括作家论、创作论、风格论等。总的说来，气论是偏于阳刚之美的，所谓"以雄放为贵"。

二　刘勰"风骨"论

刘勰将"风骨"概念引入诗学理论，并在《文心雕龙》中列《风骨》篇专门论之。刘勰所谓"风骨"，众说纷纭。学界大致有下列五种意见。

第一种看法，认为"风即文意，骨即文辞"。② 以黄侃先生为代表。

第二种看法，认为风骨是概括艺术风格的概念。《风骨》篇是风格专论，专门论述"风清骨峻"这种风格特点。③

第三种看法，认为风骨是一种美学标准，它的具体内容是"传神""自然"④ 等。

第四种看法，认为风骨是对作品提出的一种美学标准、美学要求。它包括两个方面："风"是对文章情志方面的美学要求，"骨"是对文章言辞方面的美学要求。⑤

第五种看法，认为风骨是对文意的进一步分析，它一方面有情的因素（表现为风），另一方面有理的因素（表现为骨）。⑥

《文心雕龙》全书用到"文骨""骨鲠""风骨""骨髓"等词语的共

①　史次耘：《孟子今注今译》，台湾商务印书馆1956年版，第61页。
②　（清）黄侃：《文心雕龙札记》，上海古籍出版社2000年版，第101页。
③　刘大杰主编：《中国文学批评史》（上册），上海古籍出版社1979年版，第172页。
④　刘永济：《文心雕龙校释》，中华书局1962年版，第106—108页。
⑤　寇效信：《论"风骨"》，《文学评论》1962年6月号。
⑥　叶朗：《中国美学史大纲》，上海人民出版社1985年版，第230—233页。

有 32 处之多，差不多每一处都有特殊的语境，语境不同，词义也随之发生变化，如果我们只是根据旁证来立论，我们对一个特定的概念的解释就会从一种意义滑到另一种意义，这样我们就永远找不到对《风骨》篇的"风"和"骨"的确定的解释。对《风骨》篇中的"风骨"的解说，必须以《风骨》篇所提供的根据作为解说的主要凭据，统观全篇的逻辑结构，贯通把握。

> 诗总六义，风冠其首，斯乃化感之本源，志气之符契也。是以怊怅述情，必始乎风，沉吟铺辞，莫先于骨。故辞之待骨，如体之树骸，情之含风，犹形之包气。结言端直，则文骨成焉；意气骏爽，则文风清焉。若丰藻克赡，风骨不飞，则振采失鲜，负声无力。是以缀虑裁篇，务盈守气，刚健既实，辉光乃新，其为文用，譬征鸟之使翼也。故练于骨者，析辞必精；深乎风者，述情必显。捶字坚而难移，结响凝而不滞，此风骨之力也。若瘠义肥辞，繁杂失统，则无骨之征也，思不环周，索莫乏气，则无风之验也。昔潘勖锡魏，思摹经典，群才韬笔，乃其骨髓峻也；相如赋仙，气号凌云，蔚为词宗，乃其风力遒也。①

从以上论述中，我们可以看到，刘勰的《风骨》篇一开始从"情"—"风"、"辞"—"骨"这四个概念的关系谈起，"是以怊怅述情，必始乎风；沉吟铺辞，莫先于骨"，意思是说抒发感情开始于风，而运用文辞首先要有骨。"辞之待骨，如体之树骸，情之含风，犹形之包气。"正如黄侃所言"风骨"都是一种比喻，骨如同人体肌肉里面的骨骸，风是情感之形所包裹的"气"，两者都是内在的东西，是内质的美。一篇作品不论好坏，水平高低，都有情感和文辞，没有无情感的作品，也没有无文辞的作品，情感和文辞是对作品的必要的起码的要求；但是如果我们讨论的不是一般的作品，而是优秀的作品，仅有情感和文辞是不够的。于是刘勰想到除了"表"之外，还要有"里"，除了外在的美之外，还得有内质的美，即风与骨。风，属于情，但不是一般的感情泛指，而是指一种浓郁的充满力量的感情，这种感情具有感染力、鼓动力，而且有教

① （梁）刘勰著：《文心雕龙注释》，周振甫注，人民文学出版社 1981 年版，第 320 页。

化的力量。它是虚的，犹如用风神来表现一个人的气质。所以说"情之含风，犹形之包气"。形是可见的，而气则不可见而可感，情之喜怒哀乐，也是可见的，而由情所表现的格调、趣味、感染力、鼓动力，则可感而不可见。所以说，风是作品的情感表达的内在的品格。"骨"，相对于文辞也是内在的品格，是指由结构严密的言辞表现的事义所具有的力量。骨，是由言辞表现出来的，但又不是言辞。"辞之待骨，如体之树骸。"骨架为人体之支干，无骨架则人体难以支撑；事义为文章之骨架，乏事义则言辞再好也无意义。可以这么说，骨借言辞来表现，而言辞并非骨。所以笔者同意罗宗强先生的解释："风与骨，均指作品之内在力量，不过一虚一实，一为感情之力，一为事义之力。感情之力借其强烈浓郁、借其流动与气概动人。事义之力，借其结构谨严之文辞，借其逻辑力量动人。风骨合而论之，乃是提倡一种内在力量的美。"①

那么，作为内质美的"风骨"究竟是什么呢？这就要看刘勰把风与骨跟哪些关键词连在一起，要看刘勰的正面解说、反证和例证。

首先，我们来看"风"的正面解说，风"犹形之包气"，风要"意气骏爽"，这样就"文风清焉"，而且"深乎风者，述情必显"。这就是说，风与"气""清""骏爽""显"等词联系在一起，用现代汉语说就是"风"的内涵包括有生气、清新、爽朗和动人。刘勰认为抒情要达到这些美学目标，才是成功的。然后，刘勰又进行了反证，说："思不环周，索莫乏气，则无风之验也。"这个反证很重要，补充了他的正面解说中可能引起人们误解的地方。例如正面论证中，刘勰把"风"与"显"字联系起来，这就给人一种印象，似乎"风"的特征是显豁、明朗，实际上这样理解是不够确切的。刘勰在反证中认为，无"风"的作品"思不环周"，那么有"风"的作品就"思应环周"。"思"即情思，"环周"，充溢周流于文，意思是情思经过自己内心的"蓄愤""郁陶"、沉思、酝酿，已经诗意化、深刻化，因此刘勰所说的"显"，是沉思之后的喷发，不是一般的显豁而已。另外，无"风"的作品"索莫乏气"，也就是它所抒发的感情干枯而缺少生气，形象也像木雕泥塑一般，没有生命体的生气灌注的特征，是无病呻吟，"为文而造情"；那么有"风"的作品所抒发的感情和描绘的形象就应该相反，应该像活的生命体一样生气勃勃，有动人的

---

① 罗宗强：《魏晋南北朝文学思想史》，中华书局1996年版，第338—339页。

力量。刘勰所举的例子，司马相如的《大人赋》就是有风力的作品，据《史记·司马相如列传》说："相如既奏《大人》之赋，天子大悦，飘飘有凌云之志，似游天地之意。"这一例证更说明我们把"风"解说为抒情的生气、清新、爽朗、动人，是正确的。问题是刘勰为什么要这样来界定"风"？他在《风骨》篇的第一句话就回答了这个问题："《诗》总六义，风冠其首，斯乃化感之本源，志气之符契也。"这说明了刘勰的"风"的概念的渊源是《毛诗序》的"诗之六义"说。《毛诗序》："风（读去声）也，风以动之，教以化之。"关键是这个"动"字，动，即生动，生气灌注，清新动人，英骏爽快，总之是活的，有生命的，不是死板的教条。也就是讲，诗有教化的功能，但教化功能的实现要靠诗的形象生动，有生命的魅力。

其次，我们来看"骨"，"沉吟铺辞，莫先于骨"，"辞之待骨，如体之树骸"，那么怎样才能达到"树骸"的要求呢？这就要"结言端直"，"析辞必精"，这样"文骨成焉"。这就是说"骨"的关键词是"骸""端直""精"和"峻"，用现代汉语来说，文骨的形成要求有力量、劲健、精约和峻拔。文辞的运用，一味卖弄辞藻是不好的，仅停留在流畅上也是不够的，要靠力量、劲健、精约和峻拔来取胜，这样才能达到文辞运用的美学要求。除了上面的正面论证之外，刘勰又作了反证，说："若瘠义肥辞，繁杂失统，则无骨之征也。""瘠义肥辞"，是指文意贫弱，文辞繁缛，"失统"，即头绪不清，总的意思是意贫辞繁，词语颠倒混乱，这是无骨之表征。那么反过来，有骨的作品就应该言简意赅、言辞有序，这样才能做到言辞挺拔、劲健、精约和峻拔。刘勰举东汉作家潘勖的《锡魏》一文为有"骨"的典范，是合理的。汉献帝封曹操为魏公，加九锡（九种特殊赏赐），册封之文为潘勖所作，据《殷芸小说》卷五，潘勖"为策命文……勖乃依商周宪章，唐虞辞义，温雅与典诰同风，于时朝士，皆莫能措一字"。刘勰并不是对此文的内容有兴趣，主要是因为此文在用辞上模仿经典，既非剑拔弩张，而又精约遒劲。把"骨"看成是"辞"的特性，不但尊重了刘勰的原义，而且对文学创作来说，"辞"的问题是很重大的问题，文学是语言的艺术，语言是文学的第一要素，没有作为语言的"辞"，也就没有文学。我们必须进入语言才能进入生活，我们也必须进入语言才能进入文学。其实，我们的古人早就看到了"辞"的重要性，《易经·系辞上》说："鼓天下之动者存乎辞。"刘勰在《文心雕龙》首篇《原道》篇就引了这句重要的话，并补充说："辞之所以能鼓天下者，乃道之文也。"就是说，我们谈"辞"是在谈"道之文"，并没有与内容脱离，辞总是这样或那样表现生活和情感内容的。

总而言之，风骨是刘勰对作品内质美的规定。"风"是作品中"情"的内质美，其主要特征是有生气、清新、真切和动人。"骨"是作品中"辞"的内质美，其主要特征是有力量、劲健、精约和峻拔。"风"和"骨"都是人内在的真实生命所喷发出来的打动人的力量。一篇诗文如果达到了"文明以健，风清骨峻"，就会像鸟的双翅那样高高飞起，那么这篇诗文就获得了高品位的审美境界。刘勰对优秀作品作出此种规定，既总结了汉魏以来的成功的艺术经验，同时也针砭文坛存在的"为文而造情"和"言贵浮诡"的时弊，从理论上为文学的创作提出了一种普遍的规范。

刘勰的"风骨"论，作为对艺术的内质美的规定，可以与黑格尔要求的"意蕴美"作比较。黑格尔说：

> 遇到一件艺术作品，我们首先见到的是它直接呈现给我们的东西，然后再追究它的意蕴和内容。前一个因素——即外在因素——对于我们之所以有价值，并非它所直接呈现的；我们假定它里面还有一种内在的东西，即一种意蕴，一种灌注生气于外在形状的意蕴。那外在形状的用处就在指引到这意蕴。因为一种可以指引到某一意蕴的现象并不只是代表它自己，不只是代表那外在的形状，而是代表另一种东西，就像符号那样，或者说得更清楚一点，就像寓言那样，其中所含的教训就是意蕴。文字也是如此，每一个字都指到一种意蕴，并不因它自身而有价值……艺术作品应该具有意蕴，也是如此，它不只是用了某种线条，曲线，面，齿纹，石头浮雕，颜色，音调，文字乃至于其他媒介，就算尽了它的能事，而是要显现出一种内在的生气，情感，灵魂，风骨和精神，这就是我们所说的艺术作品的意蕴。[1]

黑格尔的思想很清楚，他把艺术作品分成两层，一层是外在的媒介，如文字、线条、颜色、音调等，通过这外在的媒介层，指向另一层——内在的意蕴。黑格尔的外层相当于刘勰所说的文辞——骨，内层相当于刘勰

---

① ［德］黑格尔：《美学》第一卷，朱光潜译，商务印书馆1984年版，第24—25页。

所说的文意——风，也就是透过文辞指向文意。与黑格尔的"意蕴美"相比，刘勰不仅认为要透过文辞指向文意，而且对文辞和文意都有特殊的美学要求，刘勰不像黑格尔所认为的那样，媒介除了指向意蕴自身就没有价值，而着重说明媒介（文辞）本身也是有价值的，文辞达到一定的美学的要求，本身就是一种动人的力量，就能给人以美感，而不仅仅在于它能指向文意。同样，对意蕴，黑格尔没有进一步说明它的美学要求，而刘勰则对文意——风——也有特殊的美学规范。由此可见，从一定的意义上说，刘勰的风骨说比黑格尔的意蕴说更富于美学的品格。当然，黑格尔可能是受"绝对理念"的局限，认为只要能显现理念的就是好作品。他更重视最后的目的。刘勰则更重视过程，最后的目的也要，但过程也要动人。

　　刘勰为何要标举"风骨"，是与他不满晋宋以来不良文风密切相关的，《文心雕龙》中对此多有提及，如《明诗》篇谓：

　　　　晋世群才，稍入轻绮。张潘左陆，比肩诗衢；采缛于正始，力柔于建安；或析文以为妙，或流靡以自妍：此其大略也。江左篇制，溺乎玄风，嗤笑徇务之志，崇盛忘机之谈；袁孙已下，虽各有雕采，而辞趣一揆，莫与争雄，所以景纯仙篇，挺拔而为俊矣。宋初文咏，体有因革，庄老告退，而山水方滋；俪采百字之偶，争价一句之奇，情必极貌以写物，辞必穷力而追新：此近世之所竞也。①

其他如《序志》篇所谓"言贵浮诡""将遂讹滥"，《情采》篇所谓"采滥忽真""真宰弗存"，《诠赋》篇所谓"繁华损枝，膏腴害骨"等。这种轻绮缛丽和流靡的文风，给晋宋以来的文学创作造成了很不好的影响。而这种言不由衷竞尚玄远风气的盛行，又与那个时代特定社会环境的影响分不开。

　　汪涌豪在《范畴论》一书中有较为详尽的分析。现摘录于下：

　　　　魏晋以降一直到南朝，实际上是一个贵族化的社会，特别是晋世以来，那批具有高贵血统和受庄园经济滋养的阀阅士族，不但是那个社会政治生活的主宰者，物质文明的拥有者，还是精神世界的主人。他们因家族的仕宦历史和本人的官场历练而富于政治敏感，更有动乱

---

① （梁）刘勰：《文心雕龙注释》，周振甫注，人民文学出版社1981年版，第49页。

时世和坎坷人生造成的易感性情。自汉末以来，连年的战乱，频繁的朝代更迭，以及专制君主的强权统治，使他们深感惶恐。儒家道德理想因虚伪名教的败坏而表现出的无能为力，更使他们失望。生命的毁灭既是如此的容易，传统和信仰又是那样不堪强权的冲击，那么可遵循和执守的还能有什么呢？他们彷徨。

自然，汉末的天下分裂，是为下一次更具现实合理性的统一开路，这其间隐含着历史前进的必然性。但在那个时代，不是每一个人都能理解这种前进的实现需要个人付出怎样的代价，所以，他们只觉得自己是在无端地替历史受过，苦闷与失望遂成为带有普遍性的社会心理，重新审视人生、发现自我也由此成为时尚。玄学的兴起，正是这种自我审视带来的必然结果。所以他们喜好谈玄，希望在玄学中找到它的直观表现，找到个性化的自己。这个希望事实上是被实现了，正如战国时人找到人自身存在的普遍性从而摆脱了对天命神鬼的依附一样，因自觉意识的觉醒，他们也开始从理性上摒弃汉代那种只叫人服从不让人选择的传统信仰，代之以对自由的高扬。

但另一方面，他们毕竟不能摆脱专制政治的辖制，不具有以社会的整体觉醒作为个人自由起点的可能，并且，作为这种政治的既得利益者，他们可以因种种原因和它在情感上拉开距离，但不可能割断与它的本质联系。因此，所谓自由也只能表现为"从心所欲不逾矩"，这种"从心"的生存落实为放旷，在自然里排释郁情，在玄理中平静身心，乃至作玄机之谈，甚至无稽之谈……内省虽深却多淡出，感兴再多也只向嬉戏一路打发，虽可说是具有放旷甚至高洁人格的智者达人，却不是守正不阿、肩担道义的入世强者；他们所禀之性气可能是真久隽永的，但他们的生命力却不能冠以充沛、壮大这样的词汇。

以这种真久、隽永作若不经意的追求，他们把心力更多地投在艺事一途，由此造成的文学也就不可能是充满生机与活力的文学。至于承此而起的南朝文学更是浮弱萎靡，故唐初人在评价这种文学时，常常以"轻险""清绮"指称之。[①]

所谓"轻险""清绮"尚未寓太多的贬义，而事实上，这一段时期轻

---

①　汪涌豪：《范畴论》，复旦大学出版社 1999 年版，第 110—111 页。

靡柔弱，"读之使人四肢皆懒慢不收拾"（朱熹《朱子语类》卷一百四十）的作品还真不少。倘去其极端，则除左思、刘琨、郭璞、鲍照等人的诗有慷慨磊落的体格外，大多是一些声调和谐、对偶工整的小诗，摹状精细有致，拟声栩栩如生，婉丽新巧，一片平和的意境，故裴子野称其"兴浮""志弱"，"巧而不要，隐而不深"（《雕虫论》）。这样的诗自有其精美巧饰带来的欣赏价值，不容轻忽或否定，但要求其具有丰沛的力度则不可能。

刘勰所推崇的是建安文学，赞赏具有"慷慨""磊落""志深""任气"和"气爽才丽"的诗作，而那种"浮诡""论滥""轻绮"的时文，与"三曹""建安七子"相比较，所缺的正是丰沛的生命力和刚健雄强的力度美。所谓"采缛于正始，力柔于建安""繁华损枝，膴辞害骨"，把这一点说得很清楚。正是针对当时文坛时弊，刘勰提出"风骨"两字，作为重要的衡裁标准，旨在倡导一种刚健壮大的文风。

继刘勰之后，钟嵘把"风骨"的理论具体运用到诗歌创作理论和批评之中。钟嵘论五言诗是以建安文学为最高典范的，而建安文学的主要特点是具有"风力""骨气"，也就是"风骨"。钟嵘把"建安风力"作为五言诗应该达到的美学标准，强调诗歌创作必须"干之以风力，润之以丹彩"，只有"风力"和"丹彩"均备，才是最好的作品。

风骨范畴进入诗学之后，在中国诗学理论史，产生了深远的影响。

三 唐代"风骨"说

初唐时期，"风骨"依然是有识见的诗人、批评家竭力提倡的口号，因为六朝浮艳文风一直延续到了那时。

隋朝结束了长达三百多年的南北朝分治局面而统一中国之后，隋文帝的臣僚们曾计划对南朝的文风来一次清扫，有个叫李谔的文臣抛出了《上隋高祖革文华书》，将"文笔日繁，其政日乱"推论为南朝各个短命王朝的致命祸根，扬言要动用政治和法律手段来"弃绝华绮"。王勃的祖父王通，号称隋末大儒，他也是南朝文学的激烈反对者，在其《中说》的《天地》《事君》等篇中对《诗三百》以后的文学发展作了一概的否定，并欲骂倒从谢灵运到萧纲等绝大多数南朝诗人。隋朝只有三十六年便灭亡了，来不及革除南朝文风，这个历史任务落到了唐代文学家的肩上。初唐几十年间，对此任务是臣子着急，皇帝不急。

初唐贞观时期，主掌诗坛的是唐太宗李世民及其身边的一帮宫廷文人。继位之初，唐太宗在总结前代历史兴亡经验中，也明确地认识到绮艳文风的危害，提出文质并重的文学主张。他说过："故观文教于六经，阅武功于七德，台榭取其避燥湿，金石尚其谐人神，皆节之于中和，不系之于淫放。……释实求华，以人从欲，乱于大道，君子耻之。"① 还对房玄龄说："比见前、后汉史载录扬雄《甘泉》《羽猎》，司马相如《子虚》《上林》，班固《两都》等赋，此既文体浮华，无益劝戒，何假书之史策？其有上书论事，词理切直，可裨于政理者，朕从与不从皆须备载。"② 甚至不准邓隆上表求编文集的谀请，表明不愿步梁武帝父子及陈后主、隋炀帝溺文而不修德行的后尘，这说明他从思想上是深知绮艳文风的危害的。

但是，唐太宗并没有把他的文学主张付之于实践。因为他自己就是一个宫体诗的爱好者。他虽然在政治上重用山东寒族人士，文学侍从却多江南士族子弟。③ 当暂摒机务，与这班才子一起游心艺事，就活脱脱表现为一个纯艺术的热烈崇拜者。当日，御史大夫杜淹认为："前代兴亡实由于乐"，他即予驳斥，以为"夫音声岂能感人？欢者闻之则悦，忧者听之则悲，悲悦在于人心，非由乐也"。④ 与此相联系，他论诗也有取六朝浮华。他曾饬令褚亮与诸学士撰《古文章巧言语》一书，对杨师道为文酒之会大作艳诗也表现出浓厚的兴趣。他不但以善作宫体诗的上官仪为近臣，还经常自作宫体诗"多令继和"，虞世南以"恐此诗一传，天下风靡，不敢奉诏"谏阻，⑤ 此后，宫廷诗风曾一度有所收敛。

上有所好，下必甚焉。围绕在唐太宗身边的宫廷文人，如杨师道、李百药和虞世南等，把诗作为唱和应酬的工具，一味琢磨表现技巧，在风格趣味方面日益贵族化和宫廷化。虞世南等人所编的《北堂书钞》《文思博要》和《艺文类聚》等类书，成为宫廷诗人的作诗工具，以便于应制咏物时摭拾辞藻和事典，把诗写得华美典雅。这原本为南朝文士作诗的积

① （宋）计有功：《唐诗纪事校笺》，王仲镛校点，巴蜀书社1989年版，第1页。
② （唐）吴兢：《贞观政要集校》，谢保成集校，中华书局2003年版，第387页。
③ 参见汪篯《汪篯隋唐史论稿》，中国社会科学出版社1981年版，第93—97页。
④ （唐）吴兢：《贞观政要集校》，谢保成集校，中华书局2003年版，第417页。
⑤ （宋）欧阳修、宋祁：《新唐书·虞世南传》，中华书局1975年版，第3972页。

习，在虞世南和许敬宗等人的创作中均有所反映。唐高宗即位后，宫廷首席侍从诗人上官仪又再度活跃，"上官体"被人们争相仿效。《旧唐书》本传说：上官仪"工五言，好以绮错婉媚为本，仪既贵显，故当时多有效其体者，时人谓为上官体"。① 绮错婉媚，具有重视诗的形式技巧、追求诗的声辞之美的倾向。上官仪归纳六朝以来诗歌的对仗方法，提出"六对""八对"之说，虽然对于律诗的定型不无贡献，但在当时却助长了不良文风的滋漫。他以高度纯熟的技巧，冲淡了齐梁诗风的浮艳雕琢；但诗的题材内容还局限在宫廷文学应制咏物的范围，缺乏慷慨激情和雄杰之气。"龙朔"初载距唐建国已五十年（唐高宗即位后十二年），绮靡之风有愈演愈烈之势，诗人们热衷在古今诗文集中寻章摘句，上官仪与许敬宗一起奉敕编撰《芳林要览》三百卷，遍录"莫不竞宣五色、争动八音，或工于体物，或善于情理，咏之则风流可想，听之则舒惨在颜"的秀词丽句，以类相从，部帙达五百卷之多，流传之广，效颦者之多，使崇尚儒家文统的文人痛心疾首。

"初唐四杰"正是怀着变革文风的自觉意识，对当时流行的"上官体"所带来的负面效应，给予了猛烈的抨击："争构纤微，竟为雕刻，糅之金玉龙凤，乱之朱紫青荒，影带以徇其功，假对以称其美，骨气都尽，刚健不闻"②，明确地反对纤巧绮靡，提倡刚健骨气，这是当时诗风变革的关键，也是以"四杰"为代表的一般士人的诗风与宫廷诗风的不同所在。"初唐四杰"虽然未能完全摆脱绮艳文风的影响，但是在他们的诗作中，已经表现出新的风格的萌芽。指出："正如宫体诗在卢、骆手里是从宫廷走向市井，五律到王、杨的时代是从台阁移至江山与塞漠。"③ 又说卢照邻的《长安古意》"放开了粗豪而圆润的嗓子"，有着"生龙活虎般腾踔的节奏"。他说，卢、骆对于宫体诗的改造，"背面有着厚积的力量支撑着。这力量，前人渭之'气势'，其实就是感情。有真实感情，所以卢、骆的到来，能使人们麻痹了百馀年的心灵复活"④。这是很有见地的说法。这"生龙活虎般腾踔的节奏"，这"气势"，正是齐梁文学所没有

①（后晋）刘昫等撰：《旧唐书》卷八十，中华书局1975年版，第2743页。
②（唐）杨炯：《王勃集序》，《全唐文》卷一百九十一，中华书局影印本1983年版，第1931页。
③ 闻一多：《四杰》，《唐诗杂论》，上海古籍出版社1998年版，第25页。
④ 闻一多：《宫体诗的自赎》，《唐诗杂论》，上海古籍出版社1998年版，第12页。

的；也是初唐所缺乏的东西，而这又恰恰是盛唐文学的主要征象之一。这"气势"，其实不仅仅是指真实的感情，而且是指一种壮大昂扬的感情。盛唐文学之一重要特色，正是它浓烈的、壮大的、高扬的感情。王勃和杨炯的五律，也透露出一种非常自负的雄杰之气和慷慨情怀。在他们的羁旅诗中，少一份伤感和惆怅，有的只是真挚的友情和共勉，一种好男儿志在四方的英雄气概。而在他们的边塞诗里，那种渴望从军边塞、建功立业的志向和情怀，是十分强烈的。这种激扬文字的书生意气，正是构成其诗歌"骨气"的重要元素。

尽管"四杰"都在努力试图扭转诗风，但是他们还没有提出一种富有创造性和号召性的理论新观点，对刚健风骨的提倡还未引起普遍的注意。因此文风的根本好转仍未实现。这才有了陈子昂"文章道弊五百年"的批判。

陈子昂在《与东方左史虬修竹篇序》指出：

> 东方公足下：文章道弊五百年矣。汉、魏风骨，晋、宋莫传，然而文献有可征者。仆尝暇时观齐、梁间诗，彩丽竞繁，而兴寄都绝，每以永叹。思古人常恐逶迤颓靡，风雅不作，以耿耿也。一昨于解三处见明公《咏孤桐篇》，骨气端翔，音情顿挫，光英朗练，有金石声。遂用洗心饰视，发挥幽郁。不图正始之音，复睹于兹，可使建安作者相视而笑。[1]

陈子昂此文是作为《修竹》诗的序，诗是对应东方虬《孤桐篇》（已佚）而写的。这篇短序虽是对东方虬诗歌的评论、赞许，实则也是陈子昂提倡文风、诗风改革的一篇宣言。

这篇序的理论要点是"风骨"与"兴寄"。陈子昂提倡"风骨"，首先立足于对六朝文学的批评与否定，明确提出"文章道弊五百年"的著名论断，认为晋、宋以来的齐、梁诗歌之弊正在于"彩丽竞繁，而兴寄都绝"。其次，陈子昂的诗学批评面对着汉魏以降特别是齐梁以来的不良诗风，倡导以恢复"汉魏风骨"为旗帜和诗歌创作宗旨，从而为唐代文

---

[1]　陈子昂：《与东方左使虬修竹篇序》，《中国历代文论选》（一卷本），上海古籍出版社1979年版，第119页。

学特别是唐诗的健康发展指明了正确方向。

陈子昂崇尚"汉魏风骨"的文学观念与美学思想，还体现在对初唐诗风的批评方面：一则他以高度的历史责任感来面对日趋衰颓的初唐文风，每"思古人，常恐逶迤颓靡，风雅不作"，内心深感惶恐不安，因而要提倡"汉魏风骨"，打出这面复古旗帜，以革新时风。二则陈子昂对于东方虬之类承传建安风骨与正始之音的诗人，给予极高的评价，称其《咏孤桐篇》"骨气端翔，音情顿挫，光英朗练，有金石声"，使他"洗心饰视"，感到其诗"发挥幽郁"，认为解君说东方虬可与张茂先、何敬祖"比肩"之论"亦以为知言"。三则陈子昂自己作《修竹诗》一篇，作为实践"汉魏风骨"之作，以为"知音"者传示之。陈子昂的诗歌创作，大部分都实践了自己的文学主张，如代表作《感遇诗》三十八首、《蓟丘览古》七首和《登幽州台歌》，有意摒弃六朝以来"彩丽竞繁"之习，运用朴质无华的古诗体式，以比兴寄托手法，来反映社会现实，抒发自己的思想感情，表现出一种苍凉悲壮的时代气息，形成一种沉郁悲凉而又高雅冲淡的艺术风格。

风骨作为一种诗学理想，从它被提出来的时候起，就带着特定的时代色彩。"魏晋风骨"，亦称之"建安风骨"，是指东汉末汉献帝建安时代以曹氏父子和建安七子为代表的以"慷慨任气"、明朗刚健为审美特色的一种诗风。"建安风骨"以其时代特色而论，明显地具有三点时代的规定性：一是在反映社会的离乱和人民的疾苦之中，文学创作的情感指向转向真实、转向人民、转向个人；二是在要求建功立业、统一天下、实现社会长治久安的宏伟抱负之中，个人的价值、人的自我意识的增强得到了淋漓尽致的发挥，因而人的觉醒促使文学进入"自觉的时代"；三是在对于社会现实的再现与诗歌艺术境界的追求之中，一种"志深而笔长""梗概而多气"的悲凉慷慨、意气骏爽、情志飞扬而辞义又遒劲有骨力的艺术风格得以形成。这三个明显的时代的规定性，就是陈子昂树立而为唐代文学旗帜的"汉魏风骨"即"建安风骨"。陈子昂所追求的风骨，于慷慨悲凉之外，还加上了壮大高昂，陈子昂所谓风骨，指思想感情表现明朗，语言质朴有力，形成一种爽朗刚健的风格。所谓"音情顿挫，光英朗练，有金石声"，即作品给读者以明朗精健之感，让读者通过铿锵的音调鲜明地感受到情感起伏腾踔的节奏，这可以说是对"风骨"的一种形容。这是一种优良的艺术风貌。他在实践中把这种风骨表现为与宇宙一体的辽阔境界。时代的精神风貌在这里得到真切的反映，即要求它壮大高昂、爽朗刚健，足以反映正在走向全盛时期的封建社会的精神风貌。

陈子昂之后，唐人论诗多以"风骨"为准，如殷璠《河岳英灵集》指出："开元十五年后，声律风骨始备矣。"指出唐诗注重声律与风骨两种创作倾向，并以"风骨"为标准来品评诗人，评高适则曰"诗多胸臆语，兼有气骨"；评崔颢"晚节忽变常体，风骨凛然"；评王昌龄则曰"昌龄以还，四百年内，曹、刘、陆、谢，风骨顿尽"。宋代的严羽、黄庭坚，元代的方回，明代的胡应麟、王世贞、胡震亨、陆时雍，清代的沈德潜、刘熙载、方东树等，都推崇"风骨"，特别是"建安风骨"，"黄初之后，惟阮籍《咏怀》之作，极为高古，有建安风骨。"① "岑嘉州参多以风骨为主，故体裁峻整，语多造奇。"② "太白长于风，少陵长于骨，昌黎长于质，东坡长于趣。"③ 以此来评论作家作品，针砭当时文坛上的一些弊病。

---

① （宋）严羽：《沧浪诗话校释》，郭绍虞校释，人民文学出版社 1983 年版，第 155 页。
② （明）胡震亨：《唐音癸签》，上海古籍出版社 1981 年版，第 48 页。
③ （清）刘熙载：《艺概》，上海古籍出版社 1978 年版，第 67 页。

第四章

陶钧文思,澡雪精神

——虚静说

虚静是中国古典诗学中颇具特色的范畴,"虚静"这一概念的诗学意义主要指涉两个层面:一是艺术创作状态,指诗人排除外界事物的干扰与内心杂念的纠缠,专心致志地投入创作的虚空、宁静的心理状态;二是审美状态,指主体在审美观照中进入一种"物我两忘"的精神状态。

一 先秦"虚静"说——抱虚守静

作为诗学范畴的"虚静"直接来源于哲学范畴的"虚静",是哲学范畴在诗学中的发展和引申。"虚静"一语,最初见于周厉王时代的《大克鼎》铭文:"冲上厥心,虚静于猷"①,是指宗教仪式中的一种用于摆脱现实欲念,便于敬天崇祖的谦和、敬慕、虔诚、静寂的心态。这种说法虽然有待考证,但也说明了古人很早就意识到了"虚静"静寂的心理特质。

"虚静"作为哲学宗教上的一种认识方式,发端于老子。老子把"道"确定为宇宙的本源, "道冲,而用之或不盈。渊兮,似万物之宗"②。"道"作为万物的根源,对其的把握单靠经验和语言是无法实现的,所以说"道可道,非常道"③。"道"具有无限性、超验性,"天地之间,其犹橐籥乎! 虚而不屈,动而愈出",④ "橐籥",即"风箱",用来形容天地间的空虚状态。这种空虚蕴含着巨大的能量,不能用一般的方式把握,只有在一种主体心理处于绝对虚静的直觉状态下,才能观照它。故

---

① 张金梅:《"虚静"的美学历程》,《湖北民族学院学报》(哲社版)1999 年第 4 期。
② 陈鼓应注译:《老子今注今译》,台湾商务印书馆 1956 年版,第 57 页。
③ 同上书,第 47 页。
④ 同上书,第 59 页。

而，老子提出了"涤除玄鉴"的命题。"涤除"就是洗除垢尘，也就是洗去人们的各种主观欲念、成见和迷信，使头脑变得像镜子一样纯净清明。"鉴"是观照，"玄"是"道"，"玄鉴"就是对于道的观照。叶朗认为"涤除玄鉴"的命题包含有两层含义。这两层含义对中国古典诗学的发展都有重要的影响。[①]

第一层含义，即是把观照"道"作为认识的最高目的。老子认为，一切观照都要进到对于万物的本体和根源的观照，即进到对于"道"的观照。这就是认识的最高目的，这就是"玄鉴"。

这种对于"道"的观照是怎么实现的？人们怎么才能从对于具体事物的观照进到对于"道"的观照？老子并没有明确地回答。在这一点上，老子给后人留下了很大的补充和发挥的余地。

"涤除玄鉴"的第二层含义，是要求人们排除主观欲念和主观成见，保持内心的虚静。上面说，老子并没有明确回答通过怎样的途径实现对"道"的观照的问题。但是老子强调了一点：为了实现对"道"的观照，观照者内心必须保持虚静。老子在《道德经》（第十六章）里有一段话，可以看作是对于"涤除玄鉴"的这一层含义的发挥：

> 致虚极，守静笃。万物并作，吾以观复。夫物芸芸，各复归其根，归根曰静，是谓复命：复命曰常，知常曰明。[②]

这段话意思是说，人心只有保持虚静的状态，才能观照宇宙万物的变化及其本原。"复"，即回到根。"观复"，就是观照万物的根源、本原。"虚极"，指心理空间而言，静笃，是指心理质地而言，人的心境原本是空明宁静的，只因私欲与外界活动的干扰，而使得心灵不安，所以必须时时做"致虚""守静"的功夫以恢复心灵的清明，达到玄虚而无人事的纷扰；自然而无人为的巧智，这样来观照宇宙万物的运行，方可得其真。按老子的意思，"虚静"是体验和理解生命状态的关键，唯独有"虚静"，才能体验和理解"根""命""常""明"等生命最本原的意蕴。如果说"根"谓之为生命的本原（来处），"命"谓之生命的劫运（去处），"常"

---

① 参见叶朗《中国美学史纲要》，上海人民出版社1985年版，第38—39页。
② 陈鼓应注译：《老子今注今译》，台湾商务印书馆1956年版，第89页。

谓之为生命的状态，"明"谓之为生命的理性把握，那么"静"自然就是一种对生命毫无遮蔽的体验和触摸了。这时候，人能够和整个宇宙自然融为一体，息息相通，真正感受到一个运动着的（万物并作）、整体的混沌世界。这就是老子所说的"大美"，因为它是和那个"寂兮廖兮，独立不改"的混沌世界一样是"不可道"的，所以才有了"信言不美，美言不信"之说；正因为这种美来自于"视之不见"，"听之不闻"，"博之不得"的"无状之状，无物之象"，所以不可能用外在表象形式表现出来，而只能通过内在的体验方式来实现。

老子是站在人与自然的关系上来谈虚静的，人如何认知自然？如何认知自己？在老子看来，"人"本来和自然是一体的，物我是同等的，由于人的巧智的发展，结果离自然越来越远，"五声令人目盲，五音令人耳聋，五味令人口爽"。① 所以人只有自我拯救，摒弃人智，回归自然，达到"虚极""静笃"的境界，人也变成了万物中之一"物"，与物同游，这样才能得自然之趣，自然之道。对此，印度哲人奥修（Osho，1931）进行了积极的理解和发挥。在其名著 Meditation：the art of Ecstasy （《静心：狂喜的艺术》）中，他为"消极无为"的思想，融入了印度瑜珈（Yoga）因素，并给予了全新的、积极的阐释，揭示了内在的寂静与创造性的关系，他写道：

> 由于寂静，一切创造性开始了；寂静孕育着创造。所以当我谈到"寂静"的时候，并不意味着墓地的死寂，也不是房院的空寂，不，我所说的寂静是饱满的种子，是母亲的子宫，是深扎土地中的根。在这里，一切隐藏着的潜力都将要迸发出来。②

"虚静"是一种内在修炼的过程，所以老子强调不但要"绝圣弃智"，还要"塞其兑，闭其门，挫其锐，解其分，和其光，同其尘"。③ 由此达到一种生命本真的"元同"境界。作为一种修炼入静的过程，奥修深谙

---

① 陈鼓应注译：《老子今注今译》，台湾商务印书馆 1956 年版，第 76 页。

② Osho, Meditation：the art of Ecstasy, Rebel Publishing House PVt, LTD, India, p. 21. 转引自殷国明《寂静出诗人——兼与"愤怒出诗人"观念相比较》，《文艺理论研究》1999 年第 6 期。

③ 陈鼓应注译：《老子今注今译》，台湾商务印书馆 1956 年版，第 187 页。

其中的真义。他把"虚静"与日本禅宗（ZEN）融合在一起，用定坐方式来入静，以达到一种窈冥虚静状态。他认为，如果人镇定入坐，其身体和头脑都进入沉寂不动，就能达到窈冥虚静。

庄子把老子"涤除玄鉴"的命题，发展成为"心斋""坐忘"的方法，建立了关于审美心胸的理论。

庄子认为万物不足以搅扰内心才是静，并且高度评价了虚静的作用：

> 水静则明烛须眉，平中准，大匠取法焉。水静犹明，而况精神！圣人之心静乎！天地之鉴也，万物之镜也。夫虚静恬淡寂寞无为者，天地之平而道德之至。①

庄子以水为譬，水清静下来，能够明澈地照见须眉，人的内心清静下来，也就能像明亮的镜子一样映照出天地万物。

庄子常用静水、明镜比喻虚静心理，并且提出了"心斋"和"坐忘"的方法。《人间世》说："若一志，无听之以耳而听之以心，无听之以心而听之以气。听止于耳，心止于符。气也者，虚而待物者也。唯道集虚，虚者，心斋也。"②"心斋"就是一种绝思绝虑、无物无欲的精神状态。就是要排除主体心中的功利物欲。有欲之人，心虚卑琐，目光屑小，自然难对外物进行审美观照，所以主体要秉心养性，洗涤灵府，以期致虚守静，澡雪精神。

《大宗师》说："堕肢体，黜聪明，离形去知，同于大通，此谓坐忘。"③"坐忘"是一种在不知不觉中忘我，而混同于物的状态，这是心斋的进一步发展，同是达到静笃、虚极的渠道。大千世界，芸芸众生，是非曲直，消息盈虚，要是频于知性分析活动，急于是非价值判断，让好奇心戕害审美情感，就会心灵躁馁，葬送清思，所以要坐忘去知，才能冥合大道。

庄子提出的"心斋""坐忘"的精神境界，对审美心境的确立，有它的合理性。以审美观照来讲，如果观照者不能摆脱实用的功利的考虑就不能从有限的自然中把握宇宙无限的生机，就不能得到审美的愉悦。以审美

---

① 《庄子浅注》，曹础基注，中华书局1982年版，第187页。
② 同上书，第55页。
③ 同上书，第109页。

创造而言，如果创造者不能从利害得失的观念中超脱出来，他的精神就会受到压抑，他的创造性就会受到束缚，他就不能得到创造的自由和乐趣。总之，在道家庄子这里，通过"心斋""坐忘"，令人超越社会系统的束缚，目的在于求得精神绝对自由，确立一种审美心境，以体悟和感受与"道"合一的那种自由的人的生命存在。

应该看到，老子和庄子提出的"虚静"命题都不是为文艺而发的，那时还没有独立的文艺观念。他们都着眼于人的终极关怀，人应该怎样活着，人生的理想境界如何？人如何才能返归自然？

道家提出"虚静"说，既是作为一种"合天"的途径，也是当作道家理想的人生境界。这就是，先讲"道"讲"天"，而后接着讲人生。正如张岱年先生在《中国哲学大纲》中所言："中国哲人的文章与谈论，常常第一句讲宇宙，第二句便讲人生。更不止此，中国思想家多认为人生的准则即是宇宙之本根，宇宙之本根便是道德的表准；关于宇宙的根本原理，也即是关于人生的根本原理。所以常常一句话，既讲宇宙，亦谈人生。"[①]

在儒家思想里，"天人合一"是某种先验性终极预设，认为"天人本无二"（程颢语），二者同质同构，自然亲和，没有发现二者之间的对立。道家却发现了人与自然的矛盾，但他们又认为二者的矛盾是可调和的，可通过"虚静"这一精神境界的获得而达到"合一"。

老子、庄子倡导的"虚静"境界表现在生活中就会形成一种生命情调。解牛的庖丁，承蜩的驼背老人，斋以静心的镶工梓庆，他们都不是为了表现什么而给人们表演心灵的入定，而是他们的生存状态本来如此。道家从"全生养性"角度出发，认为通过"心斋"、"坐忘"之修炼，使生命的纤虚之气与宇宙生生不息之大气相融合，达到一种"虚静"之境，方能感悟大道，体会自然。庄子将"虚静"视为"养神之道"："纯粹而不杂，静一而不变，淡而无为，动而以天行，此养神之道也。"[②] 儒家则将养气与伦理相统一，孟子认为"浩然之气"一旦养成，将会使人变得至大至刚，至善至美。独尊儒术的董仲舒，更视"虚静"为修身养性之道："夫欲至精者，必虚静其形……形静态虚者，精气所趣也；……故治

---

① 张岱年：《中国哲学大纲》，中国社会科学出版社 1982 年版，第 165 页。
② 《庄子浅注》，曹础基注，中华书局 1982 年版，第 227 页。

身者务执虚静以致精。"① 相比而下,道家对"虚静"的修养比儒家对"虚静"的修养更富一种艺术精神,而其实体现在艺术家身上的时候,这二者又往往综合一起。"淡泊以明志,宁静以致远",恐怕不能完全归之为道家思想,而应视为两种思想的交融,"淡泊""宁静"固然极像道家,而"明志""致远"却又是儒家的口气,它们共同构成了中国古代文人、士大夫的某种典型的生命情调。不仅如此,坚信"诗品如人品"的中国文人,同样坚信,作家只有在"虚静"中活出了情调,方能在诗中写出"虚静"的"无我之境"来。因此,中国古代士人特别是文艺家,往往也像庄子笔下的工匠一样,使自己的人生艺术化,达到一种"虚静"境界。

在先秦时代,除了老庄的虚静说外,战国时期的其他哲学家如管子、荀子、韩非等,对"虚静"的认识论都有所论及。

我们今天看到的《管子》一书,系西汉刘向编定的,并非管仲的著作,但同管仲有一定的联系,部分篇章保存了管仲的遗说。其中《心术》上下、《白心》《内业》通称为《管子》四篇,较多地涉及了哲学、美学、诗学的有关问题。

《管子》四篇,在"气"的范畴下,提出了"虚一而静"的命题。"虚",就是排除主观的成见和欲念,也就是"无己"。"静",就是保持心的安静、平静。"一"就是"一意专心"。《管子》四篇的作者认为,只有做到"无己",做到"虚一而静",客观事物的本来面目方能在你面前呈现出来,"美恶乃自见"。

管子"虚一而静"的命题是和他的精气说直接相联系的。管子认为,人是由"气"产生的,人的精神也是由"气"产生的。一个人所有的精气越充沛,他就越聪明,越有智慧。那么,人怎样才能吸取更多的精气进入自己的身体呢?那就是要保持虚静。《内业》篇说:"灵气在心,一来一逝,其细无内,其大无外。所以失之,以躁为害。心能执静,道将自定。"② "灵气"就是"精气",只有内心"虚""静",精气才能进到体内,才能在体内安定下来。不"虚"不"静",精气非但不能进来,本来有的精气还会散失掉,人就不可能聪明了。

---

① 苏舆撰,钟哲点校:《春秋繁露议证》,中华书局1992年版,第182页。
② 黎翔凤撰:《管子校注》,沈啸寰、王星贤点校,中华书局2004年版,第950页。

《管子》四篇的作者强调"虚静",并不是说他们主张与外界隔绝。正相反,强调"虚""静"是为了更好地认识外部世界。"洁其宫"是为了"开其门"。他们还认为,超强度地使用脑力,"思之思之,又重思之",精气就能大量积聚和高度集中,从而可以把握事物变化的规律。

《管子》四篇"虚一而静"的命题,显然继承了老子的"涤除玄鉴""致虚极,守静笃"的思想。但他强调理性的作用,强调思维的作用,则是对老子学说的一个发展。

身为原始儒家的最后继承人,又处在战国末期隐隐然透露的大一统气氛中,在稷下学宫"最为老师",荀子的学说和孔子、孟子时期的儒家相较,已经不可能保持很高的"纯度",他相当注意别派(甚至敌派)说法中可资利用的部分,并且在不影响学说整体方向的前提下,尽量吸收其他学说的理论,因此纵然在《非十二子》中严厉抨击道家的代表人物,但我们还是可以从《荀子》书中嗅出淡淡的道家气息,很明显的一点就是关于"虚静"的理论。

在《荀子·解蔽篇》里提到"虚一而静",在了解这四个字的意义之前,有一个前提我们绝对不能忽略,那就是"虚一而静"是一种手段,知"道"的手段。《解蔽篇》主要讨论"蔽",我们常常被大小事物蒙蔽,因而无法认清真理,这一篇文章的目的就是要带领我们破除蔽障,进而了解真正的"道"。里面提到圣人之所以不会被蒙蔽,是因为他们懂得在错综复杂的万有中取得"衡",这个衡就是荀子认为的道。如果我们能知道,就能掌握权衡,就不会让外界蒙蔽我们。在这篇文章中,"知"是由"心"发动,荀子认为心所以能知,在于"虚一而静"。所以"虚一而静"是"知道"的前提、手段或者说准备工作。荀子是在认识论范畴内涉及"虚静"命题的。荀子称思维器官为"心""天君"。"心居中虚以致治五官,夫是之谓天君"[①];"心者,形之君也,而神明之主也。"[②]强调"心"在认识中的重要作用。那么,"心"要保持怎样的状态才能获得正确的认识呢?荀子回答是"虚一而静"。

　　人何以知道?曰:心。心何以知道?曰:虚一而静。心未尝不臧

① 王先谦撰:《荀子集解》,沈啸寰、王星贤点校,中华书局1988年版,第309页。
② 同上书,第397页。

也，然而有所谓虚；心未尝不满也，然而有所谓一；心未尝不动也，然而有所谓静。……不以所已臧害所将受谓之虚。……不以夫一害此一谓之壹。……不以梦剧乱知谓之静。①

“臧”即藏，“虚”不是虚空，不是要求心中什么想法都不能有，而是不因为心中已经有所藏而妨碍又将有所接受，也就是希望不要让既有的东西（例如记忆、经验等）阻碍学习新事物；“一”是不因为对那一件事物的认识妨害对这一件事物的认识，不要让心中的某一思想干扰另一个思想；“静”则是希望不要被不能控制的意识扰乱了正常的认识活动。虽然这三个概念道家也屡屡提到，不过在他们来说，一是要求人精神专一，虚是要求不可以有思想的浮动，静则是保持心境安定，比较之下真的一点都不一样。这段文字清楚说明一、虚、静，总之这只是“知道”的必要手段，和道家将之视为目标很不相同。而与管子学派相比，正如叶朗先生指出的：管子学派对“已经取得的知识和将要取得的知识之间的关系”，对“一和多的关系”，对“静和动的关系”没有讲清楚，而荀子正是在这些方面对“虚一而静”命题进行了解释和发挥，显示出了他的辩证思想。②

由于先秦时期没有专门的诗学著作，诗学理论大多是夹杂在诸子哲学著作中，这一时期的诗学思想和理论大多数也停留在哲学领域里，尽管有很多思想可以为后世文艺理论和诗学思想所借鉴。“虚静”说也是被作为一种哲学里的认识论范畴和心理学的范畴而提出的。就认识论的角度讲，“虚静”说不同于西方运用形式逻辑推理和科学实验求证的方法对客体进行分析、归纳，而是以一种神秘的感受性的原则和方法来感知世界。从心理学的角度讲，它又是主体的一种精神状态，即通过主体的一种特殊的精神状态来感受、体验客体。

二　陶钧文思，澡雪精神

魏晋六朝是文学的自觉时代，中国古典诗学在这时真正兴起，而

---

① 王先谦撰：《荀子集解》，中华书局 1988 年版，第 395—396 页。
② 叶朗：《中国美学史大纲》，上海人民出版社 1985 年版，第 138 页。

"虚静"作为一个诗学概念也有了它独特的含义。

这有两个方面的原因。魏晋时代是动乱的年代，时态动荡，风习险恶，王弼、何晏等正始名士服膺黄老哲学，希冀在政治角逐中以静制动，保身避祸。嵇康放浪山水，陶潜归隐田园，以素朴宁静之心追求精神上的快乐和人格的超脱。士族名流广占田园山林，湖泊水泽，在他们眼里，这些自然景观既是生活资料，又构成审美对象。正缘于此，老庄哲学也又一次兴盛起来。也是在这个时代，印度佛学开始流传到东土，它所宣扬的轻此生重来世的宗教观念也恰好迎合了当时动乱社会中人们的心理。而曾经对诗学产生过深远影响的魏晋玄学到了东晋与佛学日益合流，因而又使佛学对诗学也产生了影响。东晋佛学对诗学的影响是复杂的，这里仅举僧肇为例。在《不论真空》中，他开宗明义地说："夫至虚无生者，盖是般若玄鉴之妙趣，有物之宗极者也，自非圣明特达，何能契神于有无之间哉？是以至人通神心于无穷，穷所不能滞；极耳目于视听，声色所不能制者，岂不以其即万物之自虚，故物不能累其神明者也。"[①]僧肇以"至虚无生"为"玄鉴之妙趣""有物之宗极"，就是认为万物"自虚"，亦即认为万物实际是"虚"，是空幻的存在。在《涅槃无名位》中，僧肇说："夫众生所以久流转生死者，皆由著欲故也。若欲止于心，即无复于生死。既无生死，潜神玄默，与虚空合其德。是名涅槃矣。既曰涅槃，复合容有名于其间哉！"[②]他认为把精神的"潜神玄默"和外界万物的"虚空"结合起来，就能够达到涅槃的境界。在这里，"虚空"是达到理想完美人格的必要途径。

最早将"虚静"自觉运用于文学创作和诗学研究的是陆机。陆机生活在魏晋易代之际，目睹了各种动乱变迁，心灵蒙上了浓重的阴影。老庄深观物化、玄览静怀的思想，使他对人世和自然逐渐形成了虚静超然的态度。这自然而然地影响到他的诗文创作实践和理论的建构。《文赋》云"伫中区以玄览"。何为"玄览"？就是静观的意思，游心于"虚静"。"玄"是玄学最重要的字眼之一。王弼注《老子》，首先将"玄"释为"虚静"："玄者，冥也，默然无有也。""故常无欲空虚，可以观其始物之

---

① （东晋）僧肇：《肇论校释》，张春波校释，中华书局 2010 年版，第 33 页。
② 同上书，第 173 页。

妙。"① 陆机在这里运用玄学术语，说明作家创作前须以"虚静"胸怀去体察万物，由物动而思动，思动而文生。

魏晋玄学主张以"无"为本，认为世间万物均由"无"而生。何晏说："天地万物皆以无为本。"② 王弼也说："天下万物，皆以有为生；有之为始，以无为本；将欲全有，必反于无。"③ 宇宙万物之所以能够生成、存在，是因为它们有"无"作为本体依据，因此要全面深刻地把握万"有"，就必须把握其本体"无"。

"无"是从本体的实有方面而言，若从其存在状态而言，则叫"静"；若从其含容方面而言，则叫"虚"，所以"虚静"在玄学哲学中也是本体"无"或"道"的别名。《庄子·天道》篇云："夫虚静恬淡寂寞无为者，万物之本也。"唐成玄英疏曰："四者异名同实者也。"王弼更将虚静视作本体："凡有起于虚，动起于静，故万物虽并动作，卒复归于虚静。"④ 有从虚中来，动由静间发，万物虽然运动变化，但最终都将复归于本体虚静。虚静又指人澄澈朗照的精神状态。魏晋玄学中人崇尚体道。道体虚静，因此人只有保持极虚静的精神状态，才能体认本体，只有以虚静的心灵去观照虚静的本体，才能执着大象、得其精髓；如果以动观静，以实求虚，则只能适得其反。守虚静，抱元一，便成为玄学思想的一个根本特征。

玄学论者多继承发扬老庄崇尚虚静的观点。嵇康说："夫气静神虚者，心不存乎矜尚；体亮心达者，情不系于所欲。矜尚不存乎心，故能越名教而任自然；情不系于所欲，故能审贵贱而通物情。"⑤ "气静神虚"、"体亮心达"，就不会矜尚夸耀、追求物欲；一旦如此便可超越一切名利是非、道德规范、行为规范，纯任个性精神自由舒展，由凡俗生活上升至审美境界。相反，"心疲体解，或牵于外物，或累于内欲，不堪近患、不忍小情，则议于去就；议于去就，则二心交争；二心交争，则向所见役之

---

① （三国）王弼：《老子注》第1章，《王弼集校释》，楼宇烈校释，中华书局1980年版，第1页。

② （唐）房玄龄等：《晋书·王衍传》，中华书局1974年版，第1236页。

③ （三国）王弼：《老子注》第1章，《王弼集校释》，楼宇烈校释，中华书局1980年版，第2页。

④ 同上书，第3页。

⑤ （三国）嵇康：《释私论》，戴明扬：《嵇康集校注》，人民文学出版社1962年版，第234页。

情胜矣"。① 不过，精神之虚静，并不意味着精神空无寂灭、凝然不动，相反是要以静制动、以虚制实，让主体精神不为外物所干扰，在役使天地间万物的同时保持独立自足、主动洒脱。因此，虚静状态下的主体精神反而享有极大的能动性、自由性和超时空性。如果说嵇康主要论述了由虚静无欲通向精神自由解放的道路，那么阮籍则阐述了精神虚静无欲能动地遨游于超时空之域的特征。其《大人先生传》直接继承庄子"休心乎均天"、自由逍遥的精神，表现了大人先生"超世而绝群，遗欲而独往，登乎太始之前，览乎汩漠之初，虑周流于无外，志浩荡而自舒，飘摇于四运，翩翩翔乎八隅"，超时空而达到绝对自由的逍遥神游。② 其《清思赋》又描绘了在"清虚寥廓"状态下"飘摇恍惚""历四方以纵怀"超越时空的神游：时而"登昆仑而临西海"，时而"至北极而放之"，时而"乘夏后之两龙"游于太空，以致"河女"（织女）"常仪"（常羲）竟驱笔端。

玄学所论虚静状态下纯粹精神的神游，从本质上讲就是想象活动。其中所包含的去欲、自由、能动、超时空四个特点，正揭示了艺术审美想象的本质特征。因为以虚静之心观物本身就是一种审美观照："以虚静之心观物，即成为由实用与知识中摆脱出来的美地观照。所以澄怀味象，则所味之对象，即进入于美地观照之中，而成为美的对象。而自己的精神，即融入美地对象之中。得到自由解放。他之能忘掉人世的功名利禄，这是他能'澄怀'的原因，也是他能澄怀的结果。"③ 陆机的虚静说，融进了他深刻丰富的创作体验，他揭示了创作主体由静而动、因动而得的心理现象。他说：

> 若夫应感之会，通塞之纪，来不可遏，去不可止。藏若景灭，行犹响起。方天机之骏利，夫何纷而不理。思风发于胸臆，言泉流于唇齿。纷葳蕤以馺遝，唯毫素之所拟。文徽徽以溢目，音泠泠而

---

① （三国）嵇康：《释私论》，戴明阳：《嵇康集校注》，人民文学出版社 1962 年版，第 315 页。

② （三国）阮籍：《大人先生传》，《阮籍集校注》，陈伯君校注，中华书局 1987 年版，第 185—186 页。

③ 徐复观：《中国艺术精神》，华东师范大学出版社 2001 年版，第 208 页。

盈耳。①

　　认为创作思路的"通"与"塞"，直接取决于"应感之会"，也就是取决于创作之心与外物的感应会合之时；感应产生就能会通外物精微之理，便会"天机骏利"，文思泉涌，将纷纭复杂的外在物象理出头绪，把握要点，而构成新质的艺术意象；如果感应不能产生，或者产生而不能会通物理，便无所成就。因为这种"天机骏利"正是依赖于作者的感应会通；而心与物的感应会通，又正是由于精神在"其始也，皆收视反听"这种虚静状态下"耽思傍讯，精骛八极，心游万仞"般的极度活跃。"收视反听"，即摒除干扰使内心精神保持宁静虚盈的状态；"耽思傍讯"，即作家内心精神在虚静状态下保持着最大的自由度，去充分想象，傍求万物；"精骛八极，心游万仞"以及"观古今于须臾，抚四海于一瞬"，都是极力形容作家主体精神在虚静状态下想象超越时空的特征。因为当作者进入虚静境界时，能够充分唤起调动自己的审美感知、情感、想象、理解等心理机制，并进入活跃状态，将自己的生活经验、知识积累毫无痕迹地融会贯通，形成崭新的艺术形象，从而完成审美的创造活动。一般将"其始也""其致也"解释为艺术想象、构思，将"应感之会，通塞之纪"解释为艺术灵感，这二者是一个有机整体，艺术灵感属于艺术想象的一个部分，随着灵感勃发而来的是艺术构思的完成。如果将二者统一考察，就不难看出玄学思想对陆机创作心理研究的深刻影响了。

　　陆机用玄学思想研究创作心理和艺术想象的活动规律，这在中国古代诗学史上具有深远的意义。但陆机并没有直接使用"虚静"一词，是刘勰最早用"虚静"一词来论说创作的。

　　《文心雕龙·神思》曰：

　　　　是以陶钧文思，贵在虚静，疏瀹五藏，澡雪精神；积学以储宝，酌理以富才，研阅以穷照，驯致以怿辞。②

---

　　① （晋）陆机：《文赋》，郭绍虞主编：《中国历代文论选》（一卷本），上海古籍出版社1979年版，第70—71页。

　　② （南朝·梁）刘勰：《文心雕龙》，周振甫：《文心雕龙注释》，人民文学出版社1981年版，第295页。

陶钧文思就是培养和酝酿文思的意思。刘勰认为，培养和酝酿文思（或神思）有两个前提条件，一是"疏瀹五藏，澡雪精神"，一是"积学以储宝，酌理以富才，研阅以穷照，驯致以怿辞"。作为前提条件之一的"贵在虚静"之说，指出了虚静是一个人从非创作状态进入创作状态并维持延续创作状态的关键要素。

"疏瀹五藏，澡雪精神"一语显然取自《庄子·知北游》。《庄子》原文为："老聃曰：'汝齐（通"斋"）戒疏瀹而（汝）心，澡雪而精神。'"刘勰对"虚静"的直接解释是"疏瀹五藏，澡雪精神"这八个字。周振甫先生解释"五藏"为"性情"，并注引《白虎通·论五性六情》言："内有五脏六府（腑），此情性之所由出入也。"[①] 可见，刘勰"疏瀹五藏，澡雪精神"直接意义即是疏导五脏使它们畅通无阻，洗涤精神使它们一尘不染。

但是，在实际上，"疏瀹五藏，澡雪精神"作为对"虚静"的解释，并不在于从字面上理解出来的意思。由于它始终与神思有关，我们必须从神思出发去理解它。虚静作为神思产生的条件，是对"神"或"心"提出的一种要求，具有为在创作时神思或兴会到来做心理准备之功能。培养和酝酿文思，一个非常重要的条件是使心神达到"虚"和"静"的状态。

为什么要保持"虚静"？因为艺术想象活动需要人的生理方面和心理方面的全部力量的支持，也就是说，需要"气"的支持。只有保持"虚静"，"澡雪精神"，才能使自身的"气"得到调顺通畅。刘勰虽把"虚静"二字铸为一词，内涵仍包含"虚"——"疏瀹五藏"（生理方面）和"静"——"澡雪精神"（精神方面）两个方面。排除内心的一切杂念和欲求，以腾出足够的心理空间去容纳神思的活动，此乃"虚"；心绪宁静，精神恬淡，不受外界干扰，此乃"静"。"澡雪精神"不仅是集中精神的意思，而且还有使人的精神状态新鲜饱满等含义。只有在精神集中精力充沛的情形下，作家才能够调动思维中所储存的学识，精心研阅而得到满意的构思。又说"纷哉万象，劳矣千想。玄神宜宝，素气资养。水停以鉴，火静而朗。无扰文虑，郁此精爽"[②]，心理学认为：大脑皮层的基本神经过程就是兴奋和抑制的统一，以"动"为特征的兴奋与以"静"

---

① （南朝·梁）刘勰：《文心雕龙》，周振甫：《文心雕龙注释》，人民文学出版社 1981 年版，第 298 页。

② 同上书，第 456 页。

为特征的抑制共同构成人的大脑皮层的正常机能，缺一不可，刘勰"虚静"说暗合了科学道理。一般而言，动而趋静，静而趋动，一静一动，自动调节、维护大脑的健康运转。作者用水清火静的比喻说明了在创作中主体思维应该清爽明净，摒除纷乱，澄观一心，而后才能腾绰万象，情致渐进，意象天成。黄侃《文心雕龙札记》可谓深得此意："文章之事，形态蕃变，条理纷纭，如令心无天游，适令万状相攘。故为文之术，首在治心，迟速纵殊，而心未尝不静，大小或异，而气未尝不虚。执旋玑以运大象，处户牖而得天倪，惟虚与静之故也。"①有了虚与静，心神才能发动起来，运行无阻，从而才能有神思的出现。作家创作前的"虚静"蓄养正好为动的神思到来提供了心理准备。这是一个由静入动、以虚生实的创作思维的辩证法。

所以，在"陶钧文思，贵在虚静"一句之前，刘勰还讲到神的显现与隐遁的问题："故思理为妙，神与物游。神居胸臆，而志气统其关键；物沿耳目，而辞令管其枢机。枢机方通，则物无隐貌；关键将塞，则神有遁心。"②"关键""枢机"是互文见义，意义相同。刘勰认为在神思运行中，"志气"决定"神"的通塞，"辞令"决定"物"的隐显，因此，心神是可能因受阻塞而"逃遁"的。"虚静"就是为了避免出现这种现象而要求具有的首要条件。由此可见，刘勰"虚静"说是紧密联系神思说而提出的。

魏晋六朝的"虚静"说在中国古代诗学史上起到了继往开来的作用，它把先秦时尚处于哲学领域的"虚静"说与审美和艺术理论融为一体，开创了谨慎严密的理论体系。自此开始，"虚静"作为创作者和欣赏者在审美活动中应该具有的一种虚空澄明的心态，便几成共识。六朝以后的文艺家、诗学家在论述构思或文艺欣赏活动时基本上都是对陆机和刘勰的"虚静"审美理论的补充和发挥。

三　欲令诗语妙,无厌空且静

作为创作主体的诗人，在进入创作时应该有着一种怎样的心境呢？诗

---

① 黄侃：《文心雕龙札记》，上海古籍出版社 2000 年版，第 94 页。

② （南朝·梁）刘勰：《文心雕龙·神思》，周振甫：《文心雕龙注释》，人民文学出版社 1981 年版，第 295 页。

的本质在于审美创造，诗人在创作之时，首先是处在审美情境之中，有一个高度集中的审美态度。所谓审美态度，主要是指审美主体的心理倾向，侧重于强调审美主体诸种因素的浑融统一与外射方向。创造过程中的审美态度，则是诗人暂时切断主体与尘世的日常功利关系，进入一个完满自足的审美世界，孕化审美意象，并且进而构成一个浑然完整的审美境界。

禅宗理论盛行之后，对于审美态度理论进行渗透，使中国古代的"虚静"说得到了一个很值得注意的发展。它使审美创造的心境得到了更好的呈示，同时也使诗歌创作具备了更为空灵的神韵。

佛教认为，众生之苦，根源"无明"。"无明"根源"心动"。因此，消灭痛苦、求得解脱的根本途径是使心体静定虚寂，进而铲除"无明"之想。"至道之要，实贵寂寞"（牟子《理惑论》）。"空同何所贵？所归乃恬愉"（支道林《闲首菩萨赞》）。无论佛之始祖还是佛之后学，无论各家各宗怎样变来变去，但在主张心体"静定"这一点上都是不变的、共通的。早在释迦牟尼诞生之前，内向自省、摒虑静思的修炼方式就在印度民族中流行。《奥义书》就记载了很多关于静坐沉思的方法。释迦牟尼创立佛教后，便把这种修行方式作为佛教寻求解脱的途径之一而加以传习。从此，佛教便形成了一套"禅定"的修行方式。"禅"是梵文 Dhyāna 音译"禅那"的省称，意译为"静虑"，因其为思维的修炼方式，故又译"思维修"。其特点为"心注一境"。《瑜伽师地论》："言静虑者，于一所缘，系念寂静……"在此意义上"禅"可释为"定"，故"禅定"经常联言。佛教禅定的最终目的是体认佛道，但又是通过锻炼培养佛教智慧这一中介来实现的。就是说，佛教先是"由定发慧"，然后再"由慧入道"。在佛家看来，"虚静之心"是具有"独鉴之明"（僧肇《般若无知论》）的玉壶冰心、妙明真心，它能"虚而知有"，"静无遗照"（慧远《庐山出修行方便禅经统序》），是佛教特有的无上智慧。佛家禅定之学强调内息诸念，外空诸相，由此得到的"虚静"之心是一种具有深刻认识功能（玄鉴）的认识能力（智、慧）。禅定之学进入中土之后，由于它契合中国文化中固有的"虚静"认识论，因而很受中国人的欢迎和重视，不久便形成了以"禅"命名"禅宗"。禅宗在中唐以后逐渐强大，其影响在文人士大夫中尤为显著。"以禅论诗"的风气相当流行。

用禅理来说明诗人的审美创造心理，苏轼的《送参寥师》一诗可为代表，诗云：

上人学苦空，百念已灰冷。剑头惟一映，焦谷无新颖。胡为逐吾
辈，文字争蔚炳。新诗如玉屑，出语便清警。退之论草书，万事未尝
屏。忧愁不平气，一寓笔所骋。颇怪浮屠人，视身如丘井。颓然寄淡
泊，谁与发豪猛？细思乃不然，真巧非幻影。欲令诗语妙，无厌空且
静。静故了群动，空故纳万境。阅世走人间，观身卧云岭。咸酸杂众
好，中有至味永。诗法不相妨，此语更当请。①

　　这首诗从题目上看，这似乎是一首送别诗，实际上却是从禅僧参寥子
的诗谈起，来揭示艺术创作的规律的。僧人的"法界观"要求百念俱灰，
淡泊情志，视世间万物如空无，以求心之清净。而诗人的创作，则需要激
情，需要对世间万物的关注，需要有不平之气。如韩愈在《送高闲上人
序》里论张旭草书时说："喜怒窘穷，忧悲愉佚，怨恨思慕，酣醉无聊不
平，有动于心，必于草书焉发之。"② 这两者似乎是完全相反的，但"细
思乃不然"，所谓"诗法不相妨"，就是指禅诗虽不同类，但在理上是有
共同之处的，这就是虚静。僧人淡泊时的空静用于诗人的观物，则能
"了群动""纳万境"，有助于诗人神与物游，创作出妙诗来；而诗人的豪
猛之气，如果能以淡泊之态表现，则能有独立于万物之表的超逸。在艺术
创作的过程中，要使创作对象（"物"）"了然于心"，从创作主体方面来
说，必须要进入"虚静""物化"的精神境界。这样才有可能排除各种与
创作无关的主观或客观因素的干扰，对"物"作深入的观察和研究，从
而充分掌握它的内在特点和规律。

　　佛门以"苦空"观人生，宣扬对尘世的厌弃。在佛教看来，人生到
世上，便处在苦海的煎熬之中。要真正脱离苦海，就要把一切看空。既要
破"我执"，又要破"法执"，那么，出家的僧人更应该是万念俱灰、心
如止水了。"百念已灰冷""焦谷无新颖"，就是说禅僧应有的空寂之心。
然而，苏轼的意思却是在赞誉参寥子的诗写得非常之好，意境脱俗。禅宗
虽提倡"不立文字"，却并不以诗僧为异端，反倒是引为禅门的骄傲。
"胡为逐吾辈，文字争蔚炳？"看似诧异，实际是对参寥诗的称赏，接下

① （宋）苏轼：《送参寥师》，王文诰辑注：《苏轼诗集》卷一七，中华书局1982年版，第
906—907页。

② （唐）韩愈：《送高闲上人序》，《韩昌黎全集》卷十九，北京燕山出版社2009年版，第
551页。

来的"新诗如玉屑，出语便清警"两句，此意便更为显豁了。

"欲令诗语妙，无厌空且静"，这并非指诗的意境，而是指诗人的审美创造心态。这里提出的"空静"说一方面继承了"虚静"说的美学步武，另一方面，显然又用佛教禅宗的思想为主要参照系，改造、发展了中国诗学的审美态度理论。

"空"是佛教的重要观念。按大乘般若学的理解，"空"并非空无所有，而是存在于现象中的空性。禅宗继承和发展了这种思想，被禅门推崇备至的《金刚经》说："凡所有相，皆是虚妄。""若见诸相非相，即见如来。"又说："如来所说身相，即非身相。"黄檗禅师注云："夫学道人，若得知要诀，但莫于心上着一物。佛真法身，犹若虚空，此谓法身即虚空，虚空即法身。常人谓法身偏虚空处，虚空中含容法身。不知法身即虚空，虚空即法身也。"① 从"法身"与"空"的关系将禅宗对"空"的认识论述得相当清楚。

南宗禅的创始人慧能以心为"空"，一方面将"心"置于本体地位，一方面使"空"的内涵有了进一步的丰富与转换。在慧能的禅学理论中，"心"成为可以派生万物、无所不包的本源，而这种"派生"并非实体意义的，而是一种精神的功能。正是在这里，"心"与"空"便对应起来了。因其"虚空"，所以才能生成万物，才有了最大的涵容性和创造性。南宗禅的这种心本体论，极为深刻地影响了由陆九渊到陈献章、王阳明的心学学统。陆九渊的"宇宙便是吾心，吾心便即是宇宙"，"万物森然于方寸之间，满心而发，充塞宇宙，无非此理"。② 这样一些心学观念，是与禅宗有着不解之缘的。禅宗的心本体论，还揭明了"空"的生成性与创造性。这对诗歌创作和理论来说，影响是积极的。"空故纳万境"，在苏轼的诗论中，"空"是"纳万境"的前提。只有心灵呈现出虚空澄明的状态，方能在诗歌创作的构思中，涵容无限丰富的境象，从而形成生动的、活跃的审美意象。

禅宗的"空"，与其"无念为宗，无相为体，无住为本"的基本命题有深切关联，在某种程度上，也可以把这三句"真言"视为"空"的内涵。禅宗并不是否定现象，另外去追求作为精神实体的"佛性"，而是在

---

① 《金刚经集注》，上海古籍出版社影印本 1984 年版，第 55—56 页。
② （宋）陆九渊：《杂着》，《陆象山全集》卷二十二，中国书店 1992 年版，第 173 页。

生灭不已的感觉现象中体认"实相""成一切相即佛"。由相而入，再由相而出，以"相"作为媒介而又超越于"相"，此谓"无相"。"无念"并非排空意念，而是说不可执着于某种意念。这些观点，都可以视为禅宗"空"观的内涵所在。"静"是佛学术语，也是中国哲学的范畴之一。佛家重静，并且以之为宗教修习的根本要求。佛门之"静"，往往就是"定"，要求习佛者心如止水，不起妄念，于一切法不染不着。

　　大乘般若学于动静范畴亦取"不落二边"的态度，主张动静互即。早在印度佛教中的"中观"学派主张圆融"真""俗"二谛，破除边见，也即破除极端，而取"中道正见"。"中观"派的代表人物龙树提出著名的"八不中道"："不生亦不灭，不常亦不断，不一亦不异，不来亦不去。"①"生灭""常断""一异""来去"，是一切存在的四对范畴。其中的"不常亦不断"，是讲事物的连续性与中断性的统一，"不一亦不异"，正是同一性与差异性的统一。东晋著名的佛教思想家僧肇大师在其《肇论》中进一步系统阐发了中观思想，其中有《物不迁论》，专论"动中寓静"的观点。所谓"不迁"，也就是在变动不居中看到其中的静止因素。"是以言常而不住，称去而不迁。不迁，故虽往而常静；不住，故虽静而常往。故往而弗迁；虽往而常静，故静而弗留矣。"②苏轼对事物的认识，是深受佛教"中观"说的影响的。在他的辞赋名篇《前赤壁赋》中，他借水与月为喻，指出了动与静的兼容互即的关系，"客亦知夫水与月乎？逝者如斯，而未尝往也；盈虚者如彼，而卒莫消长也。盖将自其变者而观之，则天曾不能以一瞬；自其不变者而观之，则物与我皆无尽也，而又何羡乎！"这其实是以中观论的"动静"观来认识事物的。这种颇有哲理意味的看法，是以典型的中观论来看世界的产物。由此可见，苏轼的"静故了群动，空故纳万境"的佛学理论基因，是可以不言自明的。苏轼是借用了佛教的空观和动静观来谈诗歌创作的。"空静"在诗歌艺术构思中的作用，苏轼已经说得很清楚了：一是"了群动"，即是诗人对宇宙间事物发展变化规律可以了解得很清楚；二是"纳万境"，即是诗人把现实世界里的种种奇观异景统统摄取到自己的脑海中，以供诗人在艺术构思时选择、综合之用，作为创造审美意象的素材。空静的精神状态可以使诗人和

---

①　《中论·观因缘品第一》，《佛教经籍选编》，中国社会科学出版社1983年版，第1196页。

②　（东晋）僧肇：《肇论》，张春波校释，中华书局2010年版，第20页。

艺术家能更好地集中精力去"阅世走人间，观身卧云岭"，深入地观察和研究现实世界，进入"其神与万物交，其智与百工通"的"神思"境界。只有先具备了空明澄静的审美心胸，才有可能更积极地观察生活之纷纭，使"万境"腾踔于胸中。

苏轼对自己的艺术主张身体力行，每当提笔时力求胸怀旷达，心神澄朗。赵翼认为，苏轼诗"其妙处在乎心地空明，自然流出，一似全不著力，而自然沁入心脾，此其独绝也"①。虚静可以把诗人导入最佳的创作状态，这已为无数诗人的创作实践经验所证实。旧题西汉刘歆，实为晋代葛洪所撰的《西京杂记》记述了司马相如创作《子虚》《上林》二赋时的心态：

> 司马相如为《子虚》《上林》赋，意思萧散，不复与外事相关，控引天地，错综古今，忽然如睡，焕然而兴，几百日而后成。②

"不复与外事相关"，"忽然如睡"，正是要排除庸欲繁杂的日常事务的干扰，排除主观成见，使心灵呈现明静虚空的心理状态，才能进入"控引天地，错综古今"，"焕然乃兴"的创作状态，才能写出好作品来。清代诗人徐而庵这样描述他理想的创作心态："作诗如抚琴，必须心和气平，指柔音澹，有雅人深致为人乘。若纯尚气魄，金戈铁马，乘斯下矣。"③ 清末诗人况周颐晚年曾回忆自己三十年前作词时的心态：

> 人静垂帘，灯昏香直。窗外芙蓉残叶飒飒作秋声，与砌虫相和答。据梧冥坐，湛怀息机。每一念起，辄设理想排遣之。乃至万缘俱寂，吾心忽莹然开朗如满月，肌骨清凉，不知斯世何世也。斯时若有无端哀怨根触于万不得已；即而察之，一切境象全失，唯有小窗虚幌，笔床砚匣，一一在吾面前。此词境也。④

虚静可以把诗人导入最佳的创作和审美状态。这是因为虚静并非是消

---

① （清）赵翼：《瓯北诗话》卷五，《清诗话续编》，上海古籍出版社1983年版，第1196页。

② （晋）葛洪撰：《西京杂记》卷二，中华书局1985年版，第12页。

③ （清）徐而庵：《而庵诗话》，《清诗话》（上），上海古籍出版社1978年版，第429页。

④ （清）况周颐：《蕙风词话》卷一，王幼安校订，人民文学出版社1960年版，第9页。

极的引人进入心如死灰的境界，而是为了排除外界纷繁事物的干扰，去除心中的俗念，从而集中全部心神，进入"神与物游"的状态。在虚静心态下，诗人排除俗念，摆脱个人利害得失，获得了心灵的自由，故而能从审美的角度对客观事物进行观照，从而发现事物的美。曾巩说"虚其心者，极物精微，所以入神也"（曾巩《清心亭记》）。苏轼曾打过这样的比方："弈棋者胜负之形，虽国工有所不尽，而袖手旁观者常尽之。何则？弈者有意于争，而旁观者无心故也"（苏轼《朝辞赴定州论事状》）。这就是说，存有胜负之心，高明的棋手反不如旁观者对棋局洞悉明澈。反过来，摆脱利害得失，就会心明气清，体物精微，能见人所未见，发人所未发。

虚静心态可以使诗人从具体的时空环境和具体的事务堆中超脱出来，提供广阔的心理时空，有利于展开艺术想象。苏轼说过："口不能忘声，则语言难于属文，手不能忘笔，则字画难于刻雕。及其相忘之至也，则形容心术，酬酢万物之变，忽然而不自知也"（《虔州崇庆禅院新经藏记》）。这种"忘"的功夫，就是庄子所说的唯道集虚的"心斋"，艺术想象的前提就是要"忘"，要心空无物，才能创作出清新的诗作。清代诗人吴乔说："作诗须将古今人诗，一帚扫却，空旷其心，于茫然中忽得一意，而后成篇，定有可观。"（《围炉诗话》卷四）况周颐谈他作词的体会说："吾苍茫独立于寂寞无人之区，忽有匪夷所思之一念，自沈冥杳霭中来。吾于是乎有词。"（《蕙风词话》卷一）这表明内心的虚静，有助于容纳并召唤各种表象，所谓"空故纳万境"；同时亦有助于消除物我之间的隔阂，做到"神与物游"。

先秦以降，"虚静"在哲学领域获得了长足发展，魏晋玄学以"静"为本，强调以静制动；佛学把明镜之心看作参禅悟道的根基，而佛家宗派禅宗，无论南派北宗，都强调宁静的心灵顿悟。哲学是时代的精神，是影响一切精神文明的思想背景。中国古典诗学的"虚静"观，正是在中国古典哲学的"虚静"论的启发和影响下形成并发展的。

第五章

圣人立象以尽意
——意象论

意象是中西诗学中使用广泛的一个概念，它最早出现于中国先秦时代，作为中国古代诗学的一个基本审美范畴，历代学者和文人对之做过不同的阐发和补充，但词形的同一并不等于它和今天所指的概念内涵的一致，加之中国古人不屑于对概念做精确界定的弊病，使得这一概念始终缺乏一个确定的含义和一致的用法。一个好的概念总是概括性和约定俗成的统一。意象既然是个历史名词，它的意义必有一定的历史积淀和约定俗成的惯例。

一　圣人立象以尽意

两汉以前，在片言只语的诗学理论中，涉及"象"的较多，可作为"意象"的理论雏形。中国古代典籍中关于"象"的记载，最早见于《尚书·说命》，说的是殷高宗武丁依据他的梦中之象找到傅说举用为相的事："梦帝赉予良弼，其代予言。乃审厥象，俾以形旁求于天下，说筑傅岩之野，惟肖，爰立作相，王置诸其左右。"[1] 另外《左传》中有关于"铸鼎象物"的记载："昔夏之方有德也，远方图物，贡金九牧，铸鼎象物，百物而为之备，使民知神、奸。"[2]

敏泽先生认为中国意象论的源头有两个，一是《周易》，二是《庄子》，大体上不错，然而忽略了道家始祖老子。其实象作为哲学范畴被提出来，要比艺术形象早。最早论及"象"的是老子。《老子》书中多次谈

---

① 李学勤主编：《十三经注疏·尚书正义》，北京大学出版社 1999 年版，第 247—248 页。
② 《左传·宣公三年》，载杨伯峻编著《春秋左传注》，中华书局 1981 年版，第 669—670 页。

到"象"：

　　　　无状之状，无物之象，是谓恍惚。①
　　　　道之为物，惟恍惟惚。惚兮恍兮，其中有象，恍兮惚兮。其中
　　有物。②

　　"象"本是指客观事物或人物的外部形态，老子所说的"象"，"犹大
道之法象也"，实质上，老子是借"象"来描述他心目中的"道"的。道
具有玄远、精微、博大、渊深、恍惚等特点，它以无为本，道的特征决定
了它不可能与任何具体事物相对称，"言"作为人类的表意符号系统具有
高度的概括性和广泛的应用性，但和道相比它仍然是一种具体的存在，有
很大的局限性，不能尽道的。"道可道，非常道"，"道"具有不可言说和
不易把握的特性，是超越人们感性经验的，是不可名状的，所以老子笔下
的"象"，都不是指具体事物的外部形态，而是超越了视听之区的某种观
念在想象中的形态，所以是"惚兮恍兮"。但是，"道"既然是存在的，
用来体"道"的"象"就不是彻底的虚无，它是存在于冥冥之中的一种
自然的规律性，它超越了具体的物象，人们可凭自己的内视、内听去感觉
它。对"道"体悟不同，"道"之"象"也会有不同的呈现。只有对
"道"体悟很深的人，才能在内心深处感觉到这恍惚之象。老子把这种超
越了具体物象的"象"称为"大象"，"大音希声，大象无形"。老子在
这里陷入一个怪圈之中，一方面他反复讲"道"的不可名状和不易把握，
一方面又要强调"道"的存在。那么人们如何去体道呢？那就是通过
"象"这个中介物。其实，老子也很想把他内视的"恍惚"之象用感性的
形式表现出来，他在描述对道的种种独特的感受时，就将"道"人化，
然后"强为之容"：

　　　　豫兮若冬涉川；犹兮若畏四邻；俨兮其若客；涣兮若冰之将释；
　　敦兮其若朴；旷兮其若谷；混兮其若浊。③

────────

① 《老子今注今译》，陈鼓应注译，台湾商务印书馆 1978 年版，第 82 页。
② 同上书，第 104 页。
③ 同上书，第 84 页。

看老子的描述，我们可以感觉到"道"也是呈现在他心理上的一种朦朦胧胧的体验。古人是以体验的方式去面对外在世界的，所以他们理解的外在世界总是包含着人的影子在里面。"道"在外人看来，是一片混沌模糊，不可言说，而在老子那里则是一种实实在在的存在，即心理的状态，是对文本的体会、领悟与认同，充满了言说者的主观感受。

但因为"象"为"道"之法象，基于他"有生与无"的思想，"象"在理论上也就只能是恍惚窈冥的了。韩非最早觉察到这种"象"的性质，他说：

> 人希见生象也，而得死象之骨，案其图以想生也；故诸人之所以意想者，皆谓之象也。①

这里以"意想之象"解老子"恍惚之象"倒是很恰当的。韩非在这里指出了认识活动活动中所包含的两个重要方面：（1）人的主观意象总是对客观物质的反映，即使这种被反映物质并不常见（"希见"）或者得诸间接（"案其图"），有时甚至不是全体（"生象"）而只是部分（"死象之骨"）；（2）人的头脑对自然物再现和复写的时候，往往伴随着主观想象的成分。在他看来，一切称为"象"的东西，无非都是"诸人之所以意想者"。同样的提法见于黑格尔《美学》："在艺术里，感性的东西是经过心灵化了，而心灵的东西也借感性化而显现出来了。"②

老子关于"象"的论述，为后世"意象"说奠定了理论基础，它为人们在精神领域里的思维活动提供了这样一种可能，即思想观念、情感情绪的变化，可以不受任何现实生活中具体事物的约束，可以凭想象而生"象"。"意象"无具象之形而使人超越表层的感性经验，进入深层体悟，随体悟的方式和所入深浅不同，便有无数定型之象生发出来。这种理论在哲学领域完全可以界定为"唯心主义"，但对于文学艺术创造，是何等重要的智慧的启迪。

"意"与"象"相连使用最早见诸我国古老的哲学典籍——《周易》。《周易》虽未将意象作为一个词组、一个完整的概念提出来，但对

---

① （清）王先慎撰：《韩非子集解》，钟哲点校，中华书局1998年版，第148页。
② ［德］黑格尔：《美学》第一卷，朱光潜译，商务印书馆1979年版，第49页。

"意"与"象"关系的论述，却是很富启示意义的，并为后世的"意象论"奠定了基础，产生了长远的影响。《易·系辞上》云：

> 子曰："书不尽言，言不尽意。然则圣人之意，其不可见乎？"子曰："圣人立象以尽意，设卦以尽情伪，系辞焉以尽其言，变而通之以尽利，鼓之舞之以尽神。"①

这里所说的"言"是指语言，"言不尽意"是说语言在表达思想感情方面的局限性。这个"意"是指那种只有圣人才能发现的"天下之赜"之至理，意是抽象的，是幽深难见的，是高深莫测的，是无法用语言来表达的，唯有借助于"象"，通过比拟、描绘的方法，将圣人之"意"充分表达出来。这里的"象"指的是八种卦象：乾（☰）、坤（☷）、震（☳）、巽（☴）、坎（☵）、离（☲）、艮（☶）、兑（☱）。"象"具有表达哲理、义理的内涵所在，是一种蕴含着天道的根本精神，能体现宇宙的变化规律的意中之象——道之象。这里包含了一种思想：概念不能表现或表现不清楚、不充分的，形象可以表现，并且可以表现得很清楚。《易》拟象、立象的目的，是以形而下的具体、感性的物象来传示形而上的抽象、理性的义理概念。

《易·系辞传》还提出，"立象以尽意"的特点是："其称名也小，其取类也大，其旨远，其辞文，其言曲而中，其事肆而隐。"② 对"其称名也小，其取类也大"，韩康伯注："托象以明义，因小以喻大。"对"其旨远，其辞文，其言曲而中"，孔颖达解释说："'其旨远'者，近道此事，远明彼事，是其旨意深远，若'龙战于野'，近言龙战，乃远明阴阳斗争、圣人变革，是其旨远也。'其辞文'者，不直言所论之事，乃以义理明之，是其辞文饰也，若'黄裳元吉'，不直言得中居职，乃云黄裳，是其辞文也。'其言曲而中'者，变化无恒，不可为体例，其言随物屈曲，而各中其理也。"对"其事肆而隐"，韩康伯注："事显而理微。"孔颖达解释说："其《易》之所载之事，其辞放肆显露，而所论义理深而幽隐也。"③ 这些注疏对我们理解《系辞传》的这段话有帮助。《系辞传》这

---

① 南怀瑾、徐芹庭注译：《周易今注今译》，台湾商务印书馆1983年版，第387—388页。
② 同上书，第408页。
③ 李学勤主编：《十三经注疏·周易正义》，北京大学出版社1999年版，第312页。

段话就是说，立象尽意，有以小喻大，以少总多，由此及彼，由近及远的特点。"象"是具体的、切近的、显露的、变化多端的，而"意"则是深远的、幽隐的。《系辞传》的这段话接触到了艺术形象以个别表现一般，以单纯表现丰富，以有限表现无限的特点。这对于后人理解艺术形象的审美特点，启发是很大的。

总之，《易·系辞传》提出"立象以尽意"的命题，把"象"和"言"区分开来，同时又把"象"和"意"联系起来，指出"象"对于表达"意"有着"言"所不能及的特殊功能，从而对"象"作了一个重要的规定。但是需要指出的是，这里的"象"主要是属于哲学范畴，而非文学范畴的内容传达。正如钱锺书先生所揭示：《易》中"以想象体示概念，盖与诗歌之讬物寓旨，理有相通。……然二者貌同而心异，不可不辨也。"①

《周易》中的"卦象"是怎样产生的呢？《系辞上》说：

> 圣人有以见天下之赜而拟诸其形容，象其物宜，是故谓之象。②

如果按照字去理解这段话，圣人对天地之间所见之物，通过感官接受之后，或用语言，或用文字，或用图形加以模拟和形容，而后形成卦象。《系辞下》对此有更具体的解释：

> 古者包牺氏之王天下也，仰则观象于天，俯则观法于地，观鸟兽之文，与地之宜，近取诸身，远取诸物，于是始作八卦，以通神明之德，以类万物之情。③

如此说来，卦象就是天地宇宙万物的再现了，是圣人根据他对自然现象和生活现象的观察，创造出来的。清代思想家章学诚曾对《易》象进行过研究，将其分为两种，一种是天地自然之象，一种是人心营构之象，前者为物象，后者为意象。

卦象两个最基本的符号是—和－－，"古人目睹天地浑然为一，苍苍

---

① 钱锺书：《管锥编》第一册，生活·读书·新知三联书店 2001 年版，第 22—23 页。
② 南怀瑾、徐芹庭注译：《周易今注今译》，台湾商务印书馆 1983 年版，第 374 页。
③ 同上书，第 393 页。

无二色，故以一整画象之；地体分水陆两部分，故以两断画象之"。① 但当以这两个模拟性的符号组成卦象以后，—和--就被完全当成两个概念性符号，代表了阳刚和阴柔两大观念，这时，就由模拟天地自然之物象上升为"人心营构"之意象了。这两个符号的组合，被用来代表自然界中八种基元事物；八个新符号的呈现，不管哪一个都很难见出对相应的对象的形容和模拟的痕迹了。就是说，八个符号已经超脱具体物象了，不再以感性事物的本来面目出现。它们所蕴含的阴阳刚柔观念具有了更高更普遍的意义。为了准确地体现这层意义，制卦者将卦名也更改为乾、坤、震、巽、坎、离、艮、兑。我们先人的这种思维方式，恰如18世纪德国美学家黑格尔所道出的："个别自然事物，特别是河海山岳星辰之类基元事物，不是以它们的零散的直接存在的面貌而为人所认识，而是上升为观念，观念的功能就获得一种绝对普遍存在的形式。"② 八卦经实质上就是我们祖先化具体事物为观念功能"绝对普遍存在"的八种形式。《易》之象虽说是"近取诸身，远取诸物"，但作为卦象出现的并不是真正的"形容"之象，而是被赋予了"以通神明之德，以类万物之情"的表意之象，具有了象征的意味。《系辞》借孔子之口道出了所有卦象的性质："圣人立象以尽意"。

黑格尔曾将象征分为"不自觉"和"自觉"两种。"不自觉"象征所用的形容是直接的，"不是有意识地作为单纯的图形和比喻来处理的"，因而意义和形象是直接的统一。"自觉"象征"明确的看作是要和用来表达它的那个外在形式区别"，"普遍的意义本身占了统治地位，凌驾于起说明作用的形式之上，形象变成了一种单纯的符号或任意选来的图形"。③ 照此说来，《易》象是自觉象征的意象。"圣人"观察天地间万事万物，体悟到了其中的精义妙理，用语言和文字不可能全部表达出来，于是想到了"感性显现"的方法——立象。为了使"感性显现"能够最大限度地传导出心中之意，又将那些"感性"形象符号化，从而给人提供了一种可以从不同角度、不同层次把握的"无物之象"。整部《易》便是象的组合，象的流动，象的注解，象的启示。

---

① 高亨：《周易大传今注》，齐鲁书社1979年版，第30页。
② ［德］黑格尔：《美学》第2卷，朱光潜译，商务印书馆1981年版，第23页。
③ 同上书，第31—33页。

二　得意在忘象

"意象"作为一个完整的词组，最早出现于汉代王充的《论衡·乱龙》中。他从用以求雨的"土龙"、"冀以御凶"的"桃人""画虎"、使匈奴敬畏的雁门大守郐都的木像、令匈奴降将金日磾"向之泣涕沾襟"的其母亲焉提的画像、子孙"尽敬"的"以象先祖"的宗庙木主、立春东耕时所立"秉耒把锄"的土人和土牛、用以殉葬的"涂车""刍灵"，以及绘有熊、麋、虎、豹、鹿、豕等动物图像以"示射无道诸侯"的布侯即箭靶等"立意于象"的生活现象中，提炼出了"意象"这词语，云：

> 夫画布为熊麋之象，名布为侯，礼贵意象，示义取名也。①

这里的"意象"是指以"熊麋之象"来象征某侯爵威严的具有象征意义的画面形象，即把不同级别的野兽画在受箭的布靶子上，人的地位越高，所射的兽越凶猛。反过来说，用不同级别的兽类，以示权位享有者不同程度之"猛"，从而显示权利、权位的大小、高低。很明显，"意象"指包含某种象征意义的具体形象。熊麋之象即非权位者的形象，作为图志，它们又超越了本身的意义，于是成了具有象征意义的"象"。君臣上下的礼仪寓于兽象之中，因而"象"以"意"贵——象征权位和礼仪而贵。作者立象尽意，观者辨象会意。从它"示义取名"的目的看，已是严格意义上的观念意象了，具有象征意义。王充还在这篇文章里另举一例：

> 礼宗庙之主，以木为之，长尺二寸，以象先祖。……虽知非真，示之感动，立意于象。②

这里，就是用一块一尺二寸高的木板这个象，揭示神主与祖先之间的

---

① 黄晖撰：《论衡校释》，中华书局 1990 年版，第 705 页。
② 同上书，第 703—704 页。

关系这个"意"，虽明知不是真的也感动，就在于"立意于象"的缘故，这说明王充是深谙象征原理的。把意象理解为"表意之象"，理解为象征，这正是中国当时文学艺术的实际决定的。据黑格尔考察，世界上一切民族的最古老的艺术几乎都是象征。中华民族那不断焕发出新意的龙、凤图像，半坡出土彩陶上的人面含鱼纹，关于盘古、女娲、后羿、夸父等的神话，以及殷商时期重875公斤的司母戊青铜大方鼎等，都证明着这个艺术时代的存在。形形色色的象征着某种观念的意象，则是那时人类精神生活中最重要和最普遍的形式。至今还在社会生活和文学艺术中留下广泛的影响：如在某英雄胸前戴上一朵大红花，在新娘子床上撒上一把红枣、花生，在某工程开工时埋一块奠基石等，这些都与王充所说的孝子对着祖先的牌子敬礼的原理是一样的，明知是假也感动，是"立象尽意"的缘故。

关于意象的理论，到王充还是零散的、不成系统的，真正地将意象在理论上加以完善化，并确认"象"的象征意义的，是三国时的青年哲学家王弼。他的《周易略例·明象》主要讨论的是"意""象""言"三者的关系问题，他说：

> 夫象者，出意者也，言者，明象者也，尽意莫若象，尽象莫若言。言出于象，故可寻言以观象；象生于意，故可寻象以观意。意以象尽，象以言著。故言者所以明象，得象，而忘言；象者，所以存意，得意而忘象。①

"象"为"出意"而立，"言"为"明象"而用。没有"象"不能尽意，没有"言"不能立象。这里最重要的是先有"意"而后有"象"，然后才有"言"。所以"夫象，出意者也"，"象生于意，故可寻象以观意。"他明确地揭示了象的本质：象来自主观，由意所生。王弼这段话，主要论述意—象—言三者的关系，他侧重于申明三者的对立，"恐读《易》者之间拘象而死在言下也"②。我们知道，魏晋玄学是一种重主观感受的哲学。主观感受虽然离不开物，所谓"触景生情"也，然而主观感受的表达和理解却要依赖于象和言。"象"具有完整传达客观事物的功

---

① （魏）王弼：《王弼集校注》，楼宇烈校释，中华书局1980年版，第609页。
② 钱锺书：《管锥编》第一册，中华书局1979年版，第12页。

用，不但不舍去思维对象的具象因素，而且不舍去思维主体的主观旨趣，并由取类而感通，由感通而会尽客观事物的一切精奥，完满地完成人的认识使命。

可见，早期的意象都是作为一种抽象至理的载体被使用的，这种象具有明确的表意功能，属于象征性意象。这时对于意象的讨论主要是在哲学领域内，都只能算是一般意义上的观念意象，并非文学艺术追求的那种最能体现作家艺术家审美理想的高级审美意象。

三 窥意象而运斤

在中国古代诗学史上，最早将哲学领域中的意象论引入审美和艺术领域的是梁刘勰。在《文心雕龙·神思篇》中，刘勰从创作角度首次在文艺理论领域中提出了意象的概念：

> 陶钧文思，贵在虚静，疏瀹五脏，藻雪精神，积学以储宝，酌理以富才，研阅以穷照，驯致以怿辞，然后使玄解之宰，寻声律而定墨；独照之匠，窥意象而运斤，此盖驭文之首术，谋篇之大端。①

这里的"意象"，显然是指意中之象，即意念中的形象，刘勰用《庄子·天道》中的轮扁斫轮的典故，说明意象在创作过程中的重要性。轮扁斫轮，头脑中必定先有车轮的具体形状，然后依据这意中之象来运斤。作家在进行创作时，头脑中也必然先有清晰的形象，然后依据这意中之象下笔写作。在同一篇里，他揭示了作家文思的发生经过："神与物游"，"神居胸臆，而志气统其关键；物沿耳目，而辞令管其枢机。"作家的主观精神与客观对象汇合交融，正是"意"与"象"契合的心理基础，精神（主要是人的情意）居于胸间，耳目接触外物，语言用于表达，要是三者相互默契，那么事物的形象就可以生动地浮现与脑海之中，再通过手中的笔描绘出来，要是情意运行不畅，那客观物象就不能为我所

---

① （南朝·梁）刘勰：《文心雕龙》，周振甫：《文心雕龙注释》，人民文学出版社 1981 年版，第 295 页。

用了。

可以看出，刘勰这里所说的"意象"和我国后期诗学所说的"意象"，含义并不相同。钱锺书先生认为，《文心雕龙》由于是用骈体文写成的，"意象"实属一个偶词，其含义实际上只是一个"意"字。敏泽先生显然也同意这种看法，他说：

> 不管是刘勰所说的作为"意象"的对应词"绳墨"，或司空图所说的作为"意象"对应词的"造化"，都是不可以析之为二，即"绳"与"墨"或"造"与"化"的；同样，作为与"绳墨"或"造化"相对应的偶词自然也不可以、或不应该析之为二，即"意"与"象"的，这是再也明显不过的。①

不知是两位前辈的笔误还是刊物排版的疏忽，笔者查了《文心雕龙》的这段话，从上下句来看，与"意象"相对应的是"声律"，从一句中来看，与"意象"相对应的是"运斤"。而这两个词都可以"析之为二"的，即并列关系的"声"与"律"和动宾关系的"运""斤"。实际上，刘勰这里的"意象"可以理解为并列关系的"意"与"象"，不过这象是作者脑海中的象，而非诗中所描绘出的艺术之象。

"神思"一词的本意是指人的精神活动和思维方式。《文心雕龙·神思》是一篇专门谈创作中的艺术想象的论文。刘勰在《神思》的开端便指出文学创作中的想象是一种自由的精神活动。所谓"文之思也，其神远矣"，"思接千载""视通万里"，都是强调艺术想象是一种不受时空制约、极其自由、具有极为广阔天地的思维活动。当作家进入艺术想象阶段时，他的脑海"万涂竟萌"，涌现的是平日通过耳目等感官反映到大脑中，经过消化、加工的一件件具体的事物、一幅幅形象的画面。因此当他沉浸在这种想象之中时，耳畔回响的是"珠玉之声"，眼前翻卷的是"风云之色"。声可闻，色可观，只是这"闻声观色"全发生在作者的脑海之中。由此可以说明，艺术想象主要是一种凭借具体可感的形象而展开的思维活动，它自始至终是与具体物象结合在一起的想象加深的过程，也就是情景交融、意象渐渐明晰的过程。刘勰将其概括为八个字："思理为妙，

---

① 敏泽：《钱锺书先生谈"意象"》，《文学遗产》2000 年第 2 期。

神与物游。"黑格尔在讲到艺术想象活动时曾说："就其为心灵的活动而言，它只有在积极企图涌现于意识时才算存在，但是要把它所含的意蕴呈现给意识，却非取感性形式不可。"① 在文末"赞"中，刘勰又再次强调：艺术创造的精神活动一旦展开，具体可感的物象必然出现在脑海中。"神与物游""神用象通"。"窥意象而运斤"中的"意象"，正是"意"之"象"，是创作主体在"运斤"之前，形成于内心的一种融入主观意趣的艺术形象。

刘勰意象理论的意义在于他不仅完成了意象理论从哲学向诗学的转变，而且也推动了诗学理论中象征性意象向情感性意象的转换。他的理论继承了道家和《易经》意象理论中重意轻象的倾向，但却从文学创作，特别是诗歌的创作的实际要求出发，摒弃了以前意象说中过强的理性色彩，强调诗中之"象"与作家主观之"意"的统一。虽然在刘勰的理论中，"意"仍然居主导地位，但在意中，情感的成分加重加浓了。"神用象通，情变所孕"，刘勰的"意象"，是一种艺术构思的结果，是艺术构思活动中主体心意与客观物象交融合一的"象"，而不是纯然表达哲理意蕴的"象"。因为作家主观感情强烈以至于原来具体的物象发生变位变形，不仅意象中的"意"是主观的，"象"也是主观的。这也正是中国传统意象论的独特之处和本质所在。

中国的意象理论至唐代已臻于成熟。初、中唐期间形成了儒、道、释三教合一的文化氛围，导致了诗论家多元的美学追求。

著名诗人王昌龄所著《诗格》一书，也引进了"意象"一词：

> 诗有三思：一曰生思。久用精思，未契意象，力疲智竭，放安神思，心偶照境，率然而生。二曰感思。寻味前言，吟讽古制，感而生思。三曰取思。搜求于象，心入于境，神会于物，因心而得。②

"生思"与"取思"都是谈艺术构思的问题，都直接联系到"意象"。这里的意象应指"意"和"象"，主观与客观两个方面，因此，才有一个"契合"与否的问题。王昌龄的意思是，意与象尚未契合，诗思

---

① ［德］黑格尔：《美学》第 1 卷，朱光潜译，商务印书馆 1981 年版，第 50 页。
② 张伯伟编校：《全唐五代诗格汇考》，江苏古籍出版社 2002 年版，第 173 页。

便不通，此时，诗人须放松精神，潜心观照。因为意象的形成，有待于审美感兴中心与境二者的交融合一，而焦思苦虑的"精思"之所以"未契意象"，在于缺少想象和灵感这种神思的作用。一旦神思勃发，"心偶照境"，意象在刹那间即形成。故而诗人将主观精神投入自己的审美对象之中，所谓"神会于物，因心而得"，恰如黑格尔所说的，诗人凭自己"精神活动的主体性"，去对事物作"内心的观照"。凝心观物，由目中所见而进入"心中了见"，这就是与物"神会"了，诗人心中的深情远意与审美对象的精旨妙义融会贯通，于是便有诗兴勃发。明代何景明"意象应曰合，意象乖曰离"，讲的就是这个意思。

唐代诗人和诗论家直接论及"意象"，并在理论上有更多阐述的是司空图。他在《诗品·缜密》中提出：

> 是有真迹，如不可知，意象欲出，造化已奇。水流花开，清露未晞，要路愈远，幽行为迟。语不欲犯，思不欲痴，犹春于绿，明月雪时。①

意思是说，在艺术构思活动中，诗人主观情意与客观的景色物象，一旦契合交融，心目中的意象就开始发生，那令诗人诗兴大发的自然景色物象也变得奇妙莫测，它像水流花开般无迹可求，像早晨的清露悄悄地滋润大地。情深意远的意象要以幽婉绵密的细节描绘而致，因此，语言不能过于华丽而使读者得言忘象，思路不能呆板阻滞而使读者得象忘境，意象要如新绿之于春天，又要像皎月与白雪交辉，混成一片。从"意象欲出"来看，司空图这里所谓的意象，应指尚未进入作品的意中之象，即意念之中的形象。这意象虽有真迹可寻，却又缥缈恍惚，难以捕捉。司空图的诗论内容非常丰富，他的《诗品》二十四则，实际上都用了意象来表现，形成一种以意象为喻的文学批评方式。

从刘勰到司空图，意象说逐渐以比较完整的理论形态成为古代诗学的重要范畴，被后世更多的诗人和诗学家所阐发。但应该指出，这时关于"意象"的讨论，主要还是在文学艺术创作范畴中，即艺术构思中作家主观情感与客观情景相互交融，形成于作家脑海中的艺术形象，即"意"

---

① 郭绍虞集解：《诗品集解·续诗品注》，人民文学出版社1963年版，第26页。

中之"象",并非全指艺术作品中呈现出的包含了作者审美认识和审美情感的审美意象。

四　诗贵意象透莹

意象理论在宋、元时期得到进一步发展,经过李东阳、明七子派成员及沈德潜等人的努力,在明、清两代基本趋于成熟。

李梦阳作为七子派文学复古运动的领袖,在诗学理论方面有着较深的造诣。他非常重视诗歌的艺术价值,力反宋、明诗歌中的浅率直露之弊,既讲求格古调逸,情以发之,又主张诗歌意象的含蓄蕴藉。他曾说:

> 古诗妙在形容之耳,所谓水月镜花,所谓人外之人、言外之言,宋以后则直陈之矣。于是求工于字句,所谓心劳日拙者也。形容之妙,心了了而口不能解,卓如跃如,有而无,无而有。①

李梦阳的这段话表明他已经体悟到了诗歌意象具有空灵含蓄、余味无穷的特点。尽管他在此并未拈出"意象"一词,但此处的"形容"显然与《周易》"拟诸其形容,象其物宜"之意相同,我们还可以从其他地方找些例子来说明。如在《论学》上篇中,他曾有一段论述:"夫文者,随事变化、错理以成章者也。不必约,太约伤肉;不必该,太该伤骨。夫经史体殊,经主约,史主该。譬之画者,形容是也,贵意象具。"② 他认为,绘画的特点是"形容",贵在能有意象,而诗亦"妙在形容",这样,诗与画便有了异曲同工之妙。只有达到"意象具",使读者、观者领略到"言外之意""味外之旨",才能算是优秀的艺术作品。

《周易》对古代诗学有着深刻的影响,它的八卦符号系统为意象说的产生奠定了基础。因此,重视诗歌理论,特别是重视诗歌意象理论的人大都比较热衷《易》学,李梦阳自然也不例外。《空同集》中就有许多关于

---

① (明)李梦阳:《论学》下篇,《空同集》卷66,上海古籍出版社1991年版,第605页。
② 同上书,第603页。

《易》学方面的论述。他在《论学》中写道：

> 知《易》者可与言诗。比兴者，悬象之意也，开阖者，阴阳之例也。发挥者情，往来者时，大小者体，悔吝者验之言，吉凶者察乎气。①

李梦阳在此阐述了诗歌的比兴、开阖等艺术手法与《易经》的联系，认为《易》在"立象以尽意"的过程中常采用比兴这种方法，比兴是卦象与卦意的复合体。由此，他觉察到诗歌意象的构成方式应以比兴为主，目光可谓敏锐。

何景明精通《周易》，论述诗歌意象问题的言论见于《与李空同论诗书》，他说：

> 夫意象应曰合，意象乖曰离，是故乾坤之卦，体天地之撰，意象尽矣。空同丙寅间诗为合，江西以后诗为离。②

何景明根据《周易》乾坤两卦"阴阳合德而刚柔有体，以体天地之撰"（《周易·系祥》）的特征，对"意"与"象"之间的关系作了具体的阐述。他认为，意与象相适应为"合"，乖违不相称为"离"，只有乾坤两卦才达到了尽意尽象的完美境界。何景明在理论上对意与象关系的认识是深刻的，但在具体诗歌评论中，意象的含义又具有了弹性，常将"意""象"关系（"乖"）变成了"意""辞"（言）关系（"辞艰者意反近，意若者辞反常"），这就远离了诗歌创作活动中进行形象思维时必须借助的外在"物象"这一重要环节。

把意象规定为文艺作品中的审美形象，诗歌中对诗歌意象美的分析，比较接近现代意义论述的是明代王廷相。

他在《与郭价夫学士论诗书》中说：

> 夫诗贵意象透莹，不喜事实黏著。古谓水中之月，镜中之影，可以目睹，难以实求是也。《三百篇》比兴杂出，意在辞表，《离骚》

---

① （明）李梦阳：《论学》下篇，《空同集》卷66，上海古籍出版社1991年版，第602页。
② （明）何景明：《与李空同论诗书》，郭绍虞主编：《中国历代文论选》，上海古籍出版社1979年版，第238页。

引喻借论，不露本情，……斯皆包韫本根，标显色相，鸿材之妙拟，哲匠之冥造也。若夫子美《北征》之篇，昌黎《南山》之作，玉川《月蚀》之词，微之《阳城》之什，漫敷繁叙，填事委实，言多趁贴，情出附辏，此则诗人之变体，骚坛之旁轨也。……嗟呼，言征实则寡余味也，情直致而难动物也。故示以意象，使人思而咀之，感而契之，邈哉深矣。此诗之大致也。①

钱锺书先生认为这是真正的"意象"，而非"意思"了。这段话包含以下几点重要内容：其一，审美意象是诗歌的本体。王廷相指出，诗歌所以能够使人感动，有"余味"，关键在于创造出了"透莹"的审美意象。示人以意象的作品，"使人思而咀之，感而契之，邈哉深矣"。其二，王廷相指出"意象"的美感特征是"透莹"，如"水中之月，镜中之影，可以目睹，难以实求是也"。"意象"最根本的原则是"不喜事实黏著"，不能"以实求是"，刻板地记录史实或机械地模拟物象，而是"意在辞表，不露本情"，如"水中之月，镜中之影"，实中有虚，虚中有实；同时，"意象"又是以情感为本体，是因为"包韫本根，缘情以灼"而"标显色相"的。总之，诗之本体在意象，诗之美味在滋味，只有全力创造含蓄蕴藉的意象，才能给人以味之不尽的审美享受。其三，王廷相以意象及滋味作为衡量诗歌美的尺度，认为诗不可直陈其事，直露其情，而应如《三百篇》与《离骚》那样，"比兴杂出，意在辞表"，"引喻借论，不露本情"。故而看不起叙事诗的审美价值，认为叙事诗不是诗的正宗，充其量是"诗人之变体，骚坛之旁轨"而已。这段议论对几位诗人及其作品的品评并不十分准确，但是他说出了以叙述为主的叙事诗和"示以意象"的抒情诗给人以不同的审美感受：前者言征实，情直致，余味不足；后者不露本情，兴寄深远，韵味无穷。杜甫《哀江头》具有叙事性质，它把"事物本身展现在我们面前"，故其意蕴就有较直接的展现；而《秋兴八首》同样是忧国伤时，吊往叹今之作，但它所表现的主要是"内心观照"所形成的观感，所以它抒情性更为强烈又多意象化的表现，故意蕴显得较为深幽。王廷相在诗学上的贡献，主要在于他明确地把意象规定为诗的本

---

① （明）王廷相：《与郭价夫学士论诗书》，韩湖初、陈良运主编：《古代文论名篇选读》，中国书籍出版社 1998 年版，第 282 页。

体，这一点，对于清初王夫之和叶燮的诗学有着重要的影响。

王廷相之后，以意象为尺度，论述诗美的传统，历久不衰。陆时雍在《诗镜总论》中就诗歌意象发表如下看法：

> 西京崛起，别立词坛。方之于古，觉意象蒙茸，规模逼窄，望湘累之不可得，况《三百》乎？[①]
>
> 苏李赠言，何温而戚也！多啼涕语，而无噬嚘声，知古人之气厚矣。古人善于言情，转意象于虚圆之中，故觉其味之长而言之美也。后人得此则死做矣。[②]
>
> "东飞伯劳西飞燕"，《河中之水歌》，亦古亦新，亦华亦素，此最艳词也。所难能者，在风格浑成，意象独出。[③]
>
> 少陵七言律，蕴藉最深。有余地，有余情。情中有景，景外含情。一咏三讽，味之不尽。
>
> 善言情者，吞士深浅，欲露还藏，便觉此衷无限。善道景者，绝去形容，略加点缀，即真相显然，生韵亦流动矣。此事经不得着做，做则外相胜而天真隐矣，直是不落思议法门。
>
> 每事过求，则当前妙境，忽而不领。古人谓眼前景致，口头言语，便是诗家体料。所贵于能诗者，只善言之耳。[④]
>
> 专寻好意，不理声格，此中晚唐绝句所以病也。诗不待意，即景自成。意不待寻，兴情即是。王昌龄多意而多用之，李太白寡意而寡用之。昌龄得之椎练，太白出于自然，然而昌龄之意象深矣。刘禹锡一往深情，寄言无限，随物感兴，往往调笑而成。"南宫旧吏来相问，何处淹留白发生？""旧人惟有何戡在，更与殷勤唱渭城。"更有何意索得？此所以有水到渠成之说也。
>
> 诗贵真，诗之真趣，又在意似之间。认真则又死矣。柳子厚过于真，所以多直而寡委也。《三百篇》赋物陈情，皆其然而不必然之词，所以意广象圆，机灵而感捷也。
>
> 实际内欲其意象玲珑，虚涵中欲其神色毕著。[⑤]

---

①②③④⑤　（明）陆时雍：《诗镜总论》，丁福保辑：《历代诗话续编》，中华书局1983年版，第1402、1403、1408、1416、1420页。

在陆时雍看来，首先，诗的意象是情与景的融合、虚与实的统一，是玲珑莹透与神色毕著的相生相成。"情"和"景"都贵真，但不能"过求"，而应在"意似之间"，所谓"实际内欲其意象玲珑，虚含中欲其神色毕著"，他认为《诗经》"赋物陈情，皆其然而不必然之词，所以意广象圆，机灵而感捷也"。这与王廷相所说"诗贵意象透莹，不喜事实黏著"，意思完全一样。其次，诗歌意象的创造，应是随物感兴，即景自成。离开了眼前景致，去寻求人所不到之"意"，写出的诗就没有余味，难以动人了。

王世贞在对李梦阳、何景明诗风相异的评价中，提出所谓"缘情即象，触物比类"之说，不仅认识到了"意象"与外在物象的区别，而且也认识到了意象的生成过程和表现方式：诗人触及外界景物之后引发了内心的情意。触景生情，然后又乘着这股情意去观照外物，缘情即象，对外物进行一番审美加工和改造，此时形成于诗人脑海中的这种带有强烈主观色彩的"物象"或"画面"便是我们所谓的"意象"，古人所谓"象由意生"即是这个道理。可见，"意象"之"象"是诗人对所触之物的升华，与外在物象有显著的区别。如果诗人用诗的语言把脑海中的"意象"表现出来，即成为诗歌意象，而"比兴"这种修辞手段便是表现诗歌意象的主要方式。从中不难看出王世贞对诗歌意象本质认识之深刻。

王世贞还认为，"意象"要"超妙"，就"要外足于象，而内足于意，文不减质，声不浮律"，强调诗歌中的艺术形象，是"意"与"象"的有机结合，即不能"象"超于"意"，也不能"意"大于"象"，这样，意象必然"衡当"。在《华阳馆诗集序》中，王世贞还提出"意有造而象发之，夫是以和平"的观点，与王弼"夫象者，出意者也"，"象生于意，故可寻象以观意"之说相吻合，表明他已经认识到了诗歌"意""象"和谐的重要性。

清代文论家叶燮在《原诗》中说：

> 可言之理，人人能言之，又安在诗人之言之？可征之事，人人能述之，又安在诗人之述之？必有不可言之理，不可述之事，遇之于默会意象之表，而理与事无不灿然于前者也。[1]

---

[1] （清）叶燮：《原诗》，霍松林校注，人民文学出版社1979年版，第30页。

这里的意象，指的就是艺术作品中的审美意象。叶燮认为诗人追求的应是这种表达"至理""至事"的高级艺术形象，并称它为达到艺术至境的意象。这是"一种理性观念的最完满的感性形象显现"，是一种"借助于想象，追踪"表现力已达到"最高理想"境地的意象。为了具体地说明意象的性质和特征，叶燮还专门举了杜甫诗中的名句做了详细的分析。如《玄元皇帝庙作》第一句"碧瓦初寒外"，叶燮分析道：

> 逐字论之：言乎"外"，与内为界也。"初寒"何物，可以内外界乎？将"碧瓦"之外，无"初寒"乎？"寒"者，天地之气也。是气也，尽宇宙之内，无处不充塞；而"碧瓦"独居其"外"，"寒"气独盘踞于"碧瓦"之内乎？"寒"而曰"初"，将严寒或不如是乎？"初寒"无象无形，"碧瓦"有物有质，合虚实而分内外，吾不知其写"碧瓦"乎？写"初寒"乎？写近乎？写远乎？使必以理而实诸事以解之，虽稷下谈天之辩，恐至此亦穷矣！然设身而处当时之境会，觉此五字之情景，恍如天造地设，呈于象，感于目，会于心。意中之言，而口不能言，口能言之，而意又不可解，划然示我以默会想象之表，竟若有内、有外，有寒、有初寒，特借"碧瓦"一实相发之，有中间，有边际，虚实相成，有无互立，取之当前而自得，其理昭然，其事的然也。①

所谓"意中之言，而口不能言，口能言之，而意又不可解，划然示我以默会想象之表"，所谓"虚实相成，有无互立"，就是审美感兴和审美意象不同于逻辑思维的特点。所谓"呈于象，感于目，会于心"，所谓"取之当前而自得"，就是王夫之"现量说"中的"现在"义和"现成"义。所谓"其理昭然，其事的然"，就是王夫之"现量说"中的"显现真实"义。这段话的意思是说，审美意象是从直接审美感兴中产生的，因此具有真实性。但是这种真实性并不是逻辑的真实性，不是实写"理""事""情"，而是"幽渺以为理，想象以为事，惝恍以为情"，可以说是一种想象的真实性。因此，对于一首诗，就不能像对理论文章那样做纯粹概念的逻辑分析，不能把完整的审美意象肢解为几条抽象的逻辑判断或推

① （清）叶燮：《原诗》，霍松林校注，人民文学出版社1979年版，第30—31页。

理，而应该像朱熹说的那样反复"含泳"，从直接的美感经验中领悟它的"理""事""清"。例如杜甫的这句诗，如果一个字一个字对它做逻辑分析，就会觉得它根本不通，但如果"设身而处当时之境会"，就会"觉此五字之情景，恍如天造地设"，不但"其理昭然，其事的然"，而且简直可以说是"理""事"之入于"神境"者。

第二句"月傍九霄多"（《宿左省作》），叶燮分析道：

> 从来言月者，只有言圆缺、言明暗、言升沉、言高下，未有言多少者。若俗儒，不曰"月傍九霄明"，则曰"月傍九霄高"。以为景象真而使字切矣。今曰"多"，不知月本来多乎？抑傍"九霄"而始"多"乎？不知月"多"乎？月所照之境"多"乎？有不可名言者。试想当时之情景，非言"明"、言"高"、言"升"可得，而惟此"多"字可尽括此夜宫殿当前之景象。他人共见之，而不能知、不能言，惟甫见而知之，而能言之。其事如是，其理不能不如是也。①

这段话着重指出了诗歌审美意象的两个特性：第一，审美意象是不能用抽象概念来做逻辑分析的，即所谓"有不可名言者"；第二，审美意象是把客观景象作为一个完整的存在来加以反映的，即所谓"可尽括此夜宫殿当前之景象"。诗歌审美意象的这两个特性，也是王夫之所强调的。

第三句"晨钟云外湿"（《夔州雨湿不得上岸作》），叶燮分析道：

> 以"晨钟"为物而"湿"乎？"云外"之物，何啻以万万计，且钟必于寺观，即寺观中，钟之外，物亦无算，何独湿钟乎？然为此语者，因闻钟声有触而云然也。声无形，安能湿？钟声入耳而有闻，闻在耳，止能辨其声，安能辨其湿？曰"云外"，是又以目始见云，不见钟，故云"云外"。然此诗为雨湿而作，有云然后有雨，钟为雨湿，则钟在云内，不应云"外"也。斯语也，吾不知共为耳闻耶？为目见耶？为意揣耶？俗儒于此，必曰："晨钟云外度。"又必曰："晨钟云外发。"决无下"湿"字者。不知其于隔云见钟，声中闻湿，

---

① （清）叶燮：《原诗》，霍松林校注，人民文学出版社 1979 年版，第 31 页。

妙悟天开，从至理实事中领悟，乃得此境界也。①

这段分析更有意思。叶燮在这里指出了审美感兴中的一种现象，即西方学者称为"通感"（synaesthesia）的现象。所谓"隔云见钟，声中闻湿"，就是视觉向听觉里的挪移，就是"通感"。逻辑思维不能有"通感"，审美感兴却往往包含"通感"。叶燮这段话用了"妙悟"这个词。"妙悟"就是审美感兴、审美直觉。"妙悟"往往包含"通感"。或者说，"通感"也是一种"妙悟"。叶燮强调的是，"妙悟"不能脱离"至理实事"。从"妙悟"中产生的"境界"，尽管不同于逻辑思维的产物，却仍然是客观"理""事""情"的真实反映。

"碧瓦"是有形之物，却并无感觉，故无从感知冷暖，"初寒"无象无形，也就无内外之别。"碧瓦"怎么在"初寒"外？"初寒"与"寒"又怎么区分？按照常理、常情是无法解释的，但因为意象是一种"人心营构之象"，已不是生活本身的形态，而是通过艺术形象，揭示出独特的事、理、情来。初冬虽寒，那庙顶碧瓦庄严肃穆，不使人寒，而使人暖。诗人的这种独特的感受，无法用概念表达，只好"遇之默会意象之表"，用"碧瓦初寒外"，把当时的情景和感受融为一体再现出来了。

不仅如此，叶燮还从接受美学的角度，进一步指出了在艺术鉴赏中，对意象的鉴赏也须"遇之默会意象之表"，作者是寄意象外，读者是象外得意。作者是意"呈于象"，读者是象"感于目，会于心"，经过一番"默会"之后，便"无不灿然于前者"。也就是说，从对艺术形象的揣摩、思考到哲理观念的领悟，是一种由具象到抽象的思维过程。作品的意象与表现形式有赖于读者完成。因为，诗歌作品中的意象，是诗人主观情感和客观物象相统一而形成的一种审美形象；但它又不是一般的审美形象，而是一种包含激情、意蕴深远、能够给读者带来无尽的联想和想象的耐人寻味的审美形象，它的特点就在于"言已尽而意有余"。读者只有在阅读的过程中，透过"象"充分发挥自己的审美联想和想象，方能领悟到那"言外之意""象外之象"。

一个好的概念总是概括性和约定俗成的统一。意象既然是个历史名词，它的意义必有一定的历史积淀和约定俗成的惯例。如上所述，在古

---

① （清）叶燮：《原诗》，霍松林校注，人民文学出版社 1979 年版，第31—32 页。

代，意象经历了由哲学范畴的表意之象（象征之象）到艺术构思中的意想之象（胸中之竹）再到艺术创作中的审美意象（手中之竹），概念的含义逐渐清晰，逐渐接近现代意义。在中国古典诗学史上，意象范畴受到如此多的诗人和诗学家的重视，绝非偶然，它反映了我们民族在审美和艺术领域中，追求情景交融而偏重于情、心物契合而偏重于心的审美取向。从这个角度讲，全面把握意象范畴的形成发展史，无异于找到一把开启中国古典诗学宝库的秘钥。

第六章

景以情合，情以景生

——情景论

中国古代抒情诗，其美学特征不在于模拟客观对象，而在于通过自然意象的选择和组合来抒情写意。因此，在古代诗学中，"情景论"一直是诗论家们不倦的话题。

王国维指出"文学中有二原质焉：曰景，曰情。前者指以描写自然及人生之事实为主，后者则吾人对此种事实之精神的态度也。"诗歌之美就来自于"二原质"的神奇微妙而有机的交合。古代诗学"情景论"正是对诗美构成的原质——"情"与"景"复杂的交合关系的揭示与把握。

一 "情以物迁""情貌无遗"

情景说的源头可追溯到《诗经》中的审美创作实践和早期诗学理论。

《诗经》作为中国文学史上的一个高峰，以其许多成熟的优秀的作品昭示着情景交融的艺术魅力，显示出诗歌独特的美学特征，以其创作的自觉推进理论上的自觉。

在早期的诗学理论中，对情与景的探讨，更多的是在"物感论"的范畴内。由《礼记·乐记》领起的"物感"理论已经初步揭示了这一论题。《礼记·乐记》曰：

> 乐者，音之所由生也，其本在人心之感于物也。①
> 凡音之起，由人心生也。人心之动，物使之然也。感于物而动，

---

① 李学勤主编：《十三经注疏·礼记正义》，北京大学出版社1999年版，第1075页。

故形于声。①

《乐记》这段话是讲"乐"的本原。它强调音乐的产生，是人心感于物的结果。作者认为，音乐由心而生，而"人心之动，物使之然也"；又说人有"血气""心知"（情感与智慧），在外界事物的作用下，"应感起物而动，然后心术形焉"，也就是说，音乐生于人心却又因物所感，物是人心的载体，二者内契是"乐"的形成和内蕴这一富有意味的难分的链环。《乐记》提出的"物感"说，不仅在音乐理论是一大贡献，同时也表达了早期的诗歌生成理论，暗示出了诗的美学特质。因为，"物"不仅感发人心，使人心欲以表现，而且其表现不是直接倾诉，而是借助感发之物加以托现的。情景交融的信息在早期的诗论中已经蕴含和透露出来了。

魏晋时代，从陆机、刘勰到钟嵘，"情景交融"的诗学框架初步建构起来了。

陆机《文赋》涉及的头一个问题，便是"物感"说：

> 遵四时以叹逝，瞻万物而思纷。悲落叶于劲秋，喜柔条于芳春。②

物色的变化引起感情的激动，于是产生创作的欲望。这在古代诗歌中多有反映。郑玄注《诗·七月》谓："春女悲，秋士愁，感其物化也。"刘桢《赠五官中郎将》："秋日多悲坏，感慨以长叹。"曹植《白马王彪》："物感伤我怀，抚心长太息。"《幽思赋》："顾秋华之零落，感岁暮而伤心。"《感节赋》："大风隐其四起，扬黄尘之冥冥；野兽惊以求群，草木纷其扬英。见游鱼之溯洄，感流波之悲声。"自己孤独，就觉得兽亦孤独求群；自己悲伤，就觉得鱼与水也都悲伤。物色感召，往往浮想联翩。汉末以来大量咏物诗、咏物赋的出现，都与这种物我相感的思想有关。

陆机的贡献在于，首先，冲破秦汉儒家"物感"理论中所强调的社会、政治环境对作者的感动，而突出了自然环境对作者情感的触动，反映

---

① 李学勤主编：《十三经注疏·礼记正义》，北京大学出版社 1999 年版，第 1074 页。
② （西晋）陆机：《文赋并序》，《陆机集》卷一，金涛声点校，中华书局 1982 年版，第 1 页。

了当时诗人对自然风物的敏感；其次，在诗学理论上第一次把心与物的感应与创作构思联系起来，"瞻万物而思纷"，把"万物"看作构思开始的一部分。自此，诗学理论上的"物感说"便沿着这条线发展下去，到刘勰、钟嵘而愈加成熟。

陆机之后，还有一些文人谈及物感的问题。如湛方生有《怀春赋》：

> 夫荣凋之感人，犹色象之在镜，事随化而迁回，心无主而虚映，眄秋林而情悲，游春泽而心耍，孰云知其所以，乘天感而叩性。①

湛方生指出物象感人，本出于自然，春喜秋悲，唯以言其所以，皆为物之天性使其然，所谓"乘天感而叩性"，是说人性本静，因物而动，天使之然。

进一步对物感说加以发挥的是王融。《南齐书·王融传》引融两次上疏谓：

> 臣闻春庚秋蟀，集候相悲，露木风荣，临年共悦。夫唯动植，且或有心；况在生灵，而能无感。
> 臣闻情愊自中，事符则感，象构于始，机动斯彰。②

王融并非专论物感，但他这两段话涉及了物感说的两个问题。一是不仅人，动植物亦有心，因物候而动情；二是引起感触的不都是"物"，也有"事"。

这些都表明对物感的认识正在扩展开来，当然，全面论述这一命题的是刘勰。《文心雕龙·物色篇》专门讨论自然景物和文学创作的关系。心物交融使该篇的核心论题。《物色》谓：

> 春秋代序，阴阳惨舒，物色之动，心亦摇焉。盖阳气萌而玄驹步，阴律凝而丹鸟羞，微虫犹或入感，四时之动物深矣。若夫珪璋挺其惠心，英华秀其清气，物色相召，人谁获安？是以献岁发春，悦豫

---

① （唐）欧阳询：《艺文类聚》，汪绍楹校，上海古籍出版社 1985 年版，第 44 页。
② （梁）萧子显撰：《南齐书·王融谢朓传》，中华书局 1972 年版，第 817、820 页。

之情畅；滔滔孟夏，郁陶之心凝；天高气清，阴沈之志远；霰雪无
垠，矜肃之虑深。岁有其物，物有其容；情以物迁，辞以情发。一叶
且或迎意，虫声有足引心。况清风与明月同夜，白日与春林共
朝哉！①

　　春天悦豫，夏天郁陶，秋天阴沉，冬天矜肃，四季景物的变化引起有
生之物的感觉，这可能是有其科学根据的。但刘勰在这里所讲的并非生理
的变化，而是心理的变化，这种感应，主要指情。"情以物迁"，说明景
物变化会引起各种不同的感情，这是触景生情。

　　在刘勰的时代，描写春悦豫秋悲愁的诗赋已大量出现。如鲍照的
《代春日行》："春山茂，春日鸣，园中鸟，多嘉声，梅始发，桃始荣，泛
舟舻，齐棹惊……风微起，波微生，弦已发，酒已倾……"魏滂的《兰
亭序》："三春陶和气，万物齐一欢。"王羲之的《兰亭诗》："欣此暮春，
和气载柔……逍携齐契，散怀一丘。"潘岳的《秋兴赋》："长林悲素秋，
茂草思朱夏，鸣雁薄云岭，蟋蟀吟深榭。寒蝉竟夕号，惊飚激中夜。感物
增人坏，凄然无欣暇。"湛方生的《秋夜诗》："悲九秋之为节，物凋悴而
无荣……凡有生而必凋，情何感而不伤。"在上述描写中，春天之所以引
起悦豫之情，是因为春所表现的生命萌发的气息；秋天之所以引起悲愁是
由于万物凋零引起的衰败之叹息。春生秋凋，是从万物之生命联系到人
生，以此兴感，相连的是情。"情以物迁"正是对上述诗作中所展现的物
我关系的理论总结。诗人们在创作过程中千百次体认到物色的撄动人心，
体认到物色的感召实际是心物交流的产物。

　　　人禀七情，应物斯感。感物吟志，莫非自然。②
　　　原夫登高之旨，盖睹物兴情。情以物兴，故义必明雅；物以情
　　观，故词必巧丽。③

　　刘勰不仅肯定人对自然景物的感应，而且指出感应的途径有两条：一
是触景生情，即由景物引起情思；二是移情于景，即把情思加到景物上

---

① （梁）刘勰：《文心雕龙注释》，周振甫注，人民文学出版社1981年版，第493页。
② 同上书，第48页。
③ 同上书，第81页。

去。萧绎《金楼子立言》："捣衣清而彻，有悲人者，此是秋士悲于心，捣衣感于外，内外相感，愁情结悲，然后哀怨生焉。苟无感，何嗟何怨也？"不同的心情，对物的感受是不一样的。同是秋天的枫叶，在心情喜悦的人看来，是"停车坐爱枫林晚，霜叶红于二月花"（杜牧《山行》）而在心情哀伤的人看来，则是"朝来谁染霜林醉，点滴是离人泪"（王实甫《西厢记》）。

从创作论的角度，论述如何表现情与物的交融，是刘勰"物色"命题又一理论层面。

> 是以诗人感物，连类不穷；流连万象之际，沉吟视听之区。写气图貌，即随物以宛转；属采附声，亦与心而徘徊。故灼灼状桃花之鲜，依依尽杨柳之貌，杲杲为日出之容，瀌瀌拟雨雪之状，喈喈逐黄鸟之声，喓喓学草虫之韵。皎日嘒星，一言穷理；参差沃若，两字连形。并以少总多，情貌无遗矣。虽复思接千载，将何易夺。[①]

如果说"情以物迁"是触景生情，是讲创作冲动的发生，"情貌无遗"就是情景交融，着眼于文学创作。"灼灼"状桃花色彩的鲜明，"依依"状杨柳枝条的柔软，都写出了物的特点；鲜明的色彩，透露出诗人喜悦的心情；柔软的枝条，透露出诗人婉转的情思。这样既写物貌，又写心情，所以是情貌无遗，即情景交融。

"随物宛转"是融景生情、物色动心的结果，"与心徘徊"，则是移情于景，以情去选择物，以情去描写物，这里实际已接触到了创作过程中心物交融的两个重要阶段。第一阶段，是因物兴感，万物来入眼中，一一动心，于是心着于物，流连徘徊，感受玩味，细细察看其色，细细体会其生机意蕴。这个阶段，物是主，心随于物。第二阶段，万物已不再是纯客观的存在，而进入心中，成了心中之物，加进了主观色彩，经过组合改装，是在心中重新展开的物象。这个阶段，心是主，物随于心。事实上，在创作过程中，这两个阶段往往很难分开，因物兴感，随物宛转，只是瞬间的事，当心随物宛转的瞬间，它也便以自己的需要选择、取舍、重新组织物象了。在心物交融这个理论层面上，刘勰的论述可以说是兼备了理论的概

---

① （梁）刘勰：《文心雕龙注释》，周振甫注，人民文学出版社 1981 年版，第 493 页。

括性与创作实感，是相当精彩的。

刘勰之后，钟嵘在《诗品序》中再次论及这一命题："气之动物，物之感人，故摇荡性情，形诸舞咏。"指出诗歌的产生，是由于客观外界事物感召和刺激了创作主体——诗人。后面又对这个问题作了具体的阐述：

> 若乃春风春鸟，秋月秋蝉，夏云暑雨，冬月祁寒，斯四候之感诸诗者也。嘉会寄诗以亲，离群托诗以怨，至于楚臣去境，汉妾辞宫；或骨横朔野，或魂逐飞蓬；或负戈外戍，杀气雄边；寒客衣单，孀闺泪尽；又士有解佩出朝，一去忘返；女有扬蛾入宠，再盼倾国。凡斯种种，感荡心灵，非陈诗何以展其义？非长歌何以骋其情？①

这是对物感心动所做的最为详切的论证。四季景色感荡人心，这是诗歌发生的一大原因。晋宋齐梁的诗论家们，都意识到了这一规律，陆机、刘勰之外，譬如萧纲的《答张缵示集书》曰："至如春庭落景，转蕙承风；秋雨且晴，檐梧初下；浮云生野，明月入楼；时命亲宾，乍动严驾。是以沉吟短翰，补缀庸音，寓目写心，因事而作"。萧子显在《自序》中写道："若乃登高极目，临水送归，风动春朝，月明秋夜，早雁初莺，开花落叶，有来斯应，每不能已也"。② 这说明变化不居的自然景物，使身临其境的人们，产生了激动的感情，不能不形诸吟咏。在钟嵘之前，"物感说"主要强调自然景物的变化对于诗歌创作的影响。而钟嵘在继承传统的同时向前跨了一步，他指出心物交感不仅在人与自然的层面上展开，在人与社会生活的层面上，同样存在心物交感的现象。从上所引论述中可以看出，他涉及的社会生活面相当广泛，可以说包括了已有诗歌题材的大部分内容。人世间的悲欢离合，穷达荣辱的社会生活，同样是创作冲动产生的根源，这一观点是钟嵘的创见，也是他对"物感说"的重要发展。"《诗品》之可贵，在于仲伟往往有卓然不群之见，此数语标出诗之'无用之用'，诚艺术之大用也"③。

综上所述，虽然在魏晋时代，"情景交融"这一术语还没有直接概括出来，但其意已经浮现且明了，"随物宛转""与心徘徊""情貌无遗"

① （梁）钟嵘：《诗品》，曹旭集注：《诗品集注》，上海古籍出版社1994年版，第47页。
② 同上书，第53页。
③ 同上书，第52页。

等实际便是情景交融的过程，其终极意味当然应是二者的有机结合融会，浑成一体。

二　景乃诗之媒，情乃诗之胚

在宋元之际，有三部理论著作即周弼的《三体诗法》、范晞文的《对床夜语》、方回的《瀛奎律髓》都以"情景论"作为其理论核心，申发了不同的诗学宗旨。

周弼的《三体唐诗》一书，是以"情景虚实"之说为其理论核心的。选唐人七言绝句、五七言律诗，标以诗格。其论五七言律，立四实、四虚、前虚后实、前实后虚四格。实是指景物，虚是指情思，这样他将律诗中间两联四句从情景虚实的角度分为四种结构形态：（1）四实："中四句皆景物而实也"，即中间两联全部写景；（2）四虚："中四句皆情思而虚也"，即中间两联全部抒情；（3）前虚后实："前联情而虚，后联景而实"，即上联抒情，下联写景；（4）前实后虚："前联景而实，后联情而虚"，即上联写景，下联抒情。在周弼看来，情景虚实的结构形态与诗歌风格有密切的关系。他说："实则气势雄健，虚则态度谐婉。"对于作诗者来说，如果追求某种风格，就必须要注意情景结构的安排。周弼的理论强调的是法则的方面，也就是外在性方面。

《三体唐诗》原书已佚，最早提及该书的是宋代范晞文的《对床夜语》。由此推论，周弼的情景理论可能对宋代范晞文产生了重要影响。范氏在《对床夜语》中引述了周弼的观点，并对情景的结构形态作了归纳，《对床夜语》卷二云：

> 老杜诗："天高云去尽，江迥来迟。衰谢多扶病，招邀屡有期。"上联景，下联情。"身无却少壮，迹有但羁栖。江水流城郭，春风入鼓鼙。"上联情，下联景。……"白首多年疾，秋天昨夜凉。""高风下木叶，永夜揽貂裘。"一句情一句景也。①

---

① （宋）范晞文：《对床夜语》卷二，中华书局1995年版，第11页。

这里指出了情景的外在形式结构：（1）上联景，下联情，同于周弼"前实后虚"一格；（2）上联情，下联景，同于周弼"前虚后实"格；（3）一句情，一句景。当然范氏也认为不必"首首当如此作"，但是他关注的中心也是外在性方面的问题。

元代方回论情景也重形式结构，其《吴尚贤诗评》云：

> 老杜、陈简斋诗两句景即两句情，两句丽即两句淡。"红入桃花嫩，青归柳叶新"，此一联也；"转添愁伴客，更觉老随人"，即如此续下联。简斋又有一句景对一句情者，妙不可言。①

所谓两句景即两句情，也就是范晞文所说的一联景、一联情，方回又举出一句景、一句情的结构，他的概括与范晞文正好相同。

明代胡应麟《诗薮》云：

> 作诗不过情景二端。如五言律体，前起后结，中四句，二言景，二言情，此通例也。唐初多于首二句言景对起，止结二句言情，虽丰硕，往往失之繁杂。唐晚则第三四句多作一串，虽流动，往往失之轻狷，俱非正体。惟沈、宋、李、王诸子，格调庄严，气象闳丽，最为可法。第中四句大率言景，不善学者，凑砌堆叠，多无足观。老杜诸篇，虽中联言景不少，大率以情间之。故习杜者，句语或有枯燥之嫌，而体裁绝无靡冗之病。此初学入门第一义，不可不知。若老手大笔，则情景混融，错综惟意，又不可专泥此论。②

胡应麟这里讨论的也是情景的形式结构与风格的关系。虽然他称老手大可以不必拘泥于此论，但他强调的还是法则的方面。

自宋代以来，情景理论主要集中在律诗方面，主要是对形式结构等外在性方面的探讨。这种理论运用到诗歌创作上就有个问题：诗人触景生情，进入兴会状态，是顺任诗兴的自然流动，由其自发地内在结合，还是要遵守情景关系的形式结构法则而使情景关系符合形式法则呢？重法则者

① （元）方回：《桐江集》，台湾商务印书馆 1988 年版，第 318 页。
② （明）胡应麟：《诗薮》内编卷四，上海古籍出版社 1958 年版，第 63—64 页。

就要求情景的兴感以至表现必须符合外在的规范，这就对情感的抒发构成了束缚，甚至造成一些诗人不顾兴感，而仅从前人那里找来一些词语从外在地造作成诗，这样外表看起来非常精工，但却不是诗人的真情实感。诗歌一旦失去了真实的情感就成了空洞的形式，成为格套而已。后七子派李攀龙等人的诗歌实际上就有这种倾向。

当然在形式结构的探讨之外，还有一些"另类"声音，那就是谢榛。谢榛是明后七子的理论代表。他在《四溟诗话》中对情景关系问题作了较为详细的讨论，他不是一般地论说情景，"相融而莫分"，而且揭示了情景关系中的特殊层面，提出了"景乃诗之媒，情乃诗之胚，合而为诗"的著名论断。

> 作诗本情景，孤不自成，两不相背。凡登高致思，则神交古人，穷乎遐迹，系乎忧乐，此相因偶然，著形于绝迹，振响于无声也。夫情景有异同，模写有难易，诗有二要，莫切于斯者。观则同于外，感则异于内，当自用其力，使内外如一，出入此心而无间也。景乃诗之媒，情乃诗之胚，合而为诗，以数言而统万形，元气浑成，其浩无涯矣。同而不流于俗，异而不失其正，岂徒丽藻炫人而已。然才亦有异同，同者得其貌，异者得其骨。人但能同其同，而莫能异其异。吾见异其同者，代不数人尔。①

这段话表达了以下几个重要意思：（1）情与景密不可分，缺一不可，相辅相成，不相冲突。（2）诗人登高望远，触景生情，"思接千载，视通万里"，方能写出优秀的诗篇。（3）诗人同观外物（景），而内心所得（情）则不同，必须通过诗人的努力，使内（情）外（景）融合无间。（4）"景乃诗之媒，情乃诗之胚"，在情、景二要当中，情是内在的，是第一位的，景是外在的媒介，是第二位的。（5）同样在观景，诗人要能不同流俗，各人发自内心的感情而不失正道，才是优秀诗人的手段。在这些意思中，"景乃诗之媒，情乃诗之胚，合而为诗，以数言而统万形，元气浑成，其浩无涯矣"数语是其"第一义"。

对写景抒情孰难孰易的问题，谢榛有一段鞭辟入里的议论：

---

① （明）谢榛：《四溟诗话》卷三，宛平校点，人民文学出版社1961年版，第69页。

　　杜约夫问曰："点景写情孰难？"予曰："诗中比兴固多，情景各有难易。若江湖游宦羁旅，会晤舟中，其飞扬撼轲，老少悲欢，感时话旧，靡不慨然言情，近于议论，把握住则不失唐体，否则流于宋调，此写情难于景也，中唐人渐有之。冬夜园亭具樽俎，延社中词流，时庭雪皓目，梅月向人，清景可爱，摸写似易，如各赋一联，拟摩诘有声之画，其不雷同而超绝者，谅不多见，此点景难于情也，惟盛唐人得之。"约夫曰："子能发情景之蕴，以至极致，沧浪辈未尝道也。"①

　　既然情与景是诗歌的二要素，由于题材不同，有时以景取胜，有时以情见长，那么，研究抒情诗和写景诗孰难孰易的问题，就变得很有意义了。谢氏分别联系抒情诗与写景诗的具体创作情况，提出有时抒情难于写景，有时则相反，并无一定之规，重要的是以盛唐诗为法，把握住唐体，而不要流于宋调。这一问题前人似乎较少论及。杜约夫称赞谢榛此论"能发情景之蕴，以至极致，沧浪辈未尝道也"，并非溢美之辞。

　　如果说，探讨情、景孰难，犹为作诗的皮相，那么，谢榛对情景融合这一命题的讨论，则显得更有意义：

　　夫万景七情，合于登眺。若面前列群镜，无应不真，忧喜无两色，偏正惟一心；偏则得其半，正则得其全。镜犹心，光犹神也。思入杳冥，则无我无物，诗之造玄矣哉！②

　　谢氏认为，登临之际，万象纷呈，关键是诗人要善于体会、选择，尽量握住事物的全貌，然后苦思冥想，精心结构。最后才可达到"造玄"的妙境。谢氏对诗歌创作由景及情，再升华为作品这一过程的把握与描述，是相当敏锐而准确的。

　　谢榛还将"情景"与"悟"联系起来看，进而论及二者的关系：

　　诗乃模写情景之具，情融乎内而深且长，景耀乎外而远且大。当

---

① （明）谢榛：《四溟诗话》卷二，宛平校点，人民文学出版社 1961 年版，第 63—64 页。
② （明）谢榛：《四溟诗话》卷三，宛平校点，人民文学出版社 1961 年版，第 71 页。

知神龙变化之妙：小则入乎微蠕，大则腾乎天宇。此惟李，杜二老知之。古人论诗，举其大要，未尝喋喋以泄真机，但恐人小其道尔。诗固有定体，人各有悟性。夫有一字之悟，一篇之悟，或由小以扩乎大，因著以入乎微，虽小大不同，至于浑化则一也。或学力未全，而骤欲大之，若登高台而摘星，则廓然无着手处。若能用小而大之法，当如行深洞中，扪壁尽处，豁然见天，则心有所主，而夺盛唐律髓，追建安古调，殊不难矣。[①]

情是内在的，具有深且长的特点。景是外在的，具有远与大的特征。情景都是富于变化的，有大有小，全在人的悟性。若能掌握由小及大之法，并且心有所主，即不难与盛唐律诗及建安古诗争雄。谢氏此论，同样是发前人之所未发的卓见。

三 景以情合，情以景生

清代的情景交融说发展到了极致。随着艺术创作与欣赏经验的日益丰富，人们对审美问题的认识，也日益发展深入。王夫之、叶燮、李渔、王国维、金圣叹、石涛等诗、文、画论家如巨星吐辉，光华夺目，他们把古典诗学带入了一个新的成熟的阶段。他们彻底突破了先前的论情景拘泥章法的局限，从根本上去审辨诗歌创作中的情景关系。在他们看来，"作诗不过景情二端"（胡应麟《诗薮》），"本乎情景"（谢榛《四溟诗话》）及其内部的化合运动。"说得情出、写得景明，即是好词"（李渔《窥词管见》）。

这些诗论不仅将情景问题广泛引入论诗、论词、论剧、论画之中，同时又将其提升到美学高度，成为诗学的重要范畴。

比较起来，王夫之紧紧抓住情景相契而追问，把情景问题进一步引向深入，有集前人大成之妙。王夫之是明清之际著名的哲学家，也是重要的诗学理论家，他对古典诗歌的审美传统作了总结，在此基础上，建立了自己的诗学理论。精彩的观点集中见于他的诗学专著《薑斋诗话》，同时在

---

① （明）谢榛：《四溟诗话》卷四，宛平校点，人民文学出版社1961年版，第118页。

他的《古诗评选》《唐诗评选》《明诗评选》等著作中也闪烁光华。情景论是王夫之诗学理论中最重要的组成部分。

王夫之情景论的首要贡献在于他把"景"的概念扩大到不仅指自然景物之"景"，也指现实生活之"景"。王夫之在《古诗评选》卷一中说："于景得景易，于事得景难，于情得景尤难。"从这段话可看出他所说的"景"包括三种意指。一是指创作者主体情感对象化的自然景物，即"于景得景"。如"云霞出海曙，梅柳渡江春。淑气催黄鸟，晴光转绿萍"，"高台多悲风"，"池塘生春草"等。二是指现实社会生活景象，即"于事得景"。如"野老念童仆，倚仗候荆扉"，"亲朋无一字，老病有孤舟"等。三是指创作主体想象世界中的非实在影象，即"于情得景"。前两种好理解，前人也多有论述，最后一种则体现出王夫之的独具匠心。

王夫之非常强调想象的逼真性和空灵性。他对古诗、唐诗有许多独到的评论：评潘岳《内顾诗》"想空灵"；评温子升《捣衣篇》"从闻捣衣者想象即雅"；评谢朓《江上曲》"空中置想，曲折如真"；评朱阳仲《长门怨》"空微想象中，忽然妙合"。如果说这些是指创作者抒情主人公的艺术想象的话，那么，所谓"善于取影""影中去影""神寄影中"则是指诗人代诗中人物驰骋想象，也就是说诗中的各种景象，是创作主体依据情感推想出来的，存在于想象中，并非实在性的影象世界，即"于情得景"。如对王昌龄的《青楼曲》"白马金鞍从武皇，旌旗十万猎长杨。楼头少妇鸣筝坐，遥见飞尘入建章"，王夫之评说："想知少妇遥望之情，以自矜得意，此善于取影者也"。对于《诗经·小雅·出车》"春日迟迟，草木萋萋；仓庚喈喈，采蘩祁祁"，王夫之评说，其妙在征人"遥想其然"，也就是说，诗里所描绘的景色和采蘩妇女的劳动情形，都不是目之所见、耳之所闻的实景，而是诗人"遥想其然"，代诗中抒情主人公所拟造的幻景，而那些"训诂家不能领悟，谓妇方采蘩而见归师，旨趣索然矣"。上述两首诗艺术构思同一机杼，即运用想象手法拟情造景，它是作品中抒情主人公主观想象出来的非实有的而又鲜活的图像。这种想象性图景虚拟如真，传神写照，出色地表现了抒情主人公的特定心境，因而能够曲尽人情之极致。王夫之是从辩证思维和超常思维角度来把握情、景概念的，情概念中含有美善合一趋向和知解因素参与，景概念中有实在性景象和非实在性影象，都带有思辨色彩和创新特点。

王夫之的情景论，主要包括三个基本命题，即情景相生、情景交融、情景合一。这三个命题层层展示，前后勾连，构成了一种完整的艺术本体论，一种完美的"审美意象论"。

（一）情景相生

王夫之说：

> 夫景以情合，情以景生，初不相离，唯意所适。①
>
> 含情而能达，会景而生心，体物而得神，则自有灵通之句，参化工之妙。②
>
> 情景虽有在心在物之分，情生景，而景生情，哀乐之触，荣悴之迎，互藏其宅。天情物理，可哀而可乐，用之无穷，流而不滞，穷且滞者不知尔。③

这里的"情以景生""会景而生情""景生情"，意思是说，情不是主观自生的，而是因景的触动感发而产生的。没有景就不会有情，景是情的传播媒介。而"景以情合""含情而能达""情生景"则是说，景不是天然的自在物，而是由于情的映照和孕化而升华出来的，"情"是主体，是核心，没有情不会有景，情是景的生成根据，也是景的染色体。这两方面合而言之，就是情景相生。

王夫之是把情景问题放到心物关系的哲学框架中来处理。他从心物必然相感论证情景相生的必然性。他说：

> 情者，阴阳之几也；物者，天地之产也。阴阳之几动于心，天地之产应于外。故外有其物，内可有其情矣；内有其情，外必有其物矣。……絜天下之物，与吾情相当者不乏矣。天地不匮其产，阴阳不失其情，斯不亦至足而俟无他求者乎？④

王夫之认为，世界是由气构成的。"盖阴阳者气之二体，动静者气之

---

① （明）王夫之：《薑斋诗话笺注》卷二，戴鸿森笺注，人民文学出版社 1981 年版，第 76 页。

② 同上书，第 95 页。

③ 同上书，第 33 页。

④ （明）王夫之：《诗广传》，《船山全书》第三册，岳麓书社 1996 年版，第 323 页。

二几。"①《易·系辞》对"几"的解释是"几者，动之微"。在王夫之看来，创作主体的情是阴阳二气变化的微妙、精细的迹象。阴阳变化所生的迹象，在内表现谓情，在外表现为物，从而为"心物"交感提供一个"气"的一元论的唯物哲学基础。他认为世间一切事物，包括人在内都是阴阳之气交感的产物："感者，交相感。阴感于阳而形乃成；阳感于阴而象乃著。"② 他把阴阳交感的理论运用到艺术创作的审美主体与客体之中，形成著名的"情感相生"的审美感应论。这种同源同构的关系是情物能够产生应感的基础。

王夫之强调情感与外物的必然感应对他的情景说的建立特别重要。正因为有了这种必然的相感关系，"君子之心有与天地同情者，有与禽鱼草木同情者"，因而"临水而悠然自得其昭旷之怀"，"入山而怡然自遂其翕聚之情""哀乐之触，荣悴之迎"，人的内在情感世界与外在物理世界有一种审美同构性。

（二）情景交融

这是从创作角度来谈的。王夫之认为：

> 情景名为二，而实不可离。神于诗者，妙合无垠。巧者则有情中景，景中情。……情不虚情，情皆可景，景非虚景，景总含情。③

王夫之认为情景交融在诗歌创作的艺术构思中，是自始至终不相分离的。"关情者景，自与情相为珀芥。""珀芥"即琥珀与芥子，这两种东西能够互相吸引。王夫之反复指出，"情"和"景"是诗歌审美意象中不可分离的因素。情和景，在名目上代表着主观和客观两种因素，实际上双方是"你中有我，我中有你"，二者互摄互映，交融渗化，情因景的融入而有形象外观，景因情的融入而有精神生命，情和景都各自突破了自己的界限，而成为真正的审美意象，既能"发掘出最深的情，一层比一层更深的情；同时也透入最深的境，一层比一层更透明的景"。④

---

① （明）王夫之：《张子正蒙注》卷一，《船山全书》第十二册，岳麓书社 1996 年版，第 23 页。
② 同上书，第 28 页。
③ （明）王夫之：《薑斋诗话笺注》卷二，戴鸿森笺注，人民文学出版社 1981 年版，第 72 页。
④ 同上书，第 28 页。

　　王夫之对情景交融理论的贡献还在于他通过对前人所作诗歌的分析，揭示了诗歌审美意象的生成方式，提出了景中情和情中景的结构形态。

　　景中情，是指缘景起情情由景生，情感寓于景物之中而不着痕迹。景物虽呈物化自然形态，但却是情感主体审美观照过的诗化景物。对于景中情来说，情感不可直致、质实言之，表情妙在一个"藏"字，"藏情于景"，"藏而不露"，融物入化不见端绪，景物一如本色自然而不露人工斧凿之痕，语不涉情而情趣无限。

　　李白《子夜吴歌》中开头两句"长安一片月，万户捣衣声"，是对妇女月下水边洗衣景象的真实描绘，对月思团圆，洗衣怀征人，妻子对远行在外的丈夫的思念之情和诗人对此的无限感怀，都隐隐含于客观景象的描写之中了，"自然是栖忆远之情"。在王夫之看来，有些诗章或诗句表面看似写景绘物，实际上都是诗人抒情表意的符号介体。如谢朓的《之宣城郡出新林浦向板桥》诗句"天际识归舟，云中辨江树"，王夫之评说，"隐然一含情凝眺之人呼之欲出。从此写景，乃为活景。"这种分析是鞭辟入里的。"识"与"辨"标示出隐形之人翘首颙望、殷殷期盼的望归情怀，如此则景因情而活，情藏景而妙。所以，王夫之说：

　　　　不能作景语，又何能作情语耶？古人绝唱多景语，如"高台多悲风"，"蝴蝶飞南园"，"池塘生春草"，"亭皋木叶下"，"芙蓉露下落"，皆是也，而情寓其中矣。[①]

　　从情景交融实现方式看，"写景至处，但令与心目不相睽离，则无穷之情正从此而生"。其审美价值就在于，不仅可以避免强入以情、无病呻吟和直致直露的弊端，而且可以为读者提供情感体验（包括想象、联想）的多样化和审美再创造的无限空间。

　　情中景，指因情生景缘情布景，由我及物妙造自然。其特点是不以客观景象的描写为主，而是以抒情为主。它是"以写景指心理言情"，以情接物，物成为情所调度的心理印象，自我感情色彩强烈而明显。

　　王夫之一再指出，情中景难以曲写，于情得景尤难。状景状物易，自

――――――――――

　　① （明）王夫之：《薑斋诗话笺注》卷二，戴鸿森笺注，上海古籍出版社2012年版，第91页。

状其情难。情感不可流于抽象直致，"一味从情上写，更不入事，此所谓实其所虚"。他举杜甫《奉和贾至舍人早期大明宫》中诗句"朝罢香烟携满袖，诗成珠玉在挥毫"为例，指出其中所描写的景象鲜明强烈地表现出诗人朝见皇帝归来，情绪激荡，得意非凡的心情，"写出才人翰墨淋漓，自心欣赏之景"。

（三）情景合一

王夫之说：

> 情景一合，自有妙语撑开说景者，必无景也。①
> 景中生情，情中含景，故曰，景者情中之景，情者景中之情。②

这里的情景合一，与情景交融想比，有更进一层的意味，属于更高一层的境界。如果说，情景交融还只是情中有景，景中有情，那么情景合一则是指情即景，景即情，二者合而为一。

情景合一的命题告诉我们，真正的艺术世界里，一片风景就是一幅心灵的图画，一种情感就是一片风景的化身；真正的艺术世界，是景化了的情感世界，是情化了的景的世界。这其实就是王夫之所说的"化境"。

王夫之论情景，尤其注重层次表里，他说情景就是诗的主客观相互生发的二原质，在创作前有"在心在物之分"，但一到被审美化，成为诗的内容，便"景生情，情生景，哀乐之触，荣悴之迎，互藏其宅"，情和景处在进行复杂的双向交流之中，逐渐趋向融化为一。此时，"情景名为二，而实不可离"。这是十分富有层次性和逻辑性的，这样得出的结论也最有说服力。正是这样，他讲"烟云泉石、花鸟苔林、金铺锦帐，寓意则灵"才显得格外有深意。"烟云泉石"、"花鸟苔林"、"金铺锦帐"，从情景元素说，都是景，如何寓意而"灵"了呢？离开了王夫之所描绘的深层契合运动就难以把握。而王夫之很清楚，因为进入审美创作以后，情景处于不断的双向交流之中，情非虚情，景非空景，而是"互藏其宅"，景为含情之景，是复合之意象，其"意"已做底蕴，故而"灵"了！正

---

① （明）王夫之：《明诗评选》卷五，《船山全书》第十四册，岳麓书社 1996 年版，第 1434 页。

② （明）王夫之：《唐诗评选》卷四，《船山全书》第十四册，岳麓书社 1996 年版，第 1083 页。

因如此，王夫之在评析具体作品时总是牢牢把握住这一点，他要求情景相合，达到"妙合无垠"："景中生情，情中含景，故曰：'景者情中景，情者景中情'。"

王夫之的情景合一说，既是他个人诗学思想的一个有机组成部分，又是与整个中国古代哲学、诗学传统有着千丝万缕的联系。中国古代诗学从先秦开始就一直主张"和"，一直把"和"看作宇宙自然、人类社会的本题，看作美的本题，看作最高的人生境界和审美境界。《中庸》说："中者也，天下之大本也；和者也，天下之达道也。致中和，天地位焉，万物育焉。"① 庄子说："夫明白于天地之德者，此之谓大本大宗，与天和者也；所以均调天下，与人和者也。"② 中国古典美学所讲的"和"，就是人与自然的亲和，心与物的亲和，也就是"天人合一"。王夫之继承了中国美学的精神传统，也极力主"和"。他认为，"未有形器之先，本无不和；即有形器之后，其和不失。故曰太和"。③ "和"先天先地，生天生地，为天地万物之本原，为宇宙的本相。"和"具有动静相感的本性。这种本性必然会导致阴阳二气具有太虚而互相激荡。因此他说："阴阳之消长隐见不可测焉，天地人物屈伸往来之故尽于此。"④ 在他的心目中，整个世界便是一幅在阴阳二气率领下变化日新、和谐运作的图画。

既然人和自然原来和谐默契，人与天地原本"和"贯通，个体生命与宇宙本体生命原本融一沟通，既然"和"原本就是人生和审美的最高境界，那么，通过个人主观心灵去体悟宇宙的大化流行和万物生生不息的节奏韵律，以"追光蹑景之笔，写通天尽人之情"（《古诗评选》），以艺术的境界去表演和表现人与宇宙全幅的生命和谐，也就顺理成章了。王夫之确是这样考虑的。"诗者，幽明之际也，视而不可见之色，听而不可闻之声，抟而不可得之象。霏微蜿蜒，漠而灵，虚而实。"（《诗广传》）在他那里，诗所表征的正是"和"的境界，诗所追求的正是"和"的精神。总之，"和"是王夫之的情景合一论得以成立的本体论根据。反过来说，王夫之的情景合一说是"和"的本体观念在诗学理论上的投影与延伸。

总之，王夫之以其对诗艺的深深感悟把握，深深影响着以后的诗论，

---

① 李学勤主编：《十三经注疏·礼记正义》，北京大学出版社1999年版，第1422页。
② 陈鼓应注译：《庄子今注今译》，商务印书馆2007年版，第396页。
③ （明）王夫之：《张子正蒙注》卷一，《船山全书》，岳麓书社1996年版，第15页。
④ 同上书，第24页。

尤其是对清末民初诗论家们的影响，如王国维是最典型的。王国维开辟了成熟的"境界"说，而这种境界说恰是根植于对情景的准确把握的，其中不乏王国维的精辟识见，又不难看出王夫之情景观的滋润影响。他从"景中含情、情中含景"出发，提出"一切景语皆情语"的命题，并且细致地分析了情景交融的具体情况，指出有"妙合无垠"与肤浅之合之高低层次之别。更加完善了自唐以来的"情景交融"说，构成了中国诗学中富有特色的范畴。

第七章

境生于象外

——意境论

意境是中国诗学理论和美学中最具民族特色的核心范畴。钱锺书曾指出意境是"埋养在自古到今中国谈艺者的意识田地里，飘散在自古到今中国谈艺者的著作里，各宗各派的批评都多少利用过"[①]。对意境的论述，虽然早在刘勰与锺嵘的论著中已见端倪，但作为诗学一个重要理论，则是在唐代被正式提出的，并在唐以后的诗歌理论中被大量使用的。意境理论从提出到成熟，直至成为一个较为完备的理论范畴体系，经过了一个历史发展的演进过程。

一 "意与境会"：意境理论的生成

"境"或"境界"一词，在魏晋以前的古代哲学、文论典籍中已大量出现。"境"的本意是指土地的尽头，《说文解字》释为"疆也"，如《商君书·垦令》"五民者不生于境内，则草必垦矣"，《后汉书·仲长统传》"当更制其境界，使远者不过二百里"。魏晋时，这个词语内涵略有变化，陶渊明《饮酒》诗"结庐在人境，而无车马喧"中的"境"，由疆域转化为环境了。《世说新语》载"顾长康啖甘蔗，先食尾。人问所以，云：渐至佳境"，这里的"境"实际上指的是一种生理或心理感受的境况。

"境"从疆域到环境再到心理感受，最后成为诗学一个重要概念，是经过一个时间过程的。对于"意境"概念的产生过程，《中国诗学通论》中亦曾作过一个简要概述："从理论上明确提出诗歌'意境'的概念并对

---

① 钱锺书：《中国固有的文学批评的一个特点》，《文学杂志》1937 年第 1 期。

之加以探讨的，是中唐时期从大历到贞元、元和时期的一些作家和诗歌理论家。其中代表性的文字有署名为王昌龄的《诗格》和皎然的《诗式》，此外，戴叔伦、权德舆及刘禹锡等人也有一些零散的论述。他们对诗歌意境的有关论述或描述，才真正标志着我国诗歌美学中'意境'说的正式诞生"①。也就是说，是中唐诗人对诗歌意境的构成因素作了最早的雏形建构与理论表述。

（一）"诗有三境"：王昌龄的"诗境"说

"意境"作为一个概念出现在诗论中，最早见于今署名为王昌龄的《诗格》②。在《诗格》中，王昌龄提出了"三境"之说：

> 诗有三境：物境一。欲为山水诗，则张泉石云峰之境，极丽绝秀者，神之于心，处身于境，视境于心，莹然掌中，然后用思，了然境象，故得形似。情境二。娱乐愁怨，皆张于意而处于身，然后驰思，深得其情。意境三。亦张之于意，而思之于心，则得其真矣。③

在这段文字中，王昌龄对意境的基本构成、审美特征、种类及构思方法和途径均做了较为细致的分析。

王昌龄认为诗歌境界存在着三种不同形态，即三个不同层次：一为物境，指山水草木等自然风景所营造的映象；一为情境，指入于诗的那种亲身经历到的"娱乐愁怨"的情感体验；一为意境，指"张于意而思之于心"的微妙复杂的心灵活动，是主观心灵对外在的一种感受。显而易见，王昌龄这里所说的"意境"只是作为"境"的一种，与后世的"意境"并不是一个概念，其内涵差别颇大。这里的"意"当指"物""情"之外的义理，所谓的"意境"则指的是诗人内心意识的境界，是一种含蓄的、理智的思维活动，它侧重于主体的精神状态。而现代意义上的"意境"则多从"意"与"境"的并列关系上言，"作者在作品中创造的表现抒情主体的情感、以情景交融的意象结构方式构成的符号系统"④，强

---

① 袁行霈等：《中国诗学通论》，安徽教育出版社1994年版，第436—437页。

② 一般学者认为，《诗格》为后人伪托王昌龄之名而作，关于这一点，参见罗宗强《隋唐五代文学思想史》，中华书局1999年版，第150页。

③ 张伯伟编校：《全唐五代诗格汇考》，江苏古籍出版社2002年版，第172—173页。

④ 蒋寅：《古代诗学的现代诠释》，中华书局2003年版，第24页。

调情与景、"意"（诗人的主观情致）与"境"（要表现的审美客体，包括王昌龄所说的物境、情境和意境的融合）的交融互渗。

王昌龄所言"三境说"，在对诗之境做出重要划分的同时，提出了承前启后的一些美学概念：境、物境、情境、意境、境象、意象等。在这诸多概念中，王昌龄视为诗歌理论核心的便是"意境"。他论述了诗境的构成形式，在"景"与"意"这两大构成要素中，他反复强调"意"对诗"境"创造的作用：

> 夫作文章，但多立意。令左穿右穴，苦心竭智，必须忘身，不可拘束。思若不来，即须放情却宽之，令境生。然后以境照之，思则便来，来即作文。如其境思不来，不可作也。①
>
> 凡属文之人，常须作意，凝心天海之外，用思元气之前，巧运言辞，精练意魄。②

强调文学创作，尤其是诗歌创作必须在意与境密切结合的情况下进行构思。意与境的融合也就是心与物的结合，这样方能创造生动的艺术形象。这为"意境"概念的形成，奠定了基础。

王昌龄"意境"理论的讨论，上承刘勰的"意象"说，下启皎然的取"境"说，第一次明确地提出了意境的概念，确立了意境的范畴，使得"意境"正式成为诗学范畴术语，成为中国诗歌的基本性格。王昌龄"意境"说的贡献在于，不仅突破了前人仅以单个的具体的意象论诗歌的局限，将"意境"视为诗歌的核心位置，而且开启了后代意境类型的先河，从而在诗歌意境理论的形成过程中，起到了承前启后、继往开来的作用。后代美学家们正是在王昌龄的理论基础上对意境内涵进行着不断的补充和完善。

（二）诗情缘境发：皎然"境"论

皎然，中唐时代诗僧，是刘宋诗人谢灵运的后裔。他精通佛理，博识儒道，在诗歌创作上颇有造诣，刘禹锡在《澈上人文集序》中评说"世之言诗僧多出于江左，独吴兴昼公能备众体"。宋人严羽也赞曰："诗皎

---

① 张伯伟编校：《全唐五代诗格汇考》，江苏古籍出版社2002年版，第162页。
② 同上书，第163页。

然之诗，在唐诸僧之上。"皎然的诗侧重于山水情趣，在诗学思想上侧重于诗歌内部艺术特质的探讨。皎然虽未直接用意境二字，但他在《诗式》中通过阐发意、境、象、情等内容，实际已经对意境的内在结构和基本含义等方面进行了探讨，促进了中国关于意境理论的诞生。皎然的《诗式》"是一部总结、概括了前人的艺术经验（主要是以抒情写景见长的王、孟诗派的艺术经验），并有自己独到见解的诗歌理论专著"①。"是继钟嵘《诗品》之后的又一部较有系统的诗论专著"②。

皎然对诗"境"有着不同于时人的独特见解。在《诗议》中皎然阐述了他对诗"境"的理解：

> 夫境象非一，虚实难明。有可睹而不可取，景也；可闻而不可见，风也。虽系乎我形，而妙用无体，心也；义贯众像，而无定质，色也。凡此等，可以对虚，亦可以对实。③

这里的"境象"是指诗人主观之意与客观之象已经契合之象。既是"心似种种外境相现"，如景、如风、如色；又是"体实自心"，如心。既是诗人意中之象，也是诗歌中的境中之象。"可以对虚，亦可以对实"，是一个虚实相生的审美空间。显然，皎然在这里已经注意到了"境"与"象"的区别，而在皎然看来，"取象"与"取境"的区别，就是"意象"与"意境"的区别，这对意境理论的发展而言，无疑是一个根本性的转变。

考察皎然的意境理论，更多的是从取境、造境、缘境以及境象有虚实等四个方面来论述。

"取境"主要指主体认知客体的认知模式。自然景物本身的美，造就了人类审美感官和审美心理，成为了情感的载体。皎然强调到大自然中取境，所谓"野性配云泉，诗情属风景""月在诗家偏足思，风过客位更多情"。如何使自然界"禽鱼草木人物名数"之景，成为诗歌之"境"呢？他在"辨体有一十九字"条说："夫诗人之诗思，初发取境偏高，则一首

---

① 敏泽：《中国文学理论批评史》，人民文学出版社 1981 年版，第 416 页。

② 张伯伟编校：《全唐五代诗格汇考·前言》，江苏古籍出版社 2002 年版，第 14 页。

③ 同上书，第 205 页。

举体便高；取境偏逸，则一首举体通逸"，① "取境之时，须至难、至险，始见奇句"，② 强调了诗歌意境的创造离不开诗人状态的情思，诗境中的景象是和状态情思融合在一起的。

关于"造境"，皎然进一步强调主观心性的主动功能，认为诸境由心所生，主体在对物象取舍选择的基础上只要充分发挥艺术想象，便可"神会而得"。

显然，皎然的意境说中所涉及的"境"和"境象"，既不是纯粹的客观物境，也不是王昌龄所说的诗人的主观内心意识，而是将"情"纳入了"境"的因素中，强调意境是情与景、意与境、心与物的融合统一而形成的一种艺术境界。这一认识已经触及了意境最一般的美学特质，较接近我们今天所说的"意境"内涵。对于"缘境"，他提出"诗情缘境发"的命题，认为诗人的主观情思是随着客观物境的变化而生发出来的。他在《诗式》中说的"缘境不尽曰情"，在《杼山集》序中说的"极于缘境绮靡，故词多芳泽"等，都强调因"境"而生诗情以及"意"与"境"的相互启发作用。

皎然有关诗歌意境美学特征的论述，归纳起来主要有以下几点：

第一，文外之旨。皎然在《诗式》中提出"重意"的诗歌美学概念。所谓"重意"是指诗歌所寓含的"言外之意""文外之旨"。

> 两重意以上，皆文外之旨。若遇高手，如康乐公，览而察之，但见性情，不睹文字，盖诣道之极也。③

诗歌的篇幅及文字有限，如何在有限的文字中创造一种意义的盈余（surplus of meaning）④，也就是说诗中的文字符号固然指向某一事物，可是它的指涉并未就此而止，相反的，除了表层的意义外，还有额外深层的意义。皎然最佩服他的祖先谢灵运的诗作，对其评价极高，认为谢诗最富有"文外之旨"这种审美特征。因为谢灵运在创作的时候，不仅能够合

---

① （清）何文焕辑：《历代诗话》，中华书局1981年版，第35页。
② 同上书，第31页。
③ 同上。
④ 此借用法国当代哲学家吕格尔（Ricoeur）的说法。参见蔡源煌《从浪漫主义到后现代主义——文学术语新诠》，台北雅典出版社1998年版，第31—39页。

于天然、本身所具有的感情，根据自己独特的生命体验来立意，而且在创作过程中能够"放意须限"地驰骋文字却不为其囿。"但见性情，不睹文字"并不是不重视文字，而是追求一种超越文字文字和形象之外的、能见到诗人之性情、志向的境界。皎然在评谢灵运诗时说："且如'池塘生春草'，情在词外；'明月照积雪'，旨冥句中，风力虽齐，取兴各别。"① 这或许就是对"重意"或"文外之旨"的认知。皎然在《诗式》中有"重意诗例"一节，从该节所举的诗例及品评来看，"二重意"以上的诗，皆为能够将情感与意象相融合，在真情与苦思中臻于"文外之旨"的境界。

《文镜秘府》"论文意"收有皎然《诗议》的一段文字，兹引如下：

> 或曰：诗不要苦思，若思则丧于天真。此甚不然。固须绎虑于险中，采奇于象外，壮飞动之句，写冥奥之思。夫希世之珠，必出骊龙之颔，况通幽含变之文哉？但贵成章以后，有其易貌，若不思而得也。②

"采奇于象外"，正是强调诗歌意境于具体生动的景物描写之外，必须使人联想起许多更为丰富的象外之奇景。

第二，气势飞动。皎然论诗首重一个"势"字，《诗式》开宗明义第一条即是"明势"。

> 高手述作，如登荆巫，觌三湘鄢郢之盛，萦回盘礴，千变万态。或极天高峙，崒焉不群，气胜势飞，合沓相属。或修江耿耿，万里无波，欻出高深重复之状。古今逸格，皆造其极妙矣。③

势，本是指宇宙间各种事物的独特内在规律及其所呈现的态势。皎然在这里借变化无穷、气腾势飞的山川形态比喻诗歌意境之势。从这段话里可以看出，其所描写的山川之势，或萦洄盘礴，及天高峙，萃焉不群，颇具雄阔壮伟之气；或静流无波，万里无极，有绵邈深远、含而不尽之势。

---

① 张伯伟编校：《全唐五代诗格汇考》，江苏古籍出版社 2002 年版，第 261 页。
② 同上书，第 208 页。
③ （清）何文焕辑：《历代诗话》，中华书局 1981 年版，第 26 页。

这说明皎然所追求的"势",应该是盛唐诗歌所创造的阔大雄奇、幽深静远两种典型意境和风格。皎然认为能达到这样流转自如,生气勃勃的境界,方为造极逸格。他在《诗议》中说要"状飞动之句","诗有四离"条说:"虽欲飞动,而离轻浮。"这"飞动"之说在唐初李峤《评诗格》中已经提出,但皎然这时是作为诗歌意境的一个重要美学特征来看待的。

第三,真率自然,天生化成。如前所述,皎然认为诗歌意境的创造过程是不能忽视人工之作用的,但诗歌意境形成之后,则决不能有人工斧凿痕迹,必须与造化争衡,有天真挺拔之妙。他在《诗式》总序特别指出:

> 放意须险,定句须难,虽取由我衷,而得若神表。至如天真挺拔之句,与造化争衡,可以意冥,难以言状,非创造者不能知也。①

皎然认为一首好的诗作在完成时,呈现出了无斫斧之迹的自然之美,但是在完成前,必有一个经历,因为作品的完成,不可能一任自然不加斫斧就可以产生的,其间必然经过创作主体有意识的自觉的努力。皎然对谢灵运诗评价最高,固然有崇敬祖先之意,但也确实是欣赏其诗作"出水芙蓉"的自然之美。为此,他对诗歌艺术的声律、用典、对偶这些技巧,也竭力反对过分细碎,以至于"伤乎天真""失于自然"。皎然论诗的风格也与刘勰《文心雕龙》的论述不同。

皎然的意境理论,是在王昌龄有关"境"的理论的基础上,总结盛唐时期趋于成熟的以主客体融合渗透为特征的意境创造艺术经验而得出的。其"境象非一,虚实难明""缘境不尽曰情""妙用无体"等论断和命题,使意境的内涵具备了比前人明确、丰赡的阐述;其"明势""气格""重意""取境""辨体"诸范畴,则使中国诗歌意境的理论基础得以基本建立。皎然完成了"意境"诗说的理论建构,推动了意境说在唐代的进一步形成,奠定了我国古代意境论的基本理论色调,并使意境这一概念术语的影响超出同时代诗论中其他传统性的概念术语,因而具有深远的影响和重要的历史性贡献。

（三）境生于象外：刘禹锡等人对意境的论述

皎然《诗式》大大促进了唐人对诗歌意境的探讨,中唐诗人权德舆

---

① （唐）皎然:《诗式》,张伟伯编校:《全唐五代诗格江考》,江苏古籍出版社2002年版,第222页。

明确提出了"意与境会"的理论，指出了"意"与"境"的关系。他在《左武卫胄曹许君集序》中说道："凡所赋诗，皆意与境会，疏导情性，含写飞动，得之于静，故所趣皆远。"① 权德舆将意境理论的基本特征初步概括为"得之于静""所趣皆远"，已经含有了意境浑融的含义。与后来司空图在《与王驾评诗书》中所提出的"思与境偕，乃诗家之所尚者""象外之象，景外之景"已经非常接近了。权德舆一方面是对皎然理论的继承，另一方面又是对王昌龄《诗格》要义的发挥。

除此之外，刘禹锡的意境论述亦很重要。中唐刘禹锡在《董氏武陵集纪》中说道："诗者其文章之蕴耶！义得而言丧，故微而难能；境生于象外，故精而寡和。"② 刘禹锡在这里提出了"境生于象外"的命题，并从"境"与"象"的区别中对意境内涵进行界定。在他看来，"非有的然之姿"的意境，与一般艺术意象不同的突出特征就在于"境"是一种虚幻空灵又趋于超验实体的艺术天地，它更为含蓄蕴藉，富有韵味。

刘禹锡对诗歌意境美学特征作了非常深刻、非常确切的理论概括。他所谓"义得而言丧"，是说诗歌意境具有"得意忘言"之妙。所谓"境生于象外"，是指诗歌的境界比诗歌中具体描写的实的景象要广阔得多，不仅是在形象、意象之内生成的物境，还有在象外的、由读者生发的无穷想象的意境。前者精微入妙而不易做到，后者更是精深的创造。故而，他要求诗人善于从实的景象之逼真描写中激起读者的丰富联想，通过暗示和象征的方法，使读者能在实的景象描写之外构成一个虚的、更加广阔的艺术境界，并体会其中无穷的言外之意、象外之境，这样方能具有"片言可以明百意，坐驰可以役万象"的功效。

刘禹锡"境生于象外"的提法，是对意境内涵的第一次正面界定，它指出了意境只能产生于对意象的超越，只能是"片言可以明百意"的"微而难能"之境。刘禹锡首次明确地把意境与"象外"联系起来，对意境形成的方式、意境内部结构等问题进行了进一步的探讨，这已经切合到了意境理论的深层意蕴，并由此直接启发了司空图提出"象外之象，景外之景"理论。刘禹锡把对诗歌意境美学特征的探讨推进到了一个新阶段，其在意境理论研究上的贡献是很大的。

---

① （清）董浩等编：《全唐文》卷490，中华书局1983年影印版，第5002页。

② （唐）刘禹锡：《董氏武陵集记》，韩湖初、陈良运主编：《古代文论名篇选读》，中国书籍出版社1998年版，第271页。

以上诸家从"意"与"象"、"意"与"境"的关系出发,对意境问题进行论述,为意境范畴第二阶段的深化,从理论上做了不可或缺的准备。

(四) 司空图对诗歌意境多层次特点的揭示

晚唐司空图在《与李生论诗书》《与王驾评诗书》《与极浦书》等文中以诗歌意境为中心,分别从"韵外之致""味外之旨"和"象外之象""景外之景"这两个具象与抽象的方面对诗歌意境的美学特征作了详细阐发。前者是在强调有意境的诗歌应该具有含蓄不尽、可以意会而不可言传的弦外之音,后者则侧重于对意境本体内在结构层次的分析。

1. "象外之象""景外之景":司空图意境之美学特征

在《与极浦书》中,司空图对诗歌意境的美学特征,作出了非常有名的理论概括,这就是"象外之象,景外之景"论。他说:

戴云州云:"诗家之景,如蓝田日暖,良玉生烟,可望而不可置于眉睫之前也"。

象外之象,景外之景,岂容易可谈哉?然题纪之作,目击可图,体势自别,不可废也。①

这里,司空图从戴氏诗歌意境飘忽不定的论述中受到启发,明确提出了诗歌意境的多层次理论,认为诗歌意境在有形的具体的情景描写之外,还能借象征、暗示创造一个无形的、虚幻的、存在于人想象中的、更为广阔的艺术境界。这就是"象外之象,景外之景"说。

司空图"象外之象""景外之景"说是将作为诗本体的意境视为一个有着二层结构的复合体。在他看来,诗的意境由两个彼此特点不同又相互联系的层面构成。前一个有形的具体的景象是实境,是诗歌作品中直接描写的形象,后一个无形的想象的景象是虚境,这个虚境不是平面的画像,而是一个立体的空间,艺术的空间,它可以让读者把自己的想象和创造纳入其中,从而使它更充实、更丰富。"离形得似,庶几其人"(《形容》),所谓"离形",即是不受"形"的束缚,不拘泥于形似;"得似",得神

---

① (唐)司空图:《与极浦书》,郭绍虞集解:《诗品集解·续诗品注》,人民文学出版社1963年版,第52页。

似而非形似。这样，就可以把"风云变态，花草精神，海之波澜，山之嶙峋"，生动地呈现在读者面前，使人感到呼之欲出，神态毕露。只有"离形得似"，方能做到"生气远出，不著死灰"，两者是紧密相连而不可分离的。这也是《诗品》把绘画创作中传神理论运用到诗歌意境创造中的一个具体表现。在司空图看来，这后一个"象外之致"往往并不是诗中直接描写的，而是需要借助隐喻、比兴、象征等艺术手段间接地予以暗示，唯其如此，才能创造出一个更为空灵、飘忽的形象和境界。因而，司空图论意境时，一方面要求不废"题纪之作"而写实境，另一方面更要求意境有"象外之致"。

《诗品》认为，对以语言为物质手段的文学来说，要达到"超以象外，得其环中"的艺术意境，其表现手段就是"不著一字，尽得风流"。"不著一字"并不是不要语言文字，而是强调诗境的创造要得之于语言文字之表，要重在"含不尽之意见于言外"，这就是"象外之象，景外之景"。

2. "味外之旨""韵外之致"：司空图"意境"之理想

司空图在钟嵘论诗歌"滋味"的基础上，进一步提出了诗歌的"味外味"问题。他在《与李生论诗书》中说：

> 文之难而诗尤难。古今之喻多矣，愚以为辨于味而后可以言诗也……今足下之诗，时辈固有难色，倘复以全美为上，即知味外之旨矣。①

司空图这里提出了"味外之旨"的命题，他在同一文中还说："近而不浮，远而不尽，然后可以言韵外之致耳"。② 司空图是把"味"作为诗歌意境的审美标准，认为真正"醇美"的诗，其味在具体的咸酸之外。什么是"酸咸之外"？就是他在《二十四诗品·雄浑》中的"超以象外，得其环中"。"超以象外"，指作品不能受已经展示的意象之局限，而要看到象外之虚境才是更充分地体现诗人情思的重要部分。"得其环中"，指诗歌意境创造中虚的部分起着支配一切、控制一切的作用。如陶渊明的

① （唐）司空图：《与李生论诗书》，郭绍虞集解：《诗品集解·续诗品注》，人民文学出版社 1963 年版，第 47—48 页。

② 同上。

"采菊东篱下，悠然见南山"，谢灵运的"池塘生春草，园柳变鸣禽"，都应当从"超以象外，得其环中"的角度去理解，方能领略其妙处。苏轼在谈自己初读司空图"美在酸咸之外"，"当时不识其妙"，后"闽人黄子思，庆历、皇佑间号能文者。予尝闻前辈诵其诗，每得佳句妙语，反复数四，乃识其所谓。信乎表圣之言，美在咸酸之外，可以一唱而三叹也"①。苏轼的这段话，从自己的体验来解读了司空图的"味外之味"。司空图的"咸酸"之论，在唐末、五代至北宋初叶，并未产生预期的影响。直至苏轼《书黄子思诗集后》论及此文，司空图诗作才屡见称引，"咸酸"之论与《诗品》亦自此广为流传，影响巨大，司空图在文学批评史上的崇高地位从而得以确定。②

什么是"韵外之致"？司空图在《与极浦谈诗书》中援引了戴叔伦的比喻，做了进一步说明。"戴容州云：'诗家之景，如蓝田日暖，良玉生烟，可望而不可置于眉睫之前也'"。蓝田，山名，在今陕西蓝田东南，是有名的产玉之地。当日光旭照此山之时，蕴藏其中的玉气冉冉升腾，如缕缕青烟。远察如在，近观却无。"蓝田日暖，良玉生烟"代表了一种美好的理想景色，尽管可望而不可即，却富于生命的律动。文学作品运用生动的语言，描写了许多具体的景象，但是文学作品的真正醇美之处，并不在这些具体的景象上，而在于由这些具体的景象所构成的、存在于这些具体景象之外的艺术意境上，可以让读者用自己的想象去补充它、丰富它。《红楼梦》第四十八回"慕雅女雅集苦吟诗"中一段可以用来作注解：

　　一日，黛玉方梳洗完了，只见香菱笑吟吟的送了书来，又要换杜律。黛玉笑道："共记得多少首？"香菱笑道："凡红圈选的我尽读了。"黛玉道："可领略了些滋味没有？"香菱笑道："领略了些滋味，不知可是不是，说与你听听。"黛玉笑道："正要讲究讨论，方能长进。你且说来我听。"香菱笑道："据我看来，诗的好处，有口里说不出来的意思，想去却是逼真的。有似乎无理的，想去竟是有理有情的。"黛玉笑道："这话有了些意思，但不知你从何处见得？"香菱笑

---

　　① （宋）苏轼：《书黄子思诗集后》，郭绍虞主编：《中国历代文论选》（一卷本），上海古籍出版社1997年版，第181页。
　　② 李祚唐：《试论苏轼对司空图文学史地位之影响》，《徐州师范大学学报》1999年第2期。

道："我看他《塞上》一首，那一联云：'大漠孤烟直，长河落日圆'
想来烟如何直？日自然是圆的：这'直'字似无理，'圆'字似太
俗。合上书一想，倒像是见了这景的。若说再找两个字换这两个，竟
再找不出两个字来。再还有'日落江湖白，潮来天地青'：这'白'
'青'两个字也似无理。想来，必得这两个字才形容得尽，念在嘴里
倒象有几千斤重的一个橄榄。还有'渡头余落日，墟里上孤烟'：这
'余'字和'上'字，难为他怎么想来！我们那年上京来，那日下晚
便湾住船，岸上又没有人，只有几棵树，远远的几家人家做晚饭，那
个烟竟是碧青，连云直上。谁知我昨日晚上读了这两句，倒象我又到
了那个地方去了。"①

司空图把有"韵味"看作是"意境"的最高理想。"境"是"味"
载体，"右丞苏州趣味澄澹，若清风之出岫"，前一句指味，后一句指境，
这是一个以境喻味、以味论境的典型例句，味与意境就建立了关系。"味
外之旨""韵外之致"，与"象外之象""景外之景"两者的思想内涵和
句式结构基本相同。所以二者貌为二而神合一。②

诗歌创作最终目的，还是要示以他人阅读欣赏。但"子非鱼安知鱼
之乐"，如何能让他人从阅读中品出诗之"旨"呢？西方接受美学理论家
尧斯认为，作品的意义（旨）同时来自于两个方面：一是作品本身，二
是读者赋予，"实际上，在作者—作品—读者的三角关系中，读者绝不仅
仅是被动的部分，或者仅仅作出一种反应。相反，他自身就是一个历史的
能动的架构"③。诗歌作为一种文本，以其不确定性与意义的空白，使不
同的读者由于接受屏幕的不同，面对同一个审美对象的时候，会得出不同
的结论。从这一点上来说，文本的意义是由作者和读者共同赋予的，"有
一千个读者就有一千个哈姆莱特"。司空图在《题柳柳州集后序》中说：
"今于华下方得柳诗，味其搜研之致，亦深远亦"④，就是说读者在阅读诗

---

① （清）曹雪芹、高鹗：《红楼梦》，人民文学出版社 1982 年版，第 665—666 页。
② 古风：《司空图的意境形态论》，《唐都学刊》1996 年第 3 期。
③ ［美］汉斯·罗伯特·尧斯：《接受美学与接受理论》，金元浦译，辽宁人民出版社 1987
年版，第 23 页。
④ （唐）司空图：《与柳柳州集后序》，郭绍虞集解：《诗品集解·续诗品注》，人民文学出
版社 1963 年版，第 53 页。

歌时，通过联想和想象，反复品味，搜研，方能把握作品的"韵外之旨"。因为这个"韵味"虽是融于景内，但又游于言外，它不完全存在于文字声韵中，同时存在于读者的审美体验中。正是自己的阅读体验，让他有了"辨于味而后可以言诗"的感悟。在这里，司空图实际上是把道家、哲人对实在的体知、诗人对诗意的了悟以及诗论家对诗美本体的省会三者统一了起来，跨越千年之后，西方现代接受美学与古代中国重感性体悟的审美理论，契合在了某个坐标点上。

3. "思与境偕"：司空图意境美学之途径

司空图认为诗歌艺术意境的创造必须做到"思与境偕"。其《与王驾评诗书》在论述唐代诗歌发展历史后说：

> 然河汾蟠郁之气，宜继有人。王生寓居其间，浸渍益久，五言所得，长于思与境偕，乃诗家之所尚者。则前所谓必推于其类，岂止神跃色扬哉？[1]

思即主观情思，境即客观境象，"思与境偕"说的是诗人在审美创造中主体和客体、理性与感性、思想与形象的融合，达到了天衣无缝的最高水平，或情因境发，因境生情；或以情会景，因意取境，从而产生新质意境。而正是这种审美情感的外化和物化，才使得读者的审美再创造即"味外之旨""景外之景"成为可能。

如何做到"思与境偕"？

首先要真实自然，"真予不夺，强得易贫"（《自然》）、"妙造自然，伊谁与裁？"（《精神》）意境的创造贵在真实自然，无人工矫揉造作之弊。这种诗境的获得，完全是自然的，"俱道适往，着手成春，如逢花开，旭瞻岁新"。它是诗人即目所见、心与境会的产物，而不是苦思冥想得来的。只要兴会所至，"俯拾即是"，强求则不可得。他在《与李生论诗书》中说诗歌创作要做到"直致所得，以格自奇"，即是此意。这是对钟嵘《诗品序》中提倡"自然英旨"、主张"直寻"说和皎然主张天真自然、"与造化争衡"说的进一步发挥。

---

① （唐）司空图：《与王驾评诗书》，郭绍虞集解：《诗品集解·续诗品注》，人民文学出版社1963年版，第50页。

　　其次要有生活体验。"如矿出金，如铅出银"（《洗练》）、"深浅聚散，万取一收"（《含蓄》）。《诗品》认为诗境的创造必须在丰富的生活经验基础上加以提炼、概括，几经洗练去粗取精，方能获得光华四溢的真金真银。诗中"一境"乃是从生活中的"万境"中归纳、选择得来的，所以说是"万取一收"。孙联奎解释这一句道："万取，取一于万，即'不著一字'；一收，收万于一，即'尽得风流'。"诗歌意境创造既要真实自然、浑然一体，又必须凝练精致，功力浓厚。《诗品》"万取一收"说的提出，是对刘勰《文心雕龙》中"以少总多，情貌无遗"说及"言之秀矣，万虑一交"说的发展。

　　司空图对意境问题的探讨，是结合他的名著《诗品》①加以表述的。《诗品》写出了二十四种诗境，形象地阐明了意境创造的原理和过程，其二十四类诗意风格，也就是意境风格论。

　　司空图对诗歌意境理论多层次特点的揭示，把中国古代意境理论往前推进了一大步。它不仅接触到诗歌意境的实的、可感的一面，而且接触到更为飘忽、更为空灵的一面。把诗歌意境创造提高到一个非常突出的地位，是司空图对王昌龄的诗境论、皎然的情境论、刘禹锡的境生象外论等唐代诗人诗歌意境论的一个总结。而对诗境构成本身的多重性特征的深入探析，则显示了司空图对其前辈的超越。

　　综合上述诸人的论述，唐代诗人对意境的开掘主要从两个方面展开：一是与"意（情）"相关联，强调意境乃"意"与"境"的结合。如权德舆的"意与境会"（《左武卫胄曹许君集序》），皎然的"缘情不尽曰情"（《诗式》），"诗情缘境发"（《秋日遥和卢使君游何山寺宿扬上人房论涅槃经义》，《全唐诗》卷815），司空图的"思与境偕"（《与王驾评诗书》），既指出"境"中有"意"有"情"，同时亦指出意中情中含"境"，两者交融共存。这就为后世以情景交融为基本特征论述意境内含做了铺垫。二是从"境"与"象"的联系与区别入手，认为"境"中既含"象"，又包含对"象"的超越，如皎然的"采奇于象外"（《诗式》），刘禹锡的"境生于象外"（《董氏武陵集记》），司空图的"象外之象，景外之景"（《与极浦书》）、"超以象外，得其环中"（《诗品》）等，指出意境除了"象内"实

---

　　① （唐）司空图：《二十四诗品》，（清）何文焕辑：《历代诗话》，中华书局1981年版。本章所引《二十四诗品》，均出自此书。

境，还有"象外"虚境，从而对意境内含的第二层次即象外层进行了细致论述。至此，意境情景交融、虚实统一的本质要素已经得到了相当深刻的阐发，一个较为综合性的意境范畴的理论系统框架已具雏形。

二 意境说的哲学基础

用"境"来表述诗歌的意境问题，从哲学基础而言，主要是受到道家和佛学思想的影响。唐代意境理论的孕育而出即得之于这两大思想渊源。从盛唐王昌龄的《诗格》，到中唐皎然的《诗式》，以及至晚唐司空图的《二十四诗品》，它们在阐述意境理论时均受到了老庄道学和佛学特别是禅宗理论的滋养。作为中国古代文学理论和美学中最具有民族特色的范畴之一，意境理论深深根植于道家和佛教互补积淀而成的文化心理结构中，在形成过程中始终沐浴着中国特有的道家和佛教思想的灵光润泽。

（一）道家

意境说虽在唐代才正式诞生，但它的思想渊源则直接可以追溯到先秦时期的老庄道家美学和《易传》哲学。

道家谈论意境集中在"道"与"象"的关系问题上。老子认为，万物本体和生命本源的"道"是有与无、实与虚的统一，强调由实及虚，以虚御实，要求由对当下物象的体悟中超升上去，以体现道的存在。为了体验这一"道"的存在，老子提出了"大音""大象"的"无言之美"说。

《老子》四十一章曰："大音希声，大象无形"，"大音希声"，意思即最完美的声音，是"听之不闻"的声音；"大象无形"，意思是最完美的形象，是"视之不见"的形象。老子在这里实际上是要求"音""象"要超越有形而达到无形。但是，超越并不是绝对的什么也没有的"无"。《淮南子·原道训》在阐发老子思想时曾说道："夫无形者，物之大祖也；无音者，声之大宗也。……无形而有形生焉，无声而五音鸣焉，无味而五味形焉，无色而五色成焉，是故有生于无，实出于虚。"[①] 由此可见，"大音""大象"既超越一切有形、有声，又存在于一切有形、有声之中。后

---

① （汉）刘安著，高诱注：《淮南子》，上海古籍出版社1989年影庄逵吉校本，第11—12页。

代很多文艺理论家继承和发扬了老子这一思想，认为只有通过"有形"之境而达到"大象"之域，才能够创造出"象外之象"。老子的"大音希声、大象无形"的思想直接启迪了后世文学家对"象外之境"这一无言之美意境的追求。

而《易传》在阐述本体论哲学时，提出"言不尽意""立象以尽意"的观点，认为"意"动用逻辑语言予以表达具有局限性，而运用形象手段即"象"予以表达却可以收到"尽意"的令人满意的效果。《易传》从"言""意"关系的角度出发，为后来阐述"意"与"境"的关系提供了认识方法论。

《庄子》则将老子和《易传》的这种思想做了广泛而深入的发挥。他认为，万物本体和生命本原的"道"犹如"玄珠"，感官、理智和言辩都不能获得它，因而语言只具有工具功能："语之所贵者意也。意有所随。意之所随者，不可言传也。……视而可见者，形与色也；听而可闻者，名与声也。悲夫，世人以形色名声为足以得彼之情！夫形色名声果不足以得彼之情，则知者不言，言者不知，而世岂识之哉！"① 只有具有象征意义的、虚实统一的艺术形象，即"象罔"才可以把握它。

关于"象罔"，庄子有一个寓言：

> 黄帝游乎赤水之北，登乎昆仑之丘而南望，还归遗其玄珠。使知索之而不得，使离朱索之而不得，使喫诟索之而不得也。乃使象罔，象罔得之。黄帝曰："异哉！象罔乃可以得之乎？"②

这个寓言中的"玄珠"象征"道""真"。"知"象征"思虑""理智"。"离朱"，传说黄帝时视力最好的人，象征"视觉"。"喫诟"，象征"言辩"。这个寓言的意思是，用"理智""思虑""视觉""言辩"统统得不到"道"，即"玄珠"。只有"象罔"可以得到。"象罔"吕惠卿注说："象则非无，罔则非有，不皦不昧，玄珠之所以的也。"③ 郭嵩焘注："象罔者，若有形，若无形，故眸曰而得之。即形求之不得，去形求之亦

---

①　陈鼓应：《庄子今注今译》，商务印书馆 2007 年版，第 413—414 页。

②　同上书，第 354—355 页。

③　（宋）吕惠卿：《庄子义》，《庄子义集校》，汤君校，中华书局 1999 年版。转引自宗白华《美学漫话》，长江文艺出版社 2008 年版，第 62 页。

不得也。"① 根据这些注可知，"象罔"，象征了有形和无形、虚和实的结合。宗白华先生对庄子这个寓言做了一个很好的解释："非无非有，不皦不昧，这正是艺术形相的象征作用。'象'是境相，'罔'是虚幻，艺术家创造虚幻的境相以象征宇宙人生的真迹。真理闪耀于艺术形象里，玄珠的皪于象罔里。"② 由此可见，庄子的这个寓言，是对于《易·系辞传》所谓"言不尽意""立象以尽意"命题的一种发挥，实际上就是用老子的"有""无""虚""实"的思想对《系辞传》的命题做了修正。叶朗先生指出，庄子的这个思想，对于中国古典艺术中的意境的创造，影响十分巨大，可视为意境说的源头。唐代美学家提出"境"，就是"象"和象外虚空的统一，也就是庄子说的"象罔"的对应物。③ 庄子以"象罔"来象征有形和无形、虚和实的结合，而后来意境范畴所具有的有限与无限的统一，即在有限的客观物象和语言形式中蕴含不可穷尽的象外之象和景外之景的基本审美内涵，正与此相契合。庄子的这一思想，使得"道"在向着"境"的方向发展的过程中得到了丰富和延伸，因而乃意境这一艺术审美理想的哲学之根。

除此之外，庄子的"以物观物"思想也对意境范畴的出现产生了影响。正如叶维廉先生在《无言独化：道家美学论要》中所指出的，庄子的"以物观物"中所包含的"对人、宇宙万物和语言的相互关系的认识，是道家影响下中国美学诗学的据点"。④ 庄子在《齐物论》中说道："古之人，其知有所至矣。恶乎生？有以为未始有物者，至矣，尽矣，不可以加矣。其次，以为有物矣，而未始有封也。其次，以为有封焉，而未始有是非也。是非之彰也，道之所以亏也。"⑤ 庄子认为，人对宇宙的认识可分为三个等级，最高的认识是"未始有物"，也就是认为天地、万物、自我没有什么区别，人与宇宙浑然一体，物我两忘，物我同一；其次是"以为有物""未始有封"，感到有物与我的分别。显然，庄子所推崇的是第一种认识"未始有物"，即物我同一的境界。因为只有这种感应方式才

---

① （清）郭庆藩：《庄子集释》，王孝鱼点校，中华书局1961年版，第415页。

② 宗白华：《美学散步》，上海人民出版社1981年版，第81页。

③ 叶朗：《中国美学史大纲》，上海人民出版社1985年版，第131—132页。

④ ［美］叶维廉：《无言独化：道家美学论要》，《叶维廉文集》（二），安徽教育出版社2003年，第127页。

⑤ 陈鼓应：《庄子今注今译》，商务印书馆2007年版，第81页。

能超越主客体的二元对立，进入一种主客体自觉合一的浑然状态。庄子这种对宇宙万物的感应方式，直接促使了意境说的萌芽，并深刻影响了后代众多论者，特别是王国维。王国维有关"有我之境"与"无我之境"的论述，即表达了和庄子一脉相承的观念。

（二）佛教

意境范畴的形成，还得到了佛家境界理论的有力支持。教境界理论对"境"和"境界"所做的较为系统的阐述，尤其是唯识宗和禅宗，为中唐时期比较成熟的意境说的产生提供了思想基础和思维方法，从而助产了中国艺术的意境理论。

佛教作为一种宗教信仰，强调超脱物质空间而回到自身的心灵空间和精神世界，汉译佛经便选了"境"和"境界"这两个词来描述心灵空间和精神世界。叶嘉莹先生说："一般所谓'境界'之梵语则为 Visaya，意谓'自家势力所及之境土'，不过此处指'势力'并不指世俗上用以取得权柄或攻土掠地的'势力'，而乃是指吾人各种感受的'势力'"①。

佛学中本来就存在"境"之说。《华严梵行品》："了知境界，如幻如梦。"《杂譬如经》："神是威灵，振动境界"，《景德传灯录》："一切境界，本自空寂。"《俱舍论颂疏》："功能所托，名为'境界'。如眼能见色，识能了色，唤色为'境界'。"《无量寿经》："斯义宏深，非我境界。"《法苑珠林·摄念篇》中所谓六种根境界，就包括了"意境界"。丁福保《佛学大辞典》引《俱舍论颂疏》释"境"为："心之所游履攀援者，谓之境。如色为眼识所游履，谓之色境。乃至法，为意识所游履，谓之法境。……实相之理为妙智游履之所，故称为境。"从以上佛经中的大量使用以及《佛学大辞典》对"境"的界说中可以看出，佛教将其所希望达到的某种理想境地称为"境""圣境""境界"，并认为实现这一境界的途径为"境由心造"。佛教这种超脱尘世凡境而进入理想之地的所谓"圣境""境界"，对后来诗歌意境的提出有很大的启发：诗歌意境的创造离不开整体情思的强烈作用，客观的物象只有经过诗人整体情思的消融才能进入诗境。

在唐代佛教各宗派中，对"境界"理论做系统阐述并对意境说的形成产生显著影响的当推唯识宗和禅宗。

---

① 叶嘉莹：《王国维及其文学批评》，广东人民出版社 1982 年版，第 220 页。

唯识宗又称慈恩宗或法相宗，以"万法唯识"为旨归，在中观学派主张的法我两空的基础上论证外境空观。按其理论，"识"与"境"有着密切的联系。"识"以心识为本，一切客观现象不离众生心识，经验世界的实质是心识，分为三类共八识。"境"包括所谓"六境""六根"和"六识"等"十八界"，统称为"境界"。这一心识观，与意境的主与客的统一、有与无的统一、虚与实的统一、境与情的统一相契合，从而直接启发了意境理论的深入。

佛学对于意境理论的影响，最主要的还是禅宗。禅宗在吸取了唯识宗对"识"与"境"关系的论述思维的基础上，提出了其境观和顿悟说，从而对"意境"说的形成产生了更为深远与直接的影响。

在禅宗发展的早期，其对心与境关系的认识为：心外之境是"尘境"，而"尘境"则是幻境，是虚妄相，由心识变现而生，唯有"心境"才是真境。缘此禅宗主张以"背境观心""息妄修心"的方式修习，《坛经》所说的"于一切境上不染"，"于自念上离境"都反映出早期禅宗的境观。

在禅宗发展的后期，对心与境的关系有新认识，即强调心与境的相依存的密切关系，认为"色"即是"境"，明心见性必须通过对客体的观照来实现，观境方能观心，主张"对境观心"。这些义理的阐说，表明了佛家对心与境关系的体认。

那么，如何才能具备这种认识呢？禅宗提出了顿悟说，讲求"我心即佛"。对于禅宗而言，它所追求的最高境界是涅槃，即由实而虚、虚实结合的境界，而达到这一境界的标志即是万物同一，梵我同一，心物同一，一切皆空，于是，没有了任何区别，万象混一，归于本心。这种体验只有自己知道，而无法用语言告诉别人，于是乎只能顿悟。在此认识的基础上，禅宗标举"不立文字，教外别传"，否定语言文字有把握佛理的可能性，认为两者之间的关系只是"指"与"月"的关系，不可执"指"为"月"，只有把握住"月"才是禅宗的本意所在。可见，禅宗追求的乃是语言之外的微言大义，即"言有尽而意无穷"。以上"顿悟"的精神体验和言外之意的强调，深刻影响了意境理论虚实境界的探讨。

从以上的论述中我们可以看出，佛教借用"境"字来对译其义理中所追求的那样一种精神的、心态的境界。这就导致了"境"从物质的、空间的向精神的、心灵的内涵的偏移。"意境"的产生正是建立在这种偏移的基础上。随后，"境界"这一范畴便很快在文学理论中应用开来，逐渐成为文艺批评的专门术语。金丹元先生在《禅意与化境》中说道："'意境'是佛教与中国思想联姻后的结晶。"郭绍虞先生在《中国文学批评史》中亦曾说过："假如我们依照旧说，称李白为诗仙，杜甫为诗圣，而再以王维为诗佛，那么我们就觉得诗仙诗圣还都有诗论的见解，而独在诗佛则不落言诠，没有在这方面表示什么意见。王维虽然没有发表过论诗见解，……自会有代言人的。较早的代言人是诗僧皎然，然后的是司空图。"① 皎然的《诗式》、日僧遍照金刚的《文镜秘府论》、司空图的《诗品》以及严羽的《沧浪诗话》，都显示了佛学对文学艺术的影响。在这特定的历史条件下，"境界"概念由佛学术语移入文学艺术便是顺理成章的了。

三 意境范畴的发展成熟阶段

在唐人诗论中，"意境"理论已初步形成，有宋一代，对"意境"的探讨则大多承续唐人思想：一是唐人的"象外"理论，即"境生象外"，认为意境的创造应虚实结合，空灵蕴藉。二是唐人的"情景"理论，即"意与境会"，认为意境乃情与景的完美结合。宋代对"意境"一词的使用，使"意境"具有的上述内涵进一步明晰。

宋代意境理论的发展，主要表现在苏轼、严羽的相关论述中。《东坡志林》记苏轼评陶诗"采菊东篱下，悠然见南山"，谓"采菊之次，偶见南山，境与意会"，从意与境关系的角度对意境加以阐发。综合言之，苏轼对意境理论的贡献，主要表现在两个方面：一是将禅境纳入诗境，"静故了群动，空故纳万境"，认为虚境和空无更有助于意境的创造。二是他从王维的诗与画中总结出"诗中有画""画中有诗"的观点，这样就将意境范畴从诗领域拓展到了画领域。

严羽则针对江西诗派以说理、议论、用事、押韵为主，而不重视意象之精妙和意境之深远的诗坛现状，提出了"兴趣"说："诗者，吟咏情性也。盛唐诸人惟在兴趣，羚羊挂角，无迹可求。故其妙处莹彻玲珑，不可

---

① 郭绍虞：《中国文学批评史》（上），百花文艺出版社 2008 年版，第 181 页。

凑泊，如空中之音，相中之色，水中之月，镜中之象，言有尽而意无穷。"① 在此，严羽以"羚羊挂角""镜花水月"的禅理为喻，强调意境的特点在于空灵蕴藉而又浑然天成，没有任何人工痕迹，并具有朦胧之美，"空中之音，若闻若寂，相中之色，似见似灭，水中之月，非有非无，镜中之象，亦存亦亡"。严羽对意境这一美学特征的认识和体会，与司空图有异曲同工之妙。

为了创造出这一含蓄深远、韵味无穷的诗歌意境，严羽主张要靠"妙悟"来领会和掌握。"论诗如论禅"，"大抵禅道惟在妙悟，诗道亦在妙悟"，他认为诗歌意境既非语言所能表达清楚，亦非理论所可阐说明白，而是要凭借内在直觉思维，从内心情趣的感受出发，方能领略意境之奥秘。严羽以妙悟论诗，从而将佛家之最为重要的"悟"引入了意境理论，推动了意境说的发展。

除此之外，亦有很多诗人以意境作为诗歌评判标准加以运用。宋蔡梦弼《草堂诗话》记张子韶《心传录》语："读子美'野色更无山隔断，山光直与水相通'，已而叹曰：子美此诗，非特为山光野色，凡悟一道理透彻处，往往境界皆如此也。"② 释普闻《诗论》云："天下之诗，莫出乎二句：一曰意句，二曰境句。境句易琢，意句难制"，"意从境中宣出"，"大凡但识境意明白，觑见古人千载之妙，其犹视诸掌"。③ 李洪在《芸庵类稿》中说道："诗与文章为一体，必欲律严而意远，模写物状，吟咏情性，象外之象，境外之境。"④

除了在诗论领域里对意境内涵继续加以阐析外，宋代诗人还将意境视为诗、书、画的欣赏标准和评判尺度，从而将意境观念由诗论向文论、画论、书论领域进行了扩展。虽然这一拓展还十分有限，但显示了宋代诗人对意境说探讨的发展。

郭熙认为，山水画要"景外意"与"意外妙"相结合，应具有"可行、可望、可游、可居"⑤ 的审美意境。王稚登强调"画法贵得韵致而境

---

① （宋）严羽：《沧浪诗话》，《历代诗话》，中华书局1981年版，第688页。

② 丁福保辑：《历代诗话续编》，中华书局1983年版，第208页。

③ （唐）普闻：《诗论》，郑奠、谭金基编：《古汉语修辞学资料汇编》，商务印书馆1980年版，第283—284页。

④ （宋）李洪《芸庵类稿》，艺文印书馆1959年影印版，第126页。

⑤ （宋）郭熙：《林泉高致·山川训》，俞剑华编著：《中国画论类编》，人民美术出版社1986年版，第132页。

界因之"。① 布颜图认为"山水不出笔墨情景，情景者境界也。……笔既精工，墨既焕彩，而境界无情，何以畅观者之怀？境界人情而笔墨庸弱，何以供高雅之赏鉴？吾故谓笔墨情景，缺一不可"。② 这些讲的是绘画意境。苏轼说，书法应"萧散简远，妙在笔画之外"。姜夔认为，书法应有"风神"之美，"劲者如武夫，媚者如美女。欹斜如醉仙，端楷如贤士"，说的则是书法意境。

宋代诗人对意境本质要素的大量阐发与开掘，使得意境成为了一个真正普遍的艺术审美理想。意境作为一个美学范畴和诗歌批评标准被广泛运用已呈"水到渠成，瓜熟蒂落"之势了。宋代美学对意境的阐发，为明清之际情景交融的意境论的高级阶段做了充分而完备的理论与实践准备。

四　意境范畴的逻辑综合阶段

明清之际，意境范畴的理论系统框架得以完全确立，其基本的美学内涵亦在中国美学界达成共识：意境不仅为文学艺术创作的最高审美理想，同时也为艺术品成功与否的最高审美标准和最高批评原则。在意境范畴的成熟时期，越来越多的美学家从各个艺术门类对"意境"的内涵进行了愈加广泛而深入的探讨。

诗论领域，明朱承爵在《存余堂诗话》中说："作诗之妙，全在意境融彻，出音声之外，乃得真味。"③ 明谢榛在《四溟诗话》中提出："作诗本乎情景，孤不自成，两不相背，……诗有二要，莫切乎斯者，……景乃诗之媒，情乃诗之胚，合而为诗，以数言而统万形，元气浑成，其浩无涯矣。"又说："诗乃模写情景之具，情融乎内而深且长，景耀乎外而远且大。"④ 认为诗歌"本乎情景"，情与景的关系处理得当，才能产生感人至深的艺术意境。他强调在"悟"的基础上实现"情景浑化"。为此，他

---

① （明）王稚登：《百谷论画山水》，俞剑华编著：《中国画论类编》，人民美术出版社 1986 年版，第 719 页。

② （清）布颜图：《画学心法问答》，俞剑华编著：《中国画论类编》，人民美术出版社 1986 年版，第 206 页。

③ （宋）朱承爵：《存余堂诗话》，《历代诗话》，中华书局 1981 年版，第 792 页。

④ （明）谢榛：《四溟诗话》卷三，宛平校点，人民文学出版社 1961 年版，第 69、118 页。

反对拘泥体倒景事，主张摆脱常格，"妙在含糊"；反对立意作诗，主张以兴为主；反对雕刻之气，主张诗语平实自然。清纪昀《瀛奎律髓刊误》在崔灏《登黄鹤楼》诗下批曰："此诗不可及者，在意境宽然有余。"清汪师韩《诗学纂闻》评许丁卯《中秋诗》云："此诗意境似平，格律实细。"要求做到意境融彻，意蕴丰富，达到具有超越感性具体的广阔艺术空间。

相较以上诸人，王夫之的意境理论更具有总结的性质。他以情景交融作为意境的基本特征，将意境分为了三种对应形态：景中情、情中景和妙合无垠。他说："夫景以情合，情以景生，初不相离，唯意所适。截分两橛，则情不足兴，而景非景"，"情景名为二，而实不可离，神于诗者，妙合无垠，巧则有情中景，景中情"，"情景虽有在心在物之分，而景生情，情生景，哀乐之融，容悴之迎，互藏其宅"。① 王夫之认为，"情"和"景"是构成诗歌意境的两大要素，二者在意境创作中是紧密结合而不可分的，诗歌最高意境即在于"情"与"景"的"妙合无垠"。而为了创造情景交融的艺术意境，王夫之还提出了"即景会心"说。他借佛学的"现量"来说明情景交融的艺术境界是心目相应的一刹那自然地涌现出来的，是"一触即觉，不假思量计较"的，是没有经过理性思考，绝对没有虚妄成分的。此说明显强调了意境创造过程中直觉思维的作用，强调灵感的作用。王夫之将情景关系上升到辩证高度，并以此为基础，论述意境的本体、意境的形态、意境的创作思维方式等方面。在这里，情景关系已经被分析得十分准确、深刻，这无疑推动了意境说的发展与完善。

词作领域，较早以"境界"论词者，是清初刘体仁。他在《七颂堂词绎》中说："词中境界，有非诗所能至者，体限之也。"而大量使用"意境"一词论作家作品的，是晚清陈廷焯。其《白雨斋词话》对诸多词人进行了评述：辛稼轩，"词中之龙也，气魄极雄大，意境却极沉郁"②；王沂孙词，"品味高，味最厚，意境最深，力量最重，感时伤世之言，而出以缠绵忠爱。"《咏蝉》词"意境虽深，然所指却了然在目。"纳兰容若《饮水词》"在国初亦推作手，……然意境不深厚，措词亦浅显。"清代况

---

① （明）王夫之：《薑斋诗话笺注》卷二，戴鸿森笺注，上海古籍出版社 2012 年版，第 76、72、33 页。

② （清）陈廷焯：《白雨斋词话》，杜未末校点，人民文学出版社 1959 年版，第 20 页。下引陈廷焯语，皆出自《白雨斋词话》，不再注。

周颐亦有所涉及。在《蕙风词话》中评李钦叔词云："《浣溪沙·环胜楼》云：'万里中原犹北顾，十年长路却西归，倚楼怀抱有谁知。'尤为意境高绝。"

在画论领域，清初笪重光在《画筌》中说："绘法多门，诸不具论。其天怀意境之合，笔墨气韵之微，于兹篇可会通焉"，"空本难图，实景清而空景现；神无可绘，真境逼而神境生。位置相戾，有画处多属赘疣；虚实相生，无画处皆成妙境。"① 清蒋和《学画杂论》云："前人画长卷巨册，其篇幅章法不特有所摹仿，意境各殊，即用一家笔法，其中有岩有岫、有穴有洞、有泉有溪、有江有濑，自然丘壑生新，变化得趣。"② 要求虚实相生，有无相成，画面有"神境""妙境"。

戏曲领域，吕天成的《曲品》比较早地用"境"的概念评论戏曲作品。他对当时曲论家讨论"当行""本色"问题提出了新的见解："果属当行，则句调必多本色；果具本色，则境态必是当行。"他提出了"境态"的概念，作为本色与当行的扭结点，称先赞徐谓的《四声猿》"佳境自足擅长，妙词每令击节"，评价《教子记》"真情苦境，亦甚可观"，赞扬《牡丹亭》"无境不新"。③ 祁彪佳开始大量地运用意境评戏剧，如批评《琼台》说："其意境俱无足取，但颇有古曲典型。"赞赏《唾红》说："叔考匠心创词，能就寻常意境，层层掀翻，如一波未平，一波复起。词以淡为真，境以幻为实。"④ 晚明的戏曲评点家们，把"境"与李卓吾的"化工"之说相结合，提出了"化境"的新概念，作为戏曲创作至美的艺术境界。

清代考据学风盛行，对"意境"的论说较少。直至近代，戏曲学大师王国维，提出了"戏曲意境"这一重要命题，其《宋元戏曲考》云："然元剧最佳之处，不在其思想结构，而在其文章。其文章之妙，亦一言以蔽之，曰：有意境而已矣。何以谓之有意境？曰：写情则沁人心脾，写

---

① （清）笪重光：《画筌》，俞剑华编著：《中国画论类编》，人民美术出版社 1986 年版，第 809 页。

② （清）蒋和：《学画杂论》，同上书，第 282 页。

③ （明）吕天成：《曲品》卷上，《中国古典戏曲论著集成》六，中国戏剧出版社 1959 年版，第 211、220、226、230 页。

④ （明）祁彪佳：《远山堂名曲品剧品校录》，同上书，第 24、44 页。

景则在人耳目，述事则如其口出是也。"① 认为要具有意境，必须做到情深景真，语言生动自然。尽管他在这里侧重评论的是元剧，并认为意境创造"为元人而独擅"，但其理论价值不可忽略。

从以上诸论可以看出，这一阶段意境理论的发展已经相当充分了，到了王国维，他旗帜鲜明地倡意境为中国古典美学的最高范畴，对意境的本源做了总结性概括，从而使得这一光辉学说的创立，历经千百年无数学人的共同努力探寻，而最终在他那里被发挥到了极致。

五 王国维与《人间词话》

在中国古典文学理论批评"意境"范畴的研究中，王国维及其《人间词话》具有很特殊的位置。《人间词话》阐述的最核心问题即是"意境论"。约而言之，其对"意境"的论述主要从以下几方面展开。

（一）意境的特征

在王国维的美学理论中，有境界与意境两个概念，《人间词话》以"境界"为主，"意境"只出现过一次。而在他托名樊志厚写的《人间词》甲乙稿两篇序中，则更多的是讲意境。《宋元戏曲史》中也是以论"意境"为主，集中出现了五次。"境界"与"意境"是什么关系呢？这两个概念的含义是相同呢，还是有差别的呢？研究王国维的学者对此颇有不同看法。我们认为在中国古代文艺批评中所讲的境界和意境，其基本含义是一致的。境界的概念是直接从佛教中移植过来的，境界既可以是外界具体景象的状态，也可以是人意识到的内在心灵世界的状态。意境就是指文学艺术中所表现出来的这种状态。不过，文学艺术中的境界即使是外界具体的景象，也和其内在的心灵世界是紧紧结合在一起的。因此，从一般意义上说，境界的概念比较宽泛，可以有思想境界、精神境界、宗教境界、艺术境界等，而意境的概念专指文学艺术中的境界。文学艺术中所讲的境界和意境概念是没有什么区别的。关于境界不同于一般形象的美学特征，王国维主要论述了以下几个方面。

---

① （近代）王国维：《宋元戏曲史》，姚淦铭、王燕编：《王国维文集》（上部），中国文史出版社 2007 年版，第 253 页。

第一，要有"言外之味"，"弦外之响"。他说："古今词人格调之高，无如白石。惜不于意境上用力，故觉无言外之味，弦外之响，终不能与于第一流之作者也。"① 中国古代文艺创作由于受道家、玄学、佛学之"言不尽意""得意忘言"论影响，历来强调文学作品须要有"言外之意"，而不能"意尽言中"，方有无穷"滋味"。刘勰的"隐秀"论和锺嵘以"文已尽而意有余"释"兴"，是由魏晋玄学中言、象、意关系的论向文学上的意境论转变之关键，唐代意境论的提出以及对它的美学特征的阐述正是在此基础上发展起来的。刘禹锡的"境生于象外"说和司空图的"象外之象，景外之景"说、"味外之旨"说，则为意境的美学特征作出了最为深刻而概括的说明。后来苏轼、严羽、王夫之、叶燮、王士祯、陈廷焯等，又从不同的角度对此做了补充，王国维的"言外之味，弦外之响"说，正是对我国古代文艺美学中有关意境美学特征论述的总结。

第二，意境的创造必须具有自然真实之美。王国维说："境非独谓景物也。喜怒哀乐，亦人心中之一境界。故能写真景物、真感情者，谓之有境界。否则谓之无境界。"② 这种所谓"真景物、真感情"是指合乎自然造化、无人为雕琢痕迹的事物和人心的自然态势。它来自作家的深刻观察和认识，而又有"即景会心"的直观性和偶然性。这种自然真实之美，在我国古代也有悠久的传统，庄子所强调的"天籁"之美，其特点是如此。到了六朝遂有"芙蓉出水"，"自然可爱"之说，钟嵘以之论诗，要求抒写"即目""所见"、具有"自然英旨"的"直寻"之作。唐代皎然赞美谢灵运之诗"真于性情，尚于作用，不顾词采，而风流自然"。司空图也在《诗品·自然》中说："如逢花开，如瞻岁新。真予不夺，强得易贫。"自唐宋以后这一类论述更是不胜枚举，从苏轼的"行云流水""文理自然"到严羽的"镜花水月"，到元好问的"一语天然万古新，豪华落尽见真淳"，再到王士祯的"神韵天然，不可凑泊"，都把自然真实作为诗歌的最高审美境界。而王国维则明确将之作为艺术境界的基本美学特征之一。

第三，意境以传神为美，重在神似而不在形似。王国维说："词之雅郑，在神不在貌。"又举具体例子说："美成《青玉案》（按：当是《苏

① （近代）王国维：《人间词话》，姚淦铭、王燕编：《王国维文集》（上部），中国文史出版社2007年版，第82页。

② 同上书，第77页。

幕遮》）词：'叶上初阳于宿雨。水面清圆，一一风荷举。'此真能得荷之神理者。觉白石《念奴娇》《惜红衣》二词，犹有隔雾看花之恨"。① 这种重神似不重形似的思想，又和自然真实之美是分不开的。他又说："人知和靖《点绛唇》、圣俞《苏幕遮》、永叔《少年游》三阕为咏春草绝调。不知先有正中'细雨湿流光'五字，皆能摄春草之魂者也"。② 所谓"摄春草之魂"，即是指能传春草之神也。他说"温飞卿之词，句秀也。韦端己之词，骨秀也。李重光之词，神秀也"。③ 句秀，只是形似；骨秀、神秀方是传神。意境之妙全在神似逼真，而不在形似刻削。故他说："'红杏枝头春意闹'，著一'闹'字，而境界全出。'云破月来花弄影'，著一'弄'字，而境界全出矣"。④ 这"闹""弄"两字有如绘画中的画龙点睛，传神写照之妙正在这里。

有了以上这些特点，才能达到"意与境浑"，而具备"不隔"之美。王国维认为"隔"与"不隔"是判别意境优劣的基本标准。他对"隔"与"不隔"的差别，曾举具体词例做过分析。他说：

　　问"隔"与"不隔"之别，曰：陶谢之诗不隔，延年则稍隔矣。东坡之诗不隔，山谷则稍隔矣。"池塘生春草""空梁落燕泥"等二句，妙处唯在不隔。词亦如是。即以一人一词论，如欧阳公《少年游》咏春草上半阕云："阑干十二独凭春，晴碧远连云。二月三月，千里万里，行色苦愁人。"语语都在目前，便是不隔。至云："谢家池上，江淹浦畔。"则隔矣。白石《翠楼吟》："此地。宜有词仙，拥素云黄鹤，与君游戏。玉梯凝望久，叹芳草、萋萋千里。"便是不隔。至"酒祓清愁，花消英气"则隔矣。然南宋词虽不隔处，比之前人，自有浅深厚薄之别。⑤

可见，"不隔"的作品应当描写即目所见、即景会心的境界，务求自

　　① （近代）王国维：《人间词话》，姚淦铭、王燕编：《王国维文集》（上部），中国文史出版社2007年版，第81页。
　　② 同上书，第79页。
　　③ 同上书，第78页。
　　④ 同上书，第77页。
　　⑤ （近代）王国维：《人间词话》，姚淦铭、王燕编：《王国维文集》（上部），中国文史出版社2007年版，第81页。

然传神，如化工造成物一般。故云："语语都在目前，便是不隔。""不隔"的思想一方面是受西方美学思想中强调艺术直观特性，以及重视艺术直觉作用的影响，他认为"美术之知识，全为直观之知识，而无概念杂乎其间"，"故科学上之所表者，概念而已矣。美术上之表者，则非概念，又非个象，而以个象代表其物之一种之全体，即上所谓实念者是也，故在在得直观之。如建筑、雕刻、图书、音乐等，皆呈于吾人之耳目者。唯诗歌（并戏剧小说言之）一道，虽藉概念之助以唤挽起吾人之直观，然其价值全存于其能直观与否。诗之所以多用比兴者，其源全由于此也"。① 另一方面，这也是总结我国传统的文艺美学思想的产物。从绘画上宗炳的"应目会心"论，到文学上刘勰的"目既往还，心亦吐纳"论；从诗学上钟嵘的"直寻"说，到司空图的"直致所得，以格自奇"说；从梅尧臣、欧阳修的"状难写之景，如在目前"说，到王夫之提倡的"即景会心""现量"说，乃至严羽的"妙悟"说、王士祯的"神韵"说，都可以鲜明地看出重视艺术直觉作用的历史发展线索。王国维的"不隔"说正是总结中西美学思想的历史经验而提出来的。

（二）创造艺术境界的方法

王国维指出艺术境界的构成有两种类型：一是写境，二是造境。前者以具体写实为主，后者以表现理想为主。同时他又指出了写境和造境是很难绝对对立的，因为"大诗人所造之境，必合乎自然，所写之境，必邻于理想故也"。②

王国维还从美学上对境界的基本形态做了概括和分类。他认为境界可分为"有我之境"和"无我之境"两种。他说：

> 有有我之境，有无我之境。"泪眼问花花不语，乱红飞过秋千去"，"可堪孤馆闭春寒，杜鹃声里斜阳暮"，有我之境也。"采菊东篱下，悠然见南山"，"寒波澹澹起，白鸟悠悠下"，无我之境也。有我之境，以我观物，故物皆著我之色彩。无我之境，以物观物，故不知何者为我，何者为物。古人为词，写有我之境者为多，然未始不能

---

① （近代）王国维：《叔本华之哲学及其教育学说》，姚淦铭、王燕编：《王国维文集》（上部），中国文史出版社 2007 年版，第 197 页。

② （近代）王国维：《人间词话》，姚淦铭、王燕编：《王国维文集》（上部），中国文史出版社 2007 年版，第 76 页。

写无我之境，此在豪杰之士能自树立耳。①

　　所谓"有我之境"是指作家带着浓厚的主观感情去描写客观事物，故物皆含有明显的作家主观感情色彩，也就是说物"人化"了。所谓"无我之境"是指作家在对客观事物的描写中，把自己的意趣隐藏于其中，表面上看不出有作家主观的感情色彩，也就是说人"物化"了。前者由于作家主观意识强烈，使客观的物主观化了，物本身的客观特征反而不明显了。后者则作家的主观意识淡化到了客体之中，所以看起来似乎是"无我"，但实际上也是有"我"的。这就是说的文学创作中心与物结合的两种不同类型，亦即是《人间词稿序》中说的"意余于境"和"境多于意"。王国维认为这两种境界在美学风貌上的特点是"无我之境，人惟于静中得之。有我之境，于由动之静时得之。故一优美，一宏壮也"。这种说法是直接从西方美学思想中引入的，他在《叔本华之哲学及其教育学说》中说："而美之中，又有优美与壮美之别。今有一物，令人忘利害之关系，而玩之而不厌者，谓之曰优美之感情。若其物直接不利于吾人之意志，而意志为之破裂，唯由知识冥想其理念者，谓之曰壮美之感情。"②可见王国维对优美、壮美的认识是建立在艺术与功利无关的基础上的，但是他在《人间词话》中对"无我之境"和"有我之境"、"优美"和"壮美"的分析，并没有直接把这种思想带进来，而这种分类本身对我们深入认识中国古代文学的艺术美特征是很有启发的。

　　王国维既是传统意境理论的集大成者，又是新时代意境理论走向的开创者。他拈出"意境"对之独树高标，将中国历代各时期有关意境的思想精华加以沉淀和概括，把"意境"提到把握文学艺术特性的核心术语的地位，使得意境范畴从诗学基本范畴上升为中国文学与美学的基本范畴。在王国维的推动下，意境范畴终于形成了自己明确、成熟、系统的理论构架，最终发展成为中国古典美学一个最重要的基本审美范畴和核心理论。

---

　　①　（近代）王国维：《人间词话》，姚淦铭、王燕编：《王国维文集》（上部），中国文史出版社 2007 年版，第 76 页。
　　②　（近代）王国维：《叔本华之哲学及其教育学说》，姚淦铭、王燕编：《王国维文集》（下部），中国文史出版社 2007 年版，第 192 页。

第八章

辨于味而后可以言诗

——滋味说

以"味"论诗，是中国传统诗学理论的重要范畴之一，它富有鲜明的民族特色。

一 "味"的源起和演进

早在先秦时期，人们就已经在使用"味"这个概念了。不过，它还不是纯粹的审美意识的范畴，人们对味的理解还仅仅限定在人的口舌等感觉器官对物质的感觉这样一种生理活动的范围之内，"味"只是表示一种味觉的快感。

《左传·昭公元年》载医和的话：

> 天有六气，降生五味，发为五色，征为五声，淫生六疾。①

《左传·昭公二十五年》记载子产的话，进一步发挥了医和的说法：

> 天地之经，而民实则之。则天之明，因地之性，生其六气，用其五行。气为五味，发为五色，章为五声。淫则昏乱，民失其性。是故为礼以奉之：为六畜、五牲、三牺，以奉五味；为九文、六采、五章，以奉五色；以九歌、八风、七音、六律，以奉五声。②

---

① 杨伯峻：《春秋左传注》，中华书局 1981 年版，第 1222 页。
② 同上书，第 1457—1458 页。

还有《国语·郑语》说："五味以调口。"上述这些都是在口味感觉这一本来的意义上使用"味"这个概念的。

使"味"与艺术和审美发生联系的，是儒、道二家。"味"首先同音乐联系在一起。《论语·述而》："自在齐闻《韶》，三月不知肉味，曰'不图为乐之至于斯也。'"孔子听了《韶》乐的演奏，竟忘了"肉味"，显然是被古乐所引起的快感取代了"肉味"，足见《韶》乐的艺术感染力。尽管这里艺术之"味"尚未明确点出，但已说明二者之间有相通之处。《左传·昭公二十年》齐国晏子论"和"与"同"时，说到"先王之济五味、和五声"①，提出了"声亦如味"的问题，用"味"来比喻"声"，用味的调和来说明音乐只有"相济相成"才能产生美感力量，这就涉及音乐艺术中的审美了。《礼记·乐记》开始把"味"同音乐的欣赏直接联系起来：

清庙之瑟，朱弦而疏越，一唱而三叹，有遗音者矣。大飨之礼，尚玄酒而俎腥鱼。大羹不和，有遗味者矣。是故先王之制礼乐也，非以极口腹耳目之欲也，将以教民平好恶，而反人道之正也。②

这里的"味"是指音乐所产生的艺术感染力。"大羹遗味"并非那种满足口腹之欲的"味"，它超出了直接欲望的满足，上升到了精神、伦理、道德的层面上，因而与美感就有了直接的关系。

道家也讲"味"，但带有更多的哲学色彩。《老子》第三十五章说：

执大象，天下往。往而不害，安平太。乐与饵，过客止。"道"之出口，淡乎其无味，视之不足见，听之不足闻，用之不足既。③

王弼注云："言道之深大。人闻道之言乃更不如乐与饵应时感悦人心也，乐与饵则能令过客止，而道之出言淡然无味。视之不足见，则不足以悦其目；听之不足闻，则不足以娱其耳。若无所中然，乃用之不可穷极

①　杨伯峻：《春秋左传注》，中华书局1981年版，第1420页。
②　李学勤主编：《十三经注疏·礼记正义》，北京大学出版社1999年版，第1081页。
③　陈鼓应：《老子今注今译》，台湾商务印书馆1956年版，第140页。

也。"① 有味、有色、有声的音乐和美食能让过客止步，而"道"却是无味、无色、无声的，尽管它"不如乐与饵应时感悦人心"，给人心直接的官能的快感，但它却是"无为而无不为"的绝对自由的本体，是用之不可穷尽的，也就是说它超越了一切从有限的感觉所得到的快感和美感。在老子看来，真正的、最高的美，存在于无味、无色、无声的"道"之中，那么无味，便是至味了。

  为无为，事无事，味无味。②

  这是以"口"与"味"的比况对"道"之美的品尝与咀嚼的例子。叶朗在《中国美学史大纲》中指出："……这是'味'这个概念在历史上第一次作为美学范畴出现。"③ 这里有三点值得注意：第一，老子以"味"为美，是他"圣人为腹不为目"的必然结果。这一点，连同那句"为腹不为目"的响亮口号，奠定了中国美学审美中的"口腔化倾向"，它集中体现为"滋味说"；第二，"味无味"中，前一个"味"作动词，是品味、体味、领悟的意思，它揭示了审美与品位的某种相通性，形成后世艺术欣赏论中"从容讽味"，"反复回味"一说；第三，"味无味"中，后一个"味"，即"无味之味""平淡之味"，实际上就是老子所说的"道"。"道之出口，淡乎其无味"，"无味"作为"道"的体现，乃是一种不受任何局限和束缚的、绝对自由的美。"味无味"，所强调的就是去追求与体验这种美感。与儒家带有伦理道德的"遗味"相比较，道家的无味之味，突出了"味"的审美愉悦性、自由性和超越性，更为深刻地触及美的本质，具有审美的意义。虽然这种"味"难以捉摸，但老子这段话，给中国诗学奠定了以平淡为至味的审美趣味，也就是后世所说的"平淡而山高水深"（黄山谷语）、"淡者屡深""似淡实浓"（司空图语）之意。

  后来在玄学的影响下，阮籍和嵇康便把这种无味之味引入到了音乐的美学理论中。阮籍《乐论》说：

---

① （魏）王弼：《王弼集校释》，楼宇烈校释，中华书局1980年版，第88页。
② 同上书，第164页。
③ 叶朗：《中国美学史大纲》，上海人民出版社1985年版，第31页。

乾坤易简，故雅乐不烦；道德平淡，故五声无味；不烦则阴阳自通，无味则百物自乐，日迁善成化而不自知，风移俗易而同于是乐。①

嵇康《声无哀乐论》说：

夫曲用每殊，而情之处变，犹滋味异美，而口辄识之也。五味万殊，而大同于美；曲变虽众，亦大同于和。美有甘，和有乐；然随曲之情，尽于和域；应美之口，绝于甘境。安得哀于其间哉?②

实际上都是道家以无味为味的思想在音乐理论上的表现。可见，老子的这种以无味为真正的味的理论观念，在"味"范畴的演变岁月发展中，有着重要的意义。

二　"味"之考辨

为什么作为生理感觉的口味之"味"在先秦两汉会被普遍地用来比喻音乐等所包含的美感力量呢？这是因为，"味"这个概念，一开始就与美紧密地联系在一起。中国美学史的研究成果表明，在中国，关于美的认识，虽然最初与使用功利以及道德上的善密不可分，但同时也还存在着一种明显的不同于功利的和善的美，这就是那种能够给人以感官享乐的声、色和味的美。如《左传·桓公元年》记载："宋华父督见孔父之妻于路，目逆而送之，曰：'美而艳。'"③《荀子·王霸》云："……人之情，口好味而臭味莫美焉；耳好声而声乐莫大焉；目好色而文章致繁，妇女莫众焉……"④

① （三国）阮籍：《乐论》，陆伯钧校注，《阮籍集校注》卷上，中华书局1987年版，第81页。
② （三国）嵇康：《声无哀乐论》，戴明阳校注，《嵇康集校注》卷五，人民文学出版社1962年版，第216页。
③ 杨伯峻：《春秋左传注》，中华书局1981年版，第83页。
④ （清）王先谦注：《荀子集解》，沈啸寰、王星贤点校，中华书局1988年版，第217页。

在西方美学中，"美"历来被界定为视觉、听觉的专利品。早在古希腊，柏拉图就指出："美是由视觉和听觉产生的快感。"① 到了中世纪，托马斯·阿奎那又进一步强调了这一点："与美关系最密切的感官是视觉和听觉……我们只说景象美或声音美，却不把这个形容词加在其他感官（例如味觉和嗅觉）的对象上去。"② 直到现代，西方美学家仍然坚持说："我们不应当称一块烤牛排是美味的"③；"马斯蒂的作品中有一些红色……给观众一种官能上的享受。但是我们必须明白，如果我们把这种感受孤立起来考虑，……那就没有任何审美性质，而只不过是单纯的快感而已。"④ 但是中国美学则不这么看。中国早期美学认为，五官快感是相通的，它们均可一名为"美"。而且由于味觉快感是更切近、更实在、与人的功利联系更紧密的感受，所以，"美"是同味觉的快感联系在一起的。

由于中国文字的特殊性，"美"字既作为客体事物之美，又作为主体对客体之美的感受，"口之于味，有同嗜焉，目之于色，有同美焉"（孟子语）。首先从字源学的角度，对"美"字进行剖析与解读，探求"美"与"味"的关系，从而把握中国古人最"原初的审美观念"。"美"，《说文解字》对它的解释是："甘也，从羊从大，羊在六畜，主给膳也。"宋人徐铉在《校定说文解字》中说："大则美，故从大。"也就是说，羊大则味甘，明确提出了"羊大则美"的观点。清人段玉裁《说文解字注》进一步发挥说："羊大则肥美"，将美与饮食连在一起，美，首先来自味觉。日本学者笠原仲二认为，中国人最原初的审美意识，就起源于"肥羊肉的味甘"这种古代人们的味觉的感受性。⑤ 今人萧兵认为，美的最初含义是冠戴羊形成羊头装饰的大人。即进行图腾扮演，图腾乐舞，图腾巫术的祭祀或酋长。最初是羊人为美，后来演变为羊大为美。⑥ 如果确有这个转变，那就意味着，美的感受重心是从舞蹈者逐渐转移到饮食祭品上的。为什么会有这样的转移呢？张法认为，这与中国古代的原始仪式——

① ［古希腊］柏拉图：《柏拉图文艺对话集》，朱光潜译，人民文学出版社1959年版，第200页。

② 《西方美学家论美和美感》，商务印书馆1982年版，第53页。

③ ［英］科林伍德：《艺术原理》，王至元等译，中国社会科学出版社1985年版，第40页。

④ ［法］萨特：《想象心理学》，转引自《古典文艺理论译丛》第8期，第63—64页。

⑤ ［日］笠原仲二：《古代中国人的审美意识》，北京大学出版社1987年版，第2页。

⑥ 萧兵：《从"羊人为美"到"羊大则美"》，《北方论丛》1980年第2期。

礼本身的特殊性有关。① 在原始仪式（礼）中，饮食具有重要的地位。《礼记·礼运》说"夫礼之初，始诸饮食。其燔黍捭豚，汙尊而杯饮，蒉桴而土鼓，犹若可以致其敬于鬼神。"② 礼，古文字为"豊"，就是盛饮食的器皿的象形字。殷周的青铜器中数量最多的是饮食具，依《周礼》所载，"在负责帝王居住区域的约四千人中，有三千二百多人，或百分之六十以上是管饮食的"。③ 而鼎，这一烹饪用的器物，也就成为了夏商周三代政权的最高象征。"这一系列事实说明了饮食文化从原始社会到周代都不仅是口腹之事，而且还包含着更深的文化意义。……带来的快感也并不仅仅是生理快感，口腹之乐里面还包含着一种形而上的精神享受"。④ 清代段玉裁在《说文解字注》中指出，许慎以"甘"作为"美"的本义，这"甘"并非"五味"之一的"甘味"，而是指可人之口的所有滋味，亦即味觉快感，所谓"五味之美皆曰甘"。生理快感与精神享受并存，"美"就与"甘味"直接联系起来了。

再看"味"字，从音韵方面考察，它与"美"在上古音系中"均为明母，而韵部脂、物可构成旁对转的关系"，二字"存在着同源的关系"，可互训。味，《说文》训为"滋味也，从口未声。""味"从"未"得声，声同义通，可知味的语源即"味"。《说文》："未，味也，六月滋味也。""六月滋味"是何义？《史记·律书》的一段话可为注脚："未者，言万物皆成，有滋味也。"而"滋味"即"美味"。《吕氏春秋·适音》："口之情欲滋味。"高诱注："滋味，美味。"而肥、脓、腜、旨、甜等字也因与"味"有联系而被训为"美"。肥、脓、腜是因味"厚"而美，旨、甜则因味"甘"而美。

中国美学以"味"为美，还可以从古代常说的"羊羹美酒""鲜美"等词语中考见一斑。"美酒"以"美"形容酒带来的味觉快感，"羹"作为一种美味本身是由羊肉做成的汤菜，此字从羊从美，集中体现了"味"与"美"的结合。"鲜"从鱼从羊，本义是鱼。《礼记·内则》："冬宜鲜羽。"注："鲜生鱼也。"鱼是一种美味，故"鲜"又被训为"好"（《礼记·释名》）、"善"（《礼记·玉篇》）。"好""善"即"美"。

　　① 张法：《中国美学史》，上海人民出版社 2000 年版，第 14 页。

　　② 李学勤主编：《十三经注疏·礼记正义》，北京大学出版社 1999 年版，第 777 页。

　　③ 张光直：《中国青铜器时代》，生活·读书·新知三联书店 1983 年版，第 222 页。

　　④ 张法：《中西美学与文化精神》，北京大学出版社 1994 年版，第 263 页。

中国美学"美"解释为可人之味，又用味指称、比况五觉愉快之美。比况、指称触觉快感："闵妃匹合，其身是继，胡维嗜不同味，而快朝饱？"（《楚辞·天问》）屈原关于大禹通于涂山女的发问，正是拿早饭饿了而得以饱餐一顿的快感滋味来比况男女交媾所产生的情感体验，用"味"来比况听觉快感："自在齐闻《韶》，三月不知肉味"（《论语·述而》）；比况视觉美："信美堪餐"（马令《南唐书·女宪传》载李后主《昭惠周后诔》），"华容婀娜，令我忘餐"（曹植《洛神赋》）。"发展到后来，'味'就成为传达民族审美心理的一个特有的重要范畴。大凡与审美活动有关的概念，往往与'味'字发生联系，这体现在语言中由'味'字合成的一系列词语上面，譬如：玩味、体味、咀味、寻味、研味、讽味、品味、吟味、熟味、细味、深味、韵味、余味、回味、况味、意味、乏味、趣味、味道、风味等等，不一而足。"①

上述字源学的考证说明，在中国，"美"这个字是同味觉的快感联系在一起的。"味"同人类早期审美意识的发展密切相关。人们之所以用"味"来比喻音乐所具有的艺术感染力，根本原因在于味觉的快感中已经包含了精神上美感的萌芽。人类早期这种以味为美的审美观念给了我们重要的启示：首先，味觉的快感是直接或直觉的，而不是理智的思考；其次，它具有超功利欲望满足的特点，不仅仅是要求吃饱肚子；再次，它同个体的爱好兴趣密切相关。而这三点，正是美感所具有的不同于科学认识或道德判断的重要特征。② 正因为此，后代的诗学家们才执着地寻求诗味的表现而不是诗理的解说，读诗的人才寻求诗味而不是解析诗理。

三 钟嵘的"滋味"说

魏晋六朝，佛老思想活跃，儒家思想的统治地位动摇，文学摆脱经学的桎梏而取得了独立，开始了"文的自觉时代"，诗歌创作方面也积累了丰富的审美经验，这就为诗学从美学的角度探究诗歌的艺术特征提供了充分的条件，有关"诗味"的理论正是在这样的背景下建立起来的。

① 臧克家：《汉语文字与审美心理》，学林出版社1990年版，第32页。
② 李泽厚、刘纲纪：《中国美学史》（第一卷），中国社会科学出版社1984年版，第81页

在中国古代诗学理论中，第一次明确地用"味"来说明诗歌的艺术感染力的是陆机的《文赋》：

> 或清虚以婉约，每除烦而去滥，阙大羹之遗味，同朱弦之清氾，虽一唱而三叹，固既雅而不艳。①

陆机这里所说的"遗味"，虽然是借"大羹"以比喻的形式出现，但其含义已经是直接的品诗论文了，因而有不可忽视的意义。

陆机之后，画家宗炳在文艺领域内进一步发展了老子"味无味"的理论，直接把"味"这个概念引入审美理论，提出了"澄怀味象"的美学命题：

> 圣人含道应物，贤者澄怀味象。②

宗炳这一命题告诉我们，人们在对自然山水和作为艺术山水画进行审美接受和欣赏时，和"圣人"以政治功利的实用态度面对客观世界处理实际事务不同，应该以一种摆脱功利欲求的审美心境观照、体味和领悟审美对象的美学特征和美学意蕴，从而获得一种精神的愉悦和享受。宗炳的"澄怀味象"说精辟地概括了审美主客体之间的关系，并且对"味"作为一种审美接受活动中的审美心理内容作了具体的规定，如"畅神""万趣融于神思"等，因此可以毫不夸张地说，宗炳"澄怀味象"的理论命题是"味"这一审美范畴在其发展过程中的极为重要的一个环节。

刘勰《文心雕龙》中讲到"味"的地方有十几处，有的指内容，有的指形式，但更多的是指内容和形式相统一的艺术形象特征。刘勰认为，文学作品中的滋味"外文绮交，内义脉注"（《文心雕龙·章句》），有滋味的作品能够给人带来"玩之者无穷，味之者不厌"（《文心雕龙·隐秀》）的美感。具体而言，刘勰认为，作品应该从三个方面把握滋味：第一，"味道相附"（《文心雕龙·附会》），即滋味依附于正道，旨趣符合道理。第二，"义味腾跃"（《文心雕龙·总术》）。滋味腾越于意味之中，

---

① 陆机：《文赋》，郭绍虞编：《中国历代文论选》，上海古籍出版社 1979 年版，第 70 页。

② 宗炳：《画山水序》，沈子丞编：《历代论画名著汇编》，文物出版社 1982 年版，第 14 页。

旨趣约束于价值观之内。第三，"余味曲包"（《文心雕龙·隐秀》）。文学作品"深文隐蔚"（同上），"滋味流于字句"（《文心雕龙·声律》）之外，给人以回味无穷的感觉和感受。然而刘勰并没有把"味"作为专门的文学批评标准，况且他所谈论的对象并非单纯纯粹的诗，而是广义的"文章"，在刘勰的文学理论批评体系中，"味"并不是一个举足轻重的美学范畴。

直到钟嵘《诗品》问世，"味"的内涵才发生了根本的变化。他不仅以"味"论诗，而且从根本上把"味"同诗的美密切地联系起来。他明确地把"滋味"作为诗歌创作和鉴赏批评的审美标准，并从诗歌本体的高度对"滋味"进行了十分深刻的阐述，"味"这个范畴才真正被推上纯文艺美学的发展轨道。

《诗品序》曰：

> 夫四言，文约意广，取效《风》《骚》，便可多得，每苦文繁而意少，故世罕习焉。五言居文词之要，是众作之有滋味者也，故云会于流俗。岂不以指事造形，穷情写物，最为详切者耶？故诗有三义焉：一曰兴，二曰比，三曰赋。文已尽而意有余，兴也；因物喻志，比也；直书其事，寓言写物，赋也。宏斯三义，酌而用之，干之以风力，润之以丹彩，使味之者无极，闻之者动心，是诗之至也。①

钟嵘认为，诗的审美本质在于抒情，而诗的美感特征在于"味"，有"滋味"，才能达到"诗之至"，即诗歌的最高造诣和境界。这就是《诗品》所提出的审美标准与鉴赏接受标准。以上这段论述，大致包含两个层次的意思。

其一，具备哪些要素的诗才"有滋味"。五言诗与四言诗相比较，其所以"居文词之要"，是因为它是"众作之有滋味者也"。滋味是诗歌艺术的重要特征。先秦时期，"四言，文约意广"，汉魏以后，随着社会生活的变化，文人们用四言体写作，每每"苦文繁而意少"，觉得它缺少滋味。有滋味没滋味，常常就缺少那么一点：四言体增加一个字变成五言体，就成为各种诗体中最有"滋味"的了。这固然有倡导五言诗之嫌，

---

① 钟嵘：《诗品》，何文焕：《历代诗话》上，中华书局1981年版，第3页。

但主要原因还在于五言诗"指事造形，穷情写物，最为详切"。这实际上提出了有"滋味"的诗歌所具备的要素。"指事造形"，是指物状的刻画或形象的描写，接近于他所说的"直书其事，寓言写物"的"赋"的特征。而"穷情写物"则主要指以形传神。"穷情"，是要淋漓尽致地抒发深刻而又真挚的思想感情，即所谓"直致"，但感情的抒发，又离不开鲜明的艺术形象，因而，融情于物，借物抒情，才是穷情写物的目的。滋味与形象是不可分的。

其二，用什么方法才能使诗"有滋味"，钟嵘认为这与如何运用赋、比、兴的方法来进行写作有关。从四言诗总结出来的赋、比、兴，到了五言诗的时代，在钟嵘笔下变成了兴、比、赋，他将"兴"放在了第一位，是因为他认为"兴"更能突出地体现诗歌的艺术特征。"谢诗如芙蓉出水，颜诗如错采镂金"。"芙蓉出水"之诗，以自然"兴"情，"寓言写物""犹轻松之拔灌木，白玉之映尘沙"，"文已尽而意有余"。"错采镂金"之诗，以"比"为主，"因物喻志"，辞致"绮密"，"情喻渊深"，如铺锦列绣，亦雕缋满眼。此二体有轩轾之分，前者为高，后者次之，故谢灵运列上品，颜延之列中品。值得指出的是，钟嵘虽然垂青"自然英旨"的"兴"诗，但他同时也指出，要想使得诗歌达到"详切"的"滋味"，兴、比、赋是一个不可分割的整体，比兴的特点是托喻委婉，寓意深刻，然而其所患在于"意深"，容易产生隐晦蹇涩之弊；赋的效果是铺陈细致，文意详明，染而所患乃在"意浮"，容易产生冗赘散漫，不着边际的弊病。所以要"宏斯三义，酌而用之"，再"干之以风力，润之以丹采"，这样的诗就有了"滋味"，就可以"使味之者无极，闻之者动心"，就达到了"诗之至"的境界。

从接受诗学角度看，钟嵘"滋味说"已将鉴赏者和接受者作为诗歌本体构成的一个重要因素。"使味之者无极，闻之者动心，是诗之至也。"这里的"味之者""闻之者"无疑指的是鉴赏者和接受者。在钟嵘看来，作为诗歌本体的"滋味"，除了体现为作品中特定的审美因素和审美属性之外，它还要求必须有接受者和鉴赏者的介入，必须使鉴赏者和接受者感到"动心"和"无极"。也就是说，诗歌不仅能够激发鉴赏者和接受者生命意志搏动心灵世界的震颤（"动心"），而且还能够引导鉴赏者和接受者丰富的联想和想象，从而去寻觅诗本身所蕴含的凝重深远的内容和意境。从这里，我们发现，钟嵘所说的"滋味"，实际上是由具有审美特性的诗歌与鉴赏者和接受者之间发生的一种相激相荡、相生相感、相应相和的审美效果。钟嵘批评玄言诗"理过其辞，淡乎寡味"，是因为玄言诗最大的毛病就在于用诗的形式来表现老庄哲学的玄理，这种作品只能给人以抽象的概念性的理性认识，而不能在感情和情绪上使鉴赏者和接受者产生共鸣。

钟嵘以"味"论诗，大致有两个学术渊源：一是先秦以来儒家道家的诗学传统，二是印度梵语戏剧学和梵语诗学。"味论"是印度古代戏剧学的理论核心。作为一种艺术批评原则，始于古印度戏剧理论家婆罗多的《舞论》。他认为"味产生于情由、情态和不定情的结合。"并进一步解释说："正如各种调料、药草和原料的结合产生味，同样，各种情的结合产生味"①。魏晋之际，随着印度佛教的传入，梵语诗学中的"味"论，势必随之传入，对中国诗学理论的影响，也是不言而喻的。

在中国古代诗学史上，"滋味"说的真正建立，应该说是从钟嵘开始的。

四 司空图的"韵味"说

司空图在继承前人特别是钟嵘关于诗"味"和"滋味"理论认识的基础上，又总结了我国尤其是唐代诗歌创作的丰富经验，对诗歌的"味"做了更为深入的探索，并提出了"韵味"说的诗歌美学主张。

司空图在《与李生论诗书》中说：

> 文之难，而诗之难尤难。古今之喻多矣，愚以为辨于味而后可以言诗也。江岭之南，凡足资于适口者，若醯，非不酸也，止于酸而已；若鹾，非不咸也，止于咸而已。华之人以充饥而遽辍者，知其咸酸之外，醇美者有所乏耳。彼江岭之人，习之而不辨也，宜哉。诗贯六义，则讽喻、抑扬、渟蓄、渊雅，皆在其间矣。然直致所得，以格自奇。前辈诸集，亦不专工于此，矧其下者耶！王右丞、韦苏州，然

---

① 《舞论》，黄宝生译：《梵语诗学论著汇编》，昆仑出版社 2008 年版，第 45 页。

澄澹精致，格在其中，岂妨于遒举哉？贾阆仙诚有警句，然视其全篇，意思殊馁，大抵附于寒涩，方可致才，亦为体之不备也，矧其下者哉！噫！近而不浮，远而不尽，然后可以言韵外之致耳。

……

盖绝句之作，本于诣极，此外千变万状，不知所以神而自神也，岂容易哉？今足下之诗，时辈固有难色，倘复以全美为工。即知味外之旨矣。①

这段话是司空图诗论的代表。在这里，他实际提出了两个问题，一是辨于味而后可以言诗，二是韵外之致和味外之旨。

"辨于味"是指辨别诗中的情趣韵味，辨味，就是审美。诗有不同的情趣韵味、不同的风貌，司空图认为，能辨别其不同的韵味，方为论诗之行家里手。这就把诗的情趣韵味提到十分重要的地位上，而这正是与传统诗主教化说大相径庭之处。

什么是"味"？对于人的感官来说，有单一的原本之味，又有醇美的味外之味，犹如醋和盐，单是醋，只有酸味，单是盐，只有咸味，但是经过适当的调配之后，就产生出了甘于口的醇美之味。酸咸是食物的具体的味，而人们在吃这种食物时所感到的美味，并不是食物具体的酸或咸，而是难以言喻的一种口感，然而，这种美味，又离不开具体的酸咸。诗歌也是这样。它运用生动的语言，描写了许多具体的景象，但是诗歌真正醇美之处，并不在具体的景象中，而在于由这些具体景象所构成的、存在于这些具体景象之外的艺术意境中，司空图指出，优美的诗歌，其所表现的情景，使人感到"近而不浮，远而不尽"，就像食品之有酸咸之外的味道那样。形象鲜明可感，为近；而又于可感的形象中有深厚之含蕴，故不浮。诗意深远，情在言外，故远，远则有味；而于远之外，尚有远而又远者，故不尽，不尽，方有味外之味。含有"韵外之致"的诗，也就必然有耐人寻绎体会的"味外之旨"。这样的诗歌，才称得上是醇美或全美。

司空图在这封书信中还特别举出他自己诗歌创作中具有"味外味"的诗例共二十四联（按：《文苑英华》载此文为二十一联），现节录如下，

---

① 司空图：《与李生论诗书》，郭绍虞集解：《诗品集解·续诗品集解》，人民文学出版社2005年版，第47—48页。

可以帮助我们来理解什么样的诗句有他所提倡的韵味。

> 得于早春，则有"草嫩侵沙长，冰轻著雨销"；又"人家寒食月，花影午时天"；又"雨微吟足思，花落梦无憀"。得于山中，则有"坡暖冬生笋，松凉夏健人"；又"川明虹照雨，树密鸟冲人"。得于江南，则有"戍鼓和潮音，船灯照岛幽"；又"曲塘春尽雨，方响夜深船"。得于塞下，则有"马色经寒惨，雕声带晚饥"。得于丧乱，则有"骅骝思故第，鹦鹉失佳人"；又"鲸鲵人海涸，魑魅棘林幽"。得于道宫，则有"砌声花院闭，幡影石幢高"。……虽庶几不宾于浅涸，亦未废作者之讥诃也。①

从上述所引例句来看，司空图最欣赏的诗，是以语言精致的律句（特别是五言律句）来描绘景物，通过景物描写来表现自己的恬淡心境与闲情逸致。这类诗句使读者看到鲜明生动的形象，感受到作者隐逸生活的情趣，语言精练工巧，因而具有耐人咀嚼的韵味。司空图自称其所举例句"不滨于浅涸"，"不知所以神而自神"，即指具有深长的韵味。

在当时，以酸咸调和来比诗味的，不只司空图一人。释贯休《酬韦相公见寄》曰："盐梅金鼎美调和，诗寄空林问讯多。"那么，怎样才能做到有味外之味呢？司空图认为这种"韵味"，是由"直致所得，以格自奇"。"直致所得"，强调的是要得之于自然，得之于生活，即"思与境偕"。诗人的主观情思与客观之境自然遇合，有得于心，然后根据己之所得，创造自己的，抒发自己的情思，既不依傍古人，也不必强为搜求，只眼前景，口头语，便可自致妙境，而有弦外之音，味外之味，韵外之致。司空图之所以推崇王维、韦应物一派的诗歌，也是因为他们的诗"趣味澄复，若清沇之贯达。"韵味深远，能够给读者以无穷无尽的审美享受。

司空图以韵味论诗，从诗学史的角度看，他继承、发挥了刘勰、钟嵘的见解，但与之不同的是，司空图更强调"味外之旨""韵外之致"，尤重诗境的深远。"直致所得"的原则，应是由钟嵘"直寻"之说演化而来。从原理上讲，钟嵘与司空图并无二致，但他们的目的不同。钟嵘强调

---

① 司空图：《与李生论诗书》，郭绍虞集解：《诗品集解·续诗品集解》，人民文学出版社2005年版，第47—48页。

"直寻"，旨在反对堆砌典故及因袭模拟古人等形式主义的浮靡诗风；而司空图则旨在以此而得"味外之旨"与"韵外之致"。由此可见司空图对前人理论的继承和发展。

第九章

学诗浑似学参禅
——妙悟说

"妙悟"亦称禅悟，首先是由禅宗提出的，指的是佛教禅宗的一种修养方式。随着禅宗在中国的广泛传播，特别是到了宋代，禅宗思想已直接渗入社会生活和思想文化的各个领域，对中国士大夫的精神生活产生了巨大的影响，当时一些诗人热衷于谈禅、参禅，其诗歌也就有意无意地去表现禅理和禅趣，专业的禅师也和诗人一起酬唱、吟和，在诗中表现他们对世界和人生的富有禅意的观照和理解。这样，在具体使用的过程中，作为禅宗的"妙悟"说就被借用过来阐释文学艺术的思维活动，并逐步被中国的诗学理论所吸纳、融化和发展，从而成为中国诗学史上一个极富价值和生命力的命题，成为中国古代文论中的一个非常重要的理论范畴。

一 直了见性的佛教体悟方式

"妙悟"指禅悟，这本是印度大乘佛教修证的主要途径之一，后经瑜伽行派等加以改造、发展，成为自心对佛理的契合与领会。到了中国化佛教禅宗兴起之后，这种不必借助逻辑程序和语言文字的、仅凭直觉体验一下子便大彻大悟的非理性的思维方式，进一步被推到"顿悟"的极致，彻底化为"直指心源"的"顿悟"。与此同时，"妙悟"就成为禅宗哲学和美学的首要范畴，成为以禅喻诗习尚的核心。正如铃木大拙所言："禅如果没有悟，就象太阳没有光和热一样。禅可以失去它所有的文献，所有的庙宇以及所有的源头，但是，只要其中有悟，禅会永远存在。"[①] 由此，即可窥见悟对禅宗的重要性。

---

① [日] 铃木大拙：《禅风禅骨》，耿仁秋译，中国青年出版社 1989 年版，第 102 页。

　　"妙悟"是一个具有中国文化特色的佛学概念。据史载，"妙悟"一词最初见于东汉僧肇的《长阿含经序》："晋公姚爽，质直清柔，玄心超诣，尊尚大法，妙悟自然……"①。僧肇在《涅槃无名论》中亦云："玄道在于妙悟，妙悟在于即真。"② 在这里，所谓"即真"，就是对真如佛性也即佛教所认为的最高真理的领悟和把握，而所谓"妙悟"则是领会和把握佛教终极真理的一种特殊的思维方式和思维过程。

　　僧肇之前，"妙""悟"在古典文论中基本上是以单个字眼出现的。"妙"见于《老子》"常无，欲观其妙；常有，欲观其徼"，"玄之又玄，众妙之门"等句。关于"妙"的内涵，注家多解为"微妙""奥妙""深微奥妙"，蒋锡昌《老子校诂》云："妙者，幽冥之道也"③。对于"妙"的内涵，朱自清先生也曾做过解说："'妙'的意念，经过汉代到了晋代渐渐成为士大夫或雅人一般常用的、主要的审美的评语。""魏、晋以来，老、庄之学大盛，特别是庄学，士大夫对于生活和艺术的欣赏与批评也在长足的发展，清谈家也就是雅人，要求的正是那'妙'。后来又加上佛教哲学，更强调了那'虚无'的风气。"④ 至于"悟"，则早在庄子的《田子方》"物无道，正容以悟之"中就已出现，指的是使人醒悟到做人要纯真自然、无为寡欲的道理。当然，此时作为单个词语被使用的"妙""悟"还多带有鲜明的老庄道家色彩。

　　自僧肇提出"妙悟"说之后，佛典译经中论"妙悟"的文字逐渐多起来。首先对"妙悟"说发扬光大的是晋宋之间的竺道生。据僧慧达在《肇论疏》中介绍他的顿悟义之要旨时说：

　　　　夫称顿者，明理不可分，悟语照极，以不二之悟，符不分之理，理智悉释，谓之顿悟。⑤

　　在竺道生看来，修行过程中对佛教真如本体即诸法实相和最高真理的领

---

　　① （南朝·梁）僧祐：《出三藏记集》卷九，苏晋仁、萧鍊子校点，中华书局1995年版，第336页。

　　② （东晋）僧肇著：《肇论校释》，张春波校释，中华书局2010年版，第209页。

　　③ （清）蒋锡昌：《老子校诂》，商务印书馆1937年版，第11页。

　　④ 朱自清：《朱自清古典文学论文集》，上海古籍出版社1984年版，第129、131页。

　　⑤ 转引自楼宇烈《神会的顿悟说》，《禅学研究》第二辑，江苏古籍出版社1994年版，第20页。

悟和把握不能分阶段一点一点地去得到它，只能求之于一下子大彻大悟。他对佛教乃至古典文论的贡献之处在于创造性地提出了"顿悟"学说。

唐代接过竺道生的论说，对"妙悟"的论述仍集中在"顿悟"上。首先将其发扬光大的应推禅宗六祖南宗"顿门"的创始人慧能。慧能突破传统禅宗的地方即在于他提倡"无念为宗，无相为体，无住为本……一悟即至佛地"的顿悟思想。《五灯会元·释迦牟尼佛》条记载：

> 世尊在灵山会上，拈花示众。是时众皆默然，唯迦叶尊者破颜微笑。世尊曰："吾有正法眼藏，涅槃妙心，实相无相，微妙法门，不立文字，教外别传，付嘱摩诃迦叶。"①

所谓"正法"，即全体佛法，"眼藏"，指佛法能普照天地万物。佛祖传授给摩诃迦叶尊者的这种伟大佛法，就是"以心传心"的禅宗宗旨。

慧能《坛经》有很多"顿悟"突然降临的论述：

> 我于忍和尚处一闻，言下大悟，顿见真如本性。②
> 迷来经累劫，悟则刹那间。③
> 当起正真般若观照，刹那间妄念俱灭，即是自真正。善知识，一悟即至佛地。④
> 自性自悟，顿悟顿修，亦无渐次，所以不立一切法，诸法寂灭，有何次第？⑤

"一闻""言下""刹那间"都是对"悟"突发性、偶然性的描述。在慧能看来，佛教的教义，尤其是教义中最隐微精深的内容是不能用语言文字传达的，因而对佛理的领会也是不能以语言文字来解说和逻辑推理来论证的。佛教的真如之理在每个人的心中，因此要获得佛法真义，只能靠修行人的内心自悟，如人喝水，冷暖自知，谁也说不清楚。"汝自迷不见自心，却来问吾见与不见。吾见自知，岂代汝迷！汝若自见，亦不代吾

---

① （宋）普济辑：《五灯会元》，苏渊雷点校，中华书局1984年版，第4页。
②③④⑤　慧能：《坛经》，丁福保笺注，上海古籍出版社2011年版，第239、343、340、150、160页。

迷，何不自知、自见。"⑥别人的悟，永远不可能代替你自己的悟，是故悟者自悟，而迷者自迷。即其所谓的"自性迷，佛即众生；自性悟，众生即佛。"因而，慧能认为，对于真正的修行者来说，他只需凭着强烈的成佛愿望去寻求最高真理，只需通过直观体悟的方法便能触及"佛性"，当下即得。那些广引经教的理论准备，迂回曲折的诱导方法和分阶段分层次的苦修证理的过程则纯属多余。这样，在慧能等顿悟派手里，作为佛学禅宗术语的"悟"就成了修行者瞬间一次性地把握佛教终极真理的一种特定的修行方式和思维方式，一种顿然获得的对空性、真如的了悟。

　　慧能之后，南宗影响越来越大，北宗则逐渐消匿。循着慧能"顿悟"说的发展线索，南宗禅的历代祖师均围绕着"顿悟"这一核心，不断丰富、展开和发展着禅宗美学。因而，顿悟之说便成为唐宋之后佛学禅师们的共识。在禅师们看来，顿悟讲的就是即心即佛，实相无相，不缘文字，其妙无穷。其根本要义即在于通过人们的参禅来"识心见性，自成佛道"，从而达到本心清净、空灵清澈的精神境界。对于"顿悟"的这种直下顿了的状态，禅师们多有描述。如《古尊宿语录》卷三十二载："智与理冥，境与神会，如人饮水，冷暖自知。"希运禅师说："直下便是，运念即乖，然后为本佛"（《筠州黄檗山断际禅师传心法要》），强调主体就在顿悟的一刹那，进入到"心中明若琉璃"（大珠禅师语）的境界。神会禅师说："自心从本已来空寂者，是顿悟；即心无所得者，为顿悟；即心是道，为顿悟；即心无所住，为顿悟；存法悟心，心无所得，是顿悟；知一切法是一切法，为顿悟；闻说空，不著空，即不取不空，是顿悟；闻说我不著，即不取无我，是顿悟；不舍生死而入涅槃，是顿悟"（《荷泽神会禅师语录》）。白云禅师偈说："为爱寻光纸上钻，不能透处几多难。忽然撞着来时路，始觉平生被眼瞒"（《林间录》）。均形象描述了禅师们在渐修之后瞬间顿悟、忽然悟道的一种体验。这种体验用佛家的话说就是"青青翠竹，尽是法身；郁郁黄花，无非般若"。

　　到了宋代，对"妙悟"提倡的最为有力，在当时与后世都产生了巨大影响的是大慧宗杲。

　　大慧宗杲所处的时代，正是文字禅泛滥的时代，禅林中热衷于公案的注解和问答，"妙悟"的精神逐渐丧失。"近代佛法可伤，邪师说法，如恒河沙，各立门风。各说奇特，逐旋提合，疑误后昆，不可胜数"①。针对这种情况，大慧宗杲力救时弊，努力重振南禅宗根本精神，旗帜鲜明地标举"妙悟"说来强调悟的特点与途径：

> 为聪明利根所使者，多是厌恶闹处，乍被邪师辈指令静坐，却见省力，便以为是，更不求妙悟，只以默照为极则。（卷二六）
>
> 如此等辈，不求妙悟，以悟为落在第二关，以悟为诳呼人，以悟为建立，自既不曾悟，亦不信有悟底。（卷三十）
>
> 如今不信有妙悟底，反道悟是建立，岂非以药为病乎？世间文章技艺，尚要悟门，然后得其精妙，况出世间法。（卷十八）
>
> 第一莫把知得底为事业，更不求妙悟，谓我知他不知，我会他不会，堕我见纲中。（卷二十）
>
> 不求妙悟，又落在无事甲里。（卷二四）

在宗杲看来，进行参禅悟道，获得把握幽微深邃的真如，证得体认到内在本来圆满具足的真实生命的正确道路乃是"妙悟"。这种"妙悟"的参禅方式，在其本质上是与审美过程中最高级阶段的主体观照方式相一致的，乃是一种洞彻、体悟本体的最高形式。宗杲有关"妙悟"的论述对于审美活动是极有启发意义的。审美活动的进行，需要审美主体通过自己亲自欣赏，去感受、去把握，进而体验审美对象才行。由此，宗杲激烈反对那种不真悟实证的禅林中人，他说："盖得法自在，称法性说，如今人不曾亲证亲悟，只管百般计较。"（卷十三）认为不重视个人亲历悟境，不求自己真正顿悟，只学得他人语句，就会流弊而为口头禅，失去个人真知。

大慧宗杲的这一"妙悟"说，不仅丰富发展了慧能以来的禅宗美学思想，而且对中国古典美学也产生了直接而深刻的影响，其最突出的，就是直接促成了宋代美学家严羽以"妙悟"说为主干建立起的独特的美学思想体系。严羽美学思想中，许多重要思想皆源自宗杲禅学思想。

---

① 《大慧普觉禅师语录》卷一四，载《禅宗语录辑要》上海古籍出版社1992年版，后凡引《大慧语录》仅随引文出卷次，不另出注。

二　宋代的"以禅喻诗"

禅与诗是有差异的，两者之所以能够合流，是因为存在一个内在的理论基础，这个基础不是别的，正是"悟"或"妙悟"。钱锺书先生早就指出过这一点："（禅与诗）用心所在虽二，而心之作用则一。了悟以后，禅可不著言说，诗必托诸文字；然其为悟境，初无不同。"① 敏泽先生亦曾谈道："'禅'与'悟'在宋代广泛流行，士大夫知识分子谈禅成风，以禅喻诗成为风靡一时的风尚。其结果是将参禅与诗学在一种心理状态上联系了起来。参禅须悟禅境，学诗需悟诗境，正是'悟'这一点上，时人在禅与诗之间找到它们的共同之点。"② 禅宗的妙悟，主张的是不假外求、直指内心的体悟方式，其特点是以心传心，不立文字，教外别传。这种对佛性的领悟，常常是受某一机缘的触发而豁然觉悟，是不可言喻的，只能自己心里去体会，这和中国古代艺术理论家的那种只可意会、难以言传的独特审美直觉体验正好相契合。审美直觉不表现为一步步的思考过程，而是突如其来式理解。禅宗对"悟"的推崇与中国传统审美直觉的特性达成了共识，于是"妙悟"就自然而然进入诗和审美的领域，以禅悟论诗逐渐被文人们所接受。这样，作为禅宗哲学核心范畴的"妙悟"就自然被引入文艺理论中来，成为古代文艺理论和美学理论的一个重要组成部分。

其实，早在魏晋南北朝时期，随着佛学大盛，佛经翻译对当时文化产生了巨大的影响，在这种背景下，文人们自如地、不露痕迹地运用妙悟来论证文艺理论规律的艺术思维方式已现端倪。陆机和刘勰的应感论和神思论都夹杂着妙悟的内涵，不容易截然分开。孙绰的《天台山赋》对妙悟进行了形象的阐释："悟遣有之不尽，觉涉无之有间。泯色空以合迹，忽即有而得玄。"谢灵运亦用诗表述妙悟："敬拟灵鹫山，尚想祇洹轨。绝溜飞庭前，高林映窗里。禅室栖空观，讲宇析妙理。"佛学和道家思想相互交织，使得"妙悟"充满玄思意蕴，显示出其无限的创造性。

---

① 钱锺书：《谈艺录》，中华书局1984年版，第101页。
② 敏泽：《中国美学思想史》，湖南教育出版社2004年版，第41—42页。

正式"以禅喻诗，讲求悟入"始于唐代。当时许多诗人都学禅，因而禅宗的"妙悟"便被借用来表述审美活动和审美认识。唐代著名书画家孙过庭在《书谱》中曾提道："今撰执、使、转、用之由，以去其悟"，"尝有好事，就吾求习，吾乃初举纲要，随而授之，无不心悟手从，言忘意得"。① 对书法中的技巧笔法以及书写的内容和书体予以了精辟的论述。中唐时期的美术史家张彦远在《历代名画记》中指出："遍观众画，唯顾生画古贤得其妙理。对之令人终日不倦，凝神遐想，妙悟自然，物我两忘，离形去智。身固可使如槁木，心固可使如死灰，不亦臻于妙理哉？所谓画之道也。"② 这段话在对绘画鉴赏时的心理感受进行刻画的过程中，将老庄"虚静""坐忘"的思想和禅宗结合了起来，揭示了妙悟所包含的联想想象等成分。

王维亦以"妙悟"论诗："妙悟者不在多言，善学者还从规矩"。将"妙悟"用于艺术创作。王维的许多山水田园诗就是完全将禅意融入诗心，使诗境与禅境水乳交融般地融合在了一起。此后，杜甫、王昌龄、殷璠、皎然等都曾从"神""象""境""味"的角度论诗，表现出禅宗"妙悟"说对诗人创作的影响。

到了宋代，禅宗有了更大发展，文人士大夫谈禅说理也更为普遍，于是乎宋人直接把"妙悟"理论引介于诗论，用"悟""悟入"等语来描述诗歌创作和欣赏的过程与方法，以禅喻诗遂成为风气，以"妙悟"论诗更成为诗文评论的口头语，所谓"大抵禅道在妙悟，诗道亦在妙悟"，便几乎成了宋人的共识。

宋代诗坛大家苏轼、黄庭坚均为禅宗居士，两人都力倡以禅悟论诗，不过稍有差别。苏轼以禅悟论诗重在对自然天成、超脱空灵的诗歌意境之妙悟，对具有味外之味、象外之象、景外之景的诗歌美学特征之领会；而黄庭坚的禅悟说则侧重在对诗法，包括章法、句法、字法、律法等的妙悟，对"夺胎换骨""点铁成金"的领会。

范温在其《潜溪诗眼》中说道：

> 识文章者，当如禅家有悟门。夫法门百千差别，要须自一转语悟

---

① （唐）孙过庭：《书谱》，《历代书法文选》，上海书画社 1978 年版，第 128、129 页。

② （唐）张彦远：《历代名画记》，俞建华注释，上海人民美术出版社 1964 年版，第 40—41 页。

入。如古人文章直须先悟得一处，乃可通其它妙处。①

"盖古人之学，各有所得，如禅宗之悟入也，山谷之悟入在韵，故开辟此妙，成一家之学，宜乎取捷径而径造也。如释氏所谓一超直入如来地者……"②

认为如果找不到悟门，就不可能领会到诗文的妙处。

而受黄庭坚诗学影响，江西诗派众人诗论也多以禅悟论诗。吴可说道："凡作诗如参禅，须有悟门。"

> 学诗浑似学参禅，竹榻蒲团不计年。
> 直待自家都了得，等闲拈出便超然。③

认为诗歌构思亦如参禅，是诗人的自悟，而且是一刹那间的顿悟。并结合具体诗句描述了其对悟的体验与感受：

> ……少从乐天和学，尝不解其诗曰"多谢喧喧雀，时来破寂寥"。一日亭中坐，忽有群雀飞鸣而下，顿悟前语，自尔看诗，无不通者。④

吕本中《童蒙诗训》谓："作文必要有悟入处，悟入必自功夫中来，非侥幸可得也。如老苏之于文，鲁直之于诗，盖尽此理也。""须令有所悟入，则自然度越诸子。悟入之理，正在功夫勤堕间尔。"将"悟"与功夫结合了起来。戴复古《题邹登龙梅屋稿》云："邹郎雅意耽诗句，多似参禅有悟无。"认为在学诗过程中，应像参禅一样领悟诗句。韩驹《赠赵伯鱼》诗："学诗当如学参禅，未悟且遍参诸方，一朝悟罢正法眼，信手拈出皆成章。"在继承前人诗论的基础上围绕"悟"，对学诗的悟入及诗歌创作的心理准备加以了描述。叶梦得在《石林诗话》中根据谢灵运诗

---

① （宋）范温：《潜溪诗眼》，郭绍虞辑：《宋诗话辑佚》，中华书局1980年版，第328页。
② 钱锺书：《管锥编》第四册，中华书局1979年版，第1363页。
③ （宋）吴可：《学诗诗》，（宋）魏庆之：《诗人玉屑》卷一，王仲文点校，中华书局2007年版，第11页。
④ （宋）吴可：《藏海诗话》，丁福保辑：《历代诗话续编》上，中华书局1983年版，第340—341页。

中的名句"池塘生长草，园柳变鸣禽"指出：

> 世多不解此语为工，盖欲以奇求之耳。此语之工，正在无所用意，猝然与景相遇，借以成章，不假绳削，故非常情所能到。诗家妙处，当须以此为根本，而思苦言难者，往往不悟。①

强调诗歌创作中的"妙悟"乃是包含了一种意与景猝然相遇的兴会和审美直觉。

曾季狸在其《艇斋诗话》中总结道：

> 后山论诗说换骨，东湖论诗说中的，东莱论诗说活法，子苍论诗说饱参，入处虽不同，然其实皆一关捩，要知非悟入不可。②

将"悟"视为这些诗人创作的共同特性。可见，江西诸人对以禅悟论诗是比较热衷的。

此外，惠洪、程颐、杨万里、韩驹等人也都对此有过论述。

惠洪在《冷斋夜话》中以陶渊明及唐宋诗人的诗句为例，指出：

> 大率才高意远，则所寓得其妙，造句精到之至，遂能如此。似大匠运斤，不见斧凿之痕。不知者困疲精力，至死不知悟，而俗人亦谓之佳。③

认为找到诗文创作或鉴赏的悟入之门的前提是饱参和活参。

理学家程颐《遗书》中云：

> 问："张旭学草书，见担夫与公主争道，及公孙大娘舞剑，而后

① （宋）叶梦得：《石林诗话》，何文焕：《历代诗话》上，中华书局1981年版，第426页。

② （宋）曾季狸：《艇斋诗话》，丁福保辑：《历代诗话续编》上，中华书局1983年版，第296页。

③ （宋）惠洪：《冷斋夜话》，张伯伟编校：《稀见本宋人诗话四种》，江苏古籍出版社2002年，第13页。

悟笔法，莫是心常思念至此而感发否？"曰："然。须是思方有感悟处，若不思，怎生得如此？然可惜张旭留心于书，若移此心于道，何所不至。"①

从格物明理的认识论角度来提出专思感悟。

程颐既是宋代理学的奠基人，又是陆王心学的先导。他强调"思"的工夫，经过上述宋代诗论家们的大力提倡，禅宗"妙悟"思想被直接引入到诗歌美学理论研究之中，以禅喻诗、以悟论诗蔚然成风，构成了这个时代诗歌理论的鲜明特色。并在集大成者严羽的诗歌理论中达到了高潮。

三　严羽的"妙悟"说

在前人诗禅说的基础上，严羽继往开来，拈出"妙悟"作为整个理论框架的支点，作为沟通诗学和禅学的津梁，以此来阐释诗歌的审美特点以及诗家创作过程中让人难以名状的审美心理状态，从而给"妙悟"一说赋予了新的内容。"沧浪别开生面，如骊珠之先探，等犀角之独觉。在学诗工夫之外，另拈出成诗后之境界，妙悟而外，尚有神韵。不仅以学诗之事，比诸学禅之事，并以诗成有神，言尽而味无穷之妙，比于禅理之超绝语言文字。他人不过较诗于禅，沧浪遂通禅于诗"②。对于严羽通禅于诗的"妙悟"论的美学思想，钱锺书先生给予了极高评价。在严羽这里，妙悟说已经形成了一套比较完整的理论体系，已经真正成熟为文艺审美理论中的一个重要美学范畴。

严羽是在反对江西诗派"以文字为诗，以议论为诗，以才学为诗"的诗歌主张的同时，建立起自己的以禅喻诗的诗歌美学理论框架的。"悟"或"妙悟"作为严羽诗学的核心范畴，在严羽诗学理论中具有本体论意义。而其所谓"妙悟"，指的就是主体在体验过程中获得的"迁想妙得"，一种瞬间的洞察力，一种对于诗歌本体和艺术规律的深刻洞见与正确把握。在《沧浪诗话·诗辩》篇中，严羽明确指出：

---

① （宋）程颢：《二程集》，王孝鱼点校，中华书局1981年版，第186页。
② 钱锺书：《谈艺录》，中华书局1984年版，第258页。

大抵禅道惟在妙悟，诗道亦在妙悟。且孟襄阳学力下韩退之远甚，而其诗独在退之之上者，一味妙悟而已。惟悟乃为当行，乃为本色。①

严羽认为对于诗家来说，妙悟是高于一切的，因为艺术家必须懂得艺术的特殊规律，诗人必须深谙诗家之三昧，所以他说："惟悟乃为当行，乃为本色。"这里的"道""当行""本色"，指的就是诗歌艺术的本体特征，是诗之所以为诗的本质特性。诗人要以把握诗歌的美学特征作为自己最主要的目的，善于熟练驾驭各种艺术表现手法，故自然要以妙悟为"当行"、为"本色"。把领会诗歌艺术的特殊性作为诗人创作最重要的条件，在理论上提得如此明确，强调得如此突出，这在严羽以前还没有过。

严羽"借禅以为喻"，以"定诗之宗旨"，其标举的"妙悟"的一套完整的理论体系是针对"识""兴趣""熟参"而言的。因而，只有把它和《沧浪诗话》中的"识""兴趣""熟参"等概念联系起来，才能真正把握"妙悟"丰富的美学内涵。

首先，识是妙悟的前提。"识"在佛学中是指内心对外境的判别，丁福保说："心对于境的了别，名为识。"这种佛学的"识"带有形象性和直观性，严羽这里借用它来论诗，其所谓识，即是对诗歌艺术特征的判别能力，它包括对诗歌风格、意境、体裁、语言等方面特点的辨识和领会。《沧浪诗话》指出："学者以识为主"。在严羽看来，"识"即是悟的内容之一。他指出："夫学诗者以识为主：入门须正，立志须高；以汉魏晋盛唐为诗，不作开元天宝以下人物"②。他一再反复强调学诗必须以"识"为主，先要入好门道，要从最上乘，要学习汉魏晋盛唐之诗，才能悟第一义，具佛家的正法眼，也即懂得诗之真谛、妙处。因此初学诗时"入门须正，立志须高"，这一点非常重要，如不从第一义悟入，就会有"下劣诗魔入其肺腑之间"，乃到"愈骛愈远"，如能以"汉魏晋盛唐为师"，则"久之自然悟入"，这就叫作"直截根源"，也就是"顿门"。这样的悟才是"透彻之悟"，而不是"一知半解之悟"。

其次，"兴趣"是"妙悟"审美观照的具体化。严羽所谓"兴趣"，

---

① （宋）严羽：《沧浪诗话》，《历代诗话》，中华书局 1981 年版，第 686 页。
② 同上书，第 687 页。

是指蕴含在诗歌具体形象中的审美情趣和神韵，是存在于语言之中并体现于语言之外的一种形上质。"诗者，吟咏情性也，盛唐诸人，唯在兴趣，羚羊挂角，无迹可求。故其妙处，透彻玲珑，不可凑泊，如空中之音，相中之色，水中之月，镜中之象，言有尽而意无穷。"① 认为诗歌的思想感情不是赤裸裸的表现，而是融合在具体的形象之中成为浑然含蓄的整体，因而，诗歌艺术之奥妙，既非语言所能表达清楚，亦非理论所可阐说明白，它是"不涉理路，不落言荃"的，必须"自家实证实悟"，"凿破此片田地"，凭借内在的直觉思维和直感的默契，从内心去感受和体验。

再次，熟参是妙悟的门径。严羽所说的熟参，就是广泛博览，在此基础上对历代作品进行分析比较，从而鉴别出作品的优劣高下。"先须熟读《楚辞》，朝夕讽咏，以为之本；及读《古诗十九首》，《乐府四篇》，李陵苏武汉魏五言，皆须熟读。即以李杜二集，枕藉观之，如今人之治经，然后博取盛唐名家，酝酿胸中，久之自然悟入"②。在严羽看来，学诗必须先从具体作品入手，并且要选优秀诗人的精品佳作作为范本认真研读，"熟参"第一义之作，从中领会"诗家之味"。然而，熟读或遍参诸家，只是妙悟的第一步，属于形而下的范畴。而要真正步入形而上的也即更深层次的透彻之悟，还必须进行艰苦的艺术创作实践。《沧浪诗话》指出："学诗有三节，其初不识好恶，连篇累牍，肆笔而成；既识羞愧，始生畏缩，成之极难；及其透彻，则七纵八横，信手拈来，头头是道矣"③。强调只有通过长期艰苦的艺术实践，才能掌握艺术规律的美，达到从心所欲而不逾矩的境界。总之，在严羽看来，只有把参读和创作结合起来，才有可能一步一步踏上"妙悟"的征程。

严羽的妙悟说与他以前的妙悟说相比，有明显的继承关系，但也有较大的不同。首先，严羽的妙悟说是非常明确、非常自觉地从反对"江西诗病"的角度提出来的，是为了说明诗歌艺术的美学特征，所以他所说的悟与江西诗派的悟是不同的，甚至是对立的。他"妙悟"的对象是诗歌艺术特有的、和一般非文学文章不同的"兴趣"。其次，严羽妙悟说有比较完整的理论体系，它包括了"识""第一义""顿门""透彻之悟""镜花水月"等五个互相联系又逐步深入的基本要点。所以，严羽的妙悟

---

① （宋）严羽：《沧浪诗话》，《历代诗话》，中华书局1981年版，第688页。
② 同上书，第687页。
③ 同上书，第694页。

说比他以前各家之妙悟说，在理论上要深刻得多，系统得多。

严羽将禅宗"顿悟"有机相融于诗之妙悟中，将"妙悟"这种有直觉倾向的思维方式在诗学领域予以肯定和发挥，抓住了诗歌的独特本质，深得后人共鸣。其后元明清三代的文学理论批评者，乃至绘画等艺术理论批评者大都奉为圭臬。以禅喻诗，强调艺术中的妙悟，遂成为中国美学的追求之一。严羽"妙悟"说对后世形成的主导性影响，亦使之成为中国诗学理论范畴中引人注目的一个关键词。千载而下，只要诗论家们谈诗，都无法绕开它。

四 "妙悟"说体系的定型

严羽之后，妙悟说得到了进一步的继承和发展。由于妙悟说是在与其他中国古代审美命题和范畴的比较中脱颖而出的，它并未排除词、理、意、兴等传统诗学范畴，而是在这一基础之上加以整合、归纳，更加突出审美鉴赏融情感、理解、感觉与创作文艺过程中的独立价值。所以，妙悟之后，有关情景关系、意象关系、情理关系的命题基本成为围绕妙悟进行多层次、多方向阐释的附属命题，而味、神、比兴、美刺等则成为与妙悟相对照的次要范畴。这样，经过元明清时期的融化积累，"妙悟"逐渐丰富为具有多层次内涵的成熟的诗学范畴体系。

妙悟作为一种新的审美心理学说，在元代以降的画论、书论、文论、曲论等方面产生了巨大的影响。元明清不少文艺评论家或承袭或发展或变异，将"妙悟"说的理论内涵进行了不断的深化与完善。

元代论及"妙悟"的有画家李澄叟、汤垕等人。李澄叟在《画山水诀》中指出：

> 夫画花竹翎毛者，正当浸润笔养飞放之徒。……画花竹者须访问于老圃……画山水者，须要遍历广观，然后方知著笔去处。
> 若悟妙理，赋在笔端，何患不精。①

---

① （元）李澄叟：《画山水诀》，《中国书画全书》，上海书画出版社1993年版，第675页。

强调悟的前提，是对生活作深入细致的观察和分析。汤垕在《古今画鉴》中指出：

> 东坡先生有诗云："论画以形似，见与儿童邻，作诗必此诗，定知非诗人。"仆平生不但看画法于此诗，至于作诗之法，亦由此悟。①

讲的则是对绘画或诗歌创作"笔法气韵神采"的领悟。

明清之际，有关于此的论述仍余绪不绝，基本是循着此前妙悟说的线索一脉发展而来，在某种程度上，这些论述完善了这一艺术思维理论。

明代论妙悟的有高棅、谢榛、焦竑、胡应麟等人。高棅在《唐诗品汇》中专选出盛唐诗人 24 家共诗 234 首加以评论。在该书的总序中，他说道：唐代"是皆名家擅长，驰骋当时……靡不有精粗邪正高下之不同，观者苟非穷精阐微，超神入化，玲珑透彻之悟，则莫能得其门，而臻其壸奥矣。"强调其编写《唐诗品汇》的目的是使读者"辨尽诸家，剖析毫芒"，从而达到透彻之悟。这样，就为学唐诗者提供了悟入的门径。

谢榛非常重视"悟"的作用，他拈"悟"入"格"、倡"养"以"悟"、定"悟"为"兴"，对严羽的"妙悟"说进行了最全面、切要的继承与发挥。

谢榛的《四溟诗话》处处留有严羽诗学的影子，其所谓"悟"，也主要是师承严羽的"第一义之悟"和"透彻之悟"。他在《四溟诗话》中指出作诗"非悟无以入其妙"，"诗固有定体，人各有悟性，夫有一字之悟，一篇之悟，或由小以扩乎大，由因著以入乎微，虽小大不同，至于浑化则一也……"②，把诗比成"造物"，认为"造物之妙，悟者得之。"并且反复强调："顿悟能为诗，三昧超徐庾。""作诗中正之法""此惟超悟者得之"，"造奇语于众妙之中，非透悟弗能也。"力倡诗歌创作贵在妙悟，靠的是直觉和灵感，而不是冥思苦想的理性思考。

概而言之，谢榛所津津乐道的"悟"，可归纳为以下四个方面：

其一，他认为"悟"可以切入诗之妙境。

---

① （元）汤垕：《古今画鉴》，上海书画出版社 1993 年版，第 902 页。
② （明）谢榛：《四溟诗话》，宛平校点，人民文学出版社 1998 年版，第 118 页。以下相关引文均出自该书，不再注页码。

诗境由悟而入，愈入愈深妙。

体贵正大，志贵高远，气贵雄浑，韵贵隽永。四者之本，非养无以发其真，非悟无以入其妙。

诗有四格：曰兴，曰趣，曰意，曰理——悟者得之，庸心以求，或失之矣。

其二，他认为"悟"可以灵活把握诗法诗体。

或问作诗中正之法。四溟子曰："贵乎同不同之间：同则太熟，不同则太生，二者似易实难。握之在手，主之在心，使其坚不可脱，则能近而不熟，远而不生。此惟超悟者得之。"

体无定体，名无定名，莫不拟斯二者，悟者得之。

夫四声抑扬，不失疾徐之节，惟歌诗者能之，而未知所以妙也。非悟何以造其极，非喻无以得其状。

其三，他认为"悟"可以超脱种种束缚，使诗精纯。如：

数改求稳，一悟得纯。

诗有造物，一句不工，则一篇不纯，是造物不完也。造物不妙，悟者得之。

其四，他还把"悟"作为诗歌批评的重要标准。如：

邈然想头，工乎作手，诗造极处，悟而且精，李、杜不可及也。

《赠别玉峰上人》诗曰：

关山去迢递，飞锡有谁同？
行苦三乘里，心开万法中。
定回云满榻，偈后月低空。
相忆听钟磬，泠然度晓风。
此作乃见超悟禅家之正宗也。

焦竑在《刻苏长公集序》中指出：

> 古之立言者，皆卓然有所自见，不苟同于人……譬之嗜音者，必尊信古，始寻声布爪，唯谱之归，而又得硕师焉以指授之，乃成连于伯牙，犹必徒岑寂之滨，及夫山林杳冥，海水洞涌，然后恍有得于丝桐之表，而水山之操，为天下妙。若矒者偶触于琴而有声，辄曰"音在是矣。"遂以谓仰不必师于古，俯不必悟于心，而傲然可自信也，岂理也哉。①

强调只有通过亲身体验，领悟于心，化形而出，才能达到大善大美的境界。这种重实证体验的理论，是对严羽"妙悟"说的熟参、熟读、创作实践的一个深化。

胡应麟在《诗薮》中论诗，"法""悟"并重。他指出：

> 汉唐以后谈诗者，吾于宋严羽卿得一悟字，于明李献吉得一法字。皆千古词场大关键。二者不可偏废，法而不悟，如小僧缚律；悟不由法，外道野狐耳。
>
> 作诗大要不过二端，体格声调，兴象风神而已，……体格声调，水与镜也；兴象风神，月与花也。必将水澄镜朗，然后花月宛然……故法所当先，而悟不容强也②

他所说的法，是对体格声调的掌握；所说的悟，是对诗歌兴象风神的感悟。这里所强调的是兴象风神应以体格声调为基础，法是悟的前提。同时胡应麟还区分了禅的妙悟与诗的妙悟的不同点，指出："严氏以禅喻诗，旨哉！禅则一悟之后，万法皆空，棒喝怒呵，无非至理。诗则一悟之后，万象冥会，呻吟咳唾，动触天真。然禅必深造而后能悟，诗虽悟后，仍须深造"③，强调诗悟后的深造，是对严羽妙悟说的一个有力补充。

陈宏绪在《与雪崖》一书中指出：

> 诗与禅相类，而亦有合有离……语情宜莫如禅，而特不以之泊没

---

① （明）焦竑：《澹园集》卷十四，中华书局 1999 年版，第 142—143 页。
② （明）胡应麟：《诗薮·内编》卷五，上海古籍出版社 1958 年版，第 100 页。
③ 同上书，第 25 页。

其自有之灵光耳。然则诗之与禅，其所谓合者，固有针芥之投，而其所谓离者，亦实非有淄渑之别也，要在人之妙悟而已。①

　　这里，陈宏绪将诗的抒写情感的因素加以强调，虽然，禅与诗在直觉感悟上是相通的，但其目的各异，禅以心悟而忘情，诗以情参而渲情，这样就赋予妙悟说以宏阔的眼光。

　　此外，如许学夷谈到"盛唐诸公分律诗，皆从妙入，而悟入乃自功夫中来"，强调"功夫"。汤显祖说："予谓文章之妙，不在步趋形似之间。自然灵气，恍惚而来，不思而至。"冯伯金强调："无理而妙"等，都对这一艺术思维有所启发。

　　清代，论述到妙悟的理论家有叶燮、徐增、王夫之、黄生、王士禛、钱谦益、沈祥龙、袁枚、纪昀、赵翼、潘德舆、刘熙载等一大批，论及范围扩展至诗、词、书法、绘画、戏剧等各个艺术领域。如词作领域，沈祥龙说道："词能寄言……此惟在妙悟而已"（《论词随笔》）。绘画领域，王时敏说：绘画创作"犹如禅者彻悟到家，一了百了"（《西庐画跋》）。书法领域，周星莲说："褚河南行书，赵文敏行楷，细参自能悟入"（《临池管见》）。当然，在这其中，最为出名的，也尤为值得注意的是叶燮、王夫之和王士禛三人的"妙悟"理论。

　　叶燮的《原诗》是一部系统地论述中国诗歌源流发展和创作的理论名著。他把诗歌创作的客体分为事理情三方面，把创作主体分为才胆学识四点，并以杜甫的诗歌"月傍九霄多""晨钟云外湿"为例，指出诗人的创作是"妙悟天开，从至理实情中领悟，乃得此境界也"。叶燮的诗歌理论，对社会生活这一创作源泉作了更具体、深入的探讨，这是对妙悟说的一个重大发展。

　　王夫之，这位古典诗歌理论的集大成者，亦对妙悟说作了精辟独到的理解。他在《古诗评选》中指出："王敬美（王世懋）谓，'诗有妙悟，非关理也'，非谓无理有诗，正不得以名理相求耳。"《姜斋诗话》指出："谢灵运一意回旋往复，以尽思理，吟之使人下躁意消。《小宛》抑不仅如此，情相若，理尤居胜也。王敬美谓'诗有妙悟，非关理也'，非理抑将何悟？"在这两段话中，王夫之以谢灵运、司马彪的诗歌创作为例，否定了妙悟

---

①　见周亮工辑《尺牍新钞》二集，张敬庐校，上海杂志出版公司1936年版，第221页。

与理无关的观点，强调了妙悟是直觉和理性的有机结合，而理在悟中，往往只可意会难以言传罢了。这样王夫之就比较深刻地揭示了妙悟的心理特征。

作为"神韵"论的盟主，王士祯以"清远蕴藉、天然浑成"论诗，并称赞"严沧浪诗话借禅喻诗，归于妙悟。如谓盛唐诸家诗，如镜中之花，水中之月，镜中之象，如羚羊挂角，无迹可求，乃不易之论"（《池北偶谈》）。王士祯的"神韵"说，明显是对严羽"妙悟"说的继承与发展。而正是在从严羽以禅喻诗向以禅入诗的变异中，王士祯深化了妙悟论的理论内涵。

首先，他的妙悟说是以禅入诗，提倡一种静穆观照、物我两忘的禅意。《带经堂诗话》指出："唐人五言绝句，往往入禅，有得意忘言之妙，与净名默然，达磨得髓，同一关捩，观王裴《辋川集》及祖咏《终南残雪》诗，虽钝根初机，亦能妙悟"。通过王维、裴迪、祖咏等人的虚空悠远、兴会超妙的诗作，来表达作者倾心禅意的精神。

其次，他提倡在妙悟论中伫兴而作，得意忘言。《带经堂诗话》中指出："舍筏登岸，禅家以为悟境，诗家以为化境，诗禅一致，等无差别"。在这里，王士祯提醒人们要从语言的枷锁中挣脱出来，不再执着于文字本身，从而体验到文字之外的神秘本质，创造出浑化无迹、充满味外之味的文学作品。

综上所述，作为艺术创作与鉴赏过程中的一种独特的思维方式与表现方式，妙悟经过由唐至清的不断累积、融化，已逐步走向成熟和深化。现在，"妙悟"已成为中国古典美学理论体系框架中与气韵生动、形神兼备、意境等并列的一个核心范畴，它统摄着其他范畴，并相应地衍生出其他层次上的不同范畴，诸如趣、味、妙品、顿悟、悟入、熟参、兴致、兴趣、神妙、以禅喻诗等。总之，经过漫长的历史积淀，妙悟这个概念已经具有了相当丰富的美学内涵，已经成为东方思维中开出的一朵极具民族特色的奇特的智慧之花。

第十章

兴会超妙，蕴藉含蓄

——神韵说

"神韵说"是中国古代诗学发展到后期，影响较大的理论之一，一般认为是清初王士禛所倡导与建立的。但考其诗论，王本人从来没有明确地表示，以神韵说概括其诗学始于他的弟子及其门人。其门人吴陈炎《蚕尾续集序》中称："先生……杜门攻诗，取汉魏、六季、四唐、宋、元诸集，无不窥其堂奥，故能兼总众有，不名一家，而撮其大凡，则在神韵"①。其好友宋荦在为王士禛所撰写的《资政大夫刑部尚书王公士禛暨配张宜人墓志铭》中说："其为诗，备诸体，不名一家，自汉魏以下兼综而集其成，而大指以神韵为宗。"神韵说，在清代前期统治诗坛几达百年之久。

一　气韵生动

严格地说，神韵作为一种诗歌美学思想，绝非王士禛首倡。清翁方纲曾说说："诗人以神韵为心得之秘，此义非自王士禛始言也，是乃自古诗家要妙处，古人不言而王士禛始明著之也。"② 神韵说的产生，有其历史渊源。

神韵，是一个内涵丰富、渊源深远的中国古典诗学范畴。作为一个术语，"神韵"一词，它最先出现在魏晋南北朝的人物品评之中。中国古典诗歌美学从庄子开始，一直重视和强调审美中的主客两忘、心与道契的境界，并认此为审美之极致。"昔者庄周梦为蝴蝶，栩栩然蝴蝶也，自喻适

---

① 惠栋：《王士禛山人自撰年谱补注》，《王士禛精华录集释》，上海古籍出版社1999年版，第2003页。

② （清）王士禛著，张宗柟纂集：《带经堂诗话》，人民文学出版社1963年版，第247页。

志与，不知周也。俄然觉，则蘧蘧然周也。不知周之梦为蝴蝶与？蝴蝶之梦为周与？"① 在这种境界中，主客双方冥然一体，不可凑泊，无迹可求，已经初步接触到审美的特征。魏晋以降，玄学兴起，士人为全身远祸，倜傥放荡，潜心谈玄。由于以玄理月旦人物的风气盛行，人们重视玄学情调在形象中的神形合一的风姿神貌，并将此称为"韵"。《晋书·庾凯传》："雅有远韵"。《晋书·郄鉴传》："乐彦辅道韵平淡，体识冲粹。"《宋书·王敬弘传》："敬弘神韵冲简，识字标峻。"《宋书·谢方明传》："自然有雅韵。"梁武帝《赠萧子显诏》谓萧子显"神韵峻举"。这里所谓的玄学情调，主要指的是人物的闲淡、清远、通达、放旷等个性特征，所以，当时人们称"韵"时，又常常"雅韵""道韵""远韵""神韵""清韵""玄韵"等连称。这说明，此时的"神韵"，指的是形相中表达反映出来的闲淡、清远、通达、放旷的人物的神采风度。

后来，"神韵"由人物品评移用于画论，才正式成为艺术范畴和艺术美追求的理想目标。东晋顾恺之在人物画论中提出"以形写神""传神写照"原则，首次确立了（传神）观念。南齐谢赫在《古画品录》中提出"气韵（又称'神韵'）生动"作为绘画"六法"中最为关键之一法，首将"神韵"引入艺术品评之中。谢赫评顾骏之的画说："神韵气力，不逮前贤，精微谨细，有过往哲。"这里所谓"神韵气力"，就是指"气韵生动"。气，指韵味，含蓄蕴藉之余味。神韵，气韵相近，均指绘画的传神写照、韵味幽远而言。

唐代张彦远在《历代名画记·论画六法》中又有所发挥，他说"至于鬼神人物，有生动之状，须神韵而后全。若气韵不周，空陈形似；笔力未遒，空善赋彩，谓非妙也。"② 他把神韵与气韵看作是一回事，而与形似对举，侧重于传神、神似之意。司空图《与李生论诗书》所说的"韵外之致"，即味外之味。他的《诗品·精神》中所说"生气远出"，可以看作是对"韵"的一种阐发。今人钱锺书说："'气'者'生气'，'韵'者'远出'。赫草创为之先，图润色为之后，立说由粗而渐精也。曰'气'曰'神'，所以示别于形体。曰'韵'所以示别于声响。'神'寓体中，非同形体之显实，'韵'袅声外，非同声响之亮澈，然而神必托体

---

① 陈鼓应：《庄子今注今译》，商务印书馆 2007 年版，第 109 页。

② （唐）张彦远：《历代名画记》，俞剑华注释，上海人民美术出版社 1964 年版，第 24 页。

方见，韵必随声得聆，非一亦非异，不即而不离。"① 这段话对"气""神"和"韵"的概念以及它们的关系，作了很好的说明。

宋元以后的南宗画派在讲究神韵时更侧重于韵味，即强调绘画应有含蓄深远、意于笔外的超妙意蕴。如苏轼论书，讲究"萧散简远，妙在笔画之外"。（《书黄之思诗集后》）王士祯论画，推崇"妙契自然"的"逸品"（《艺苑卮言》），均是例证。以韵论诗，一般以北宋范温为最早。范温《潜溪诗眼》一书已亡佚。宋代人在谈艺书中偶然引证，也都是只言片语。"惟《永乐大典》卷八〇七《诗》字下所引一则，因书画之'韵'推及诗文之'韵'，洋洋千数百言，匪特为'神韵说'之弘纲要领，抑且为由画'韵'而及诗'韵'之转掞进阶。"② 南宋谈"神韵"者历来以严羽为代表，他在《沧浪诗话》中说："诗之极致有一，曰入神。"实际上，在范温的《潜溪诗眼》中就有论"韵"的内容，洋洋上千言，从各个方面对"韵"作了精辟而周到的分析，不仅表征了从齐梁开始的由画"韵"向诗"韵"的重大转变，而且"融贯综核，不特严羽所不逮，即陆时雍、王世贞辈似难继美也"。"范温释'韵'为'声外'之余音遗响，足徵人物风貌与艺事风格之'韵'，本取譬于声音之道"③。这是非常值得注意的。

二　王士祯"神韵"说

明清以前，没有一个人明确地将"神韵"作为一个诗学范畴去具体地论诗，明清诗学中主张神韵说的诗论家在前人理论的基础上进行吸收含纳，并结合具体的诗歌批评实际进行了深入而系统的探讨，才使得"神韵"这一范畴真正成为中国古典美学领域内的一个完整而丰富的美学范畴。

明清时期，"神韵"一词在各种意义上被普遍使用。胡应麟的《诗薮》有 20 处左右谈到"神韵"，如评陈师道诗说："神韵遂无毫厘。"评盛唐诗说："盛唐气象混成。神韵轩举。"王夫之也多次谈到"神韵"，如

---

① 钱锺书：《管锥编》第四册，中华书局 1979 年版，第 1365 页。
② 同上书，第 1361 页。
③ 同上书，第 1364 页。

《明诗评选》评贝琼《秋怀》说："一泓万顷，神韵奔赴。"《古诗评选》评《大风歌》说："神韵所不待论"。评谢祯《铜雀台》说："凄清之在神韵者。"他们标举"神韵"都在王士祯之前。

神韵，首先是一种生气。从历史的追溯我们发现神韵的最初含义是由传神观念发展而来的，要求文本中生气灌注，气韵生动。明清诗论家也仍然沿用了神韵的这一层基本含义，并将其作为诗歌批评的一般审美准则。陆时雍在《诗镜总论》中指出："诗之佳，拂拂如风，洋洋如水，一往神韵，行乎其间。班固《明堂》诸篇，则质而鬼矣。鬼者，无生气之谓也。"这就明确地将"神韵"当作"生气"，一首好诗必须是有"神韵行乎其间"，否则，诗将会变成一堆毫无生气的死语。胡应麟则将神韵诗所具有的生气称为"生意"，如《外编》卷五云：

> 诗之筋骨，犹木之根干也；肌肉，犹枝叶也；色泽神韵，犹花蕊也。筋骨立于中，肌肉荣于外，色泽神韵充溢其间，而后诗之美善备。犹木之根干苍然，花蕊烂然，而后木之生意完。①

这里他用了双重譬喻，将诗之神韵既譬之于人，又譬之于木。就譬之于人而言，神韵是人的神情风致；就譬之于木而言，神韵是木之花蕊。虽取譬不同，但在强调神韵的生气含义这一点上是共同的。

清初诗坛盟主王士祯以"神韵说"在中国诗学史上赢得了颇有分量的一席地位。翁方纲认为："王士祯标举'神韵'，于古作家，实有会心"②。

王士祯论诗宗旨，远承司空图与严沧浪，近宗徐祯卿、胡元瑞，独标神韵，建立了以"神韵说"为核心的诗学理论。他曾说："余于古人论诗，最喜钟嵘《诗品》、严羽《诗话》、徐祯卿《谈艺录》"③（《带经堂诗话》）。虽然他也说过"钟嵘《诗品》，余少时深喜之，今始知其祯谬不少"（《王士祯诗话》），但他的意见主要是对钟嵘以三品评诗的做法，而不是对《诗品序》所提出的理论本身。王士祯对司空图和严羽的诗论，也曾多次表示称赞，如说"表圣（司空图）论诗，有二十四品。予最喜

---

① （明）胡应麟：《诗薮·外编》（卷五），上海古籍出版社1979年版，第206页。
② （清）翁方纲：《石洲诗话》，人民文学出版社1981年版，第299页。
③ （清）王士祯撰，张宗柟纂集：《带经堂诗话》，人民文学出版社1963年版，第58页。

'不著一字，尽得风流'八字。又云'采采流水，蓬蓬远春'二语，形容诗景亦绝妙，正与戴容州'蓝田日暖，良玉生烟'八字同旨"①；又说自己"于（司空图、严羽）二家之言，别有会心"，并按照二家论诗的原则，选编唐代王维以下 42 人诗为《唐贤三昧集》。郭绍虞先生也认为王士禛论诗主"神韵"的主张出自严羽，得严羽论诗透彻之悟、优游不迫之神，② 认为严羽拈出"神"字，王士禛拈出"韵"字，所以，严羽推崇李、杜，王士禛偏爱王、孟。在王士禛看来，神韵是一种超尘脱俗的韵致、虚无缥缈的境界。③

宋元以后的南宗画派在讲"神韵"时更侧重韵味，强调绘画应有含蓄深远、意余笔外的超妙意蕴。这对王士禛的诗论也有影响。如王士禛在《芝廛集序》中，就曾论述了诗与南宗画的关系，并对董其昌高度推崇，誉之为明代"二百七十年"间画家"之冠"。在《香祖笔记》中，他还认为诗的妙处要像南宗大画家荆浩所说的"远人无目，远水无波，远山无皴"那样，"略具笔墨"即可，以为闻此可得诗家三昧。

王士禛虽以"神韵"论诗，但是他本人并没有明确地对神韵概念、范畴进行系统的论述，诸见解皆以断语片言的形式散见于他的诗话、诗作、序跋、答问之中，且多为经验之谈，很少直接的理论论述。王士禛直接提到"神韵"一词的随处可见，例如：

①昔人云《楚辞》《世说》中的精神，诗中佳料，为其风藻神韵，去《风》《雅》未远。④

②赵子固梅诗云："黄昏时候朦胧月，清浅溪山长短桥，忽觉坐来春盎盎，因思行过雨潇潇"。虽不及和靖，亦甚得梅花之神韵。⑤

③自昔称诗者尚雄浑则鲜风调，擅神韵则乏豪健，二者交讥。⑥

④予尝观唐末五代诗人之作，卑下恑琐，不复自振，非惟无开元、元和作者豪放之格，至神韵兴象之妙，以视陈隋之季，盖百不及

---

① （清）王士禛撰，张宗柟纂集：《带经堂诗话》，人民文学出版社 1963 年版，第 72 页。
② 郭绍虞：《照隅室古典文学论集》，上海古籍出版社 1983 年版，第 395 页。
③ 同上。
④ （清）王士禛撰，张宗柟纂集：《带经堂诗话》，人民文学出版社 1963 年版，第 78 页。
⑤ 同上书，第 306 页。
⑥ 同上书，第 161 页。

一焉。①

　　⑤汾阳孔文谷云：诗以达兴，然须清远为上。薛西原论诗，独取谢康乐、王摩诘、孟浩然、韦应物，言："白云抱幽石，绿筱媚清涟"，清也；"表灵物莫赏，蕴真谁为传"，远也；"何必丝与竹，山水有清音"，"景昃鸣禽集，水木湛清华"，清远兼之也。总其妙在神韵矣。神韵二字，予向论诗，首为学人拈出，不知先见于此。②

　　⑥七言联句，神韵天然，古人亦不多见，如高季迪"白下有山皆绕郭，清明无客不思家"，杨用修："江山平远难为画，云雾高寒易得秋"，……皆神到，不可凑泊。③

　　对以上这些断语片言加以钩稽整理，从中可以发现王士祯的"神韵说"，虽然在表现形式上显得简散无序，其实在理论内涵上，则于创作、风格、意境等诗学诸论，都有充实的内容。归纳起来，大致可以看到他的神韵说的根本特点：神韵，指一种理想的诗歌境界，其基本美学特征是自然传神，韵味深远，天神化成，无人工造作的痕迹。

　　王士祯论诗最重视的当为意境，可以说，"神韵说"的核心内容就是关于意境和意境美的问题。掇拾王士祯上述及"神韵"的6处，大体可分为两种情况，一类如①条所引，"神韵"应指的是诗与文章的神情气质，诗的内在特征。②条指的是事物的神情气质，景物的神情趣味，尚不涉及"神韵说"的理论。

　　"神韵"一语特指为诗的意境和意境的美感。如④条所谓"兴象"即"神韵"。人的内在精神与某种景物相融合，这就是意象，所谓诗之内在特征，即意境。⑤⑥两条具体阐述了意境之美，即清幽淡远、含蓄蕴藉、浑然天成。

　　在这类情况里，"神韵"作为诗学批评的一个专门概念具有着特定的含义，王士祯虽未给予理论上的界说，使用范畴却有着一致性。参考他的批评和论述，可以论定所谓"神韵"，在大多数场合是指诗的意境和意境美。

　　王士祯一向鄙薄唐末杜荀鹤、罗隐等人的诗，曾指斥他们"恶诗相

---

① （清）王士祯撰，张宗柟纂集：《带经堂诗话》，人民文学出版社1963年版，第486页。
② 同上书，第73页。
③ 同上书，第71页。

传，流为里谚。此真风雅之厄也"。王士禛举他们的诗为证："如'世乱奴欺主，时衰鬼弄人'，唐杜荀鹤诗也；'今朝有酒今朝醉，明日愁来明日当'，罗隐诗也；'但知行好事，莫要问前程'，五代冯道诗也"①。从王士禛指出唐末五代诗已没有盛唐、中唐的"豪放之格"和"神韵兴象之妙"来看，这里的"格"和"神韵兴象"，与前面引述王氏所称盛唐之高于初、中、晚的"格韵"，二者意思是一致的。所谓"神韵兴象"同样指的是诗的意境和意境美。就王士禛引证杜、罗、冯等人的诗句来看，确实没有什么意境可言。

那么，什么样的意境才符合王士禛"神韵"的标准呢？王士禛晚年编选《唐贤三昧集》，用以宣传他的论诗主张，王士禛曾自述编这部诗选的用意："要在剔出盛唐面目与世人看，见盛唐之诗，原非空壳子、大帽子话。其中蕴藉风流，包含万物"②，是想"以大音希声，药淫哇锢习"（俞兆晟《王士禛诗话序》）。《三昧集》以"神韵"为选编标准，王士禛要揭示给世人看的，就是"神韵"了。我们从王士禛的这几句话里可以给"神韵"概括出两个特点：一是"神韵"取境很广，"蕴藉风流，包含万物"；一是"神韵"的表现形态是"大音希声"。

对于"神韵"在表现形态上的特点，王士禛自己在《唐贤三昧集序》诠释得很明白，他说：

> 严沧浪论诗云："盛唐诸人，唯在兴趣，羚羊挂角，无迹可求。透彻玲珑，不可凑泊。如空中之音，相中之色，水中之月，镜中之象，言有尽而意无穷。"司空表圣论诗亦云"妙在酸咸之外"……于二家之言，别有会心。③

即以"兴趣""言有尽而意无穷""味在酸咸之外"为"神韵"。王士禛的门人吴陈琰就这样解释道："酸咸之外者何？味外味也。味外味者何？神韵也。"王士禛就是用这一系列甚似玄妙的概念组成了表述"神韵说"意境论的系统。大而论之，这几个概念都是指意境；细而论之，"诗外之诗"，可以简单理解为"言外之意"；"象外之象""景外之景"，指

---

① （清）王士禛撰，张宗柟纂集：《带经堂诗话》，人民文学出版社1963年版，第56页。
② （清）王士禛：《燃灯纪闻》，《清诗话》，上海古籍出版社1982年版，第122页。
③ （清）王士禛撰，张宗柟纂集：《带经堂诗话》，人民文学出版社1963年版，第97页。

依附于诗中形象之上的虚化景象，用司空图称引戴叔伦的话来说，就是"如兰田日暖，良玉生烟，可望而不可置于眉睫之前"的"诗家之景"，只可意会而不易言传，这正是意境的特点。意境是诗人创造的，而诗的美感还需要读者的品味、欣赏才可以领悟得到，所谓"味外之味"，如区别于前三个概念来说，正是领略品赏诗中形象美而获得的意境美。王士祯以"神韵"一语而概括之，所以，"神韵"应为意境和意境美双重含义。

王士祯的"神韵说"具体内涵包括以下几点。

第一，强调"兴会超妙"，追求"得意忘言"，认为诗的美感"空中之音，相中之色，水中之月，镜中之象"一般的艺术境界。王士祯指出："古人诗只取兴会超妙"，"唐人五言绝句，往往入神，有得意忘言之妙。"他认为诗歌艺术的"超妙"之处，正在于"兴会""入神"，在于"得意忘言"。

什么是"兴会"呢？从创作论的角度讲，指诗歌创作构思中创作主体以丰富真实的感情为前提，或见景生情，灵感涌来；或情感郁积，随境触发的一种创作心态，其本之于情，"兴会发于性情"也。当然，兴会之发是有条件的，即诗人对"眼前景"的感受和领悟。《王士祯诗话》曰：

> 萧子显云："登高极目，临水送归；晨雁初莺，花开花落。有来斯应，每不能已；须其自来，不以力构。"王士源序孟浩然诗云："每有制作，伫兴而就。"余生平服膺此言，故未尝为人强作，亦不耐为和韵诗也。[①]

"兴会"的基本义在于"发于性情"。诗写心声，不以力构，所以，他不肯"为人强作"，"不耐为和韵诗"。优秀的诗歌，诗人对"眼前景"有心灵感应，所谓"捕捉刹那印象，写出无限风情"（《蚕尾续文》）。因此，王士祯论"兴会"，特强调它产生的突发性，强调外界景物对诗人情感的激发作用。

> 南城陈伯玑允衡善论诗，昔在广陵评予诗，譬之昔人云"偶然

---

① （清）王士祯撰，张宗柟纂集：《带经堂诗话》，人民文学出版社1963年版，第67页。

欲书"，此语最得诗文三味。①

越女与勾践论剑术曰："妾非受于人也，而忽自有之。"②

诗人创作灵感的涌现是有偶然性的，不是你想要它来它就能来的，常常是你没有想到它，它却自己来了，所谓"偶然欲书""忽自有之"，都是指创作主体心态刹那间的灵感突发，如"华严楼阁，弹指即现"，诗人的任务就是捕捉住这瞬间闪现的意象，使其再现笔端，而苦思强作是很难有神韵境界的。吴调公先生在谈到王士禛的"神韵"时，曾指出"王士禛的神韵说虽说有其理论渊源，……而从他的创作构思说，首先得力于对'眼前景'的深刻领会"。此论点出王士禛灵感论的独到之处，重在"触物兴怀，情来神会"，即突出眼前景物的主体灵感情感产生的契机作用。如其七绝《寄陈伯玑金陵》："东风作意吹杨柳，绿到芜城第几桥。欲折一枝寄相忆，隔江残笛雨潇潇。"此诗之作，就是因为诗人偶然见到东风吹柳，猛然想起与陈伯玑分手的扬州桥头，又因此回忆起与陈的交往，遂忍不住起了"欲折一枝寄相忆"的念头，无奈此时风雨潇潇，诗人与陈之间隔着一条大江。远处来的残笛更衬托这种怀人之情如泣如诉。从全诗来看，诗人抒发的情感都源自东风吹柳这一眼前之景的触发，由此"兴会"，诗人感受到杨柳的神韵，"绿到芜城""欲折一枝""雨潇潇"等皆从此发生，因此，全诗显得"天然入妙"，"天然不可凑泊"。

强调由眼前景物形成诗人创作的兴会，看上去创作机缘只在偶然之间，而无须诗人的苦学深思，其实不然。诗人要真切感受到景物的神韵，离开日常大量的生活积累，无异于幻想。所以，尽管论诗强调"兴会神到"，但王士禛并不否定学问、修养和诗人的性情。他在讲到作诗之道时指出：

本之风雅以导其源，沂之楚骚、汉魏乐府诗以达其流，博之九经、三史、诸子以穷其变，此根柢焉。根柢源于学问，兴会发于性情。于斯二者兼之，又干以风骨，润以丹青谐以金石，故能衔华佩实，大放厥词，自名一家。③

---

① （清）王士禛撰，张宗楠纂集：《带经堂诗话》，人民文学出版社1963年版，第84页。
② 同上书，第81页。
③ （清）王士禛撰，张宗楠纂集：《带经堂诗话》，人民文学出版社1963年版，第78页。

可见，王士祯虽然强调灵感，但并没有过分地夸大这种作用。作为创作之阶，他还是实实在在地要求从阅历、苦思、学养三方面入手。因此，他所谓的"兴会神到"也并非虚无缥缈的空中楼阁。

从诗歌境界来讲，在兴会神到之时创作的作品往往是不拘泥于时间地点是否确切，例如：

> 世谓王右丞画雪中芭蕉，其诗亦然，如"九江枫树几回青，一片扬州五湖白"，下连用兰陵镇、富春郭、石头城诸地名，皆寥远不相属。大抵古人诗画，只取兴会神到，若刻舟缘木求之，失其指矣。①

这就是诗人和经生家、诗歌和一般学术文章不同所在。冬雪与夏蕉在现实中是不可能同时存在的两种事物，但在诗人的自我领会与把握之中融为一景。兰陵镇、富春郭、石头城等，皆为"寥远不相属"的地名，但诗人感情兴发产生了直觉联想，把他们连在同一首诗中，使得诗歌的艺术境界成为神韵之笔。故他又说：

> 香炉峰在东林寺东南，下即白乐天草堂故址，峰不甚高，而江文通《从冠军建平王登香炉峰》诗云："日落长沙渚，层阴万里生。"长沙去庐山二千余里，香炉缘何见之？孟浩然《下赣石》诗："暝帆何处泊？遥指落星湾。"落星在南康府，去赣亦千余里，顺流乘风，即非一日可达。古人诗只取兴会超妙，不以后人章句，但作记里鼓也。②

虽然香炉峰与长沙相距甚远，登香炉峰根本看不见长沙渚的落日，但诗人兴会所来，驰骋想象，千里之外的日落美景便在眼前了。王士祯的意思是，作诗应当不受身观局限，不必讲究是否符合具体时间、地点等真实性，不必拘泥诗中有不尽合生活逻辑处出现，只要是随情性之所至，表现出"韵"的超妙境界。艺术真实，有时并不完全与生活真实相吻合，比

---

① （清）王士祯撰，张宗柟纂集：《带经堂诗话》，人民文学出版社1963年版，第68页。
② 同上。

起生活真实来，艺术真实往往显得更真实、深刻、传神。"若刻舟缘木求之，失其指矣"，真实往往超越生活真实。

第二，主张含蓄蕴藉，风神韵致，反对轻露直率的"理语"。"神韵说"的一个重要的美学原则，就是认为诗要写的含蓄蕴藉，要"言有尽而意无穷"，主张诗歌创作应该"不涉理路，不落言筌"而"味在咸酸之外"。审美主体通过丰富的想象和联想，从似实而虚、不可实求的含蓄意境中感受诗歌的艺术魅力。

王士祯曾主张"诗如神龙，见其首不见其尾，或云中露一爪一鳞而已"①。这句话所表达的正是诗歌含蓄蕴藉的特点，所见为实，所想为虚，虚实结合，方能构成艺术的完整性。《带经堂诗话》"清言类"引用姜夔论诗语，说明王士祯自己对蕴藉品格的推崇。他说：

> 景文云："庄周云：'送君者皆自厓而返，君自此远矣。'令人萧寥有遗世意。"愚谓秦风《蒹葭》之诗亦然。姜白石所云"言尽意不尽"也。②

宋祁能从庄周有限的话语中品出无限的萧寥遗世之意，王士祯深谙此意，并举姜夔《续书谱》中"言尽意不尽"来表明观点。

文辞之外要有丰富且幽深的含义，过于直露，就会冲淡高远的情怀，使作品索然无味，所以蕴藉要求通过有限诗句涵容无限意趣。王士祯一再强调严羽的"言有尽而意无穷"和司空图的味在"咸酸之外"，"不著一字，尽得风流"，反对直露。他曾批评诗风平实的元稹、白居易"于盛唐诸家兴象超诣之妙，全未梦见"（《池北偶谈》）。而对于以淡泊见称的韦应物、柳宗元，则颇为欣赏："风怀澄淡推韦、柳，佳处多从五字求。识解无声弦指妙，柳州那得并苏州？"（《戏仿元遗山论诗绝句三十二首》）他认为"唐诗主情，故多蕴藉；宋诗主气，故多轻露"（同前）。

我们看王士祯所句出的"不著一字，尽得风流"的诗例：

> 或问"不著一字，尽得风流"之说，答曰：太白诗"牛渚西江

---

① （清）赵执信：《谈龙录》，人民文学出版社1981年版，第5页。
② （清）王士祯撰，张宗柟纂集：《带经堂诗话》，人民文学出版社1963年版，第87页。

月，青天无片云。登高望秋月，空忆谢将军。余亦能高咏，斯人不可闻。明朝挂帆去，枫叶落纷纷。"襄阳诗"挂席几千里，名山都未逢。泊舟浔阳郭，始见香炉峰。尝读远公传，永怀尘外踪。东林不可见，日暮空闻钟。"诗至此，色相俱空，政如羚羊挂角，无迹可求，画家所谓逸品是也。①

"羚羊挂角，无迹可求"，本出自严羽《沧浪诗话》，王士祯将其空灵蕴藉的韵味纳入其理论中，并作为诗歌神韵的品评标准。李白、孟浩然二诗都是抒发怀才不遇、知音难觅遇的感慨，但都没有直说。李白诗，渲染江边月夜的清冷景色，烘托诗人空怀奇才、不遇俊赏的失意心情。同时借用才士袁宏在牛渚咏史，将军谢尚闻而相见重用之的故事，以袁宏自比，而叹谢尚无觅，让读者味而知之。诗尾大江孤帆远去，江枫落叶纷纷的萧瑟落寞的画面，极富悲剧之美。孟浩然的诗题为"望香炉峰"，从全诗来看，不过是叙写诗人的游踪，近乎叙事。但是诗人对这些内容的叙写并非其真实目的，其真实意旨在于写诗人的超脱情怀。诗人曾读远公传，对慧远早已景仰，对东林精舍也是向往已久。这是访庐山的内在动因。然而，名山在侧，东林即现，但高人却依然不得相见，唯有日暮钟声远远传来，诗人的内心该是如何的感受呢？诗就此打住。整首诗没有一个字写到诗人的内在之意，但这些叙述其实都与诗人所要表现的意思相关，让人透过这些叙述去领悟诗人的意旨。

"在这两首诗里，存在着两重世界。第一重是象的世界，第二重是意的世界。象的世界是说出来的，意的世界是未说出来的，而未说出的意义世界恰恰是诗人的目的所在。象的世界指向深层的意义的，却又不直接陈述出来；深层的意义世界虽未被说出，却又是形象可感的，实现在读者的想象当中。表层世界不是目的，是为表现深层的意义世界服务的，没有独立自足的意义，所以是色相俱空；内在的意义没有说出，正是羚羊挂角，无迹可求。"② 不过"羚羊挂角，无迹可求"，只不过是形迹暗藏，不轻示法象而已，"羚羊"还是有的。

最明显的是王士祯对几首咏息夫人诗的评论，认为杜牧的"至竟息

① （清）王士祯撰，张宗柟纂集：《带经堂诗话》，人民文学出版社 1963 年版，第 70—71 页。

② 张健：《清代诗学研究》，北京大学出版社 1999 年版，第 464 页。

亡缘底事？可怜金谷坠楼人"，是"正言以大义责之"，颇不赞成；认为只有王维的"看花满眼泪，不共楚王言"，"更不著判断一语，此盛唐所以为高"。这就更进一步发展了严羽的"不涉理路，不落言铨"的观点。

从神韵说的要求出发，王士祯对严羽的"以禅喻诗"或借禅喻诗深表赞许，同时更进一步提倡诗要入禅，达到禅家所说的"色相俱空"境界。他说："严沧浪（严羽）以禅喻诗，余深契其说；而五言尤为近之。如王（维）、裴（迪）《辋川绝句》，字字入禅。""唐人五言绝句，往往入禅，有得意忘言之妙，与净名默然，达磨得髓，同一关捩。"① 还说："诗禅一致，等无差别。"认为根植于现实的诗的"化境"和以空空为旨归的禅的"悟境"，是毫无区别的。而最好的诗歌，就是"色相俱空""羚羊挂角，无迹可求"的"逸品"。从诗歌反映现实不应太执着于实写这一点讲，他的诗论有一定的合理因素；但从根本上来说，他是以远离现实为旨归的。

第三，崇尚冲淡清远的审美趣味。王士祯论诗，崇尚冲淡清远，这从他赞誉司空图《二十四诗品》即可看出：

> 昔司空表圣作《诗品》，凡二十四，有谓"冲淡"者，曰："遇之匪深，即之愈稀"；有谓"自然"者，曰："俯拾即是，不取诸邻"；有谓"清奇"者，曰："神出古异，淡不可收"，是品之最上者。②

他对司空图的《二十四诗品》，专门推许其中"冲淡""自然""清奇"三品，强调"是三者品之最上"，而根本不提"雄浑""沉著""劲健""豪放""悲慨"等品，这就发展了《二十四诗品》中注重冲淡、超逸的美学观点。王士祯特别推崇诗中逸品，以冲淡清远、神韵天然为诗歌美的极致，在评论历代作家时，他特别推崇所谓"淡派"诗人。

> 律句有神韵天然，不可凑泊者，如高季迪"白下有山皆绕郭，清明无客不思家"；曹能始"春光白下无多日，夜月黄河第几湾"；

① （清）王士祯撰，张宗柟纂集：《带经堂诗话》，人民文学出版社 1963 年版，第 83、69 页。
② 同上书，第 72 页。

李太虚"节过白露犹余热，秋到黄州始解凉"；程孟阳"瓜步江空微有树，秣陵天远不宜秋"是也。余昔登燕子矶有句云"吴楚青苍分极浦，江山平远入新秋"，或亦庶几尔。

　　晚唐人诗"风暖鸟声碎，日高花影重"；"晓来山鸟闹，雨过杏花稀"……皆佳句也。然总不如右丞"兴阑啼鸟缓，坐久落花多"，自然入妙。盛唐高不可及如此。①

王士禛喜欢以禅喻诗，也是以超逸、淡远为尚：

　　严沧浪以禅喻诗，余深契其说，而五言尤为近之。如王、裴辋川绝句，字字入禅。他如"雨中山果落，灯下草虫鸣"，"明月松间照，清泉石上流"；以及太白"却下水精帘，玲珑望秋月"……妙谛微言，与世尊拈花，迦叶微笑，等无差别。通其解者，可语上乘。②

　　从上述论述中，可以看出王士禛崇尚冲淡清远，以此作为诗之最高境界。究其原因，一是明代二李（梦阳、攀龙），模拟盛唐格调，好为大言豪语，追蹑者流入肤廓空疏，令人生厌，当时（指清初）诗坛二李之病余响未绝，王士禛欲以深情高韵纠之。

　　二是以"味外之味"为审美准则的"神韵说"，虽不排斥雄健豪放之格，但应当承认，清远冲淡之格比雄健豪放之格更易得"味外之味"。因为用清远冲淡之语为诗若不得"神韵"，犹有几分风致在，还算像诗；若以豪放雄健之语取"神韵"不得，那就只剩下"空壳子""大帽子话"了。是所谓"刻鹄不成尚类鹜，画虎不成反类狗"。王士禛标举"神韵"，正为纠"貌袭"豪健之弊，所以于清远冲淡方面谈得更多一些。

　　三是王士禛所处的时代不是一个生发豪情的时代，虽然清初国力强盛气魄恢宏，不亚盛唐。但毕竟异族入主甫初，汉族知识分子即无故国黍离之悲思，也决难有豪雄之气去歌咏新朝之事。若没有豪情强作豪语，如王士禛本人的《秦中凯歌》，虽豪语充斥，只可算作"庙堂之作"（沈德潜评语）。并无真的豪情在其中，与盛唐气象毕竟不同。所以，王士禛诗作

① （清）王士禛撰，张宗柟纂集：《带经堂诗话》，人民文学出版社 1963 年版，第 71 页。
② 同上书，第 83 页。

的豪气，多钟情在自然山水的雄奇景观上。王士禛并非没有感觉到这一缺憾，他曾有感慨云：

> 释氏言：羚羊挂角，无迹可求。古言云：羚羊无些子气味，虎豹再寻他不着。九渊潜龙，千仞翔风乎？此是前言注脚，不独喻诗。亦可为士君子居身涉世之法。①

王士禛生当清初文字之禁甚严的时代，又身为清廷高官，故而他既缺乏以浪漫主义的豪放激情去抒写慷慨，也不敢以现实主义的铺叙议论去讽世刺时。上述感慨，可见他心中有不得已的苦衷。这是时代悲剧，我们不好归咎王士禛。

其实，王士禛崇尚冲淡清远，并非如有些人认为的，只承认冲淡清远的诗为诗之最高审美境界。事实上，王士禛既爱冲淡清远，又崇雄奇豪健。他曾借论画肯定冲淡清远中可以含有沉着痛快。也就是说冲淡清远并不排斥雄奇豪健。他有一段议论，正可说明：

> 自昔称诗者，尚雄浑则鲜风调，擅神韵则乏豪健，二者交讥。唯今太宰说岩先生之诗，能去其二短，而兼其两长。②

这是王士禛晚年之论，他可能已注意到世人理解"神韵"有偏差，所以特于此说明。翁方纲曾说："诗有于高古浑朴见神韵者，亦有于风致见神韵者，不能执一以论也。"③ 翁氏自以为这是补王士禛之阙，其实王士禛本来就作如是观。我们从他编选的《唐贤三昧集》取选范围也可以得见王士禛此宗旨。

《唐贤三昧集》中收录王昌龄、高适、岑参，李颀、崔灏、陶翰等人的豪健雄奇之诗甚多，诸如王昌龄的《塞下曲》二首、《从军行》三首、《出塞》一首，李颀的《塞下曲》《古从军行》《送陈章甫》《古意》《听董大弹胡笳声兼语弄寄语房给事》，高适的《古大梁行》《燕歌行》《送浑将军出塞》《塞上听吹笛》，岑参的《白雪歌送武判官归京》《轮台歌

---

① （清）王士禛撰，张宗柟纂集：《带经堂诗话》，人民文学出版社1963年版，第83页。
② 同上书，第161页。
③ （清）翁方纲：《石洲诗话》，人民文学出版社1981年版，第298页。

奉送封大夫出师西征》《走马川行奉送出师西征》《胡笳歌送颜真卿使河陇》，崔灏的《古游侠呈军中诸将》《孟门行》《雁门胡人歌》《赠梁州张都督》《辽西歌》，陶翰的《古塞下曲》《燕歌行》《出萧关怀古》等，都是世所公认的豪放雄健之作。尤其还选入王维《陇头行》《老将行》《观猎》《出塞作》《使至塞上》《少年行》等雄快之诗，可见王士禛心目中的王维也不尽是一味恬淡清远。《唐贤三昧集》是王士禛以"神韵"为标准编选的，其中有这么多豪健之作入选，王士禛之"神韵"不独奉"古淡闲远"一隅可知。再看他选《唐人万首绝句选》，在《凡例》中说："必求压卷（指七言绝句），则王维之《渭城》，李白之《白帝》，王昌龄之《奉帚平明》，王之涣之《黄河远上》，其庶几乎！"这四首诗没有一首属于冲和淡远风格，可见王士禛在诗歌风格问题上持论并无偏颇。之所以会有误解，主要在对于"神韵"的理解上。

王士禛凭借"神韵说"的理论建树和其诗歌创作成就，主盟清初诗坛五十年之久，在"神韵说"理论指导下，其门人和友人围绕着王士禛形成了神韵诗派，学诗者莫不翕然宗之。但在追随者之外，也有持不同见解者如朱彝尊、陈廷敬、赵执信等。

《谈龙录》表达了赵执信与王士禛"神韵"说截然不同的诗学观点。赵执信认为"神韵"说过于"玄虚缥缈"，并且"诗中无人"。两人的主要分歧在于王士禛尚含蓄，认为笔墨之外皆有性情；赵执信主刻露，主张直剖胸臆方见有人。赵执信的"诗中有人""诗中有事"表现出与王士禛迥然不同的诗学趣味。

第十一章

凡诗之传者，都是性灵

——性灵说

"性灵"是中国古代诗学理论一个重要的审美范畴，其理论的形成，从明代"公安三袁"的努力倡导，到清代袁枚的论述与实践，发展成为一套完整系统的理论，对中国近现代诗学影响极大。

一 "性灵"的提出、演变

"性灵"这个概念，既非袁宏道首创，亦非袁枚独创。历来关于"性灵"的含义，大体较为接近，却也有细微之差别。如中国学者顾远芗认为性灵是内性的灵感，而"所谓内性的灵感，是内性的感情和感觉的综合"①；日本学者铃木虎雄早就注意到袁枚"性灵"概念与"性情"的紧密联系，释之为"性情灵妙的活用"②；我国台湾有学者将性灵二字分开来讲："性是指性情真挚自然，灵是表达灵活灵妙"③；或者说："袁枚的'性灵'包括'空'、'灵'，和生气勃勃的活力"④；张建先生将性灵与其他概念联系起来讲："性灵两字，最明快的解释就是'才情'，同时它又含求真、自然、有我（有个性）、坦易、活泼、新鲜、有神韵等旨趣。"⑤王英志先生也认为性灵包含真情、个性、诗才三个要素⑥。简有仪《袁枚研究》将性灵的含义概括为诗本性情、诗要有我、诗求存真、诗贵神韵、

---

① 顾远芗：《随园诗说的研究》，商务印书馆 1936 年版，第 51 页。
② ［日］铃木虎雄：《中国诗论史》，许总译，广西人民出版社 1989 年版，第 185 页。
③ 杜松柏：《袁枚》，国家出版社 1982 年版，第 189 页。
④ 王建生：《袁枚的文学批评》，圣环图书公司 2001 年版，第 255 页。
⑤ 张建：《中国文学批评史》，五南图书出版公司 1992 年版，第 319 页。
⑥ 王英志：《清人诗论研究》，江苏古籍出版社 1986 年版，第 197 页。

诗尚自然、诗须平易、诗崇心意、诗重鲜活等命题，认为性灵的含义"实际上是包括著'我的'与'真的'两种主要的概念，因为有个我在，即可独抒自己的胸臆，专写自己的怀抱；而所谓的'真'，是指真情感，只要是作者兴趣所到，性灵中所要说的话，都不是虚伪的，造作的"，因此性灵与性情的不同用法在他看来乃是同一个意思。①

从训诂角度来看，"性灵"一词是由性与灵两个字或词组成的复合词。"性"的本义是人的本性，《易·系辞上》"一阴一阳之谓道。继诸善也，成诸性也"，孔颖达疏："若能成就此道者，是人之本性"②。《论语·阳货》云，"性相近，习相远也。"《荀子·正名》："生之所以然者谓之性"③，都是指人的本性。性还指人的性情，即人的禀赋气质。《国语·周语上》："先王之于民也，懋正其德，而厚其性"，韦照注："性，情性也"④。性此二义，皆与后来的性灵诗学思想有关。"灵"的本义比较多，与性灵诗学思想有关的含义有：（1）人的主观精神，三国曹植《七启》"澄神定灵"；（2）人的聪明灵活，《庄子·天地》"大愚者终身不灵"，成玄英疏"灵，知也"。后晋葛洪《抱朴子·行品》"虚灵机以如愚，不贰过而诎黩者，贤人也"，"灵机"指灵巧的心思，最合性灵诗学思想的要旨。性与灵构成"性灵"一词则较迟，不会早于南北朝时期。但性灵派的性灵说美学思想的萌芽，远在"性灵"一词诞生前即存在。

性灵派美学思想重真性情，崇个性，尚自然的观点，在《庄子》中均可找到萌芽。性灵派主将袁枚一生对《庄子》"爱之而诵之"，在其著作中提及庄子或引用《庄子》典故近40次，这是他受《庄子》影响的有力证据。如《庄子·渔父》关于情"贵真"的论述："真者，精诚之至也。不精不诚，不能动人"，"真悲无声而哀，真怒未发而威，真亲未笑而知。真在内者，神动于外，是所以贵真也"，"故圣人法天贵真，不拘于俗"⑤。此所谓"真"，不仅指感情之真，而且指人本性之真，是人自然本性的表现。《庄子》追求无待、无累、无患的"逍遥游"，崇尚"独与天地精神往来"的独立自由情态，与性灵派所张扬个性，倡导"独抒性

---

①　简有仪：《袁枚研究》，文史哲出版社1988年版，第121页。
②　李学勤主编：《十三经正义·周易正义》，北京大学出版社1999年版，第268页。
③　（清）王先谦撰：《荀子集解》，沈啸寰、王星贤点校，中华书局1988年版，第412页。
④　徐元诰：《国语集解》，中华书局2002年版，第1页。
⑤　陈鼓应：《庄子今注今译》，商务印书馆2007年版，第944页。

灵"，反对依傍，在精神上亦是相通的。

"性灵"作为诗学概念，大约在魏晋六朝时期出现在古典诗学著作中。首先采用"性灵"一词的，大概是南朝刘勰的《文心雕龙》。《原道》篇说："仰观吐曜，俯察含章，高卑定位，故两仪既生矣。惟人参之，性灵所钟，是谓三才"①。这是说，人与天地构成"三才"，但唯有人具有灵智的天性，这样才能"心生而言立，言立而文明"，从而产生文章。《序志》篇亦云："夫宇宙绵邈，黎献纷杂，拔萃其类，智述而已；岁月飘忽，性灵不居，腾声飞实，制作而已"。这里的"性灵"与"智述"上下相承，含义连贯，显然是指人的才能或禀性灵秀，故接下又曰："夫［有］人肖貌天地，禀性五才，拟耳目于日月，方声气乎风雷，其超出万物，亦已灵矣"②，此处把"性灵"拆成"禀性""亦已灵矣"，更可见"性灵"之本义。此句实际从《汉书·刑法志》"夫人肖天地之貌，怀五常之性，聪明精粹，有生之最灵者也"脱出，毋庸置疑，"性灵"与"聪明精粹"同义。这种对人的本质的认识虽然不是直接论诗，但对后世性灵说的内涵有颇大的影响。

稍后于刘勰的南朝著名诗论家钟嵘，在其诗论专著《诗品》中则直接以"性灵"论诗的本质。刘熙载指出"钟嵘谓阮步兵诗可以陶写性灵，此为以性灵论诗之本。"③ 张少康先生认为："钟嵘实已开后来袁枚'性灵说'之先河"④。王英志先生肯定了这一观点：

> 钟嵘重抒情，尚自然，崇真美的"性灵"之说直接影响了清代性灵说的核心内容。……特别是《仿元遗山论诗》论"夫已氏"一首说得明明白白："天涯有客号诊痴，误把抄书当作诗。抄到钟嵘《诗品》日，该他知道性灵时。"此诗把性灵说直接与钟嵘《诗品》挂钩，可谓袁枚自谓性灵说直接源头是《诗品》的铁证。⑤

---

① （南朝梁）刘勰：《文心雕龙注释》，周振甫注释，人民文学出版社1981年版，第1页。
② 同上书，第534页。
③ （清）刘熙载：《诗概》，郭绍虞辑：《清诗话续编》第4册，上海古籍出版社1983年版，第2446页。
④ 张少康：《论钟嵘的文学思想》，《文艺理论研究》1981年第4期。
⑤ 王英志：《性灵派研究》，辽宁大学出版社1998年版，第11页。

虽说后来又不少学者指出《诗品》的核心并非"性灵"，但钟嵘在评论阮籍《咏怀》抒情特征时说："陶性灵，发幽思。言在耳目之内，情寄八荒之表"①。这里的"性灵"显然与后来袁枚所说"性灵"并非一意，而是特指"寄八荒之表"的"情"。钟嵘针对"理过其词"的玄言诗，主张诗歌要"陶性灵""吟咏情性"，即抒发人内心的思想感情，于诗论中赋予"性灵"以"性情"或"情"的新义，这是其诗歌美学的主旨。钟嵘重抒情、尚自然、崇真美的"性灵"之说，可以说直接影响了清代性灵说的核心内容，如袁枚笔下"独写性灵"中的"性灵"二字主要就指性情，但又不限于性情一义，历来被学界看作是对钟嵘"性灵"的发展。

晋宋之际的何尚之曾转述范泰、谢灵运的看法："范泰、谢灵运每云：'六经典文，本在济俗为冶耳。必求性灵真奥，岂得不以佛经为指南耶？'"② 略后于钟嵘的北朝诗人庾信论诗云："含吐性灵，抑扬词气"，其诗亦有"天下有情人，居然性灵夭"之句；北齐颜之推论诗云"四始六义，实动性灵"（《谢赵王新诗启》）。《颜氏家训·文章》亦云："至于陶冶性灵，从容讽谏，人其滋味，亦乐事也"③。上述引文可看出，六朝人的"性灵"之义，多指性情或情，指一种偏重于个性独特的情感体验和审美感受。

唐代诗论中采入"性灵"一词更普遍。一是沿用南北朝诗论中的"性情"含义，如《南史·文学叙传》："自汉代以来，辞人代有，大则宪章典诰，小则申纾性灵"。元稹《唐故工部员外郎杜君墓志铭并序》："盖吟写性灵，流连光景之文也。"二是"性灵"一词含义又有新的开拓，如"东道有佳作，南朝无此人。性灵出万象，风骨超常伦"（高适《答侯少府》）。"吾家骥足杨茂卿，性灵且奇才甚清"（杨巨源《赠弟茂卿》）。上述"性灵"实际是对刘勰笔下"性灵"一义的引申。"出万象""超常伦"，可见此人禀性之灵非同寻常，具有一种灵妙的悟性，且"性灵"又与"才"相通。性灵派"性灵"说也推崇诗人之"笔性灵"而嘲笑"笔

---

① （南朝·梁）钟嵘：《诗品集注》，曹旭集注，上海古籍出版社1994年版，第123页。

② 何尚之：《答宋文帝赞扬佛教事》，僧佑：《弘明集》卷一一，上海古籍出版社1991年影印宋版碛砂本《大藏经》，第70页下。

③ （北齐）颜之推：《颜氏家训集解》，王利器集解，上海古籍出版社1980年版，第221页。

性笨"，又认为"作诗如作史也，才学识三者宜兼，而才为尤先"，突出了诗人之"才"。

宋代主性灵说者首推杨万里。他有一段言简意赅的论述为袁枚所欣赏，大致反映了其性灵说要旨："杨诚斋曰：'从来天分低拙之人，好谈格调，而不解风趣。何也？格调是空架子，有腔口易描；风趣专写性灵，非天才不办。'余深爱其言。"① 杨万里一是推崇"天分"，认为诗人具有"天才"，或曰诗才，属于"性灵"者。二是诗的本质在于"专写性灵"，亦即诗人的感情、个性、气质等，此"性灵"已非仅仅与性情画等号。三是反对"谈格调"，而主张诗人具有艺术个性，他曾讥讽有人效仿韦苏州之诗，"当其效人之诗体以求合于人，自以为巧矣，而其巧适所以为拙。"② 四是认为诗要写得有"风趣"，即生动活泼，使人易于接受，产生美感。此说与后来性灵派性灵说的内涵已十分接近，后来性灵派论诗主"风趣""生趣"正与此相承。

其后严羽的《沧浪诗话》虽非专谈"性灵"，但从袁枚多次引用其中的话来论诗，并赞许所谓"羚羊挂角""香象渡河"，有神韵可味，无迹象可循来看，大概与"性灵"有关。严羽明确标举"诗者，吟咏性情也"，强调"诗有别材，非关书也；诗有别趣，非关理也"③，等等，都被袁枚所吸收。

二 "独抒性灵，不拘格套"

作为诗学理论范畴的"性灵说"，正式倡导、创立应在明代。当时统治者在思想领域里鼓吹程朱理学，扼杀人之自然本性；在诗坛上，前后七子又相继倡言"文必秦汉，诗必盛唐"，掀起拟古复古之风。在明代社会经济已萌发带有资本主义性质的新的生产关系萌芽的背景下，徐渭、李贽、公安派及焦竑、汤显祖等一批富于反叛精神、追求个性解放的有识之士，以性灵说为武器，向假道学与复古的形式主义文风宣战。

---

① （清）袁枚：《随园诗话》卷一，顾学颉校点，人民文学出版社 1982 年版，第 2 页。
② （宋）杨万里：《见苏仁仲提举书》，王琦珍整理：《杨万里诗文集》，江西人民出版社 2006 年版，第 1030 页。
③ （宋）严羽：《沧浪诗话校释》，郭绍虞校释，人民文学出版社 1983 年版，第 26 页。

　　明代中后期，随着个性解放思潮的兴起，王世懋、屠隆等人重新使用"性灵"一词，并赋予其更丰富的内涵。就对"性灵"这一概念使用的频率来说，屠隆及其以后的钟惺、谭元春更为多见，正如时人所云："钟、谭一出，海内始知'性灵'二字"①。而在诗学发展史上，真正以"性灵"作为理论标帜，赋予其独特理论内涵，并为后人所认同的还是明代袁宏道以及清代袁枚等人。

　　"性灵说"是晚明文学思潮中最典型的理论。袁宏道吸收了前人有关"性灵"的合理论述，并建构成为一种与复古派相异其趣的"性灵说"，其理论核心是主张文学作品要抒写真情。

　　袁宏道的"性灵说"，在学术渊源方面，一是受心性论尤其是王学左派心性理论的影响；二是受禅宗与净土宗"明心见性"的影响。"性灵"就是此"心性"的体现。

　　"心性"理论是中国古代哲学的中心论题之一。它是以研究人为中心的哲学，"心"在中国古代主要是作为思维器官和功能，是代表人的主体精神的范畴，而"性"则"从心生声"（《说文解字注》十篇下），与心密切相关，主要是指人的本质而言。宋明时期心性问题终于成了哲学家们讨论的核心问题。就明代哲学与文学关系来看，对晚明文学思潮和袁宏道性灵说产生直接影响的是王学左派的心性理论。这种影响主要体现在王学左派心性论所体现出的灵知活泼、道德色彩淡化的特点。王学左派继承了王阳明心性论"昭明灵觉"的特点，同时，道德色彩明显淡化。何心隐直截了当地提出"心不能以无欲"②。王襞等人则将偏枯的道德之"心"改造成了"莹彻虚明""通变神应"活泼充融的心体。对晚明文人影响很大的罗汝芳将"心"说成是"天性灵妙浑沦的心""赤子之心"，既强调了灵明的特点，又淡化了道德色彩，乃至认为"圣贤之学，本之赤子之心以为根源"③。王学左派的上述思想影响到文学，其意义在于，自《诗大序》起强调文学作品"经夫妇、成孝教，厚人伦，美教化、移风俗"的教化功能得到了淡化。这从受王学影响的屠隆那里就可以看出，屠隆在

---

　　① （清）钱谦益：《谭解元元春》，《列朝诗集小传》，上海古籍出版社2008年版，第572页。

　　② （明）何心隐：《辨无欲》，容肇祖整理：《何心隐集》卷二，中华书局1981年版，第42页。

　　③ （清）黄宗羲：《明儒学案》卷三十四，沈之盈点校，中华书局2008年版，第762页。

《诗选》中提出"夫诗者，宣郁导滞，畅性灵，流响天和，鼓吹人代"，主要还是就抒发作者性情来讲的，以人的自然情感作为诗歌反映的内容。

王学重视人的主观精神，继承陆九渊"心即理也"的观点，认为"心即理也，天下又有心外之事，心外之理乎?"①此"心"此"理"，已"由外在的天理、规范、秩序变为内在的自然、情感甚至欲求"②，而与性灵相通了。王学思想的要义，自然是解放程朱道学的烦琐义理的束缚，但其主旨仍然是归宗为孔孟圣教"天下为公"的天理。受"心"说启发，明代倡导性灵之说的先驱者、曾师从王阳明门人季本的徐渭称"性灵本自是"，于诗主情、重真，倡导创作"出于己之所自得"，反对拟古之风。而作为王学左派代表之一的李贽则提出著名的"童心说"，特别强调"童心者，真心也"，"天下之至文，未有不出于童心者焉也。""童心"即是真心，人的纯真之心，是人的天然本性，真实感情，包括人的"自私自利之心"，如贪财好色之心，即不受封建伦理纲常束缚之心。故他贬斥"六经、《语》《孟》，乃道学之口实，假人之渊薮也"③。

袁宏道成为明代公安派的掌旗人，"性灵说"的倡导者，与李贽有着直接的关系。在1591年（万历十九年）袁宏道曾只身前往湖北麻城龙湖拜访李贽，李贽赞誉袁宏道"其识力胆力，皆迥绝于世，真英灵男子"④，可见李贽对袁宏道特别器重。李贽以自我为中心的人生观和文学观，不仅突破了传统道学的束缚，实际上也突破了阳明心学的"圣学"情结。李贽的《焚书》初版于1590年（万历十八年），1595年，袁宏道作吴县县令，他致信李贽说："作吴令亦颇简易，但无奈奔走何耳……幸床头有《焚书》一部，愁可以破颜，病可以健脾，昏可以醒眼，其得力"⑤。这证明，在1596年前，袁宏道不仅阅读了《焚书》，而且与之精神契合极深，奉之为朝夕诵读的经典。因此，1596年，袁宏道以《叙小修诗》等文为代表，发出"独抒性灵，不拘格套"的性灵主张时，表现出了与李贽一气同声的契合。

---

① （明）王守仁撰：《王阳明全集》，吴光等编校，上海古籍出版社1992年版，第2页。
② 李泽厚：《中国古代思想史论》，人民出版社1994年版，第24页。
③ （明）李贽：《童心说》，张建业、刘幼生主编：《李贽文集》第一卷，社会科学文献出版社2000年版，第92—93页。
④ （明）袁宏道：《珂雪斋集》，钱伯诚点校，上海古籍出版社1989年版，第756页。
⑤ （明）袁宏道：《袁宏道集笺校》，钱伯城笺校，上海古籍出版社1981年版，第221页。

李贽思想之大胆，在当时即被目为异端，"指目为妖"。不仅袁宏道拜其为师，清代袁枚亦推崇其"赤子之心"。李贽好友焦竑则明言："诗非他，人之性灵之所寄也。苟其感不至，则情不深；情不深，则无以惊心而动魄，垂世而行远"①。倡导感情之真挚、深厚才有"性灵"，无疑是晚明"性灵"说的新内涵。汤显祖作为戏剧家与诗人，对于诗也主张"世总为情，情生诗歌"，宣称"师讲性，某讲情"②，更推崇"心灵"云："天下文章之所以有生气者，全在奇士。士奇则心灵，心灵则能飞动。"③"心灵"就是性之灵，诗人特殊的才能。这对性灵派亦不无影响。

袁宏道的"性灵说"则进一步把儒学心性论的灵知特点化成了"变化纵横，不可方物"的灵动才思，乃至视为文学创作的本源——以"独抒性灵"为旨归。这种灵动的心性，将传统的儒家道德律令视若草芥，认为孝悌忠廉信节，都是"冷淡不近人情之事"④，主张"率性而行""任性而发"，具有某些近代自然人性论的色彩。这些思想体现于他的"性灵说"中则是强调"真"，认为"喜怒哀乐嗜好情欲"的自然流露乃为"真声"⑤，这才符合"趣"的审美规范。袁宏道"疏瀹心灵，搜剔慧性"的创作原则显然是针对"荡涤摹拟涂泽之病"。因为对于相同的素材，作家主体的感悟是千差万别的，以师心反对师古，简洁明了而又行之有效。其中受到"心性论"的启悟，至为关键。

袁宏道是晚明最著名的居士之一，他曾颇为自矜地说："唯禅宗一事不敢多让，当今劲敌，唯李宏甫先生一人"⑥。又说："走弱冠，即留意禅宗。"读经习禅、修持净土是他生活的重要内容。他的佛学思想直接影响到了其诗学观念。"性灵说"明显是受到了佛学思想的浸润而产生的，这主要体现在禅宗心性论的主体性和净土宗的心本论。

---

① （明）焦竑：《雅娱阁集序》，李剑雄点校，《澹园集》卷15，中华书局1999年，第155页。

② 郭绍虞主编：《中国历代文论选》（三），上海古籍出版社1980年版，第150页。

③ （明）汤显祖：《序邱毛伯诗稿》，敏泽：《中国美学思想史》下卷，湖南教育出版社2004年版，第353页。

④ （明）袁宏道：《为寒灰书册寄郿阳陈玄朗》，《袁宏道集笺校》卷十四，钱伯城笺校，上海古籍出版社1981年版，第1225页。

⑤ （明）袁宏道：《叙小修诗》，《袁宏道集笺校》卷四，钱伯城笺校，上海古籍出版社1981年版，第187页。

⑥ （明）袁宏道：《张幼于》，《袁宏道集笺校》卷十一，钱伯城笺校，上海古籍出版社1981年版，第479页。

禅宗强调"本心"就是众生自家的心。"识心见性"就是"自识本心，自见本性。"认为本心即自心所成，佛性即自性所作。本体与主体是体用不二，完全同一的，同时本体又是由主体开出的："佛是自性作，莫向身外求。"成佛的过程就是顿悟自性的过程："自性悟众生即是佛。"①袁宏道的"性灵说"是以此为重要的理论依凭。他认为古人诗文垂范后世，是因为本于这样的原则，即"古人诗文，各出己见，决不肯从人脚根转。"② 对当时人也标以"独抒性灵，不拘格套，非从自己胸臆流出，不肯下笔"的创作原则。袁宏道以主体性的"己意"作为与拟古派的根本区别之一。

在《小修诗叙》中，袁宏道称赞其弟之作：

> 大都独抒性灵，不拘格套，非从自己胸臆流出，不肯下笔。有时情与境会，顷刻千言，如水东注，令人夺魄。其间有佳处，亦有疵处；佳处自不必言，即疵处亦多本色独造语。然予则极喜其疵处；而所谓佳者，尚不能不以粉饰蹈袭为恨，以为未能尽脱近代文人气习故也。③

这段文字可以说是公安派诗学理论的重要宣言，在这里宏道提出了公安派的理论核心"独抒性灵"以及与此相适应的诗学主张"不拘格套"。"独抒性灵"的提出是对张扬个性的肯定，对文学的主体——人的肯定，它包含了富于时代气息的内涵："性灵"指纯真、活泼、自然的人性，是真的性情；"性灵"也指人的各种生活欲望和情感的流露；"性灵"体现于文学创作中则表现为"不拘格套"，指独特的富有独创性的个性表现。

袁宏道"性灵说"的理论内涵非常丰富，主要的有以下几个方面。

（一）求真的个性意识

袁宏道以真论诗。提倡诗文创作必须抒写作家的性灵，表现内心的真

---

① （唐）慧能：《法宝坛经》卷十六，丁福保笺注，上海世纪出版集团 2004 年版，第 57 页。

② （明）袁宏道：《冯琢庵师》，《袁宏道集笺校》卷二十二，钱伯城笺校，上海古籍出版社 1981 年版，第 781 页。

③ （明）袁宏道：《叙小修诗》，《袁宏道集笺校》卷四，钱伯城笺校，上海古籍出版社 1981 年版，第 187—188 页。

实感情，应该是自然天性的流露，反对任何的因袭模拟、剽窃仿作。他在写给丘长孺的信中说：

> 大抵物真则贵，真则我面不能同君面，而况古人之面貌乎？……今之君子，乃欲概天下而唐之，又且以不唐病宋矣，何不以不选病唐，不汉、魏病选，不三百篇病汉，不结绳鸟迹病三百篇耶？果尔，反不如一张白纸，诗灯一派，扫土而尽矣。夫诗之气，一代减一代，故古也厚今也薄。诗之奇之妙之工无所不极，一代盛一代，故古有不尽之情，今无不写之景。然则古何必高，今何必卑哉？①

"物真则贵"，是个人才气性情的独特存在，它不仅不能求同于古人，也不能混同于古人。袁宏道一再讲"真"字，《行素园存稿引》中说"行世者必真，悦俗者必媚。真久必见，媚久必厌，自然之理也"。《陶孝若枕中呓引》一文也指出诗歌创作应该"情真而语直"。他推崇江进之的诗，原因在于它"无一字不真"。《叙曾太史集》说自己和曾可前"为诗异甘苦，其真写性情则一"，"为文异雅朴，其不为浮词滥语则一"，一句话，两人"所同者真而已"。袁宏道评价自己的诗文创作，一言以蔽之曰："任吾真率"（雷思霈《潇碧堂集序》）。他赞扬其弟小修的诗，也是一个"真"字。只要诗文作品是真性灵、真感情的流露，即使是"疵处"亦是"佳者"，因为它既是"本色独造语"，又是"情至之语，自能感人"。

求真是性灵说的第一意义。性灵说的真诗标准是"情至""毕达性灵"。《叙小修诗》云："大概情至之语，自能感人，是谓真诗。"江进之《敝箧集叙》引袁宏道自己的话说："诗何必唐，又何必初与盛？要以出自性灵者为真诗尔。"而性灵又是作家性情、趣味、才识的综合，这样一来，所谓毕达性灵者为真诗，实际上就是要求诗歌具有一种真识见、真性情、真趣味，也就是具有一种绝假纯真的精神。

绝假纯真的精神必然富有作家独特的个性。袁宏道的求真，一个重要

---

① （明）袁宏道：《邱长孺》，《袁宏道集笺校》卷四，钱伯城笺校，上海古籍出版社1981年版，第284—285页。

的目的就是创作出富有独创个性的诗歌。《丘长孺》在提出"物真则贵"之后紧接着说:"真则我面不能同君面,而况古人面貌乎?"文学有自己的时代个性。"唐自有诗也,不必《选》体也。初、盛、中、晚自有诗也,不必初、盛也"。"古有不尽之情,今无不写之景,古不必高,今不必卑"①。不同的作家有不同的风格,王维、岑参、元稹、白居易、苏东坡等,各自有诗,没有必要以李杜为宗。"代有升降,而法不相沿"(《叙小修诗》),"变"是文学发展的必然规律。因此作家在创作风格与表现手法上应该不拘格套,穷新极变。只有在"变"中才能充分表现作家的个性与真识。正是在这个意义上,袁宏道认为老子的"欲死圣人",庄子的讥毁孔子,荀子的言性恶,"见从己出,不曾依傍半个古人,所以他顶天立地,今人虽讥讪得,却是废他不得"(《张幼于》),大骂复古派的诗歌是"粪里嚼渣,顺口接屁","一个八寸三分帽子人人戴得"。而他自己的诗文创作则"大端机自己出,思从底抽"(江盈科《锦帆集序》),"宁今宁俗,不肯拾人一字"(《冯琢庵师》),表现出一种鲜明的个性意识。

(二) 注重趣韵

性灵说的求真,一个重要的方面是追求真趣。《西京稿序》云:"诗以趣为主。"《叙陈正甫会心集》中亦说:"世人所难得者唯趣。趣如山上之色,水中之味,花中之光,女中之态,虽善说者不能下一语,唯会心者知之"②。显然,袁宏道所谓的趣,指的是一种得之于自然、能给人以审美愉悦的诗歌境界。同时,还有李卓吾"童心说"的成分,表现了他率性而行的个性。在各种各样的趣味之中,袁宏道认为孟子的不失赤子之心,老子"能婴儿",是趣之正等、正觉、最上乘。而以他那适心任性的个性,袁宏道把愚不肖辈"或为酒肉,或为声伎,率心而行,无所忌惮",也看作一趣,解放了人的个性,却导致他的诗歌过于俚俗。

趣与韵相近,袁宏道论诗以趣为主,自然也就不会忽视"韵"。《寿存斋张公七十序》云:

> 山有色,岚是也。水有文,波是也。学道有致,韵是也……大都士之有韵者,理必入微,而理又不可以得韵。故叫跳反掷者,稚子之

① (明)袁宏道:《邱长孺》,上海古籍出版社2008年版,《袁宏道集笺校》卷四,第284页。

② 同上书,第463页。

韵也；嬉笑怒骂者，醉人之韵也。醉者无心，稚子亦无心，无心故理无所托，而自然之韵出焉。由斯以观，理者是非之窟宅，而韵者大解脱之场也。[①]

袁宏道笔下的"韵"，从"学道"立意，认为"韵"来自学问通达后的超越境界，而俗儒出于学道不达，将拘束迂腐作为儒学之旨。"韵"根本上是得之于自然。醉者稚子的无心是有童心而无闻见道理之心。因为无闻见道理之心，他们的嬉笑怒骂才显得天然率真，有自然之韵。就成人而言，"韵"是从理的束缚中得到解脱的结果。人如此，文亦如此。

在生活中，袁宏道高雅闲适，反对粗俗，但是在文学上，他在津津乐道于性灵小品的闲淡疏脱的同时，重视俗与雅的结合，对俗韵俗趣也非常推崇。《叙小修诗》云："吾谓今之诗文不传矣，其万一传者，或今闾阎妇女孺子所唱《擘破玉》《打草竿》之类，犹是无闻无识真人所作，故多真声。"袁宏道推崇俗趣俗韵，一个很重要的因素就是这种通俗的民间歌诗是真人的真声，能通于人之喜怒哀乐嗜好情欲。

对俗趣俗韵的重视并不影响袁宏道把"淡"作为趣韵的最高境界。《叙咼氏家绳集》云："苏子瞻酷嗜陶令诗，贵其淡而适也。凡物酿之得甘，炙之得苦，唯淡也不可造"[②]。把淡不可造作为文学的"真性灵""真变态"，后来的王士祯推崇神韵天然的清远之作与此有相通之处。

"性灵"作为真的性情，体现于外则为"趣"和"韵"。袁宏道认为"趣""韵"者始是真正的自然人，但"趣""韵"对于古人来讲却又并非触手可及。"大都士之有韵者，理必人微，理又不可以得韵。故叫跳反掷者，稚子韵也，搏笑怒骂者，醉人之韵也。醉者无心，稚子亦无心，无心故理无所托，而自然之韵出焉"。在这里，袁宏道强调了为文当有"真性情"，有了真性情的人，即可剥去一切的伪装，卸下一切的伪饰，还以原始的真正的面目。醉者已醉，失去面对俗世时的面具，醉时所言所行皆出自于不掩饰的真性情，率性而为，不顾忌太多的人情世故。童子亦如是，不懂得虚伪，一味任性而为，随性生活，故"当其为童子也，不知

---

① （明）袁宏道：《邱长孺》，上海古籍出版社 2008 年版，《袁宏道集笺校》卷四，第1541—1542 页。

② （明）袁宏道：《邱长孺》，上海古籍出版社 1981 年版，《袁宏道集笺校》卷四，第 1103页。

有趣，然无往而非趣也"（《叙陈正甫会心集》）。为文亦如此，唯有"真性情"才能真正打动人，才是最贴切心灵的真声，唯有"从胸臆流出"才能"情与境会，顷刻千言，如水东注，令人夺魄"。

人生于世间，总是为种种欲念所缚，为名为利为财为色，转而为文作诗，亦多阿谀奉承之作，少真正性情之文。袁宏道认为人当追求真正的"性灵"，任达放诞，如云舒风卷般自由。而且，真正的"性灵"不仅仅是表面上的张扬猖狂，更是心灵上的无牵无挂无碍，如"醉者无心，稚子亦无心"。人一旦入了尘俗，太多的俗务便如蛛丝缠身，束缚越来越多，而真心却越来越遥不可及。故"山林之人，无拘无缚，得自在度日，故虽不求趣，而趣近之"。而俗世中的人"迨夫年渐长，官渐高，品渐大，有身如桔，有心如棘，毛孔骨节俱为闻见知识所缚，人理愈深，然其去趣愈远矣"。文章也是这样，为文著有太多的拘束，则其离真正的性情亦远矣。

（三）追求风格的新奇与语言的本色自然

"性灵说"的外现为"趣"和"韵"，要表现"趣""韵"，则涉及诗歌的外在表现形式。这就是"不拘格套"的文学主张。

一个时代有一个时代的文学，文学总是与当时的社会现实、政治状况、思想、经济等联系在一起，体现当时的主流。若一味地模拟而失去创新思维，那么诗文只是一种文字的堆砌，失去了存在的价值。一个东西存在于这个世界上总有其独特的一面，要有特性，诗文也一样。所以，"不拘格套"就是文学要与时代相联系，而不是一味模仿。中郎对于"诗必盛唐，文必秦汉"是极不以为然了。他在《小修诗叙》一文中说：

> 盖诗人至近代而卑极矣，文则必欲准于秦汉，诗则必欲准于盛庸，剿袭模拟，影响步趋，见人有一语不相肖者，则共指以为野狐外道。曾不知文准秦汉矣，秦汉人盍尝字字学六经钦？诗准盛唐矣，盛唐人盍尝字字学汉魏矣？秦汉而学六经，岂复有秦汉之文？盛唐而学汉魏，岂复有盛唐之诗？①

---

① （明）袁宏道：《叙小修诗》，《袁宏道集笺校》卷四，上海古籍出版社 1981 年版，第 188 页。

在这里，袁宏道一针见血地提出了"剿袭模拟"的害处，嘲笑了所谓的"复古派"。

在袁宏道看来，为文作诗当从真性情出发，不必拘于固定的模式，只要"信口而谈，信手而作"即可。格律、音调只不过是一种固定的模式，形式从来都是为了内容服务，不能让形式拘泥了内容，使它反过来喧宾夺主，"不拘格套"所讲正是此。诗文强调的是个性，是独创性。袁宏道认为只要是"本色独造之语"，则"疵处"亦极可喜也。是故，他赞誉徐渭之文独出机杼，"故其为诗，如嗔如笑，如水鸣峡，如种出土，如寡妇之夜哭，羁人之寒起，虽体格时有卑者，然匠心独出，有王者气，非彼巾帼而事人者听放望也"（《徐文长传》）。"匠心独出"才是为文之要道，而非"格套"。且"夫代有升降，而法不相沿，各极其变、各究其趣，所以可贵"。又何尝有常法可循？

袁宏道的好友、性灵说的支持者江盈科在《敝箧集序》中转述了袁宏道的一段话：

> 要以出自性灵者为真诗尔。夫性灵窍于心，寓于境。境所偶触，心能摄之；心所欲吐，腕能运之。心能摄境，即缕蚁蜂虿皆足寄兴，不必《雎鸠》《驺虞》矣；腕能运心，即谐词谑语皆是观感……，以心摄境，以腕运心，则性灵无不毕达，是之谓真诗……①

是故，袁宏道推民俗俚谣而鄙"文人诗文"，盖文人为文皆拘泥于格套而影响了性灵。公安派诗文的一大特点是语言通俗易懂，也正是由于此原因。因为，诗"不拘格套"，纯是"从胸臆中流出""信手而作"即可。这点在当时对于打击反拨"拟古"确有一点作用，但后来免不了偏向鄙俚，流于低俗。

表现真的个性，实现自然的趣韵，需要创造新奇的艺术形式与本色自然的文学语言。因此，袁宏道在注重趣韵的同时提倡新奇。他从乱文集中发现徐渭，将徐树为明代第一诗人，原因就在于徐渭的诗"有长吉（李贺）之奇"（《瓶花斋集·徐文长传》）。

---

① （明）袁宏道：《邱长孺》，《袁宏道集笺校》卷四，上海古籍出版社1981年版，第1685页。

性灵说所谓诗人的新奇，除了意境新奇之外，还要求"句法、字法、调法，——从自己胸中流出"（《答李元善》），也就是强调一种本色独造的文学语言。在袁宏道看来，以前后七子为代表的复古派句比字拟，故作大声壮语，"袭古人语言之迹而冒以为古，是处严冬而袭夏之葛者"（《雪涛阁集序》），违背了文学创作的基本原则，因此他主张一空依傍，自创新奇，强调质朴自然，反对粉饰雕琢，认为言愈质，则其传愈远。"质"就像人的面孔一样，如果因为不漂亮而施以朱粉，那么，"妍者必减，媸者必增"（《未编稿·行素园存稿引》），只能取得相反的效果。

求真的个性意识是性灵说的灵魂，在这个基础上开创新的诗歌意境，用本色自然的语言实现趣、韵、奇的结合，从而形成轻俊清新的公安派文体，袁宏道认为这种轻俊的文体可以使文学本身获得解放，性灵说的意义正在于斯。

三　凡诗之传者，都是性灵

袁枚倡"性灵说"对清诗的发展，起了举足轻重的作用，"使清诗从根本上摆脱了唐宋衣钵的束缚，真正走上了诗歌独抒性情之路"[1]。"性灵说"确立了袁枚中国诗学史上的重要地位。

袁枚"性灵说"的理论体系，大致由下面四个部分组成。

（一）情感论

袁枚以"性灵"论诗，首先把"情"作为"性灵说"的核心。在袁枚的视野中，"情"为何物？"情"是人类所独有的，"情何在，存乎人者是"（《送许侯人都诗序》）。不仅一般人，即使是圣人也是有情有性的。

> 夫生之所以异于死者，以其有声有色也；人之所以异于木石者，以其有思有为也。……必欲屏声色，绝思维，是生也而以死自居，人也而以木石自待也。……且寡欲之说，亦难泥论。孔子"食不厌精，脍不厌细"，未尝非饮食之欲也；而不得谓孔子为饮食之人也。文王"悠哉悠哉，辗转反侧"，未尝非男女之欲也；而不得谓文王为不养

---

[1]　王英志：《袁枚与〈袁枚全集〉》，《苏州大学学报》1993 年第 3 期。

大体之人也。何也？人欲当处，即是天理。素其位而行，如其分而止。圣贤教人，不过如此。①

在中国历史上，始终存在着"寡欲""禁欲"甚至"绝欲"的思想，宋明理学的"存天理，灭人欲"影响极大。朱熹曾说："人之一心，天理存，则人欲亡；人欲胜，则天理灭，未有天理人欲夹杂者"②。到了明清时期，这种风气发生了明显的转变。晚明李贽的哲学思想集中反映了资本主义萌芽时期人们的思想变化，有着强烈的人文主义色彩。他反对程朱理学，提出"吃饭穿衣，既是人伦物理，除却穿衣吃饭，无伦物矣"③。就是说，穿衣吃饭是人的天生本能，离开这一点，谈不上什么道德观念和其他的事理。这就从哲学高度上肯定了人对于正当生活的物质欲求。李贽认为，人的感性欢乐和感性欲求以及人的自然欲望和物质欲望本身就是人生的目的，在这一点上，圣人与凡人是没有什么区别的。圣人也有欲求和势利之心，"圣人亦人耳，既不能高飞远举，弃人间世则不能不衣不食，绝粒衣草而逃荒野，故虽圣人不能无势利之心"④。

李贽的叛逆思想，应该说对袁枚影响很大。在袁枚看来，人之所以为人，就在于有思有欲，在"情"字上，是不存在圣人与凡人的区别的。它体现的只是生人与死人、木石之人的区别。所以，作为一个人，必然有情，否则就是非人。而"情之所先，莫如男女"（《答蕺园论诗书》），袁枚把男女之情作为人类最基本的情感，因而也应是诗歌表现的最基本情感。所以，他把历来称为"后妃之德"的《诗经·关雎》，解释为纯粹的艳情诗。把被赋予神圣庄严色彩的《大雅》中的《思齐》《生民》解释为一般的序妇人之诗。他正是通过对经典的诠释来肯定情感，肯定那些歌颂爱情的诗，这是对儒家诗学的挑战。

袁枚认为，人有情是正常的，也是健康的。所以，他对现实生活中那些"存天理，灭人欲"的现象，是深恶痛绝的。他把这些人称为"矫情

---

① （清）袁枚：《再答彭尺木进士书》，《小仓山房诗文集》第三册，上海古籍出版社1988年版，第1571—1573页。

② （宋）黎靖德：《朱子语类》卷十二，中华书局1986年版，第224页。

③ （明）李贽：《焚书》卷一，中华书局1975年版，第81页。

④ （明）李贽：《明灯道古录》，张建业主编：《李贽文集》（第七卷），社会科学文献出版社2000年版，第358页。

者",指出"不近人情者,鲜不为大奸"(苏洵语)。

作为艺术形式之一诗歌,当以表情为主。因为,诗歌的产生是与人的情感有关:

> 伊尹论百味之本,以水为始。夫水,天下之至无味者也,何以治味者,取以为先?盖其清冽然,其淡然,然后可以调甘釀,加群珍,引至于至鲜,而不病其腐。诗之道亦然。性情者,源也,辞藻者,流也,源之不清,流将焉附?①
> 自《三百篇》至今日,凡诗之传者,都是性灵,不关堆垛。②
> 诗者,人之性情也。近取诸身而足矣。其言动心,其色夺目,其味适口,其音悦耳,便是佳诗。③

诗者,心之声也,性情所流露者也。(《随园诗话》)

这都是说,诗歌就是表达人们的情感的。情感是诗歌的本原,没有真情实感,就不会有诗歌。"为未有无情而有文者"。诗的创作动因,在于创作主体有"必不可解之情"。袁枚认为诗歌创作的好坏,完全决定于性情的真实表现。

"提笔先须问性情",性情,就是思想感情,即创作主体的喜怒哀乐,它必须是真诚的。袁枚对诗歌感情的抒发,只有一个标准,那就是真实。他不像沈德潜,在真实标准之外,还有一个道德标准,这正是他与沈德潜性情论的重大理论分界线。不吐不为快,抒发性灵,见出诗人的真情实感,表现一颗"赤子之心"。

袁枚强调诗歌的表情作用,他肯定人的七情六欲,肯定人的亲情,当然,他首先肯定并大力赞扬的还是男女之情。他认为"情欲"是人的性情中不可缺少的主要内容,也是诗歌表现中不可缺少的主要内容。"使众人无情欲则人类久绝",他的这种情欲观,虽然在科学性上颇有欠缺,但对"尊性黜情""存天理,灭人欲"的理论是有批判作用的。"尊性黜情"是唐代李翱根据中庸思想并引申子思、孟子的人性理论,强调"情"是"性"之累,是人们努力成为圣道上的障碍。经过宋代理学家的发展,

---

① (清)袁枚:《小仓山房诗文集》,周本淳标校,上海古籍出版社 1988 年版,第 1843 页。
②③ (清)袁枚:《随园诗话》,顾学颉校点,人民文学出版社 1960 年版,第 146、565 页。

遂演化为"存天理，灭人欲"，"情"与"性"被处于严重对立的地位。袁枚强调"情欲"说，含有与"义理"说相对立的意味，所以，当友人程晋芳劝他删去文集中那些言情之作时，他作了旗帜鲜明的回答：

> 夫诗者，由情生者也，有必不可解之情，而后有必不可朽之诗。情所最先，莫如男女。古之人，屈平以美人比君，苏、李以夫妻喻友，由来尚矣。即以人品论，徐摛擅工（宫）体，能挫侯景之威；上官仪词多浮艳，尽忠唐室；致光香奁，杨、刘昆体，赵清献、文潞公亦仿为之，皆正人也。若夫迁袭经文，貌为理语者，虽未尝不窜名儒林，然非顽不知道，即窳不任事，赃私诮谀，史难屈指，白傅、樊川耻之，仆亦耻之。①

袁枚指出，诗由情生。情中以男女之情最为动人。像白居易、杜牧的言情之作，并没有什么不妥之处。诗人有表达情感的自由，与其装出一副"假道学"的面孔，还不如像白、杜等人一样，写出真情流露的诗篇来。

（二）个性论

袁枚论诗，追求个性的自由发展，情的表现，是根据自由的原则来进行的，倘若情的表现不自由，受到某些外在力量或人为因素的干扰和阻挠，那么，情就失去了其真实性。所以，他特强调情的表现的自由性和真实性。

> 为人，不可以有我；有我，则自恃很用之病多，孔子所以"无固""无我"也。作诗，不可以无我；无我，则剿袭敷衍之弊大，韩昌黎所以"惟古于词必己"也。北魏祖莹云："文章当自出机杼，成一家风骨，不可寄人篱下。"②

诗中之"我"，就是指主体的艺术个性。"有我"才有个性，"有我"才独具特色，有创造性。这正是他高出宋、明两代"性灵说"的地方。

艺术个性往往打有时代的烙印。时代变了，人也是要变的，所以，他特别主张"变"：

---

① （清）袁枚：《答蕺园论诗书》，《小仓山房诗文集》，周本淳标注，上海古籍出版社1988年版，第1802—1803页。
② （清）袁枚：《随园诗话》卷七，顾学颉校点，人民文学出版社1960年版，第216页。

唐人学汉魏，变汉魏，宋学唐变唐。其变也，非有心于变也，乃
不得不变也。使不变，则不足以为唐，不足以为宋也。子孙之貌，莫
不本于祖父，然变而美者有之，变而丑者有之。若必禁其不变，则虽
造物有所不能。①

"当变而变，其相传者，心也"，因为，"变"是发展的自然规律。时
代变了，诗歌的风格也应该随之变化，造物主的神功，就在于千变万化。
如果诗歌古今千篇一律，千篇一面，那真是诗歌的悲哀了。

人的个性虽然往往打上他所处的时代的印记，但更多地还是由于个体
的性情遭际、思想修养、美学趣味等的不同，表现在诗歌中的情感个性和
艺术风格，总是千差万别的。正所谓"环肥燕瘦，各有千秋"。

即以唐论，堂庙典重，沈、宋所宜也；使郊、岛为之，则陋矣。
山水闲适，王、孟所宜也；使温、李为之，则靡矣。边塞风云，名山
古迹，李、杜所宜也；使王、孟为之，则薄矣。撞万石之钟，折百韵
之险，韩、孟所宜也；使韦、柳为之，则弱矣。伤往悼来，感时记
事，张、王、元、白所宜也；使钱、刘为之，则仄矣。题香奁，当舞
所，弦工吹师，低徊容与，温、李、冬郎所宜也；使韩、孟为之，则
亢矣。天地间不能一日无诸题，则古往今来不可一日无诸诗。人学
焉，而各得其性之所近，要在用其所长而藏己之所短则可，护其所短
而毁人之所长则不可。②

"人之才性，各有所近"，诗人在写诗时，必然会展示每个人的不同
个性特征。只有把自己独特的生活遭遇、个性、感受直率地抒写出来，才
能创造出感人肺腑的艺术形象。所以，他强调独创性，反对雷同，提倡诗
的个性化：

凡作诗者，各有身份，亦各有心胸。毕秋帆中丞家漱香夫人有
《青门柳枝词》云："留得六宫眉黛好，高楼付与晓妆人。"是闺阁

---

① （清）袁枚：《答沈大宗伯论诗书》，《小仓山房文集》卷十七，上海古籍出版社 1988 年
版，第 1502 页。
② 同上书，第 1505 页。

语。中丞和云："莫向离亭争折取，浓阴留付往来人。"是大臣语。严冬友侍读和云："五里东风三里雪，一齐排看等离人。"是词客语。[1]

身份、心胸各异，在诗里必然表现出个人的特性来。袁枚称赞赵翼的诗主要因为赵翼的诗与那些规唐摹宋追求格调而忽视性情的作品大异其趣。提倡个性化，还表现在他对待古今前人成果的态度上。他认为，无论古今，都有名篇佳作可学，但诗人的禀赋、遭际不同，"人人有我在"，一味地模仿前人的作品，就会束缚了自己的个性发展，从而丧失自己的真情实感。他批评"学杜而竟如杜，学韩而竟如韩"的现象，非常赞成萧子显"若无新变，不能代雄"，陆游"文章切忌参死句"，黄庭坚"文章切忌随人后"等观点。

（三）才性论

张健先生认为，袁枚的"性灵说"与公安派的"性灵说"有一个基本理论分界，即公安派的"性灵说"是建立在心学基础之上的，而袁枚的"性灵说"则是建立在才性说基础之上的。[2]

才性是魏晋时期的一个重要命题，牟宗三先生《才性与玄理》指出，才性的主体乃是一个审美的主体，而不是道德理性的主体。魏晋的才性论到了宋代理学中，被归为"气质之性"。程朱理学将人性分为"义理之性"和"气质之性"，"气质之性"是天赋的自然本性，是不纯善的，是人性在向着成圣征途上的障碍，它需要在"义理之性"的照耀下，纯化提升。而袁枚肯定人的自然性情，必然要肯定人的"气质之性"，他说：

> 宋儒分气质之性、义理之性，大谬。无气质则义理何所寄耶？亦犹论刀者不当分芒与背也，无刀背则芒亦无有矣。[3]

袁枚反对在"气质之性"之上再悬一超越的"义理之性"，反对在人的自然本性之上再悬一超越的道德本性。他认为，才性是天赋的，不能改变，也无须改变，道德就在才性之中。

---

① （清）袁枚：《随园诗话》卷四，顾学颉校点，人民文学出版社 1960 年版，第 101 页。
② 张建：《清代诗学研究》，北京大学出版社 1999 年版，第 726 页。
③ （清）袁枚：《牍外余言》，《袁枚全集》第 5 册，江苏古籍出版社 1993 年版，第 7 页。

从才性论出发，袁枚认为人的各种技艺及人的美貌等无不是来自于天之所赋。他说：

> 今越女之论剑术曰："妾非受于人也，而忽自有之。"夫自有之者，非人与之，天与之也。天之所与，岂独越女哉！以射与羿，奕与秋，聪与师旷，巧与公输，勇与贲、育，美与西施、宋朝。之数人者，俱不能自言其所以异于众也。而众之人，方且弯弓斗棋，审音习斤，学手搏，施朱粉，穷日夜追之，终不克肖此数人于万一者，何也？①

不仅是人的美貌、聪明、勇武等来自天赋，就是那些一向被看作是靠后天锻炼的剑术、技艺，也来自天赋。当然，诗歌也自然来自天赋了。

"诗文之道，全关天分。聪颖之人，一指便悟"②。袁枚很重视天赋之才的表现，认为有了这些与生俱来的先天才能，自然就能写出佳作来。"诗不成于人，而成于其人之天。其人之天有诗，脱口能吟；其人之天无诗，虽吟而不如其无吟"③。也就是说，诗来自于人的天分。从创作角度讲，有的人天生多情，很擅长写抒情诗；有的人，天生比较理性化，限定了诗中情感的抒发。他把这种先天的才能，看作是写诗的最重要的条件，颇有点近乎"唯天才论"。就诗歌审美能力方面来讲，"聪颖之人，一指便悟。""悟"就是一种审美的感悟能力，也是天赋予的。天赋的不同，对其成就的高低，审美感悟力的敏锐愚钝有着根本的影响。

天才是很重要的，但后天的学、识也是不可或缺。"然其要总在识。……作诗有识，则不拘人，不矜己，不受古欺，不为习囿"④。拥有学识，创作出来的作品才能具有独特的风貌，"非认识，则才与学俱误用矣"。对这一点，袁枚是深有体会的。他在谈到才、学、识三者关系时指出：

---

① （清）袁枚：《赵云松瓯北集序》，《小仓山房诗文集》，周本淳标校，上海古籍出版社1988 年版，第 1756 页。
② （清）袁枚：《随园诗话》卷四，人民文学出版社 1960 年版，第 488 页。
③ （清）袁枚：《何南园诗序》，《小仓山房诗文集》，周本淳标校，上海古籍出版社 1988年版，第 1763 页。
④ （清）袁枚：《答兰垞第二书》，同上书，第 1708 页。

作诗如作史也，才、学、识三者，宜兼，而才为尤先。造化无才，不能造万物；古圣无才，不能制器尚象，诗人无才，不能役典籍，运心灵。才之不可已也，夫如是！①

而且，作诗比作史更难，要才、学、识三者兼备，缺一不可。"如射然：弓矢，学也；运弓矢者，才也；有以领之，使至乎当中之鹄，而不病于旁穿侧出者，识也"（《答兰垞第二书》）。"学如弓弩，才如箭镞，识以领之，方能中鹄"（《续诗品》）。

（四）创作论

袁枚在诗歌创作的原则和方法上，主张以"人巧"济"天籁"，要有自然化工之美，反对任何人工痕迹。要求学习古人的神理而立足于创新，博览群书而能化之以性灵。所以，袁枚并不注重格律、诗式、诗法等既定模式的琐屑之论，而只从表现个性、抒发性灵出发，去寻求诗歌创作的真谛，注重诗人的"灵感"，要求诗歌应有新鲜的风味和灵活的笔致，所谓"味欲其鲜，趣欲其真，人必如此，而后可以与论诗"（《随园诗话》）。

味诗要鲜活。"一切诗文总须字立纸上，不可字卧纸上。人活则立，人死则卧，用笔亦然。"这里的"立"就是"活"的意思。只有"字"活起来了，诗才有生机，性灵才能显露出来。所以，"凡作诗文者，可野马，不可如疲驴"。疲驴精疲力竭，颓唐无力，而野马则欢腾跳跃，充满了生机与活力，有了生机活力，才洒脱恣意，才出性灵。

笔性要灵巧，才能出新意。"人可以木，诗不可以木也"（《随园诗话》）。"木"就是不灵。"笔性灵，则写忠孝节义俱有生气；笔性笨，虽咏闺房儿女亦少风情"（《随园诗话补遗》）。灵与格调相对，因为格调是一套规则，它对灵具有束缚。袁枚提"灵"正是要破格调的架子。如果诗人总是拘泥于一套法则、规章，就很难写出鲜活灵动的诗歌来。"凡菱笋鱼虾从水中采得，过半个时辰，则色味俱变。……谚云：'死蛟龙不如活老鼠'，可悟作诗文之旨"（《随园诗话》），作家应该寻求自己的语言和表达方式来抒发情感。"至于性情遭际，人人有我在焉，不可貌古人而袭之，畏古人而拘之也"（《与沈大宗伯论诗书》），"论诗只论工拙，不

---

① （清）袁枚：《蒋心馀藏园诗序》，《小仓山房诗文集》，周本淳标校，上海古籍出版社1988年版，第1757页。

论朝代"（《随园诗话》）。袁枚提倡以俗语如诗，认为"村童牧竖，一言一笑，善取之皆成佳句"（《随园诗话》）。

"风趣专写性灵"，风趣是袁枚的审美理想，也是市民意识影响的反映。他非常重视诗之"趣"，在《随园诗话》中以"趣"论诗的地方俯拾即是，如"妙趣""风趣""生趣""天趣"等，"音律风趣，能动人心目者，即是佳诗"，袁枚认为好诗必然动人心目，动人心目必有风趣，反之，"诗有格无趣是土牛也"。他论诗讲求感官的新鲜感受，对生活中所蕴含的情趣，抓住不放，发而为诗。"但肯寻诗便有诗，灵犀一点是吾师。夕阳芳草寻常物，解用都为绝妙词"。

袁枚论诗主"性灵说"，主要是针对当时诗坛几种很有影响的诗论而提出的。王士禛的"神韵说"尽管对清诗的发展有着重要的影响，袁枚也承认王士禛为"一代名家"，不乏可以效法之处，但它所追求的平淡悠远、含蓄蕴藉的风格，导致了诗歌创作脱离现实，回避现实社会矛盾，刻意追求片面的空灵。神韵诗"主修饰，不主性情"，缺乏实实在在的真情，"于气魄、性情俱有所短"。

在袁枚所处的时代，文坛领袖沈德潜倡言"诗教"，力主"格调说"，尽管也提倡抒写性情，但又给性情的抒发加上了一件"温柔敦厚""怨而不怒"的儒家诗教外衣，艺术形式上也加以限制，"胸中有已亡国之号，无自得之性情"，把诗歌创作桎梏在贵古贱今、尊唐抑宋的狭小圈子里，致使模拟复古之风又东山再起。翁方纲的"肌理说"，重视儒家义理一面，强调作诗应以学问为根底，"填书塞典，满纸死气"，"错把抄书当作诗"，使诗歌成为卖弄学问的工具，失去了形象生动，情感充沛的特点，"学人之诗"一时风起。而以厉鹗为首的浙江诗派，好用僻典故事，以震耀流俗，又趋宋人冷径之风。面对诗坛种种不良习气和陈陈相因，日趋僵化的局面，追求个性自由发展的袁枚，是不可能沉默寡言的，他以改革为己任，提出了强调抒写真性情，重视表现个性的"性灵说"。

可以说，袁枚的"性灵说"继承了明公安派的部分思想成分，有其思想理论渊源，更为重要的还在于他是为了纠正当时诗坛的流弊，有为而发的。因而有些话，不免说得过头，也是可以理解的。

舒位《乾嘉诗坛点将录》曾把袁枚比作乾隆诗坛的"及时雨"宋

江①，在袁枚的影响下，"性灵派"成为清代中叶诗坛上影响最大、声势最重的一个流派，涌现出像赵翼、郑燮、蒋士铨、张问陶以及乾隆后三家的舒位、王昙、孙原湘等众多著名的诗人。"随园弟子半天下，提笔人人讲性情"（《随园诗话补遗》卷八）。

蔡尚思先生说："袁枚只被列入文学史中，称为诗人、文人，这未免太小看他了。他首先不仅是一位思想家，而且是一位伟大的思想家，秦汉以后，实不多见。至于文学家、诗人，只是次要的。他还不失为史学家"②，这个评价是非常准确的。

---

①　见《三百年来诗坛人物评点小传汇录》，中州古籍出版社 1986 年版。

②　蔡尚思：《中国古代学术思想史论》，广东人民出版社 1990 年版，第 502 页。

参考文献

1. 李学勤主编：《十三经注疏》，北京大学出版社 1999 年版。

2. （汉）郑玄笺，孔颖达疏：《毛诗正义》，中华书局 1980 年版。

3. 王云五：《诗经今注今译》，台湾商务印书馆 1957 年版。

4. 陈鼓应注译：《老子今注今译》，台湾商务印书馆 1956 年版。

5. 陈鼓应：《庄子今注今译》，商务印书馆 2007 年版。

6. 王云五主编，史次耘注译：《孟子今注今译》，台湾商务印书馆 1956 年版。

7. 杨伯峻编译：《春秋左传注》，中华书局 1981 年版。

8. 王先谦：《荀子集解》，沈啸寰、王星贤点校，中华书局 1988 年版。

9. 南怀瑾、徐芹庭注译：《周易今注今译》，台湾商务印书馆 1952 年版。

10. （汉）郑玄注，（唐）贾公彦疏：《仪礼注疏》，彭林整理，北京大学出版社 1999 年版。

11. 黎翔凤撰：《管子校注》，中华书局 2004 年版。

12. （汉）董仲舒、苏舆撰，钟哲点校：《春秋繁露义证》，中华书局 1992 年版。

13. 王利器主编：《史记注译》，三秦出版社 1988 年版。

14. （魏）王弼撰，楼宇烈校释：《王弼集校释》，中华书局 1980 年版。

15. （汉）王充撰，黄晖校释：《论衡校释》，中华书局 1990 年版。

16. （三国）刘劭撰，王水注：《人物志》，中国古籍出版社 2007 年版。

17. （三国）阮籍撰，陆伯钧校注：《阮籍集校注》，中华书局 1987 年版。

18. （三国）嵇康撰，戴明阳校注：《嵇康集校注》，人民文学出版社 1962 年版。

19. （宋）范晔：《后汉书》，中华书局 1973 年版。

20. 陆机撰，金涛声点校：《陆机集》，中华书局 1992 年版。

21. （梁）刘勰著，周振甫注：《文心雕龙注释》，人民文学出版社 1981

年版。

22. （南朝）刘义庆撰，余嘉锡笺疏：《世说新语笺疏》，中华书局 1983
年版。

23. 黄侃：《文心雕龙札记》，中华书局 1962 年版。

24. （清）汪继培撰，彭铎校正：《潜夫论笺》，中华书局 1985 年版。

25. 曹旭集注：《诗品集注》，上海古籍出版社 1994 年版。

26. ［日］弘法大师撰，王利器校注：《文镜秘府论校注》，中国社会科学
出版社 1983 年版。

27. （唐）欧阳询撰，汪绍楹校：《艺文类聚》，上海古籍出版社 1985
年版。

28. 郭绍虞集解：《诗品集解·续诗品注》，人民文学出版社 1963 年版。

29. （宋）严羽撰，郭绍虞校释：《沧浪诗话校释》，人民文学出版社 1983
年版。

30. （宋）陆九渊：《陆象山全集》，中国书店 1992 年版。

31. （明）李梦阳：《空同集》，上海古籍出版社 1991 年版。

32. （明）胡震亨：《唐音癸签》，上海古籍出版社 1981 年版。

33. （明）胡应麟：《诗薮》内编卷四，上海古籍出版社 1958 年版。

34. （明）谢榛撰，宛平校点：《四溟诗话》，人民文学出版社 1961 年版。

35. （明）王夫之撰，黄鸿森笺注：《薑斋诗话笺注》，上海古籍出版社
2012 年版。

36. （清）叶燮撰，霍松林校注：《原诗》，人民文学出版社 1979 年版。

37. （明）王夫之：《诗广传》，中华书局 1964 年版。

38. （明）袁宏道撰，钱伯城笺校：《袁宏道集笺校》，上海古籍出版社
2008 年版。

39. （清）钱谦益著，钱仲联标校：《牧斋初学集》，上海古籍出版社 1985
年版。

40. （清）钱谦益著，钱仲联标校：《牧斋有学集》，上海古籍出版社 1997
年版。

41. （清）王士祯：《池北偶谈》，学苑出版社 1999 年版。

42. （清）王士祯撰，张宗柟纂集：《带经堂诗话》，人民文学出版社 1998
年版。

43. （清）袁枚撰，王英志校点：《袁枚全集》，江苏古籍出版社 1997

年版。

44. （清）刘熙载：《艺概》，上海古籍出版社 1978 年版。

45. 姚淦铭、王燕编：《王国维文集》，中国文史出版社 2007 年版。

46. 张伯伟编校：《全唐五代诗格汇考》，江苏古籍出版社 2002 年版。

47. 郭绍虞辑：《宋诗话辑佚》，中华书局 1980 年版。

48. （清）何文焕辑：《历代诗话》，中华书局 1981 年版。

49. （清）丁福保辑：《历代诗话续编》，中华书局 1983 年版。

50. （清）丁福保辑：《清诗话》，上海古籍出版社 1978 年版。

51. 郭绍虞编选，富寿荪校点：《清诗话续编》，上海古籍出版社 1983 年版。

52. （东晋）僧肇：《大正藏》，新文丰出版社 1983 年版。

53. （东晋）僧肇撰，张春波校释：《肇论》，中华书局 2010 年版。

54. （梁）释僧佑撰，苏晋仁、苏链子点校：《出三藏记集》，中华书局 1995 年版。

55. （梁）释慧皎撰，汤用彤校：《高僧传》，中华书局 1992 年版。

56. 慧能撰，丁福保笺注：《坛经》，上海古籍出版社 2011 年版。

57. （宋）普济辑，苏渊雷点校：《五灯会元》，中华书局 1984 年版。

58. 《金刚经集注》，上海古籍出版社影印本 1984 年版。

59. 俞剑华编著：《中国画论类编》，人民美术出版社 1986 年版。

60. 沈子丞编：《历代论画名著汇编》，文物出版社 1982 年版。

61. 张岱年：《中国哲学大纲》，中国社会科学出版社 1982 年版。

62. 罗根泽：《中国文学批评史》，上海古籍出版社 1957 年出版。

63. 王运熙、顾易生：《中国文学批评史》，上海古籍出版社 1985 年版。

64. 敏泽：《中国文学理论批评史》，人民文学出版社 1981 年版。

65. 张少康、刘三富：《中国文学理论批评发展史》，北京大学出版社 1995 年版。

66. 陈良运：《中国诗学体系论》，中国社会科学出版社 1992 年版。

67. 袁行霈等：《中国诗学通论》，安徽教育出版社 1994 年版。

68. 李泽厚，刘纲纪：《中国美学史》，中国社会科学出版社 1990 年版。

69. 朱自清：《朱自清古典文学论文集》，上海古籍出版社 1984 年版。

70. 汤用彤：《魏晋玄学论稿》，人民出版社 1957 年版。

71. 汪奠基：《中国逻辑思想史》，上海人民出版社 1979 年版。

72. 宗白华:《美学散步》,上海人民出版社1981年版。

73. 钱锺书:《管锥编》,生活·读书·新知三联书店2001年版。

74. 罗宗强:《魏晋南北朝文学思想史》,中华书局1996年版。

75. 罗宗强:《隋唐五代文学思想史》,中华书局1999年版。

76. 张毅:《宋代文学思想史》,中华书局1995年版。

77. 张建:《清代诗学研究》,北京大学出版社1999年版。

78. 李健中:《汉魏六朝文艺心理学》,北岳文艺出版社1992年版。

79. 蒋寅:《古代诗学的现代诠释》,中华书局2003年版。

80. 王英志:《清人诗论研究》,江苏古籍出版社1986年版。

81. 汪涌豪:《范畴论》,复旦大学出版社1999年版。

82. 葛兆光:《禅宗与中国文化》,上海人民出版社1986年版。

83. 〔德〕黑格尔:《美学》,朱光潜译,商务印书馆1981年版。

84. 〔美〕叶维廉:《叶维廉文集》,安徽教育出版社2003年版。

85. 〔美〕苏珊·朗格:《情感与形式》,刘大基、傅志强译,中国社会科学出版社1987年版。

后　记

　　1997 年，我开始为中文系学生讲授"中国古代文学理论"课，常有学生问："中国古代文学理论为什么无概念定义，解说起来显得比较随意？""中国古代文学理论有没有一个体系？"从那时开始，我开始关注并思考中国古代文学理论的体系建构，中国古代文学理论的现代阐释等问题。后来，读了陈良运先生的《中国诗学体系论》，很受启发，先写了一本讲义《中国古代文学理论批评简史》，在此基础上，从一些重要的命题、范畴入手，进行一些个案的纵向研究，部分观点已撰写成论文先后发表，也得到一些同行的赞许和质疑。在不断地讨论和商榷中，逐渐产生了将自己在阅读和教学中的思考，撰写成书的想法。

　　计划很容易，真正写作时，遇到的困难是不言而喻的。放弃许多节假日和休息不说，查阅一手资料时的艰辛，对原始意义的考辨，某一命题、范畴的推衍、建构，还有电脑键盘上不停地敲击，这一切，都化在了书稿的字里行间中。由于学养不足，书中依然会有许多不成熟的思想和观点，但自认为写作的态度是严肃认真的。唯此，才有勇气将书稿呈现给大家，同时也期望得到方家的指正。

　　感谢西安交通大学"985"计划（三期）的资助，感谢人文学院领导的支持和鼓励，让本书得以出版。感谢中国社会科学出版社的支持，尤其感谢责任编辑侯苗苗，她一丝不苟认真负责的态度，使得本书的疏漏少一些。感谢我的研究生法萃文，帮我做了大量的校对工作。

　　本书在写作中，借鉴和参考了同人们的诸多观点，这里就不一一列出，谨致由衷的感谢。

作者

2014 年 8 月于浐灞半岛